語言文字叢書

閩東方言音變現象的
共時與歷時研究

杜佳倫　著

吳序

　　呈現在諸位讀者面前的這本書，是杜佳倫老師近年來的力作，題目是《閩東方言音變現象的共時與歷時研究》（以下簡稱本書）。本書研究的語言對象是閩語中的閩東方言，閩東方言分布在中國福建省東北沿海，閩江中下游，在地理分區上可以大別為南片與北片。

　　在共時語言現象上，閩東方言相當具有特色，具體表現在韻變現象以及聲母同化（或稱聲母類化）兩方面。以閩東方言馬祖話為例，箸tøy7（筷子）在箇讀環境時調值為曲折調131，當它處於連讀環境非末尾音節時，則不僅韻母改讀為y，同時聲調也變為平調33。例如：

　　　　tøy131 → ty33 løyŋ51　　箸筒（放置筷子的直立容器）

第二音節的筒tøyŋ51聲母改讀為l，乃是因為前一音節韻母為元音y，受到元音的同化作用而變讀為與t同部位的流音。這個現象就是聲母同化。閩東方言的韻變現象及聲母同化，長久以來是學界關注的重要課題，也是本書三項研究課題中的前兩項。

　　本書的第三項課題則是介音u/y的混同。從閩東次方言的比較來看，閩東方言中u和y這兩種介音在分布上存在相當大的差異。相對於韻變現象及聲母同化，u/y的混同現象較少被注意。然而無疑地，這是閩東方言另一個亟需深入探討的研究議題。

　　歸納起來，在研究對象的選擇及研究議題的設定上，本書既有對過往議題的省思與深化，也從比較的觀點開發了新課題，可見佳倫老

師之靈心慧眼。

　　本書在研究方法上，包括結構分析、方言比較與世代差異三個面向。首先是由微觀的共時方面著手，對閩東方言的音韻系統進行充分的介紹以及分析。接著，本書從閩東次方言的比較出發，對韻變現象、聲母同化及u/y混同這三個課題進行全面而充分的研究。

　　本書使用的語料除了前人的研究成果外，也有佳倫老師自己實際田野調查所得，材料本身就是貢獻。另一個值得注意的是，本書把共時性社會語言學變項的調查運用在歷時研究上並比較其異同，這是獨特且具有開創性的研究方法。以韻變而言，對於發生韻變韻母中何者存古，何者創新，學界對此意見往往不一。本書利用共時現象來探討歷時過程，補足學界對韻變知識上的空缺，更對韻母性質提出反思。對於韻變，本書將之聯繫到非漢語底層（長短元音）的音韻干擾，這是極具原創性的看法，雖然僅以韻變現象立論，但是以扎實的語言證據為基礎，乃是一種合理的理論假設。

　　衡諸過去對閩東方言語音現象的前人研究，本書存在三個值得注意的亮點：第一、充分而全面地進行閩東方言內部次方言比較，地域涵括福建本土及海外（馬來西亞）；第二、觀察同一音變在不同年齡層的演變樣態；第三、嘗試提出這三項音變的演變機制。如同書名所示，本書關注共時與歷時的面向，因此進行跨度較大的比較研究是必要的。本書同時嘗試從年齡這個社會語言學變項來觀察音變本身。在研究方法上具體落實了早期Meillet Antoine（梅耶）和近代Williams Labov（拉波夫）所倡導的，從變動之中的活語言來觀察並歸納語言演變的法則。本書能夠從社會語言學來論證歷時音變，從而提出令人耳目一新的觀察與思考。整體而言，本書所演示的研究方法，對於從事其他漢語語言現象也深具積極而重要的領航作用。

　　佳倫老師的碩士論文就是以馬祖北竿的閩東方言為對象，歷經十

餘年的長久耕耘，最終匯集為本書。本書在書寫上行文流暢，論述分明，結構嚴謹，層層遞進，在方法上兼具示範性、開創性及前瞻性，並深化了學界對閩東方言共時與歷時的認識，允為一部優質學術著作。

　　承蒙佳倫老師不棄，囑我撰寫序言。通讀書稿之後，本人獲益良多，謹陳如上。自本學年度（111）起，馬祖閩東語列入臺灣中小學本土語文課程。佳倫老師這本專書的出版，不僅具有重要的學術意義，對於臺灣閩東語教育及教材編寫，也將有正面的效果與價值。

吳瑞文

2022年8月18日於臺北南港

秋谷序

　　八月初中山大學杜佳倫副教授將一部她剛剛完成的書稿發給我，並請我寫篇序。本書的主題是閩語閩東區方言中在其他漢語方言裡不多見的三個語音現象。我個人對閩東區方言一直以來有著很濃厚的興趣，也做過一些調查研究，撰寫過幾本小書。於是現在不揣冒昧，作為一名她的國外友人，在此寫幾句介紹以及我個人的感想，算是與她共勉。

　　早在1930年，陶燠民先生在他的《閩音研究》中較為詳細地描寫了福州方言的韻變和聲母同化。可惜的是，長期以來漢語方言學界對閩東區方言的調查研究相當薄弱，語料極為匱乏。直到上世紀80年代才慢慢改變這種研究狀況，出現了陳澤平《福州話的韻母結構及其演變模式》（1984）、馮愛珍《福清方言研究》（1993）以及陳澤平《福州方言研究》（1998）等重要研究成果。閩東區方言的研究逐漸受到研究者的重視，研究廣度和深度都得到了很大的拓展。本書的研究也是在這種研究背景中所做的。

　　杜佳倫老師師從臺灣大學楊秀芳教授治漢語音韻學和方言學。她很紮實的專業基礎想必由楊教授培養出來的。杜老師在楊教授的指導下所完成碩士論文《馬祖北竿方言音韻研究》（2006）是對分佈在馬祖列島的閩東區方言所做相當詳細的描寫，具有永久性的學術價值。文章中作者調查所得的大量第一手語料乃是本書的基礎之一。她於閩東區方言的研究用力甚勤，發表了一系列閩東區方言的重要研究成果。我在拙作《閩東區寧德方言音韻史研究》中分析寧德方言的韻變

時所參考的也就是杜老師的《閩東方言韻變現象的歷時分析與比較研究》（2010），即本書第三章的初稿。文章中她提出了「上升複元音發生高化」這一規律。這是我們理解閩東區北片方言中韻變時不可或缺的關鍵規律之一。

本書由這一系列研究以及她近年來所作新研究的內容組成，主要討論三個問題，即（1）韻變、（2）聲母同化和（3）-u-、-y-混同現象。這三個現象確實是閩東區方言與眾不同的重要語音現象。挑選出這三個研究題目很清楚地表示她對閩東區方言的深刻理解。本書對每個專題都做了全面深入的描寫和分析，提出了許多新穎的見解。本書的分析與充分利用前賢著述所提供語料的同時，作者自己也進行調查蒐集了大量的第一手材料。其中包括了鮮有人知三個馬來西亞閩東區方言點。這些語料在書中有機地結合在一起。此外，進行分析時作者十分注意結構性分析和多維分析，尤其重視世代差異分析，而盡量迴避局部分析。這個研究方法是十分中肯的。

關於韻變本書發現並描寫分析了馬祖、福安以及馬來西亞詩巫閩東區方言中如ai＞ei、au＞ou之類的「高化」韻變。這種變韻正在少數閩東區方言中各自獨立地逐漸形成。對它的成因本書試圖通過侗台語底層的角度加以解釋。多數閩東區方言中存在著韻變現象，不過南北片之間韻變的性質不盡相同。本書對這個問題也展開很精彩的討論而作出了總結，認為北片中韻變引發了複雜的連鎖音變，南片則沒有這種情況出現，也就是說福州方言等南片中的韻變不如北片複雜，相對來說比較簡單。關於聲母同化本書發現在馬來西亞的閩東區方言中「族群語言意識」可能影響到聲母同化的發生情況。語音演變的這種成因不多見，具有重大社會語言學意義。在什麼樣的條件下發生聲母同化至今為止沒有定論。本書第五章第三節翔實描寫了馬祖方言中發生聲母同化的條件。這有利於我們今後進一步理解閩東區方言中聲母

同化的性質。韻變和聲母同化都是在別的漢語方言中不多見而集中出現在閩東區方言的語音現象。為什麼閩東區方言要發展這兩種語音現象是閩東區方言音韻史要回答的問題之一。本書的研究對這個疑難問題的探索提供了良好的基礎。

閩東區方言的音韻史要由原始閩東區方言統帥。本書遵守這個原則。可惜，書中沒有做總的說明。期待著以後能夠有機會展示杜老師的原始閩東區方言音系以啟發我們今後的研究。

祝賀杜佳倫老師的《閩東方言音變現象的共時與歷時研究》出版。本書無疑是近年來有關閩東區方言研究的一個新的重要成果。我衷心希望本書能夠發揮它應有的積極作用，讓閩東區方言的研究更上一層樓，也希望她在研究道路上繼續前行，不斷收穫新的成果。

秋谷裕幸

於日本愛媛大學法文學部本館722室

2022年8月22日

目次

第一章
緒　論

第一節　研究動機

一　閩東方言的三大音變現象

　　閩東方言可細分為南、北兩片，南片又稱為侯官片，北片又稱為福寧片，過去認為這兩片在語音特點上最大不同處即「韻變現象」的有無，例如《中國語言地圖集》（1988、2012）即認為侯官片方言普遍具有韻變現象，福寧片方言則無。不過，已有學者指出北片的寧德、福安、周寧等地同樣具有韻變表現（Norman1977-8，戴黎剛2007、2008、2011，杜佳倫2010，葉太青2014，陳麗冰、吳瑞文2014）。因此，「韻變現象」可說是閩東方言相當重要的語音表現。所謂「韻變現象」乃指韻母系統中有兩套緊鬆韻母相配合，「緊鬆」乃相對而言，以主要元音的舌位較前、較高者為「緊音」，較低、較後者為「鬆音」。以往從共時的角度切入分析，推論韻變現象乃在特定的箇讀聲調條件下，韻母發生「鬆化」，語音表現為主要元音的「低化、後化或複化」；而當鬆韻母單字處於連讀前字時，韻母則讀為底層的緊韻母讀法。然而，根據我們近年來的實地調查，部分方言點另有一類「高化韻變」現象，可以透過世代差異的對比觀察，具體分析若干韻母逐步高化及其結構擴散過程，進而發現此類韻變乃在特定的箇讀聲調條件下韻母不發生「高化」，卻同樣形成兩套緊鬆韻母相配或具有轉換關係。據此來看，閩東方言的「韻變現象」相當值得探

究，尤其應兼從共時與歷時兩種層面，深入檢討其複雜的音變趨向、結構條件、音變動因。

除了韻變現象，閩東方言多數還具有「聲母同化」的共時音變特點，所謂「聲母同化」乃指兩字以上的連讀環境中，因前字韻尾性質的影響，導致後字聲母的發音方式同化於前一輔音或元音的音變現象，變化趨向大致為：在元音韻尾後濁弱化為同部位的濁擦音或通音，而在鼻音韻尾後則同化為同部位的鼻音。然而，根據我們近年來的實地調查，聲母同化現象有部分年輕一輩呈現濁弱化聲母愈益衰弱、或是反向不採取聲母同化規律的世代差異表現，而且不同世代之間對於聲母同化的限制條件已經發生改變。據此來看，閩東方言的「聲母同化」也相當值得關注，尤其是藉由世代差異的對比觀察，具體探討閩東方言聲母同化現象的歷時變動。

閩東方言還有一項較少人注意到的「-u-、-y-混同」音變特點，此乃指介音-u-與-y-在聲母為舌齒音、主要元音為-o-的條件下逐漸混同合流，以及原來截然相對的主要元音-u-與-y-在聲母為舌齒音的條件下也發生混同。根據我們近年來的實地調查，各方言點-u-、-y-混同的音變趨向與結構條件並不一致，應該進行方言比較的詳細研究。

二　閩東方言音韻研究脈絡

早期研究閩東方言音韻的專著多以南片方言（尤其是福州話）為主要對象，採取傳統方言學的研究方法與步驟，先描述單一音系的聲韻調系統，並歸納分析共時變異規則，包括連讀變調、韻變、聲母同化等，再將方言音系與中古音韻進行歷史音韻比較，或將方言音系與北京話進行方言音韻對照，例如陶燠民（1930）《閩音研究》即以福州城關語音的記錄與分析開其端；藍亞秀（1953）以自己為發音人記

錄福州常用字音，進而析察語音結構以及福州音系與中古音的關係；王天昌（1969）《福州語音研究》大致採用同樣的研究方法，但增加了文讀音與白話音的對比語料，並將福州話與早期韻書《戚林八音》的韻類歸屬進行比較，提出-u-、-y-介音混同的音變現象；馮愛珍（1993）《福清方言研究》一書也是採用同樣的音韻研究方法，但研究對象改為福清方言，更重要的是附上詳盡的同音字表、語法例句、長篇語料及各類詞彙表，為後續音韻或語法研究者提供相當豐富的福清語料記錄；陳澤平（1998）《福州方言研究》不僅描述福州城關的語音系統，分析聲母同化、韻變及連讀變調規則，也比較文白異讀，將福州音系與《廣韻》及《戚林八音》進行歷史音韻比較，更進一步有大量詞彙、語法的語料描寫與分析討論，全面探析福州方言的語言系統；而陳澤平（2014）《福州方言的結構與演變》則進一步彙整多年的研究成果，超脫以往語言描述的框架，運用理論工具深入分析福州方言的語音、音韻、詞源、語法以及文獻研究等各個方面。

　　閩東北片方言的音韻研究專著則是近幾年才陸續出版，多半是作者耗費多年進行田野調查工作，一方面詳實記錄、描述北片方言的語音系統，另一方面則藉由與中古音韻或地方早期韻書的比較，來析論北片方言的歷史音韻特點。例如秋谷裕幸（2010）《閩東區福寧片四縣市方言音韻研究》一書詳細描述閩東福寧片四縣市（福鼎市、霞浦縣、壽寧縣、柘榮縣）代表方言點的聲、韻、調系統，歸納二字組連讀變調規則，並將代表方言點與四縣市的城關方言進行比較；最後通過與中古音的比較，整體歸納福寧片四縣市的歷史音韻特點，並藉由與侯官片的音韻比較，具體提出兩片的音韻差異。另如葉太青（2014）《北片閩東方言語音研究》一書主要對閩東北片福安音系有詳細的描寫，並進行歷史音韻比較，分析福安的共時韻變規則，也藉由對福安方言字典《七音字匯》的整理，以及實際調查高齡老輩口

語，探討早期福安話的三套韻尾現象。

此外，袁碧霞（2014）《閩東方言韻母的歷史層次》則以中古音韻為歷史參照框架，對比閩東十八個縣市的方言語料，逐韻辨析閩東方言的音韻層次；該論文主要著重析論閩東方言的韻讀對當與歷史層次的問題。

總和以上閩東方言音韻的研究專著，其研究方法與論述重點可以分為幾類：

1. 單一方言點共時音系的描述與分析
2. 方言音系與北京音系的音韻對照
3. 方言音韻與中古音韻的歷史比較
4. 方言音韻與地方早期韻書的歷史比較
5. 閩東方言韻讀的層次分析

其中對於前述閩東方言的三大音變現象，包括：韻變、聲母同化、-u-、-y-混同等，大多數只有單一方言的共時變異分析，或直接與古音進行比較，缺乏運用方言比較方法來進行歷時性的分析，唯陳澤平（1998：79-84）比較閩東南片各地方言的本韻幾乎相同而變韻較有差異，進而推論韻變乃韻母逐步鬆化（低化）的過程，此種方言比較方法深具啟發，可惜該書只注意到南片語料，因而忽略另一種高化韻變的變化趨向；陳澤平（2014）專章討論韻母的共時結構與歷史演變，進一步比較福州方言與福安方言，論證福州方言的韻變現象既是歷史音變結果，也是共時變異規則，而福安方言則由於語音系統的內部協調機制而未形成共時變異規則，此與杜佳倫（2010）的分析結論一致，然而該書限於篇章討論，未擴展比較其他方言點以及其他音變現象。此外，傳統方言學的調查方式，語料來源多限於單一或少數老

輩發音人，並未注意不同世代之間各項音變現象的變動情形。最近秋谷裕幸（2018）除了詳細描寫三個現代寧德方言（虎浿話、九都話和咸村話）的語言材料，進一步透過該三點方言同源語詞的比較，構擬原始寧德方言音系，並辨析自原始寧德方言至現代寧德方言之間的語音演變過程，研究方法與成果精密細致；該書析論寧德方言的歷史音韻演變，對本書探究閩東北片方言的歷時性韻變、-u-、-y-混同音變，提供相當重要的語言材料與歷史演變參考。

　　承續上述研究脈絡，本書乃針對閩東方言特殊的三大音變現象，即韻變、聲母同化、-u-、-y-混同，在共時分析的基礎之上，另外採取方言比較及世代比較的研究方法，進行更精細的分析與討論，期盼完成一部兼具系統性與創新性的閩東音變研究專著。

第二節　相關研究回顧

一　韻變現象的分析研究

　　閩東方言的「韻變現象」乃指韻母系統中有兩套緊鬆韻母相配合，「緊鬆」乃相對而言，以主要元音的舌位較前、較高者為「緊音」，較低、較後者為「鬆音」。以往研究閩東方言此類緊鬆韻母相配合的音韻現象，習慣稱之為「變韻」，此乃著眼於共時平面上具有轉換關係的韻母變異，例如「褲」箇讀為k^hou212，而「褲頭」一詞則讀為$k^hu21\ lau51$，共時變異規律分析為：-u＞-ou，變化條件為曲折調值，變化趨向為韻母低化或複化。然而，從歷時層面切入探究，閩東方言韻母的實際變化另有高化趨向者，有些並不形成具有轉換關係的韻母變異，例如-ɔi＞-øy的韻母高化音變，馬祖地區在陰平、上聲調下讀為緊韻母-øy，例如「推腿」，而在陰去、陽去調下讀為鬆韻母

-ɔi，例如「退坐」，但在連讀環境下並不讀為緊韻母，陽平調下則因正在發生變化而表現較為參差；有些卻也形成具有轉換關係的韻母變異，例如馬祖地區發生-au＞-ou的韻母高化音變，在陰平、上聲調下讀為緊韻母-ou，例如「溝草」，而在陽平、陰去、陽去調下讀為鬆韻母-au，例如「猴掃老」，但其在連讀環境下讀為緊韻母，如「猴」單讀為kau51，「猴囝」一詞則讀為kou33 iaŋ33。本書希望能兼從共時與歷時雙重層面來深刻討論這個問題，因此不採取傳統較著重共時變異的「變韻」一詞，而改採「韻變」一詞來指稱閩東方言此類特殊的韻母變異或變化現象。

閩東韻變現象極具特色，很早就引起學者的關注。一開始僅著眼於福州話韻變現象的描述與說明（陶燠民1930，王天昌1969，梁玉璋1986……等等），後來從福州話擴展到其他閩東南片的方言點，對於各地韻變現象得以進行更仔細且深入的音韻比較與分析，閩東各方言點的韻變現象略有差異，例如各方言點同一組鬆韻母的元音表現、發生韻變的韻母結構以及聲調條件等都不盡相同，如表1-1以福州、福清、永泰的韻變現象為例，並以不發生韻變的古田為參照。

表1-1　閩東南片方言韻變表現

	例字	古田	福州		福清		永泰	
			陰陽平上聲	陰陽去	陰陽平上聲	陰陽去	陰陽平上聲	陰陽去
韻腹為高元	機四是	i	i	ei	i	e	i	ei
	姑兔舅	u	u	ou	u	o	u	ou
	私次自	y	y	øy	y	ø	y	øy
	豬魚箸							
	秋救柱	iu	ieu	iɛi	iu	iɛi	iu	

類別	例字	古田	福州 陰陽平上聲	福州 陰陽去	福清 陰陽平上聲	福清 陰陽去	永泰 陰陽平上聲	永泰 陰陽去
音者	輝醉跪	ui	uoi	uɔi	ui	uoi	uoi	uoi
	琴賓靜	iŋ	iŋ	eiŋ	iŋ	eŋ	iŋ	eiŋ
	貢糞順	uŋ	uŋ	ouŋ	uŋ	oŋ	uŋ	ouŋ
	宮銀勇	yŋ	yŋ	øyŋ	yŋ	øŋ	yŋ	øyŋ
韻腹為中低元音者	小笑轎	iɐu	ieu	iɛu	ieu	iɐu	iu	iu
	飛火會	uoi	uoi	uɔi	uoi	uɐi	uoi	uoi
	乖拐怪	uai	uai	uɑi	uoi	uɐi	uai	uai
	大磨破	uai	uai	uɑi	ua	uɑ	uai	uai
	腿退坐	oi	øy	ɔy	oi	ɔi	ɔi	ɔi
	雕條扣	eu	ɛu	ɑu	eu	ɛu	iu	iau
	包掃厚	au	au	ɑu	au	ɑu	au	au
	臺菜害	ai	ai	ɑi	ai	ɑi	ai	ai
	蓮鹹辦	eiŋ	eiŋ	aiŋ	eŋ	ɛŋ	eiŋ	aiŋ
	冷曾硬	eiŋ	eiŋ	aiŋ	eŋ	ɛŋ	eiŋ	aiŋ
	黨算园	ouŋ	ouŋ	ɔuŋ	oŋ	ɔŋ	ouŋ	ɔuŋ
	蟲東港	øyŋ	øyŋ	ɔyŋ	øŋ	œŋ	øyŋ	ɔyŋ

已有許多研究從共時的角度切入分析這類韻變現象的變異規律與影響條件（李如龍等1979，Duanmu, S.1990，馮愛珍1993，陳澤平1998，杜佳倫2004、2006）。總和來說，這部分的研究有以下幾個重要的結論：

1. 緊韻母為基底形式，鬆韻母為條件變體，韻腹的變異趨向為：低化、後化、複元音化。

2. 韻變現象乃受聲調條件影響而發生：其聲調條件或為「曲折調形」及「上升促調」，或為「低調值」，在調類上多為「陰去、陽去、陰入」，少數亦為「陽平」；在這些特定的聲調條件下，韻母往往「鬆化」，當鬆韻母單字處於連讀前字時，韻母又讀為基底的緊韻母讀法。

3. 韻變現象也與韻母結構相關：以高元音（-i-、-u-、-y-）為韻腹者，韻變現象最為明顯，也最為普遍；以中、低元音（-e-、-ø-、-o-、-a-）為韻腹者，則韻變現象較不明顯。

這類共時變異規律的分析只限於對福州、福清、永泰、馬祖等南片方言點的觀察，尚未注意到北片方言點不同性質的韻變表現；而且往往也只著重在音韻系統中的語音條件變異，從中歸納出共時平面上的單一變異規律，未嘗從歷史演變的角度思考韻母的實際變化問題。

　　閩東北片方言雖然多半沒有明顯而規律的鬆緊韻母隨調共時變化，但透過跨方言點的歷史比較，卻可發現其中福安、周寧與寧德等地，具有韻讀隨調分化的音韻演變，反映韻變現象由共時性語音變異進而穩固為歷時性音韻演變。Norman（1977-8）的初步調查報告已提出寧德、福安等地有韻變表現，並且表示該地的韻變只能透過跨方言的歷史比較來探究。戴黎剛（2007、2008、2011）有專文詳細探討周寧、福安、寧德等地的韻母演變現象，運用歷史層次分析的辦法，重新擬定福安等地也具有緊鬆韻母相配的音韻系統；但該文仍以單一方言點共時音系的內部分析為主，並將閩東各地的韻變規則均視為一致的低化音變。杜佳倫（2010）運用方言比較與內部構擬的方法，改從歷時的角度切入探究閩東方言的韻變現象，推論閩東方言的韻母演變同時具有「低化」與「高化」兩種變化趨向：前者主要發生於高元音韻腹；後者則發生於中低元音韻腹；而共時平面的單一變異規律可能

來自多重歷史音變的壓縮，也就是說，閩東南片福州等地的韻變現象，因相反的變化趨向以及互補的聲調條件，形成具有互補分布的緊鬆韻母系統，共時平面上可分析為單一韻母變化規律；而在北片的寧德等三地，則穩固為歷時性音變，受到音韻系統內部結構調整的動力，連鎖發生於不同的時間層次，造成多項韻讀的分合演變，而聲調分化條件也因逐步擴散而不盡相同。

　　本書一方面延續杜佳倫（2010）的反思與分析方法，但有幾點另作補充：

1. 該文只比較閩東各地方言陰聲韻、陽聲韻的韻變表現，本書將補充入聲韻的比較分析，以更全面展現整體韻母系統。
2. 該文只取具有韻變現象的少數方言點，本書將擴大比較更多方言點。
3. 該文雖就韻變現象提出歷時性的分析方法，但仍侷限於語音條件的析論；本書進一步擴大比較其他方言類似現象，深入探究啟動韻變的深層動因。
4. 對於韻變規律的性質究竟是由歷時變化壓縮為共時變異，或是由共時變異穩固為歷時變化，以及發生韻變的聲調條件是否確實有擴散情形，也需要從更細緻的調查分析提出更令人信服的語言實證。

另一方面，以往對於閩東方言韻變現象的研究，無論是單一方言點的共時分析，或是跨方言點的歷史比較，語料來源多為單一或少數發音人，無法確實掌握韻變規律的實際運作與發展過程。本書在共時分析與方言比較之外，也將彙整近幾年在閩東南片（馬祖地區）、北片（福安地區）進行世代差異調查分析結果，更細緻地呈現閩東韻變現

象的歷時性變動，同時檢證上述藉由方言比較所提出的若干推論。

二　聲母同化現象的分析研究

　　閩東方言的「聲母同化」乃指兩字以上的連讀環境中，因前字韻尾性質的影響，導致後字聲母的發音方式同化於前一輔音或元音的音變現象。此為閩東方言的共同特點，鄰近的莆仙方言也有同樣的表現。表1-2以馬祖北竿為例（杜佳倫2006：57），聲母同化發生在前字韻尾為元音、喉塞音及鼻輔音的條件下：1.當前字韻尾為元音、喉塞音時，[1]後字聲母受到鄰接前字元音的同化影響，變讀為同部位的弱化濁音，舌根聲母甚至完全丟失；2.當前字韻尾為鼻輔音時，後字聲母受到鄰接前字鼻音尾的同化影響，變讀為同部位的濁鼻音。

表1-2　閩東方言聲母同化表現（以馬祖為例）

	前字韻尾		
	（開尾韻）元音韻尾 喉塞尾	鼻音韻尾	舌根塞音韻尾
p-、pʰ-	β-	m-	不變
t-、tʰ-、s-	l-	n-	不變
l-	不變	n-	不變
ts-、tsʰ-	ʐ~∅	ʐᴺ~∅	不變
k-、kʰ-、h-	∅	ŋ-	不變
∅(零聲母)	不變	ŋ-	不變
m-、n-、ŋ-	不變	不變	不變

---

[1]　由於自然語流中前字喉塞尾往往脫落，語音環境遂與開尾韻或元音韻尾者相同。

其他閩東方言也有相當一致的表現（高名凱1947、王天昌1969、梁玉璋1986、馮愛珍1993、陳澤平1998、林寒生2002、杜佳倫2004、2006、秋谷裕幸2010）；唯舌齒音聲母ts-、tsʰ-的同化音值有較為參差的記錄：

表1-3　閩東方言舌齒音聲母ts-、tsʰ-的同化音值

後字聲母	前字韻尾	
ts-、tsʰ-	元音韻尾 喉塞尾	鼻音韻尾
王 天 昌1969（福州）	ʒ-	ŋ-
梁 玉 璋1986（福州）	ʒ-	ʒ-
馮 愛 珍1993（福清）	ʒ-	n~ʒ
陳 澤 平1998（福州）	z-	nz-
杜 佳 倫2006（馬祖）	ʐ~∅	ʐᴺ~∅
秋谷裕幸2010（霞浦）	z-	z-
秋谷裕幸2010（壽寧）	z~∅	nz-/nʒ-

不過變化趨向大致相同，也是在元音韻尾後濁弱化為舌齒部位的濁擦音，甚至進一步脫落，而在鼻音韻尾後則同化為舌齒部位的鼻音，或是同部位帶有鼻音成分的濁擦音。[2]我們近幾年在馬祖地區的調查結果，發現舌齒音聲母ts-、tsʰ-的同化規律在不同世代之間具有顯著差異，在前字為元音韻尾及喉塞韻尾的條件下，馬祖舌尖塞擦音聲母（ts/tsʰ）讀為濁弱化變體（ʒ-或ʐ-）有逐漸衰微的趨勢；相對來說，

2　袁碧霞、王軼之（2013）運用語音實驗方法檢驗閩東各地舌齒音聲母ts-、tsʰ-的同化音值，該文認為在元音韻尾後應為舌尖元音ɿ或通音ɹ，在鼻音韻尾後則多為鼻通音nɹ；但也注意到部分方言點在元音韻尾後有完全脫落的表現。

中、青年層有兩種發展趨勢：一是進一步脫落讀為零聲母；二是不發生同化音變。而福安地區其他聲類在連讀環境中進一步濁弱化脫落的現象更是明顯。據此，本書不僅彙整、比較閩東各地聲母同化現象的共時變異規律，更藉由世代差異的觀察進一步了解該音變現象的變動，以及受到其他優勢語言的接觸影響。

此外，聲母同化現象雖為閩東方言的一大語音特點，但並非所有語詞都必須遵守這項變異規律，有些語詞的後字聲母在自然語流中從不同化，聲母同化顯然具有限制性，並非必用規律，總和有以下幾個重要的限制條件（陳天泉等1981、李如龍2000、杜佳倫2006），[3]其中（一）、（二）為語音性條件，（三）、（四）為構詞性條件，（五）為語義性條件，（六）為語用性條件：

（一）前字韻尾為舌根塞音（-k），後字聲母不發生同化。例如：「六十」讀為løyk8 seik8；相對於此，「二十」則讀為ni7 leik8（＜s-）。

（二）後字聲母為送氣聲母，容易阻礙同化音變的進行。例如：「糞池」讀為puŋ3 tʰie5；相對於此，「糞斗」則讀為puŋ3 nau2（＜t-）。

（三）重疊式構詞，後字聲母幾乎不發生同化。例如：「瓢瓢」（大湯杓）讀為pʰiu5 pʰiu5，「鍋鍋」（湯鍋）讀為kuo1kuo1。

（四）結構較不緊密的詞組，多半不發生聲母同化；結構緊密的複合詞，多半發生聲母同化。例如：「四角」指稱四方形讀為si3 kɔyk4；相對於此，「四角」若指稱四毛錢則讀為si3 ɔyk4（＜k-）。

（五）語義焦點在後字，後字多半不發生聲母同化；語義焦點在

---

3 除了（一）沒有發現反例，其他條件均有少數反例，因此這僅是大致性的歸納結果，並非嚴格的絕對性條件。

前字，後字多半發生聲母同化。例如：帶前綴「伊」的稱呼，後字皆不發生聲母同化，「伊伯」（伯父）讀為i1 paʔ4、「伊舅」（舅父）讀為i1 kiu7；而帶小稱後綴「囝」的語詞，後字「囝」往往發生聲母同化，例如「雨囝」（小雨）讀為y2 iaŋ2（＜k-）、「鼎囝」（小炒鍋）讀為tiaŋ2 ŋiaŋ2（＜k-），相對於此，指稱大兒子的「大囝」則讀為tuai7 kiaŋ2。

（六）部分書面語詞或現代語詞，後字多半不發生聲母同化；例如「寒士」讀為haŋ5 søy7，「選舉」讀為souŋ2 ky2，「電視」讀為tieŋ7 sei7。

根據（四）、（五）的限制條件，有時聲母同化或不同化應具有相當關鍵的辨義功能。然而，近幾年調查發現年輕一輩閩東發音人的聲母同化表現，不具有這樣嚴格的區別，例如「大頭」無論指稱「大的頭」或「大個子」都可以讀為tuai7 lau5（＜tʰ），多數人改以使用的語境來辨別同一語詞的兩種意指，不以聲母同化發生與否來區別語義。本書也將整析近年來在海外閩東地區進行世代差異的調查結果，藉由世代差異的觀察進一步了解聲母同化現象限制條件的變動。

三 -u-、-y-混同現象的分析研究

閩東方言還有一項較少被討論的介音-u-、-y-混同音變：介音-u-與-y-在聲母為舌齒音、主要元音為-o-的條件下逐漸混同合流，此音變發生在閩東各地，例如福州、永泰、閩清、馬祖、壽寧、寧德等。需要特別說明的是，閩東方言另有介音-i-，其與介音-y-呈現互補分布的關係：介音-i-後接主要元音-a-、-e-，介音-y-則只接主要元音-o-。據此可以推溯閩東方言更早的時候發生介音-i-同化於主要元音-o-的合口化音變，產生撮口介音-y-，然後部分方言點的介音-y-又在特定條

件下進而後化，與介音-u-混同，形成「-i->-y->-u-」的介音漸次變化歷程。我們關注的是後半階段「-y->-u-」有關介音發音部位的前後變化，部分方言點則是運作「-u->-y-」的反向音變，無論是「-y->-u-」或「-u->-y-」，均造成原來相對的兩個音位發生部分合併，例如比較福清、古田、柘榮的「燭」與「借」兩字，前者讀為tsuoʔ4，後者讀為tsyoʔ4，顯示介音-u-、-y-的截然相對立，而閩清卻將「燭借」混讀為tsyoʔ4，福州則將「燭借」混讀為tsuoʔ4，反映原來截然相對的介音-u-、-y-在某些聲母條件下發生混同，而且各方言點的變化方向並不一致。

早期有少數學者討論過閩東方言介音-u-、-y-混同的現象，但僅止於閩東南片福州話的相關表現：王天昌（1969：121-132）最早描述福州話中介音-u-與-y-若干部分的混淆現象，只發生在舌尖輔音t-、tʰ-、n-、l-、ts-、tsʰ-、s-以及因顎化而成的舌面前輔音tɕ-、tɕʰ-條件下，有-y-混入-u-，也有-u-混入-y-，當時兩者尚為自由變讀的階段；李如龍等（1979：288）則提出福州話介音-y-已經一部分併入-u-，撮口呼韻-yoŋ、-yo、-yoʔ只保留在「喉牙音」的聲母條件下，原來與「舌齒音」相拼的字已讀為合口呼；後來陳澤平（1998：73-74）發現福州東面遠郊將福州城內讀-uoŋ、-uoʔ的舌齒聲母字讀為撮口的-yoŋ、-yoʔ。上述學者的觀察討論可以歸納出幾個特點：

1. 介音-u-和-y-的混同現象只發生在聲母為舌齒音（包括舌尖音與舌面音）、主要元音為-o-、韻尾非元音的語音條件下。
2. 福州在上述語音條件之下，介音-y-變讀為-u-；但福州東郊則在相同語音條件下發生介音-u-變讀為-y-的反向音變規律。

這類分析研究只限於單一音韻系統，從中歸納各地介音混同的變異規

律，未嘗運用方言比較的方法，進一步擴大討論閩東方言介音混同的差異性與結構互動關係。

　　杜佳倫（2012）運用方言比較以及結構分析等歷史比較方法，探析閩東各地-u-、-y-混同現象的音變差異情形。介音的層面上，介音-u-、-y-在聲母為舌齒音、主要元音為-o-的條件下逐漸發生混同，該文發現該音變可以運行相反的演變方向，而且除了以往所提出的聲母與主要元音條件外，少數方言點還涉及韻尾條件的限制；除了介音-u-、-y-混同，該文還延伸析論閩東北片方言主要元音-u-、-y-混同音變，其關鍵條件在於韻尾的發音部位，但是各地的演變方向以及結構擴散情形不同。本書延續杜佳倫（2012）的反思與分析方法，但有兩點補充：

1. 該文就-u-、-y-混同音變提出歷時性的分析與推論，並同時從語音結構及歷史層次互動兩方面提出深刻的音變動因，但需要補充更多語言材料來加強論證。
2. -u-、-y-混同音變的演變方向、結構擴散的實際情形，除了從方言比較提出析論，也需要從更細緻的調查分析提出更令人信服的語言實證。

第三節　反思補充及研究目的

　　總和以上閩東方言語音及音韻研究專著的評述，以及關於「韻變」、「聲母同化」、「-u-、-y-混同」等音韻變異現象的研究成果與討論，本書主要針對以下幾點提出反思補充：

1. 以往對於閩東方言音變現象的研究，較著重在單一語音系統的

共時變異規律分析；本書延伸杜佳倫（2010、2012）的方言比較與分析方法，從歷時層面辨析韻變現象、-u-、-y-混同音變的音韻演變趨向，除了檢視語音結構條件的影響，更進一步探究音變與層次互動、語言接觸之間的關係，為閩東諸多音變現象提出更為深刻的歷史動因。

2. 傳統的方言調查方式多以年長發音人為主要語料來源，以年長者表現的音韻現象做為分析的依據；然而，語言必然隨著時間不斷變動，從世代差異的角度切入觀察，可以更具體而全面地掌握方言音韻系統的演變與變化趨向。因此，本書在共時分析、方言比較之外，也彙整近幾年在閩東地區進行世代差異的調查結果，採取「顯象時間」（apparent time）的對比分析，將同一社群的發音人依據其年齡分為老年、中年、青年三個世代層，藉由比較不同年齡層的差異性，具體觀察正在進行中的語言變異，並探討影響變異發生的語言性因素或社會性因素。

3. 跨方言比較顯示閩東音變規律在不同方言點發生語音條件上的擴展或性質上的變化；然而，根據方言比較所做出來的歷史推論，需要更細緻的調查分析提供驗證。因此，本書也從世代差異所反映的音變規律歷時變動，檢視方言比較方法對於閩東音變趨向、結構擴散所提出的若干推論，並且進一步比較不同方言點變動趨向的差異性。

此外，以往對於閩東方言語音或音韻的調查研究，均以中國福建地區或臺灣馬祖地區的閩東方言為主，本書在閩東方言音變研究的厚實基礎之上，另外進行海外閩東方言的調查分析，以對閩東方言的音變現象與變動情形有更全面的了解。閩東方言在東南亞地區大致分布在印尼、汶萊、馬來西亞及新加坡，但大部分地區能確切掌握閩東方言者已屬少數，我們以馬來西亞東馬砂勞越的詩巫（Sibu）、西馬霹靂州的實兆遠（Sitiawan）、愛大華（Ayer Tawar）為主要調查範圍，二十世紀初有大批閩東閩清籍、古田籍移民來此開墾聚居，因而當地

通行閩東方言，有新福州、小福州之稱，這些地區在語言、文化上具有濃厚的閩東特色，經過一百多年的個別發展以及不同的語言接觸環境，目前當地閩東方言的語音現況與變遷值得深入探究，以之相較於閩東核心區域，也能呈現更為豐富多元的語音或音韻變動。

　　本書即以閩東方言三大音變現象：「韻變」、「聲母同化」及「-u-、-y-混同」為研究重點，分別從共時變異、歷時變化、結構擴散等層面切入問題，運用結構分析、方言比較、世代差異等研究方法，更全面地探究閩東方言複雜的音變現象。本書預計達成的主要目的如下：

1. 彙整閩東方言的共時音韻面貌，尤其是各地「韻變」、「聲母同化」及「-u-、-y-混同」等音變表現。
2. 藉由語音條件分析，探討閩東音變現象的共時變異規律。
3. 藉由方言比較與結構分析，探討閩東音變現象的歷史演變趨向、規律性質變化及結構擴散情形，進而討論啟動音變的深層動因。
4. 藉由世代差異的對比分析，探討閩東音變現象的世代變遷及影響因素；並檢證方言比較所提出的若干推論。
5. 析論馬來西亞閩東方言的音變現象，包括共時變異、歷時演變、世代變遷，以相較其與閩東核心方言的發展異同。

第四節　語料來源與研究方法

一　語料來源

　　本書研究語料來源分為兩類：一是參考閩東各方言點的調查報告或音韻研究成果，語料來源如表1-4所列；二是本人實際田野調查記錄所得，包括這幾年在馬祖、福安以及其他閩東地區所蒐集、整理的

語料，據以補充更多能提供重要訊息的方言材料，此外，我們近年來多次赴東馬砂勞越的詩巫、西馬霹靂州的實兆遠、愛大華等地進行海外閩東方言的調查研究，探討當地的語音現況與變遷，以之相較於閩東核心區域的方言變動，以補足閩東方言的整體面貌。

表1-4　閩東各方言點的調查報告或音韻研究成果

閩 東 南 片	1992《永泰縣志》 1993《閩清縣志》 1994《福清市志》 1997《古田縣志》 馮　愛　珍 1993《福清方言研究》 陳　澤　平 1998《福州方言研究》 馮　愛　珍 1998《福州方言詞典》 張　屏　生 2002〈馬祖閩東話記略〉 杜　佳　倫 2006《馬祖北竿方言音韻研究》 秋谷裕幸、陳澤平 2012《閩東區古田方言研究》
閩 東 北 片	1992《壽寧縣志》 1993《周寧縣志》 1995《寧德市志》 1995《柘榮縣志》 1999《福安市志》 沙　　平 1999〈福建省寧德方言同音字匯〉 戴　黎　剛 2007〈閩東周寧話的變韻及其性質〉 戴　黎　剛 2008〈閩東福安話的變韻〉 秋谷裕幸 2010《閩東區福寧片四縣市方言音韻研究》 葉　太　青 2014《北片閩東方言語音研究》 秋谷裕幸 2018《閩東區寧德方言音韻史研究》

二　研究方法

　　本書的研究方法主要分為三類：一是針對閩東各方言點的「韻變」、「聲母同化」及「-u-、-y-混同」等音韻變異現象，進行語音系統的內部結構分析；二是比較不同方言點變化趨向的差異，推論歷史演變過程，並在結構分析的基礎之上，比較各方言點的結構擴散情形；三是進行跨世代的量化比較，以客觀的統計方法檢驗是否確實具有世代差異的歷時變動，進而對比不同區域的變動差異性。以下就這三種方法分項說明。

（一）結構分析

　　閩東方言的韻變、-u-、-y-混同及聲母同化等音韻變異現象，均能先從共時的語音結構平面歸納其變異條件，例如：各地韻變的聲調條件、不同韻母結構的韻變差異；-u-、-y-混同的聲母條件、元音條件、不同韻尾結構的混同差異；聲母同化的前字韻尾條件、不同發音部位的濁弱化差異、語法結構的限制條件。此為進行音變研究的基本分析方法。

表1-5　寧德缺調的韻母

		陰平	陽平	上聲	陰去	陽去
A	e	—	—	紫啟椅	—	—
	o	—	—	斧主火	—	—
	ia	—	—	惹野也	—	—
	ua	—	—	寡我	—	—
B	ie	車奇	斜蛇鵝	—	舍寄祭	謝徛
	uo	瓜沙	華磨	—	掛化破	話瓦大
C	ei	—	迷眉奇	—	鼻四志	是技
	ou	—	爐糊慈	—	兔醋次	杜舅自
	ɔi	—	雷螺	—	退對	袋坐
	oi	—	肥槌	—	喙貴	隊跪
	ɛu	—	條樓愁	—	吊扣鬥	廖厚陋
	eu	—	橱球	—	樹救	柱柚
	uoi	—	懷	—	快	壞
	em	—	沉琴	—	禁浸	甚任
	eŋ	—	平秦形	—	敬鎮信	命定認
	iɛŋ	—	名行	—	併正	命定
	øŋ	—	重松銀	—	眾種釁	共用近
	oŋ	—	房群同	—	放糞貢	順動奉
	uoŋ	—	團還	—	半慣	伴換
D	uai	乖	—	拐	—	—
	ieu	標嬌	—	秒少曉	—	—
		雕歐	—	鳥口	—	—
	iaŋ	驚兄	—	餅鼎	—	—

		陰平	陽平	上聲	陰去	陽去
	yøŋ	姜香捐	—	養響	—	—
	uaŋ	端官	—	短管	—	—

　　以韻變為例，閩東南片方言的韻變表現如表1-1所示，福州、福清、永泰的舒聲韻多在陰去、陽去的聲調條件下讀為鬆韻母，再從韻母結構來看，以高元音為韻腹的韻母變異情形十分明顯，而以中低元音為韻腹的韻母變異情形較不明顯；相對於此，以往認為閩東北片方言不具韻變現象，但若仔細分析福安、寧德、周寧的韻母分布情形，便會發現三地均有特殊的韻母缺調表現，以寧德為例如表1-5所示：A組韻母只分布於上聲調；B組韻母獨缺上聲調；C組韻母分布於陽平及陰陽去聲調；D組韻母分布於陰平及上聲調。初步看來，A與B、C與D似乎具有互補分布關係；然而，各組韻母數及語音形式參差，我們無法輕易地將A與B、C與D歸納為同一韻母的不同變體。因此，藉由內部音韻系統的結構分析，我們可以發現寧德等三地的韻母系統實際上也有以聲調為條件的音變跡象，但單一音系的結構分析無法完全釐清其音韻變化的詳細情形；必須同時透過方言比較，從其音韻對應關係進行歷時性音變探討。

（二）方言比較

　　以往對於閩東方言音變現象的討論多限於單一音系共時平面上的結構分析，在其分析基礎之上，本書更著重運用方言比較方法，比較不同方言點變化趨向的差異，進而推論歷時性的演變過程。例如：韻變的高化或低化趨向、「-u->-y-」或「-y->-u-」的混同方向。

表1-6　閩東北片方言的韻讀對應表（中低元音韻腹）

		壽寧	柘榮	寧德			周寧			福安	
				上	陰平	陽平 陰陽去	上	陰平	陽平 陰陽去	上	非上
韻腹為中低元音者	少笑廟	ieu	iau	iɐu	iu		ɛu	iu		iu	
	皮火會	uoi	uɛ	øy	ui		uai	ui		ui	
	拐怪乖	uai	uai	uai	uoi		uai			uai	
	腿退坐	ɔi	oi	øy	ɔi		ɔi			øi	ɔi
	條扣口	ɛu	ɐu	iɐu	ɐu		ɐu			eu	ɐu
	九頭掃	au	au	au			ɔu	au		ou	au
	臺菜彩	ai	ai	ai			ɛi	ai		ai	

　　以韻變為例，上述福安、寧德、周寧等北片方言點的韻母缺調情形，透過方言音韻對應關係的比較，如表1-6所示，可以推溯其韻母的實際變化除了與南片相同的低化韻變，另有特殊的高化韻變：寧德、周寧、福安三地的三合元音與下降複元音皆發生高化的歷時音變，但發生高化的韻母結構，各地不盡相同，歸納三地歷時性高化韻變規律如下頁表格。這類歷時性的高化韻變在閩東南片較不明顯，透過方言比較不僅可以推溯音讀的歷史變化，進一步也能在結構分析的基礎之上，比較各方言點的結構擴散情形，例如：三合元音的高化音變，寧德發生於「陽平、陰去、陽去」，周寧發生於「非上聲」，福安則擴展為全面高化；下降複元音的高化音變，周寧、福安發生於「上聲」，寧德則發生於「陰平、上聲」。然而，根據方言比較所做出來的歷史推論，實在需要更細緻的調查分析提供檢證，我們近幾年在馬祖地區的世代差異調查（杜佳倫2017），便確實觀察到這類高化韻變的實際運作及其結構擴散過程。

寧德	周寧	福安
*ieu＞iu (5.3.7)	*ieu＞iu (1.5.3.7)	*ieu＞iu
	*ieu＞ɛu (2)	
*uei＞ui/〔P,K〕__(5.3.7)	*uei＞ui(1.5.3.7)	*uei＞ui
*uai＞uoi(5.3.7)	*ieu＞uai(2)	
*ɔi＞øy (1.2)		*ɔi＞øy (2)
*ɛu＞ieu (1.2)		*ɛu＞eu(2)
	*au＞ɔu (2)	*au＞ou(2)
	*ai＞ɛi(2)	

　　需要特別說明的是，歷史比較方法的運行乃根據親屬語言之間的語音對應關係，擬測早期的原始語音形式，進而探討各地方言相異的演變規律；本書第三章、第六章即採用此類方法。首先比較閩東各方點跟韻變現象以及-u-、-y-混同音變相關之同源語詞的韻讀對應關係，並顧及各項韻讀在聲母條件上的結構分布情形，從而歸納同一來源但今日韻讀相異者，或辨析不同來源但今日韻讀混同者，再根據閩東各方點相應的音讀表現，推溯相同來源之韻讀的早期語音形式，本書使用「*」來做為早期語音形式的標誌，但不能稱得上是嚴格的原始韻讀。因為構擬原始音讀的嚴格辦法不僅要進行大量同源語詞的對應比較，還應該顧及原始音韻的整體系統性。本書僅比較跟韻變現象以及-u-、-y-混同音變相關的韻讀對應關係，未必能周詳地檢討閩東方言的原始音韻系統，因此不能稱得上是嚴格的原始韻讀。例如：本書根據閩東方言點的韻讀對應關係所推擬的*-y-介音，只出現在-o-元音前，若考量音韻系統的整體結構，其嚴格的原始韻讀可以再推擬為*-i-介音；但本書第六章關注的問題是-o-元音前衍生-y-介音之後，如何進一步與-u-介音發生混同，我們較著重於以之作為歷時音變邏輯上的早期形式，據以詳細探討閩東各地-u-、-y-混同現象的音變差異情形。

（三）世代差異對比分析

　　藉由方言比較方法可擬測早期語音形式、推論歷史音韻演變，但是否能實際觀察到正在進行中的音變？Labov（2019：61）提出：

> 最好的、也是最直接的研究進行中的語言變化的途徑是追蹤虛時內的變化：即跨年齡段的語言變體的分布。

故本書在結構分析、方言比較之外，進一步彙整近幾年在閩東地區進行世代差異的調查結果，採取「顯象時間」（apparent time）的對比分析，將同一社群的發音人依據其年齡分為老年、中年、青年三個世代層，藉由比較不同年齡層的差異性，具體觀察正在進行中的語言變異，並探討影響變異發生的語言性因素或社會性因素。

　　量化比較方面，我們運用百分比平均數計算各音韻變異現象於不同世代的表現異同。以下降複元音au-ou的韻變現象為例，一共詢問14個語詞，這14個語詞可分為兩類：「肉包、紅糟、九、草、水溝、敲開、掃地、老人」等8個語詞為C1-1類，觀察的音節屬陰平、上聲等一般調類以及處於連讀前字的條件下；而「頭、猴、掃、中晝、很厚、老」等6個語詞為C1-2類，觀察的音節屬陽平、陰去、陽去等特定調類。假設某發音人的調查結果如下：C1-1類有6個語詞讀為au、2個語詞讀為ou，C1-2類6個語詞全都讀為au；則該位發音人在一般調類以及處於連讀前字的條件下，該組韻母讀為au的百分比平均數為75%，讀為ou的百分比平均數為25%，而在特定調類的條件下，該組韻母讀為au的百分比平均數為100%。將各年齡層所有發音人的百分比平均數加總平均，即得各年齡層各項音韻表現的百分比平均數，再進一步使用變異數分析（Analysis of Variance, ANOVA）檢定不同年

齡層的百分比平均數是否具顯著差異。老、中、青三代之間若不具顯著差異，表示韻母變異情形維持穩定；而三代之間若具顯著差異，則表示韻母變異情形發生變動，值得進一步分析與討論。

在各地跨世代對比分析的基礎之上，我們也將進一步比較不同方言點變化趨向的差異性。閩東方言雖以韻變、聲母同化及-u-、-y-混同為重要的音韻特點，但是不同方言點的表現不盡相同，以韻變為例，南片方言點多為共時性的韻母變異，單字讀與連讀狀況的韻母顯然有異，而北片方言點則較為複雜，以往調查報告多認為閩東北片不具共時性的韻母變異，但根據方言比較方法卻發現部分方言點有相應的韻母演變規律，只是已經固著為歷時性的韻母變化，也就是說單字讀與連讀狀況的韻母都是一致的表現；然而，近幾年福安的實際田調卻發現，當地發音人同時兼有共時變異、歷時變化的參差表現，而且不同世代具有差異性。因此，本書除了探究閩東音韻變異現象的世代差異，也會比較不同區域的閩東方言，包括南片地區、北片地區、海外閩東方言，一方面分析其音韻變異現象的異同，另一方面也藉由世代差異性的觀察，討論不同區域的音變現象未來發展的差異性。

第五節 本書析論架構

表1-7 本書析論架構

世代差異	青年	韻變現象	聲母同化	u、y混同	海外閩東	方言比較
	中年				閩東南片	
	老年				閩東北片	
		語音條件　共時變異　音變趨向 結構分析				

如表1-7所示，本書主要運用結構分析、方言比較、世代差異對比等方法，析論閩東方言「韻變現象」、「聲母同化」及「-u-、-y-混同」三大音韻變異現象。本書既從共時層面進行單一方言點語音系統的內部結構分析；並在共時分析的基礎之上，比較不同方言點變化趨向、結構擴散的差異，從而推論歷史演變過程；此外，也從歷時層面進行跨世代的量化比較，以統計方法檢驗是否確實具有世代差異的歷時變動，進而對比不同區域的變動差異性。

本書章節安排如下：第二章介紹閩東方言的地理分布、南北片的音韻特點與差異、實地調查的海外閩東方言基本音系；第三章運用歷史比較方法，分別析論閩東南片、北片的韻變現象，並深入探究韻變性質、結構擴散與歷史動因；第四章則改採世代差異的對比分析方法，分別析論閩東北片（福安）、南片（馬祖）、東馬（詩巫）的韻變歷時變動，並據以檢討歷史比較方法的相關推論；第五章主要運用世代對比分析方法，分別析論三個海外閩東方言（馬祖、詩巫、愛大華）聲

母同化現象的變異規律、限制條件與世代差異；第六章則主要運用方
言比較方法，分別析論介音-u-、-y-混同（南北片皆有）以及主要元音
-u-、-y-混同（北片為多）的歷史音變；第七章總結本書的重要研究成
果，並且延伸思考在此研究基礎之上可以繼續拓展的研究方向。

第二章
閩東方言的地理分布與音韻特點

　　本章介紹閩東方言的地理分布與分片、南北片的音韻特點與差異性、以及實地調查之海外閩東方言（包括臺灣馬祖、東馬詩巫、西馬實兆遠及愛大華）的基本音系與音韻特點。

第一節　閩東方言的地理分布與南、北片音韻特點

　　閩東方言屬閩語分支下相當核心的子方言，主要分布於中國福建東北部的福州地區與寧德地區，另有浙南溫州地區的泰順、蒼南一帶以及臺灣馬祖地區也通行閩東方言；根據《中國語言地圖集》（1988、2012），閩東方言可細分為南、北兩片，南片又稱為侯官片，以福州話為代表方言，分布在福州附近十邑區域，包括：閩侯、長樂、福清、連江、羅源、永泰、閩清、古田、屏南、平潭，第二版地圖集（2012）增加寧德蕉城區、尤溪兩地；北片又稱為福寧片，以福安話為代表方言，分布在福安、霞浦、柘榮、福鼎、壽寧、周寧等地，第二版地圖集（2012）增加蕉城區以外的寧德以及浙南泰順、蒼南、慶元等地的若干鄉鎮。寧德一地的閩東話歸屬較有爭議，《中國語言地圖集》第一版（1988）雖將之劃歸侯官片方言，但是多數學者認為寧德的音韻現象較相近於福安、壽寧等方言點，應該劃歸於福寧片方言（袁家驊1983；沙平1999；林寒生2002），第二版地圖集（2012）也相應做了分區上的調整，僅將中青輩已向福州話靠攏的城區口音劃歸侯官片。由於本書用來進行比較的寧德話主要取自1995年的方言志，

發音人為老輩，整體語料表現較相近於北片方言，因此本書乃將寧德話歸入北片方言進行比較研究。此外，馬來西亞東部砂勞越州的詩巫（Sibu）、西部霹靂州的實兆遠（Sitiawan）、愛大華（Ayer Tawar）也有來自福州十邑區域的華人使用閩東方言，詩巫以閩清、古田移民數量居多，實兆遠、愛大華則以古田、福清移民為主；東南亞還有印尼、汶萊和新加坡也有福州族群的移民使用閩東方言；二十世紀下半期，美國、日本的閩東移民亦不斷增加，紐約、東京若干華人聚居處形成閩東方言使用區。

　　本節在前人調查報告的基礎之上，彙整介紹閩東南、北片方言的音韻特點與差異，以呈現閩東方言核心區域的語言基礎表現；後兩節則根據本人多年的實地調查，詳細說明臺灣馬祖、東馬詩巫、西馬愛大華等三地閩東話的基本音系與音韻特點，以呈現閩東方言海外區域的語言變異特色。

一　南片方言的音韻特點

　　本小節彙整閩東南片若干方言點音系，就其聲母、韻母、聲調系統所呈現的共同音韻特點進行簡要的說明與討論。此節所討論的方言點及其語料來源如下：福州（陳澤平1998）、福清（馮愛珍1993）、永泰（方言志1992）、閩清（方言志1993）、古田（方言志1997）、古田大橋（秋谷裕幸、陳澤平2012）。

（一）聲母系統

表2-1　閩東南片方言聲母系統

	p	pʰ	m	t	tʰ	n	l	ts	tsʰ	s	k	kʰ	ŋ	x	∅
福州	p	pʰ	m	t	tʰ	n(l)		ts	tsʰ	s	k	kʰ	ŋ	x	∅
福清	p	pʰ	m	t	tʰ	n	l	ts	tsʰ	s[θ]	k	kʰ	ŋ	h	∅
永泰	p	pʰ	m	t	tʰ	n	l	ts	tsʰ	s	k	kʰ	ŋ	h	∅
閩清	p	pʰ	m	t	tʰ	n	l	ts	tsʰ	s	k	kʰ	ŋ	h	∅
古田	p	pʰ	m	t	tʰ	n	l	ts	tsʰ	s	k	kʰ	ŋ	h	∅
大橋	p	pʰ	m	t	tʰ	n	l	ts (tɕ)	tsʰ (tɕʰ)	s[θ]	k	kʰ	ŋ	h	∅

語音特點說明如下：

1.閩東南片方言的聲母系統相當一致，包括零聲母（∅）在內共有15個聲母（如表2-1），惟福州話n-、l-兩類聲母相混，此為近百年來福州音系的個別發展。根據陳澤平（1998：7）的調查結果：「大多數福州人口頭單字音只有[n-]聲母，沒有[l-]聲母；少數人說單字音時[n-]和[l-]自由變讀。」混同n-、l-兩類聲母的方言點另有閩侯、長樂、連江等鄰近福州的郊縣，根據林寒生（2002：8）的記錄，長樂話絕大部分發音人n-、l-不分，只讀邊音l-，此其混同趨向與福州話不同。除了福州及其鄰近區域，其他閩東南片方言n-、l-兩類聲母分別十分清楚。

2.閩東南片方言的聲母s-，在多數調查報告中較少描述其實際音

值，惟馮愛珍（1993：28）對福清話的調查記錄中提到「s-的實際讀音是齒間清擦音[θ]，有些人也讀作[s]」；林寒生（2002：10、14）的記錄也提及福清、古田的聲母s-在老輩口中發音近似齒間音[θ]，但中青年以下已普遍讀為[s]；還有秋谷裕幸、陳澤平（2012：17、69）描述大橋話的聲母s-有時讀得接近齒間音[θ]。

3. 閩東南片方言的ts-、tsʰ-兩類聲母在細音韻母之前音讀接近[tɕ, tɕʰ]，音位系統上可歸併為單一套舌齒塞擦音。聲母s-則視其實際音值，讀為舌尖擦音[s]者在細音韻母之前音讀亦接近[ɕ]；讀為近似齒間音[θ]者在細音韻母之前多不發生顎化。

4. 閩東南片方言均只有單一牙喉部清擦音，多數方言點標寫為喉擦音h-，惟福州話標寫為舌根擦音x-。陳澤平（2012：8）描述福州話的x-拼前高元音開頭的韻母時，部位前移至舌面中部，而與後低元音相拼時，讀為小舌音或喉音。

5. 閩東南片方言的聲母系統在共時變異上一律具有聲母同化現象，彙整變異規律如表2-2，大致上各類聲母均在前字為開尾韻、元音韻尾、喉塞尾的條件下（後文代稱為A條件）變讀為同部位濁弱音，在前字為鼻韻尾的條件下（後文代稱為B條件）變讀為同部位鼻音，另有幾點需要特別說明：

（1）多數方言調查報告中只有舌根塞音及喉擦音聲母在A條件下脫落為零聲母；秋谷裕幸、陳澤平（2012：17-19、69-71）記錄大橋話的雙唇塞音聲母及舌齒塞擦音聲母在A條件下也有脫落為零聲母的表現，以大橋話為例如下：

水匏　tsy2 u5（＜ p-）蘿蔔　la5 uk8（＜ p-）隻半　tsie?4 uaŋ7
（＜p-）

水井 tsy2 aŋ2（<ts-）古田 kʰu2 eiŋ5（<tsʰ-）手指 tsʰiu2 i2（<tɕ-）

（2）絕大多數方言點聲母s-在A條件下同於舌尖塞音t-、tʰ-變讀為[l]；福清話另有同於舌齒擦音ts-、tsʰ-變讀為[ʒ]的零星表現，例如：水蛇tsui2 ʒia5（<s-）（馮愛珍1993：29）。

（3）多數方言點聲母l-在前字為鼻韻尾的B條件下變讀為[n]；大橋話則是較傾向不變。[1]

（4）舌齒塞擦音聲母ts-、tsʰ-的聲母同化表現較為複雜，大致上在A條件下變讀為舌齒部位的濁擦音，標寫為[z]或[ʒ]，秋谷裕幸、陳澤平（2012）描述更為仔細：非細音韻前的[ts-、tsʰ-]變讀為[z]，細音韻前的[tɕ, tɕʰ]變讀為[ʑ]；如前所述，大橋話的ts-、tsʰ-在A條件下另有脫落為零聲母的表現；此外，大橋話還有脫落為零聲母後隨前字韻尾-i/-u而衍增[i-,u-]韻頭者，例如：犬尾草kʰeiŋ2 muoi2 iau2（<tsʰ-）、酒盞tsiu2 uaŋ2（<ts-）；也有直接衍變為[i]者，例如：告狀kɔ3 iouŋ7（<ts-）、紫菜tsie2 iai（<tsʰ-）；鄰近的杉洋話則有變讀為[l]者，例如：包菜pau1 lai3（<ts-）、告狀kɔ3 lɔŋ7（<ts-）。而在B條件下ts-、tsʰ-變讀為舌齒部位的鼻擦音，同時帶有鼻音及摩擦徵性，標寫為[nz]或[ʒ]，秋谷裕幸、陳澤平（2012）描述大橋話主要變讀為[ɲ]，且經常隨帶輕微的[ʒ]，例如：大橋話的冬節tøyŋ1 ɲeik4（<ts-）、松樹syŋ5 ɲiu3（<tɕʰ-）；此外，也有少數變讀為舌尖或舌根鼻音者，例如：大橋話的棺材kuaŋ1 nai5（<ts-）、永泰話的清醒tsʰiŋ1 ŋiaŋ2（<tsʰ-）。

1　閩東北片方言聲母l-也是在B條件下傾向不變。

表2-2　閩東南片方言聲母同化規律

	p/pʰ		t/tʰ/s		l	ts/tsʰ		k/kʰ/h(x)		Ø
	A	B	A	B	B	A	B	A	B	B
福州	β	m	l	n	n	z	nz	Ø	ŋ	ŋ
福清	β	m	l / ʒ	n	n	ʒ	n~ʒ	Ø	ŋ	ŋ
永泰	β	m	l	n	n	ʒ	ʒ/ŋ	Ø	ŋ	ŋ
閩清	β	m	l	n	n	ʒ	ʒ	Ø	ŋ	ŋ
古田	β	m	l	n	n	ʒ	ʒ	Ø	ŋ	ŋ
大橋	β/Ø	m	l	n	多l	z(ʑ)/i/Ø多	n/ɲ(ʒ)多	Ø	ŋ	ŋ

A：前字為開尾韻、元音韻尾、喉塞尾的條件下；B：前字為鼻韻尾的條件下。

（二）韻母系統

表2-3　閩東南片方言元音系統

福州、福清、永泰、閩清、古田		
i-y		u
e-ø		o
(ɛ)-(œ)	(ɐ)	(ɔ)
	a	

表2-4　閩東南片方言介音、韻尾系統

	介音			元音韻尾				鼻音韻尾	塞音韻尾	
福州	i	u	y	i	u	y	øy(oy)	ŋ	ʔ	
福清	i	u	y	i	u	×	oi	ŋ	∅（>-ʔ）	ʔ（>-k）
永泰	i	u	y	i	u	y	ɔi, y(øy)	ŋ	舊派ʔ	舊派k
									新派ʔ	
閩清	i	u	y	i	u	y	oy(œy)	ŋ	ʔ	k
古田	i	u	y	i	u	×	oi	ŋ	ʔ	k
大橋	i	u	y	i	u	×	oi	ŋ	ʔ	k

音韻特點說明如下：

　　1.閩東南片方言的元音系統相當一致（如表2-3），絕大多數都是七元音系統，包括4個前元音、2個後元音、1個低元音，各地方言語料的中元音因其出現語音環境而標寫不一，或為半高元音[e,ø,o]，或為半低元音[ɛ,œ,ɔ]，但均未形成音位上的對立。

　　2.閩東南片方言的介音系統也相當一致（如表2-4），高元音-i-、-u-、-y-均可做為介音，其中-i-介音只接非後部的展唇元音e、a，-y-介音只接圓唇元音ø、o，兩者形成互補分布。

　　3.閩東南片方言的韻尾系統一律只有一套舌根鼻韻尾，但元音及塞音韻尾略有參差（如表2-4）：（1）福州、永泰、閩清的-y可做為韻尾，但-y韻尾只接圓唇元音ø、o，與-i韻尾同樣形成互補分布；福清、古田、大橋則尚未記錄-y韻尾。（2）多數方言點均維持舌根塞尾及喉塞尾兩套分立，惟福州話的塞音韻尾已合併為單一套喉塞尾，永泰話新派發音人亦然；而福清話則是原來舌根塞尾者弱化為喉塞尾，原來喉塞尾者脫落而混入陰聲韻，共時平面上也是只有一套喉塞尾，但歷時層面上則維持原來兩套入聲韻的區別。

4.閩東南片多數方言點具有韻變現象，而且多是鮮明的鬆緊韻母共時交替表現，例如：「褲」箇讀為kʰou3，而「褲頭」一詞則讀為kʰu3 lau5。除了古田、大橋不具有韻變現象，其他方言點韻變出現的韻母結構不盡相同（如表2-5）：（1）單高元音幾乎都有韻變表現，但永泰、閩清的塞尾結構中單高元音不發生韻變。（2）下降複元音在鼻尾結構中亦是普遍發生韻變，但在塞尾結構中永泰、閩清兩地同樣不發生韻變；而不帶輔音韻尾的下降複元音幾乎都不發生韻變，惟福清話在特定聲調條件下主要元音開口度較大。（3）雙高元音及三合元音也是多數都不發生韻變，惟福清、永泰略有韻變表現。（4）閩東南片方言的上升複元音幾乎完全不發生韻變。

表2-5　閩東南片方言韻變現象

	單高元音			雙高元音	三合元音	下降複元音			上升複元音		
	開尾	鼻尾	塞尾	開尾	開尾	開尾	鼻尾	塞尾	開尾	鼻尾	塞尾
	i (ei)	iŋ (eiŋ)	ik (eik)	iu (ieu)	ieu (iɐu)	ou(au)	ouŋ(ɔuŋ)	ouk(ɔuk)	ie	ieŋ	iek
福州	○	○	○	✕	✕	✕	○	○	✕	✕	✕
福清	○	○	○	○	○	au(ɑu)	○	○	✕	✕	✕
永泰	○	○	✕	✕	○	✕	○	✕	✕	✕	✕
閩清	○	○	✕	✕	✕	✕	○	✕	✕	✕	✕
古田	✕	✕	✕	✕	✕	✕	✕	✕	✕	✕	✕
大橋	✕	✕	✕	✕	✕	✕	✕	✕	✕	✕	✕

5.閩東南片若干方言點另有特殊的介音-y-、-u-混同音變（如表2-6）：（1）福州、永泰在舌齒聲母條件下發生-y->-u-的介音變異；（2）閩清在舌齒聲母條件下則發生相反的介音變異-u->-y-。

6. 閩東南片方言具有幾項歷史韻類分合特點（如表2-6、2-7）：

（1）秋燒兩類字及輝杯兩類字的分合不一：福州、永泰、閩清的秋燒混同、輝杯混同；福清、古田一帶則維持分立。

（2）閩東南片多數方言點車類字、蛇類字韻讀分立，惟福清這兩類字同讀。

（3）閩東南片多數方言點將麻類字韻讀為三合元音-uai，與怪類字同讀，而與瓜類字分立；惟福清則是怪類字與瓜類字同讀-ua，而與麻類字分立。

（4）閩東南片方言將思類字（止攝開口精莊系文讀）讀為撮口韻-y，與遇攝3等文讀相同韻讀。

（5）閩東南片方言將蓮類字與燈類字同讀為開口韻母；而與讀為撮口韻母的蟲類字分立。

表2-6　閩東南片方言韻類分合情形（1）

	秋酒	燒少	輝鬼	杯粿	布過／埠珠	橋／貯	分光／轉磚	香／張獎	縛曲／綠燭	腳／箸借	發國／劣雪	決／略雀
福州	iu		ui		uo	yo / uo	uoŋ	yoŋ / uoŋ	uoʔ	yoʔ / uoʔ	uoʔ	yoʔ / uoʔ
福清	iu	ieu (iɐu)	ui	uoi (iɐn)	uo	yo	uoŋ	yoŋ	uo	yo	uoʔ	yoʔ
永泰	iu		uoi		uo	yo / uo	uoŋ	yoŋ / uoŋ	uoʔ	yoʔ / uoʔ	uoʔ	yoʔ / uoʔ
閩清	iu		ui		uo / yo	yo	uoŋ / yoŋ	yoŋ	uoʔ / yoʔ	yoʔ	uok / yok	yok
古田	iu	iau	ui	uɔi	uo	yø	uoŋ	yøŋ	uoʔ	yøʔ	uok	yøk
大橋	iu	iɐu	ui	uoi	uo	yø	uoŋ	yøŋ	uoʔ	yøʔ	uok	yøk

表2-7　閩東南片方言韻類分合情形（2）

	車蔗	蛇徛	怪歪	麻我	瓜掛	輸樹柱（文）	思士自	蓮鹹辦	燈曾硬	蟲東港
福州	ia	ie	uai		ua	y(øy)		eiŋ(aiŋ)		øyŋ(ɔyŋ)
福清	ia		uoi(uɐi)	ua		y(ø)		eŋ(ɛŋ)		øŋ(œŋ)
永泰	ia	ie	uoi (uai)		ua	y(øy)		eiŋ		øyŋ
閩清	ia	ie/ia	uai		ua	y(øy)		eiŋ(ɛiŋ)		øyŋ(œyŋ)
古田	ia	ie	uai		ua	y		eiŋ		øyŋ
大橋	iɐ	ie	uai		ua	y		eiŋ		øyŋ

（三）聲調系統

表2-8　閩東南片方言箇讀聲調系統

	陰平	陽平	陰上	陰去	陽去	陰入	陽入
福州	55	53	33	213	242	24	5
福清	53（陽入-ʔ）	55	33	21（陰入-ʔ）	41	22	5
永泰	44	53	31(1)	212	242	3	5
閩清	44	42	31	21(1)	242	3	5
（坂東）	44	42	33	32	242	2	5
古田	55	33	42	211	324	2	5
大橋	55	33	41	11	224	1	5

音韻特點說明如下：

　　1.閩東南片方言的聲調系統均具七個箇讀聲調，其中福清原來喉塞尾脫落而混入舒聲調，陽入者混入陰平、陰入者混入陰去。

　　2. 就各調類的調值特性來看，多數方言點陰平、陽平為中高調值，陰去、陽去為偏中低的曲折調，陰入調值低於陽入；其中福清調值表現較為殊異：陰平為高降調、陽平為高平調，恰與福州相反，又陽去調非曲折調。

　　3. 表中列出閩清城關梅城音、郊區坂東音的聲調系統大同小異，主要差異處有三：（1）陰上調值，梅城音為低降調31，坂東音為中平調33。（2）陰去調值，梅城音為低降平調211，韻母為舒聲韻；坂東音則為低降調32，且韻母讀緊喉促音。（3）坂東音系中沒有韻尾的韻母（如a、ɔ、i、u、y、ia、yo……），聲調為平聲調者，不分陰陽兩調，例如「花hua1＝華hua1」、「巴pa1＝爬pa1」，梅城音則無此特殊表現。

二　北片方言的音韻特點

　　本小節彙整閩東北片若干方言點音系，就其聲母、韻母、聲調系統所呈現的共同音韻特點進行簡要的說明與討論。此節所討論的方言點及其語料來源如下：福安（方言志1999＋田調修訂）、寧德（方言志1995）、寧德九都（秋谷裕幸2018）、周寧（方言志1993）、周寧咸村（秋谷裕幸2018）、壽寧（方言志1992）、壽寧斜灘（秋谷裕幸2010）、柘榮（方言志1995）、柘榮富溪（秋谷裕幸2010）。

（一）聲母系統

表2-9　閩東北片方言聲母系統

	p	pʰ	m	t	tʰ	n	l	ts	tsʰ	s	k	kʰ	ŋ	h	∅	j	w
福安	p	pʰ	m	t	tʰ	n	l	ts (tʃ)	tsʰ (tʃʰ)	s[θ]	k	kʰ	ŋ	h	∅	j	w
寧德	p	pʰ	m	t	tʰ	n	l	ts	tsʰ	s	k	kʰ	ŋ	x	∅	—	—
九都	p	pʰ	m [mb]	t	tʰ	n [nd]	l	ts (tʃ) (tɕ)	tsʰ (tʃʰ) (ɕ)	s	k	kʰ	ŋ [ŋg]	h (ɕ)	∅		
周寧	p	pʰ	m	t	tʰ	n	l	ts	tsʰ	s[θ]	k	kʰ	ŋ	x	∅	j(ɥ)	w
咸村	p	pʰ	m [mb]	t	tʰ	n [nd]	l	tʃ (tɕ)	tʃʰ (ɕ)	s[θ,f]	k	kʰ	ŋ [ŋg]	h (ɕ)	∅		
壽寧	p	pʰ	m	t	tʰ	n	l	ts	tsʰ	s	k	kʰ	ŋ	x	∅	—	—
斜灘	p	pʰ	m	t	tʰ	n	l	ts (tʃ)	tsʰ (tʃʰ)	s[θ]	k	kʰ	ŋ	x	∅	—	—
柘榮	p	pʰ	m	t	tʰ	n	l	ts	tsʰ	s	k	kʰ	ŋ	x	∅	—	—
富溪	p	pʰ	m	t	tʰ	n	l	ts (tʃ)	tsʰ (tʃʰ)	s[θ]	k	kʰ	ŋ	h	∅	—	—

語音特點說明如下：

　　1.閩東北片方言的聲母系統也是相當一致，多數方言點具有15個聲母（如表2-9），惟福安話、周寧話的聲母系統多出兩個半元音聲母j-、w-：（1）福安話的j-與零聲母在i元音之前具有最小對比差異，例如「藥ji?8≠熱i?8」、「忍jiŋ2≠引iŋ2」、「與ji2≠椅i2」，兩者分立為不同的聲母音位；而w-與零聲母雖然具有最小對比差異，例如「蛙wa1≠阿a1」、「味文讀wei7≠異ei7」；但在u元音之前，兩者不具最小對比差異，我們也可以將w-分析為u-做為介音成分的語音變體。（2）周寧話

的j-與零聲母在i、y、e元音之前具有最小對比差異，例如「燕~京jin1≠音in1」、「演jyn2≠引|yn2」、「人jen5≠寅en5」，兩者分立為不同的聲母音位；而w-與零聲母在u元音之前也具有最小對比差異，例如「冤wun1≠溫un1」、「汪wuŋ1≠翁姓uŋ1」，兩者亦須分立為相異聲母音位。

2. 閩東北片方言的聲母s-，多數調查報告中均描述其實際音值為齒間音[θ]，其中秋谷裕幸（2018：120）描述咸村話的[θ]時，說明有些發音人將之讀為齒唇擦音[f]。聲母s-[θ]在細音韻母之前多不發生顎化。

3. 閩東北片多數方言點的ts-、tsʰ-兩類聲母實際音讀接近[tʃ, tʃʰ]，接偏低、偏後元音時，音值才讀為[ts-、tsʰ-]，音位系統上兩者可歸併為單一套舌齒塞擦音。秋谷裕幸（2018：211）詳細描述九都話[tɕ, ɕ]只接細音韻母、[tʃ, tʃʰ]只接以[ɛ, œ, o]為開頭的韻母、[ts-、tsʰ-]搭配其他韻母，三者亦構成互補分布，可歸併為單一套舌齒塞擦音。此外，值得注意的是九都話、咸村話的tsʰ-後接細音韻母時讀為清擦音[ɕ]，且實際音值送氣成分明顯為[ɕʰ]。

4. 閩東北片方言均只有單一牙喉部清擦音，或標寫為喉擦音h-，或標寫為舌根擦音x-。值得注意的是九都話、咸村話聲母h-後接細音韻母時讀為清擦音[ɕ]，與聲母tsʰ-後接細音韻者相混，例如「戲ɕi3=刺ɕi3」。

5. 九都話、咸村話聲母m-、n-、ŋ-單說時實際音值為[mb/nd/ŋg]，帶有塞音成分；斜灘話則讀為[mᵇ/nᵈ/ŋᵍ]，塞音成分不如九都明顯。

6. 閩東北片方言的聲母系統在共時變異上也是一律具有聲母同化現象，彙整變異規律如表2-10，大致上各類聲母在前字為開尾韻、元音韻尾、喉塞尾的A條件下變讀為同部位濁弱音，且多處方言點有脫落為零聲母的表現；而在前字為鼻韻尾的B條件下變讀為同部位鼻音，且若干保存雙唇、舌尖鼻韻尾的方言點有隨前字韻尾發音部位趨同的表現。

表2-10　閩東北片方言聲母同化規律

	p/pʰ		t/tʰ/s		ts/tsʰ		k/kʰ/x(h)		∅
	A	B	A	B	A	B	A	B	B
福安	p/pʰ	m	l	n	ʒ/l/∅	ʒ/n/ŋ	∅	ŋ	ŋ
寧德	β/∅	m	l	n	ʒ/∅	ʒ	∅	ŋ/m	ŋ
九都	β/u/∅	m	l	n/ŋ	∅/i	m/n/nʐ/ŋ	∅	ŋ/m	m/n/ŋ
周寧	β	m	l	n	ʒ/l	ʒ	∅	ŋ	ŋ
咸村	β/u/∅	m/n/ŋ	l/∅	m/n/ŋ	∅/i/l	m/n/nʐ/ŋ	∅	m/n/ŋ	
壽寧	—	—	—	—	—	—	—	—	—
斜灘	β~b	m	l/z/∅	n	z/ʒ	nz/nʒ	∅	ŋ	ŋ
柘榮	β	m	l	n	ʒ	ʒ	∅	ŋ	ŋ
富溪	b	m	l/z	n	z/ʒ	nz/nʒ	g/∅	ŋ	ŋ

A：前字為開尾韻、元音韻尾、喉塞尾的條件下；B：前字為鼻韻尾的條件下。

下面舉例說明：

（1）福安話雙唇塞音聲母p-、pʰ-在A條件下多半不發生聲母同化音變；其他方言點除了變讀同部位濁弱音，另有脫落為零聲母或衍增u-的表現，例如寧德「寶貝pɔ2 ui3（＜p）」、九都「外婆ŋie7 βɔ5~uɔ5（＜p）、土匪tʰu7 i7（＜pʰ）」；而斜灘、富溪雙唇塞音在A條件下同化變異有時讀為[b]，例如：富溪「茶瓶ta5 biŋ5（＜p）」，相應於此，富溪舌根塞音在A條件下同化變異有時讀為[g]，例如：富溪「外妗ŋia7 giŋ7（＜k）」。

（2）閩東北片方言有若干方言點的聲母s-在A條件下同於舌齒擦音ts-、tsʰ-變讀為[z]或脫落為零聲母，例如：斜灘「外甥ŋie7 zaŋ1（＜s）、灶前tsau3 ɛiŋ5（＜s）」，咸村「頭前tʰau5 ɛn5（＜s）」，富溪「豬獅ty1 zai1（＜s）」。

（3）舌齒塞擦音聲母ts-、tsʰ-的聲母同化表現較為複雜，在A條件下除了變讀為舌齒部位的濁擦音，閩東北片有較多方言點脫落為零聲母或變讀為l-，例如：福安「紙錢tse2 liŋ5（＜ts）、大水to7 i2（＜ts）」，寧德「老鼠lɔ2 y2（＜tsʰ）」，周寧「灶笐tsau3 lɛn2（＜tsʰ）」；其中九都、咸村還有衍增i-的變異，例如：九都「車站ɕie1 iam7（＜ts）、包菜pau1 iai3（＜tsʰ）」，咸村「告狀kɔ3 iɔŋ7（＜tʃ）」。

（4）若干保存雙唇、舌尖鼻韻尾的方言點，其各類聲母在B條件下除了變讀為同部位的鼻音，有時也會趨同於前字韻尾發音部位，例如：寧德「甘蔗kam1 mie3（＜ts）、淡季tam7 mie3（＜k）」，九都「甘蔗kam1 mie3（＜tɕ）、清水tʃʰen3 ny2（＜tɕ）、冬節tøyŋ1 ŋɛt4（＜ts）、金桔kim1 met4（＜k）」，咸村「面布min3 nu3（＜p）、三隻sam1 miɛʔ4（＜tɕ）、兄弟ɕiɛŋ1 ŋi7（＜t）、嫩雨nɔn7 ny2（＜∅）」。

（5）閩東方言一般在前字為口部塞音韻尾（-p、-t、-k）條件下，後字聲母多不發生同化變異，但北片少數方言點聲母h-在此條件下也會脫落為零聲母，並且進一步衍增與前字塞尾同部位的清塞音聲母，例如：九都「鴨雄ap4 pøŋ5（＜h）、學校hɔk8 kau7（＜h）」，零聲母也有同類表現，例如：九都「穀雨kok4 ky2（＜∅）」。

（二）韻母系統

表2-11　閩東北片方言元音系統

壽寧、柘榮		福安[2]			寧德、九都、周寧、咸村、斜灘、富溪		
i-y	u	i		u	i-y		u
		e	θ	o	e-ø		o
œ-ɜ	ɔ	ɛ	ə	ɔ	œ-ɜ	(ə)	ɔ
a		a			a		

音韻特點說明如下：

1.閩東北片方言的元音系統相當參差（如表2-11）：（1）壽寧、柘榮城關話與南片方言相同，也是七元音系統，包括4個前元音、2個後元音、1個低元音；（2）寧德、周寧、斜灘、富溪等多數北片方言點均為十元音系統，這些方言點乃發生複雜的韻母隨調分化演變，導致半高元音[e,ø, o]與半低元音[ɛ,œ, ɔ]具有最小對比差異，音位系統上必須分立為兩套元音；（3）福安話乃在十元音系統基礎上失落撮口y元音，獨立為九元音系統，實際上另兩個撮口中元音（ø,œ）音值也偏向央元音[θ,ə]。

2.閩東北片方言高元音-i-、-u-均可做為介音及韻尾（如表2-

2　相較於福安方言志（1999），我們依據實際調查音值，修改如下：（1）福安方言志記錄為ø、œ的兩個元音，無論做為單元音或後接鼻韻尾，實際音值均偏央且圓唇徵性不明顯，顯然不同於一般閩東方言圓唇偏前的發音徵性，本書將之修改為θ、ə的兩個央元音；（2）福安方言志記錄為uoi、ieu的兩個韻母，實際音值乃由兩個高元音組成，並不帶有略低的中元音，本書將之修改為ui、iu；（3）福安方言志記錄為eiŋ、ɛiŋ、ouŋ、ɔuŋ的四個陽聲韻，韻腹實際音值只有單一中部元音，並不帶有明顯的高元音成分，本文將之修改為eŋ、ɛŋ、oŋ、ɔŋ，其所相應的入聲韻母亦然；（4）福安方言志將入聲韻母的韻尾一律記錄為舌根塞音尾（-k），實際音值並沒有明顯的舌根徵性，本書將之修改為喉塞尾（-ʔ）。

12）；除了福安話完全不具y元音，其他方言點都可以y做為主要元音，但y或不做介音或不做韻尾，表現較為參差。

　　3. 閩東北片方言寧德保存雙唇韻尾，周寧保存舌尖韻尾，九都、咸村則是三套韻尾俱全（如表2-12）；而其他方言點都只有一套舌根鼻韻尾；其中除了柘榮維持兩套分立的舌根塞尾及喉塞尾，其他方言點都已經合併為一套喉塞尾。

表2-12　閩東北片方言介音、韻尾系統

	介　　音			元音韻尾				鼻音韻尾	塞音韻尾	
福安	i	u	×	i	u	×	ɔi, θi	ŋ	ʔ	
寧德	i	u	y	i	u	y	oi/ɔi/ic	øy	老 ŋ、m 新 ŋ	ʔ	老 k、p 新 k
九都	i	u	(y)	i	u	y	ɔi, øy	m、n、ŋ	ʔ	p、t、k
周寧	i	u	y	i	u	×	oi/ɔi/ic	øu	ŋ、n	k (~t~ʔ)	
咸村	i	u	y	i	u	y	ɔi, øy	m、n、ŋ	ʔ	p、t、k
壽寧	i	u	y	i	u	×	ic	ŋ	ʔ	
斜灘	i	u	×	i	u	×	ic	ŋ	ʔ	
柘榮	i	u	y	i	u	×	oi	ŋ	ʔ	k
富溪	i	u	×	i	u	(y)	ɔi, ic	øyŋ	ŋ	ʔ	

　　4. 閩東北片壽寧、柘榮、富溪三地不具有韻變現象，福安、寧德、周寧一帶則具有非常複雜的韻變現象，除了單高元音韻腹具有鬆緊韻母共時交替表現，其他韻腹結構多是隨調分化的歷時性韻變，因而造成複雜的韻讀分合變化（如表2-13）：（1）單高元音、雙高元音、三合元音幾乎都有韻變表現，但福安、斜灘的單高元音在塞尾結構中已全部低化，三合元音亦多數全部高化。（2）下降複元音在開尾及鼻尾結構中亦是普遍發生韻變，但在塞尾結構中只有九都發生韻變。

（3）閩東北片方言的上升複元音幾乎都發生高化演變，除了寧德普遍具有隨調分化的韻變表現，其他方言點在開尾及塞尾結構中傾向全部高化，而在鼻尾結構中則多為隨調分化的韻變表現。富溪一地的上升複元音則是傾向全部中元音化，演變趨向與其他方言點相差較大。

表2-13　閩東北片方言韻變現象

	單高元音			雙高元音	三合元音	下降複元音			上升複元音		
	開尾	鼻尾	塞尾	開尾	開尾	開尾	鼻尾	塞尾	開尾	鼻尾	塞尾
	i (ei)	iŋ (eiŋ)	ik (eik)	iu (ieu)	ieu (iɐu)	au>ou	ouŋ(ɔuŋ)	ouk(ɔuk)	ie>i	ieŋ>iŋ	iek>ik
福安	○	○	△	○	×	○	○	×	△	△	△
寧德	○	○	○	○	○	○	×	×	○	○	○
九都	○	○	○	○	○	○	○	×	△	△	△
周寧	○	○	○	○	○	○	○	×	△	△	△
咸村	○	○	○	○	○	○	○	×	△	△	△
壽寧	×	×	×	×	×	×	×	×	×	×	×
斜灘	○	○	△	○	△	×	×	×	△	△	△
柘榮	×	×	×	×	×	×	×	×	×	×	×
富溪	×	×	×	×	×	×	×	×	△	△	△

△：表示全部發生韻讀變化，不隨調分化為兩類韻讀。

　　5. 閩東北片只有少數方言點有特殊的介音-y-、-u-混同音變（如表2-14）：（1）寧德在舌齒聲母、舌尖韻尾條件下發生-u->-y-的介音變異，而在舌齒聲母、舌根韻尾條件下則發生-y->-u-的介音變異，並且因為同時發生複雜的隨調分化韻變，導致今日韻讀較為殊異。（2）壽寧在舌齒聲母條件下發生-u->-y-的介音變異。

　　6. 相對於上述介音變異，閩東北片方言（除了寧德一帶）普遍發

生主要元音-y-、-u-混同音變（如表2-15）：（1）在舌齒聲母、舌根韻尾條件下發生-y->-u-的主要元音變異；（2）壽寧在舌齒聲母、舌尖韻尾條件下發生-u->-y-的主要元音變異；九都、周寧、咸村在舌齒聲母、舌尖鼻韻尾條件下，也具同類變異。

　　7.閩東北片方言具有以下幾項歷史韻類分合特點（如表2-14、2-15、2-16）：

（1）秋燒兩類字及輝杯兩類字除了特定聲調條件下部分混同，多數維持分立。

（2）福安、寧德、周寧一帶條類字在特定聲調條件下與秋燒兩類字部分混同。

（3）閩東北片方言將車類字、蛇類字讀為相同韻母。

（4）閩東北片方言將麻類字、瓜類字同讀為上升複元音，而與怪類字分立。

（5）閩東北片方言將思類字（止攝開口精莊系文讀）主要讀為合口韻-u或其韻變讀法，與遇攝3等文讀相異。

（6）多數方言點將燈類字與蟲類字同讀，而與蓮類字分立；維持三套輔音韻尾的九都、咸村維持三類字各不同讀；寧德則與南片方言相同，將蓮類字與燈類字同讀，而與蟲類字分立；壽寧則進一步將三類字完全混讀。

（7）閩東南片方言多將來自古舌尖韻尾的分類字、捐類字、雪類字、歇類字，混讀於來自古舌根韻尾的光類字、香類字、郭類字、雀類字（如表2-6）；北片方言則多維持兩大類韻讀區別（如表2-14）。

表2-14 閩東北片方言韻類分合情形（1）

	秋	燒	輝	杯	條扣口	布過擇珠	橋貯	分勤轉磚／光望	香婆／捐健	縛曲／綠燭	腳箬借	雪發劣／郭國	雀約略／歇決
福安	iu/eu	iu	ui/øi	ui	ɛu/uɜ	u	iʔ?	ɔŋ/uŋ, ɔ	ioŋ, iŋ	uʔ?	iʔ?	uʔ?, ok	ioʔ/ioʔ, iʔ?
寧德	iu/eu	iu/iau	ui/iɵi	øy/ui	iaɜ/uai	o/u	y	øn/un, ɔ	yoŋ/yŋ, yŋ	uoʔ/uʔ, yoʔ	yoʔ, yʔ	ɔk/uk, ok	yok/yk, yk
九都	iu/eu	iu/iau	ui/iɵi	øy/ui	uɜ/uai	u	y	øn/un, o	ioŋ/ioi, iŋ	uʔ, uk	yʔ, yk	øt/ut, ok	ioʔ/ik, yk
周寧	iu/eu	iu/iuɜ	ui/yi/ɵi	uai/ui	ɜɜ	u	y	uan/un, ɔ	ioŋ/ioʔ, yn	uʔ, uk	yʔ, yk	ut, uk	yɛʔ, yok
咸村	iɯ/eu/ou/iau	iau/iu/iu/iei	ui/øy/ɵi	øy/ui	eu/ɛu/iau	u	yø	øn/un/ɜŋ, ɔ	ioŋ/ioʔ/iuʔ, yn	uʔ, uk	yʔ, yk	ut, uk	yok, yt
壽寧	iu	ieu	ui	ioi	ɜɜ	ou/yø	yø	foŋ	yoŋ	ioŋ/yoʔ	yoʔ	ioŋ/yoʔ	yøʔ
斜灘	iu/eu	iu	ɵi	iu	ɜɜ	u	ʔ?	iŋ	iŋui, yŋ	uʔ, ioŋ	yʔ, yoʔ	uʔ, uok	iɔi, yʔ
柘榮	iu	iau	ui	ɜu	ɜɜ	ou	yø	ioŋ	iŋui, yøŋ	ioŋ, yoʔ	ioʔ	uok, yok	yøʔ
富溪	iu	iau	ui	ɔi	ɛɜ	o	ø	ouŋ	iŋui, øyŋ	iɔ, ioŋ	øʔ	ɔʔ, yɔi	yɔi, yø

表2-15　閩東北片方言韻類分合情形（2）

	斤銀近／弓腫銃		春裙俊／公總房		乞／竹菊肉		出掘／腹族	
福安	iŋ(ɵŋ)	iŋ(ɵŋ) / [uŋ(oŋ)]	uŋ(oŋ)		θʔ	θʔ / [少 oʔ]	oʔ	
寧德	yŋ(øŋ)		uŋ(oŋ)		yk(øk)		uk(ok)	
九都	yn(øn)	yuŋ(øŋ)	un(on) / [yn]	uŋ(oŋ)	yt	øk	øt(ot)	ok
周寧	yn(øn)	yŋ(øŋ) / [uŋ(oŋ)]	un(on) / [yn]	uŋ(oŋ)	øk	øk / [少 ok]	uk(ot)	ok
咸村	yn(øn)	yŋ(øŋ) / [uŋ(oŋ)]	un(on) / [øn]	uŋ(oŋ)	yt	yk(øk)	ut(ot)	uk(ok)
壽寧	yŋ	yŋ / [uŋ]	uŋ / [yŋ]	uŋ	yʔ	yʔ / [uʔ]	uʔ / [yʔ]	uʔ
斜灘	iŋ(øuŋ)	iŋ(øuŋ) / [uŋ(ouŋ)]	uŋ(ouŋ)		yʔ	øʔ / [少 oʔ]	uʔ(oʔ)	uʔ(oʔ)
柘榮	yŋ	yŋ / [uŋ]	uŋ		yk	yk / [少 uk]	uk	
富溪	yŋ	yŋ / [uŋ]	uŋ		iuʔ / [少 uʔ]		uʔ	

表2-16　閩東北片方言韻類分合情形（3）

	車 蔗	蛇 倚	怪 歪	麻我	瓜掛	輸樹柱（文）	思士自	蓮鹹辦	燈曾硬	蟲東港
福安	e	uai	o	i/θi	u/ou	eŋ/ɛŋ	θŋ/œŋ			
寧德	ie/a	uai/uoi	uo/ua	y/øy	u/ou	ɛŋ	œŋ			
九都	ie/a	uai/uoi	uo/ua	y/øy	u/ou	en/ɛn	eŋ/ɛŋ	ɛŋ	øŋ/œuŋ	
周寧	ie/a	uai	uɔ	y/øu	u/o	ɛn	ɛŋ/œŋ			
咸村	iE	uai/uəi	uɔ	y/ø	u/o/ou	en/ɛn	eŋ/ɛŋ	øŋ/œŋ		
壽寧	ia	uai	ua	y	u	eŋ				
斜灘	ie	uai	uʌ	y/ø	u/o	eŋ/ɛŋ	œuŋ			
柘榮	ia	uai	ua	y	u	ɛŋ	œŋ			
富溪	ia	uai	ua	y	u	eiŋ	œuŋ			

（三）聲調系統

表2-17　閩東北片方言簡讀聲調系統

	陰平	陽平	陰上	陰去	陽去	陰入	陽入
福安	332（443）	22（211）	42	35	23（223）	5	2
寧德	44	22	42	35	332	2	5
九都	44	22	<u>41</u>	35	41	4	2
周寧	44	21	42	24	213	5	2
咸村	44	322	<u>11</u>	55	11	5	3
壽寧	33	11	42	24	212	5	2
斜灘	44	21	42	335	112	5	2
柘榮	42	21	51	35	213	5	2
富溪	332	221	51	335	112	5	2

音韻特點說明如下：

1. 閩東北片方言的聲調系統也是均具七個箇讀聲調，其中寧德的上聲調與陽去調非常接近，已有部分陽去字讀為上聲調。九都、咸村也是兩調相混，以九都為例，讀為上聲短調[41]者均為非開尾韻，例如「九尾舅箸」；讀為陽去長調[41]者，兼有開尾韻，例如「飽禮大帽」，以及非開尾韻，例如「老厚袋麵」。

2. 根據實地田調修訂福安話有三個音讀時間較長的曲折調：（1）陰平調為高平繼而下降的調值，多數例字平展的部分較為明顯，尤其是做為詞彙的後字時，調值下降不很明顯。（2）陽平調則為低降繼而平展的調值，也是平展的部分較為明顯。（3）陽去調為低平後升的曲折調值，多數例字也是平展的部分較為明顯，尤其是做為詞彙的後字時，調值上升不很明顯。

3. 就各調類的調值特性來看，北片方言與南片方言相異處如下：（1）陽平調為偏低調值；（2）陰去調為偏高且上升調值；（3）陰入調值高於陽入（寧德除外）。

第二節　馬祖閩東話的基本音系與特點

臺灣馬祖群島在地理位置上非常接近福州馬尾港口，根據《連江縣志》記載，明朝洪武元年以後，開始有漁民陸續遷居群島，自成村落。不過，明朝初年，東南沿海倭寇為患，洪武年間頒布兩次禁海令，命沿民居民全體遷回內地，嚴禁遷徙外島，使得馬祖一度成為荒島，只有南竿、北竿、東引等海防重地有駐兵戍守；清朝初年倭寇之患消除，但清廷為了斷絕鄭成功的經濟後援，又頒布數次遷界令，將濱海及離島居民全數遷入內地，直到清康熙二十二年（1683）才解除禁令，馬祖的主要移民應於此後才移入，並逐漸形成具血緣關係的村

落，其中以陳、林、曹、王、劉為大姓族群。但馬祖仍不時受到海盜威脅，經濟生活嚴重損失。民國初年，馬祖積極發展漁業，又官民實施民防自衛以對抗海盜，經濟趨於穩定；對日抗戰爆發後，馬祖受到日軍佔領，直到抗戰勝利，生活才又逐漸轉為安定。民國三十四年到三十八年（1945-1949）是馬祖最繁榮安定的時代，漁村大舉建設、海上貿易興盛，《連江縣志》描述當時馬祖「每季外來舢舨漁舟數百艘，作業之定置網數千張，大對圍網數百組，漁獲滿艙，無以計數……」；民國三十八年國民政府退守來臺後，馬祖與內地聯繫中斷，居民生活陷入困境，實施軍事管制後，軍民同居馬祖，軍隊成為當地的經濟重心。民國八十一年（1992）馬祖解除戰地管制，駐軍減少，大陸漁民越界爭捕，使得馬祖的經濟生活愈益困頓，地方政府逐漸將經濟重心轉往觀光事業的經營，地方人士也大力推動馬祖文化總體營造，使得今日馬祖在建築、信仰、飲食、民風各方面都仍然保有獨特的閩東文化氣息。

馬祖地區通行閩東方言，其居民祖籍多來自福建長樂或連江，但因移民歷史已久，自然發展出個別的語言特點，不等同於長樂話或連江話；而且由於處於臺灣以華語、閩南語為優勢語言、傳播用語的環境下，馬祖話的語言流失情形相當嚴重，大約40歲以下的馬祖居民已經說不太清楚馬祖話，年輕新生代更是只會聽、不會說，即使是還能流利使用馬祖話做為日常生活溝通語言的青壯或中年一輩，相較於老年層，也往往發生明顯的語音變異或變化。下面以馬祖北竿橋仔村的語料為基礎，簡要介紹馬祖話的基本音韻系統，同時說明若干腔調差異或世代差異。

一　聲母系統

　　綜合歸納馬祖閩東話的聲母表現，包括零聲母（∅）在內共有15個聲母，如下表所示，每個聲母各舉若干語詞為例：

表2-18　馬祖閩東話的聲母系統

p	布表飯	pʰ	破批拍	m	米馬面		
t	地丈豬	tʰ	腿鐵湯	(n)	尿儂日	l	螺籠六
ts	珠井節	tsʰ	彩青出			s	輸鹽澀
k	鬼根骨	kʰ	扣牽殼	ŋ	魚銀月		
h	火巷佛	∅	芋紅藥				

語音特點說明如下：

　　1. n-、l-分合：馬祖話聲母n-來自中古音系的泥娘母與部分日母，l-則來自來母。n-實際音值為「鼻音成分不明顯，介於[n]、[l]之間而較近於[l]的發音，但舌尖輕點齒齦而鬆放，所形成的阻塞程度不如[l]的音值」，因此常常有時記為[n]、有時又記為[l]；而l-聲母的音值「更接近於[l]，舌尖接觸齒齦而彈下得較乾脆」，因此一致地記為[l]。古泥娘日母時有[n]~[l]自由變體的情況，有的發音人能清楚地分別「奴爐」、「女呂」、「難蘭」、「儂籠」等最小對比詞，有的發音人則已經混同了「綠箸」、「論嫩」等最小對比詞。據此，馬祖話的n-乃混同於l-，與福州話來母混同於泥母的情況（陳澤平1998：7、8）不同，而與長樂話泥母混同於來母（林寒生2002：8）有一致的變化方向；但馬祖話並未完全混同兩者，因此聲母系統上仍將古泥娘日母字暫定為「n-」，以括號表示其處於自由變體的混同狀態，古來母字則定為「l-」。年輕一輩則因受華語優勢影響，n-、l-分別相對清楚穩定。

2. s-的實際音值：在馬祖年長發音人的口中，s-的實際音值應為齒間音[θ]，舌尖略伸出齒外發出清擦音；多數年長發音人舌尖不伸於齒外，但緊抵上下兩排牙齒之際發出清擦音，音值較真正的[θ]鬆放；中生代發音人則因受華語優勢影響，已經讀為與華語相同的舌尖擦音[s]。相應於s-的實際音值近於[θ]，年長發音人的ts-、ts^h-聲母實際音值也較為鬆放，但不到發為齒間清塞擦音的地步。為了方便與其他音系做比較，我們還是將這三個聲母音位性地定為ts-、ts^h-、s-。

3. ts-、ts^h-的顎化：ts-、ts^h-聲母後接齊齒或撮口韻母時，會顎化為[tɕ-、tɕ^h-]，如「手」實際音讀為[tɕ^hiu33]、「漿」實際音讀為[tɕyoŋ55]，此為條件變體，[ts-、ts^h-]與[tɕ-、tɕ^h-]可合併為同一音位。而s-聲母實際音值為齒間音[θ]，後接齊齒或撮口韻母時並不發生明顯的顎化，「需」實際音值仍讀為[θy55]、「死」實際音值仍讀為[θi33]；但中生代發音人的舌尖擦音，後接齊齒或撮口韻母時則顎化為[ɕ]，如「社」實際音讀為[ɕia131]。

4. 馬祖閩東話具有「聲母同化」的共時變異，歸納音變規則如表2-19，語音特質說明如下：

（1）p-、p^h-在開尾韻、元音韻尾、喉塞尾後濁擦化為β-，但粗擦性不強，僅雙唇輕輕接觸，鬆軟地放出氣流；在鼻音韻尾後變為雙唇鼻音m-。

（2）t-、t^h-、s-在開尾韻、元音韻尾、喉塞尾後變為l-，在鼻音韻尾後變為舌尖鼻音n-，但較單字讀的n-聲母更具鼻音徵性。

（3）ts-、ts^h-變化後的音值難以確定，在開尾韻、元音韻尾、喉塞尾後，其音值濁化且粗擦性減弱，張屏生（2002）記為z-、陳澤平（1998）記錄福州話為z-，林寒生（2002）記錄福州話與長樂話皆為ʒ-；但我們觀察發音人音讀中的這個音值並沒有z-、ʒ-這麼靠前，也非明顯的、緊實的擦音，考量許久，我們定為ʑ-，較靠近其實際發音

部位，不過其發音方式較擦音為弱，甚至有部分詞彙中已經丟失為零聲母；在鼻音韻尾後，ts-、tsʰ-變為同ʐ-部位發音，但略帶有鼻音，我們記為ʐᴺ，表示在ʐ-上帶有鼻音徵性，部分語詞已經進一步丟失為零聲母。[3]

（4）k-、kʰ-、h-在開尾韻、元音韻尾、喉塞尾後變為零聲母，從聲母同化中部分「ts-、tsʰ->ʐ>∅」與「ts-、tsʰ->ʐᴺ>∅」的變化過程來看，我們認為k-、kʰ-、h-聲母可能也先經歷了濁擦化為ɣ-或ɦ-的歷史階段，濁擦音又進一步脫落為零聲母。k-、kʰ-、h-在鼻音韻尾變為舌根鼻音ŋ-。

（5）零聲母者僅於鼻音韻尾後變化為帶舌根鼻音ŋ-；於其他韻母後皆不發生變化。

（6）聲母為鼻音m-、n-、ŋ-者，無論前字韻尾為何都不發生變化，因其原本音值帶「濁音性、鼻音性」，已與前字韻尾的「發音方式」相近。不過 n-在開尾韻、元音韻尾、喉塞尾後仍保持單字讀近似[l]的語音特質，但在鼻音韻尾後「鼻音徵性」加強而近於真正的舌尖鼻音[n]。

---

3 從部分發音人的語音中，我們發現了ʐ-、ʐᴺ>∅的消失過程可能還經過j-的半輔音階段。

表2-19　馬祖閩東話聲母同化共時變異規則表

	前字韻尾		
	（開尾韻） 元音韻尾、喉塞尾	鼻音尾	舌根塞音尾
p-、pʰ-	β	m-	不變
t-、tʰ-、l-	l-	n-	不變
s-	l-	n-	不變
ts-、tsʰ-	ʐ~∅	ʐ^{N}~∅	不變
k-、kʰ-、h-、∅	∅	ŋ-	不變

二　韻母系統

綜合馬祖閩東話的韻母表現，歸納其元音系統共有七個獨立的元音：

i,y		u
e,ø		o
	a	

馬祖閩東話韻母系統如下表，其韻母結構共有52個，依其韻尾性質，可分陰聲韻（韻尾為零或-i、-u、-y）、陽聲韻（韻尾為鼻輔音-ŋ）與入聲韻（兩套韻尾：喉塞音-ʔ、舌根塞尾-k）三類列表如下。就其韻母結構來看，有三個介音（-i-、-u-、-y-）、三個元音性韻尾（-i、-u、-y）、三個輔音性韻尾（-ŋ、-ʔ、-k）。

表2-20　馬祖閩東話韻母系統表

韻類	韻母	例字	韻母	例字	韻母	例字	韻母	例字
陰聲韻 19	i（ei）	絲棋米四地	y（øy）	豬魚雨鋸箸	u（ou）	粗牛苦種婦		
	e（ɑ）	街鞋買細賣	o（ɔ）	初驢絮苧	o（ɔ）	刀婆保縚道		
	a（ɑ）	家茶飽孝下	ia	車蛇寫蔗綺	ie	雞池椅祭弟		
			ua	花華寡瓦話	uo	輸蔚主課芋	yo	橋貯
	ei（ai）	獅脐海荽耔	ou（au）	溝頭九晝厚	eu（iau）	嘹條蔓掃撩	oy（ɔy）	[陳㿖腿退坐]
	uai	歪磨我貴大	ui（u:i）	追皮水貴被	iu（i:u）	秋球表笑臭		
陽聲韻 12	iŋ（eiŋ）	新陳蟶面胃	yŋ（øyŋ）	中斤種銃近	uŋ（ouŋ）	公裙筍末順		
	eiŋ（aiŋ）	牽鹹減恬硬	øyŋ（ɔyŋ）	蔥蟲桶巷共	ouŋ（ɔuŋ）	孫糖講瓦卵	yoŋ	磚言獎唱健
	aŋ	川晴井柄柄汗	iaŋ	驚行餅綠定	ieŋ	天黏典鹽現		
			uaŋ	官盤喘判亂	uoŋ	分門轉勤遠		
入聲韻 21	ik（eik）	筆七席翼	yk（øyk）	竹乞肉熱	uk（ouk）	出卒木族		
	eik（aik）	德節十特	øyk（ɔyk）	北殼六讀	ouk（ɔuk）	骨刷學滑		
	ak	割鴨粒煠	iak	獺嚇揭疫	iek	鐵接舌熱		
	eʔ（œʔ）	[卜凹 meʔ28]	oʔ（œʔ）	華發罰襪	uok	國雪月橛	yok	約歇絕
	aʔ	拍客白宅	iaʔ	[閫玉 kɒʔ28]	oʔ（ɔʔ）	桌菜薄額		
			uaʔ	劃	uoʔ	壁	yoʔ	脚藥

語音特點說明如下：

1. 馬祖閩東話具有鮮明的共時韻變現象，多數韻母在箇讀特殊聲調條件下，主要元音發生舌位退後或下降或複元音化，不過這些特殊聲調的單字在連讀前字環境下，聲調變化為非特殊聲調，都讀回基本的緊韻母，本文稱之為「韻變現象」。馬祖話的特殊聲調條件一般而言是「陰去、陽去、陰入」三類；但特別在「ou(au)、ei(ai)、oy (ɔy)、ui (u:i)、iu (i:u)」等韻母結構中，「陽平」亦屬特殊聲調條件，讀為鬆韻母。其中下降複元音「ou(au)、ei(ai)、oy (ɔy)」在陽平、陰去、陽去等聲調條件下，讀為鬆韻母au、ai、ɔy，實際音值的發音部位較低、開口度較大；而陰平、上聲及連讀條件下，則讀為發音部位較高、開口度較小的緊韻母ou、ei、oy。不過，老輩發音人的au、ai 尚未有穩定的共時韻變，有時在陰平、上聲及連讀條件下還是讀為au、ai，由此可見此類共時韻變現象具世代差異，應該是正在發生的語音變異，值得擴大調查研究。

2. -k與-ʔ的關係：老輩發音人仍不完整地保留兩套入聲韻尾，在部分入聲字仍有舌根塞音-k與喉塞音-ʔ的最小對比，例如：

| 鴨 ak[13] | 月 ŋuok[5] | 雪 suok[13] | 舌 siek[5] |
| 揖 aʔ[13] | 玉 ŋuoʔ[5] | 削 suok[13] | 食 sieʔ [5] |

而這些入聲字在中生代發音人口中已經都讀為喉塞尾（-ʔ），年長者仍有區別的最小對比入聲字組，在中生代發音人口中也都為同音字了。由此可見馬祖話入聲韻尾本有兩套，但已逐步混同；為了方便說明兩套不同的入聲尾在「連讀變調」與「聲母同化現象」中不同的影響，所以還是忠實地在基本韻母系統上列出兩套部分成對比的入聲韻尾。值得注意的是，雖然-k與-ʔ兩套入聲韻尾已逐步混同，但在變調

系統上還是分為兩套變調規則，尤其是陰入調的變調更是嚴格區分、不相混同。因此入聲字的變調規則便成為我們檢視入聲字原為哪一套入聲韻尾的方法。例如「ik(eik)、yk(øyk)、uk(ouk)、eik(aik)、øyk(ɔyk)、ouk(ɔuk)」這六組入聲韻母的單字讀，由於緊接塞音尾的元音皆為高元音，共鳴腔較小，故很難辨別其入聲韻尾是-k與-ʔ，但從他們在前字變調情形下都一致依循舌根塞音尾的變調規則，我們認為這些韻母只有一套舌根塞尾。

　　3.-a與-e在陰去、陽去聲調環境下韻母皆變化為-ɑ，亦即兩個不同的緊韻母在陰去、陽去聲調條件下讀為相同鬆韻母，例如：「下」與「解曉也」單字讀同音，但在連讀環境中，兩者讀為不同的基底韻母。

例字	單字讀	連讀環境
下	ɑ[131]	下晝：a（<ɑ）[131＞53]　lau[312]（<t）
解曉也	ɑ[131]	解驚會怕：e（<ɑ）[131＞33]　kiaŋ[55]

-ø與-o也是在陰去、陽去聲調環境下韻母皆變化為同一鬆韻母-ɔ，例如：「絮」單字讀與「曹操」的「操」（此作陰去讀）同音；但「絮」在連讀前字環境中，與「操」的陰平調單字讀為不同的基底韻母。

例字	陰去單字讀	緊韻母讀法
絮絲瓜	tsʰɔ[312]	絮花：tsʰø（<ɔ）[312＞33] ua55（<h）
操曹操	tsʰɔ[312]	操平聲：tsʰo55

　　4.-eu的隸字全為陽平調，如「蜀條船」（一艘船）的「條」、意指一間房子的「寮」、「調味」的「調」、「謀財」的「謀」等。這群字詞在福州方言歸讀ɛu（ɑu）韻母，我們將福州方言ɛu（ɑu）韻母的字一一拿來詢問馬祖發音人，發現陽平調以外都讀為-iau，如意指肚子餓的「枵」、放魚的「篓」、「口味」的「口」、「扣子」的「扣」等，

而且-iau韻母中獨缺陽平調字。這樣有趣的「互補分布」現象,一方面顯示馬祖話「-eu、-iau」這兩類韻母本為一類,在福州方言都讀為「εu(ɑu)」;一方面也顯示馬祖話的「陽平調」具有特殊性,使其韻母走向不同於其他調類條件的演變方向。

5. -ui實際音值主要元音[u]的音長、音強都較韻尾[i]明顯,韻尾[i]發音舌位相對較鬆、較低,因此在一開始記音時往往會有時記為[ui]、有時記為[ue]或[uɪ]。仔細觀察後,我們認為此乃受到馬祖話「主要元音音長較長、韻尾短促微弱」的發音特質影響,因此我們仍將音位符號定為-ui。在陽平、陰去、陽去聲調條件下實際音值讀為[uːi],主要元音[u]發音時間更明顯拉長,韻尾[i]相對短促,部分發音人在兩者之間似有一圓唇過渡音[o],但連讀前字則又讀為[ui],例如「被被子」單字讀為「pʰuːi [131]」,「被單」一詞則讀為「pʰui(< uːi)[131>33] laŋ55(<t)」。

6. -iu韻母實際音值在[i]與[u]的中間似有一過渡音,發音位置較[ə]高些,但此過渡音極不明顯,念得快時便消失,在零聲母環境下較為明顯,我們認為此亦受到馬祖話「主要元音音長較長、韻尾短促微弱」的發音特質影響,因此我們將音位符號仍定為-iu;其於陽平、陰去、陽去聲調條件下實際音值讀為[iːu],主要元音[i]更明顯拉長,韻尾[u]相對短促,零聲母環境下原來中間的過渡音舌位降低似為[e],但在其他聲母環境下皆為清楚的[iːu],連讀前字則又讀為[iu],例如「樹」單字讀為「tsʰiːu[312]」,「樹箬樹葉」一詞則讀為「tsʰiu(<iːu)[312>33] nuoʔ[5]」。

7. 馬祖話的音節結構相當緊密,但處於音節末端的後位韻尾-u、-ŋ、-k、-ʔ經常讀得很弱,尤其在連讀過程中更容易消弱、甚而消失。例如-au韻母的韻尾通常讀得很弱,「老lau[131]」聽起來像「la」、「頭tʰau[51]」聽起來像「tʰa」;而鼻韻尾-ŋ在語流中也讀得鬆弱,有時聽

起來像鼻化韻，有時甚至已經近似陰聲韻，如「今年暝」一詞的「暝maŋ[51]」，鼻韻尾極弱，我們多次記為「ma51」，「病啞啞巴」一詞多次記為「pa[53] ŋa[33]（<∅）」，由「啞」字讀為「ŋa33」，可以確信第一音節本有鼻韻尾才會使其衍生鼻音聲母，而且第一音節在使後字聲母同化後，自身卻幾乎失去了鼻音；入聲韻尾在單字讀時配合急促聲調並不覺得其音值鬆弱，尤其在「a(ɑ)、e(ɑ)、o(ɔ)」等中低元音之後，共鳴腔較大，塞尾特質明顯；但在「i(ei)、y(øy)、u(ou)、ei(ai)、øy(ɔy)、ou(ɔu)」等共鳴腔較小的元音結構中，塞尾特質較不明顯，而在連讀環境中則不論元音為何，入聲尾往往消弱，收-k尾者變讀為-ʔ，仍多維持促調，收-ʔ者則已經完全舒化。

三　聲調系統

　　綜合馬祖閩東話的單字聲調表現，共有七種調類，分別舉例如表2-21，並說明其實際音值表現：

表2-21　祖閩東話的聲調箇讀表現

傳統調名	調值	調型	例字
陰平調	55	高平調	溝 kau~kou55
陽平調	51	高降調，結尾往往降至最低調	猴 kau51
陰上調	33	中平調	九 kau~kou33
陰去調	312	低降升調，前端下降部分較清楚，上升部分則不穩定；有時讀如22平調，近於上聲。	[到] kau312
陽去調	131	低升降調，降下部分較上升部分弱。	厚 kau131
陰入調	<u>13</u>	低升促調，受入聲塞尾影響急促收尾。	骨 kouk<u>13</u>
陽入調	5	高促調	滑 kouk<u>5</u>

說明如下：

1. 馬祖閩東話有四個具有[+長]徵性的聲調表現：陽平高降調、陰去降升調、陽去升降調、陰入上升促調；此類曲折長調乃影響韻母系統發生共時韻變的主要語音條件。

2. 除了箇讀調，彙整兩字組的連讀變調表現，舉例如表2-22。馬祖話的連讀變調情形與福州、長樂一帶相似，單字調類會因所接後字的不同而有不同的變調形式，但連讀末字不發生變調。馬祖話的入聲韻尾在橋仔村年長者口中部分仍可區分為舌根塞音（-k）與喉塞音（-ʔ）兩套，兩者變調情形不同；但有部分入聲塞尾呈現「自由變體」，不過在連讀情況下，陰入字仍依據其原來所收的入聲塞尾分為兩套變調規則，陽入字則有部分混同的現象。

表2-22　馬祖閩東話兩字組的連讀變調舉例

後字 前字	陰平 （55）	陽平 （51）	上聲 （33）	陰去 （312）	陽去 （131）	陰入 （13）	陽入 （5）
陰平 （55）	春天33 55 冬天33 55 關公33 55	炊床33 51 新郎33 51 青盲33 51	雞团53 33 豬母53 33 邊斗53 33	今旦53 312 包菜53 312 青菜53 312	春夏53 131 烏豆53 131 姑丈53 131	初一53 13 雞角53 13 烏鴉53 13	棺木33 5 三十33 5 豬肉33 5
陽平 （51）	洋灰33 55 房廳33 55 樓梯33 55	雲林21 51 雄黃21 51 茶壺21 51	門团33 33 龍眼33 33 搖椅33 33	芹菜21 312 棉布21 312 煤氣21 312	棉被21 131 紅豆21 131 門外21 131	頭髮21 13 流血21 13 臺北21 13	苗栗21 5 神木21 5 樓翼21 5
上聲 （33）	點鐘21 55 手巾21 55 碗公21 55	走廊21 51 枕頭21 51 尾牙21 51	手錶35 33 椅团35 33 老板35 33	海菜55 312 韭菜55 312 起厝55 312	手電55 131 表弟55 131 滷卵55 131	警察55 13 搶劫55 13 手橐55 13	手脈21 5 滿月21 5 小石21 5
陰去 （312）	正邊33 55 樹根33 55 半晡33 55	教堂33 51 臭油33 51 汽油33 51	蒜团53 33 穇米53 33 氣喘53 33	破布53 312 計算53 312 店面53 312	四弟53 131 算命53 131 戴帽53 131	四百53 13 嫁出53 13 拜託53 13	半日33 5 樹葉33 5 看脈33 5

後字 ＼ 前字	陰平（55）	陽平（51）	上聲（33）	陰去（312）	陽去（131）	陰入（<u>13</u>）	陽入（5）
陽去（131）	上山33 55 卵包33 55 豆漿33 55	稻埕33 51 尿壺33 51 老人33 51	縣長53 33 病囝53 33 辦酒53 33	飯店53 312 下書53 312 內褲53 312	豆腐53 131 謝願53 131 現在53 131	第一53 <u>13</u> 第七53 <u>13</u> 飯粥53 <u>13</u>	大石33 5 二十33 5 飯粒33 5
陰入-k（<u>13</u>）	竹蒿<u>21</u> 55 菊花<u>21</u> 55 出珠<u>21</u> 55	搭臺<u>21</u> 51 國旗<u>21</u> 51 鴨雄<u>21</u> 51	竹囝<u>35</u> 33 鴨母<u>35</u> 33 竹筍<u>35</u> 33	發清5 312 益臭5 312 血氣5 312	闊辦5 131 七弟5 131 發病5 131	竹北5 <u>13</u> 血壓5 <u>13</u> 七百5 <u>13</u>	乞食<u>21</u> 5 七十<u>21</u> 5 益熱<u>21</u> 5
陰入-ʔ（<u>13</u>）	發風33 55 黑斑33 55 拍針33 55	腹臍33 51 拍儂33 51 拍寒33 51	沃水53 33 桌囝53 33 拍囝53 33	擘喙53 312 削菜53 312 百歲53 312	霍亂53 131 拍邊53 131 拍敗53 131	澈潔53 <u>13</u> 桌角53 <u>13</u> 百七53 <u>13</u>	胳絡33 5 削肉33 5 百日33 5
陽入-k（5）	十三3 55 目珠3 55 木瓜3 55	日頭<u>3</u> 51 學堂<u>3</u> 51	秫米 5 33 /53 33 目尾5 33 十九53 33	十四53 312 日晝5 312	目淚5 131 學校5 131 月裡53 131 煠卵53 131	十一5 <u>13</u> 目睭5 <u>13</u> 月窟5 <u>13</u> 合作53 <u>13</u>	十六<u>3</u> 5 六十<u>3</u> 5 錫肉<u>3</u> 5
陽入-ʔ（5）	蜀千33 55 落娠33 55 落霜33 55	石頭33 51 額頭33 51 白糖33 51	跋倒53 33 石母53 33 白紙53 33	落瀉53 312 白菜53 312 白面53 312	蜀萬53 131 綠豆53 131 食飯53 131	蜀百53 <u>13</u> 落雪53 <u>13</u> 白燭53 <u>13</u>	白木33 5 蜀日33 5 白月33 5

3. 馬祖話複雜的變調現象可以歸納為四類，如表2-23：

A 前字為陰平、陰陽去、陰陽入收喉塞音（-ʔ）者有相同的變調形式：在「陰平、陽平、陽入」等高調值前，皆變為中平調值；在「上聲、陰去、陽去、陰入」等低調值前，皆變為高降調值。

B 前字為上聲、陰入收舌根塞音（-k）者有極相似的變調形式，除了陰入收舌根塞音（-k）者變調後調性仍較短促外，兩者的變調調值幾乎相同：在「陰平、陽平、陽入」等高調值前，皆變為低降調；在「上聲」中平調前，皆變為高升調，但舒促略有差異；在「陰陽去、陰入」等低調值前，皆變為高調，舒促略有差異。

　　C 前字為陽平調字時，在「陰平、上聲」等舒聲平調前，變為中平調值；在其他調值前都變為低降調。

　　D 前字為陽入收舌根塞音（-k）者較不穩定：在「陰陽平、陽入」等高調值前，變為中促調；在「上聲、陰陽去、陰入」等低調值前，有時維持高促調不變，有時入聲尾完全消失變為高降調。陽入收舌根塞音（-k）與喉塞音（-ʔ）兩類在變調上的區別不如陰入調劃然而分。

表2-23　馬祖閩東話兩字組的連讀變調規則

		陰平 55	陽平 51	陰上 33	陰去 312	陽去 131	陰入 <u>13</u>	陽入 5
A	陰平 陰陽去 陰入（-ʔ） 陽入（-ʔ）	33+55	33+51	53+33	53+312	53+131	53+<u>13</u>	33+5
B	陰上	21+55	21+51	35+33	55+312	55+131	55+<u>13</u>	21+5
	陰入（-k）	<u>21</u>+55	<u>21</u>+51	<u>35</u>+33	5+312	5+131	5+<u>13</u>	<u>21</u>+5
C	陽平	33+55	21+51	33+33	21+312	21+131	21+<u>13</u>	21+ 5
D	陽入（-k）	3+55	3+51	5+33 53+33	5+312 53+312	5+131 53+131	5+<u>13</u> 53+<u>13</u>	3+5

　　整理歸納後，我們會發現馬祖話變調系統在複雜中其實具有一些規則性，不同調類竟有相同的變調情形，且因後字的調值高低而有固定相應的變調形式，可見馬祖話聲調的連讀變化趨向受到後字的影響較大。大體來看，除了陽平調字較特別外，其他調類的字作為連讀前字都因所接後字的聲調高低而產生「趨異」變化。

第三節　馬來西亞閩東話的基本音系與特點

　　二十世紀初中國閩東地區發生兩次由基督教教會發起的大規模移民計畫，閩東移民陸續前往馬來西亞墾殖：第一次是1901年由閩清籍教會傳道黃乃裳帶領大批閩清、古田一帶的移民前往東馬砂勞越的詩巫（Sibu）開墾聚居；1903年另有一批古田籍移民隨著林稱美牧師前往西馬霹靂州的實兆遠（Sitiawan）、愛大華（Ayer Tawar）一帶拓墾；自此至二戰前（1937），是閩東人士移居南洋的高峰時期（錢進逸2010）。東馬詩巫、西馬實兆遠這兩個區域也有來自中國其他地區的移民，例如廣東、客家、福建閩南等；但因閩東移民逐漸掌握當地經濟核心，閩東話一躍成為當地通行語，即使是福建籍家中操閩南話、廣東籍家中操客語或粵語的居民也普遍會說閩東話。東馬詩巫乃以閩清口音為主要通行腔調，另有少數古田、屏南、閩侯、長樂等其他口音；而西馬實兆遠、愛大華則以古田口音為主要通行腔調，另有少數福清、閩侯、屏南等其他口音。詩巫、實兆遠的語言文化具有濃厚的閩東特色，分別有新福州、小福州之稱，經過一百多年的個別發展以及不同的語言接觸環境，目前這兩地的閩東話也發展出異於福建閩清話、古田話的音韻特點，其語言現況值得深入探究。

一　詩巫閩東話（閩清腔）基本音系

（一）聲母系統

　　綜合歸納詩巫閩東話的聲母表現，包括零聲母（∅）在內共有15個聲母，如下表所示，每個聲母各舉若干語詞為例：

表2-24　詩巫閩東話的聲母系統

p	布餅壁	pʰ	皮破拍	m	米買面		
t	豆豬店	tʰ	腿餿糖	n	尿儂日	l	雷兩六
ts	主種節	tsʰ	菜鼠出			s	輸鹽澀
k	猴鹹骨	kʰ	褲牽屈	ŋ	魚眼月		
h	火歲歇	∅	雨黃藥				

語音特點說明如下：

1. 舌尖塞擦音聲母ts-、tsʰ-、s-後接i、y前高元音時，會產生「顎化」現象，在音值上接近tʃ-、tʃʰ-、ʃ-；但在其他環境時仍讀為ts-、tsʰ-、s-（老輩發音人在洪音韻條件下音值接近[tθ, tθʰ,θ]）。從音位系統的觀點來看，由於出現的環境互補分布，兩類音值應屬同一音位的語音變體，合併為單一套聲母，以ts-、tsʰ-、s-為音位符號。

2. 一般閩東方言的聲母s-，老輩實際音值多為齒間摩擦音[θ]，與細音韻母搭配時並不明顯發生顎化，詩巫老輩發音人明顯有此特徵，但中年發音人則沒有此類徵性。

3. 詩巫閩東話的n-、l-具有最小對比差異，例如「儂人nøyŋ5≠籠løyŋ5」、「尿niu7≠料liu7」，兩者為不同的音位。

4. 詩巫閩東話具有「聲母同化」的共時變異，彙整音變規則如表2-25。

表2-25　詩巫閩東話聲母同化共時變異規則表

	前字韻尾		
	（開尾韻） 元音韻尾、喉塞尾	鼻音尾	舌根塞音尾
p-、pʰ-	不變（少數β）	m-	不變
t-、tʰ-、s-	l-	n-	不變
ts-、tsʰ-	z/ʒ	ȵ	不變
k-、kʰ-、h-、∅	∅	ŋ-	不變

　　詩巫閩東話後字聲母受到前字韻尾的影響，變異趨向為：

　　（1）開尾韻、元音韻尾、喉塞音尾後的清聲母，多數發生濁弱化音變；但雙脣聲母多數不發生濁弱化，惟老輩發音人少數語詞濁弱化為[β]。而舌尖塞擦音聲母在洪音韻母條件下濁弱化讀為近似[z]，在細音韻母條件下濁弱化讀為近似[ʒ]，但摩擦徵性並不強烈。

　　（2）鼻音韻尾後的清聲母發生鼻化音變，變讀為同部位鼻音；舌尖塞擦音聲母也變讀帶有鼻音徵性，並因洪細韻母條件而音值略有差異，本文暫時記錄為[ȵ]；但老輩發音人帶有些微磨擦徵性，音值接近為[ȵ(ʒ)]。

　　（3）舌根塞音尾後的聲母一律不發生連讀音變。

　　（4）此聲母同化的共時變異非必用規律，相較一般閩東方言來看，詩巫閩東話有較多語詞不發生聲母同化。

（二）韻母系統

　　綜合詩巫閩東話的韻母表現，歸納其元音系統共有七個獨立的元音：

```
┌─────────────────────────────────┐
│  i,y                      u      │
│  ε,œ                      ɔ      │
│          ɐ,ɜ                     │
│               a                  │
└─────────────────────────────────┘
```

詩巫閩東話韻母系統如表2-26，其韻母結構共有48個，[4]依其韻尾性質，分陰聲韻（韻尾為零或-i、-u、-y）、陽聲韻（韻尾為鼻輔音-ŋ）與入聲韻（兩套韻尾：喉塞音-ʔ、舌根塞尾-k）三類列表。就其韻母結構來看，有三個介音（-i-、-u-、-y-）、三個元音性韻尾（-i、-u、-y）、三個輔音性韻尾（-ŋ、-ʔ、-k）。說明如下：

1. 詩巫閩東話的單高元音韻腹沒有共時韻變現象，各聲調條件下均讀為一致的高元音韻腹（-i-、-u-、-y-），此與閩清坂東口音相近。然而，詩巫閩東話的下降複元音及三合元音有隨調發生共時韻變的特殊表現，如表2-27所示，陽平、陰去、陽去等聲調條件下，讀為鬆韻母ai、au、ɔy、uai，實際音值的發音部位較低、開口度較大；而陰平、上聲及連讀條件下，則讀為發音部位較高、開口度較小的緊韻母[ɛi、ɔu、œy、ui]；尤其引人矚目的是，陽平、陰去、陽去等單字讀時為鬆韻母，一旦處於連讀條件下轉換變讀為緊韻母。我們觀察到78歲發音人的au、ai 尚未有穩定的共時韻變，有時在陰平、上聲及連讀條件下還是讀為au、ai，由此可見此類共時韻變現象具世代差異，應該是正在發生的語音變異，值得擴大調查研究。

---

4 福建閩清方言韻母系統所有的œʔ、ieʔ、uaʔ等三類韻母，在詩巫閩東話的初步調查中闕如，也有可能是我們調查語料中偶然空缺，需要再詳細詢問確定。

表2-26　詩巫閩東話韻母系統表

韻類	韻母	例字	韻母	例字	韻母	例字	韻母	例字
陰聲韻 19	i	絲棋米四地	y	豬魚雨鋸箸	u	粗牛苦褲婦	yø	橋貯
	ε	街題賈細賣	œ	初蛇絮架芛	ɔ	刀婆保糙道	ɔy(œy)	縲退坐/[漉]腿
	a	家茶飽李下	ia	車蛇寫蔗椅	ie	雞池橋祭弟		
	ai(εi)	臍菜事/獅海	ua	花華霧瓦話	uo	輸蔚主課芋		
	uai(ui)	磨破大/歪我	au(ɔu)	頭晝厚/溝爬	εu	喋條簍扣膠		
			ui	追皮水賣尿	iu	秋球表笑尿		
陽聲韻 12	iŋ	新陳燖面腎	yŋ	中芊種銃近	uŋ	公裙筍柔順	yoŋ	磚言燙唱健
	εiŋ	牽鹹減店硬	œyŋ	蔥蟲桶巷共	ɔuŋ	孫糖溝封卵		
	aŋ	山晴井柄汗	iaŋ	驚行餅線定	ieŋ	天黏典鹽現		
			uaŋ	官盤喘判亂	uoŋ	分門轉勸遠		
入聲韻 17	ik	筆七席翼	yk	竹乞肉熱	uk	出卒木族	yok	約歃絕
	εik	德節十特	œyk	北穀六讀	ɔuk	骨刷學滑		
	ak	割鴨粒	iak	瀨嚇揭筬	iek	鐵接舌熱	yøʔ	借尺石箬
	aʔ	拍客白宅	uak	奪發割襪	uok	國雪月橛		
			[œʔ]		ɔʔ	桌苯薄學		
			iaʔ	壁隻食	[ieʔ]			
			[uaʔ]		uoʔ	沃曲襪玉		

表2-27　詩巫閩東話下降複元音及三合元音的韻變表現

陰平	陽平	陰上	陰去	陽去
沙 sɛi1	臺 tai5	海 hɛi2	菜 tsʰai3	害 hai7
	臺灣 tɛi~		菜頭 tsʰɛi~	害儂 hɛi~
糟 tsɔu1	猴 kau5	九 kɔu2	掃 sau3	老 lau7
	猴囝 kɔu~		掃地 sɔu~	老儂 lɔu~
[瘦]sœy1	螺 lɔy5	腿 tʰœy2	退 tʰɔy3	坐 sɔy7
	雷公 lœy~		退休 tʰœy~	坐車 sœy~
歪 ui1	磨 muai5	我 ŋui2	拜 puai3	大 tuai7
	磨刀 ?muai5		拜神 pui~	大門 tui~

　　2. 詩巫閩東話的高部複元音ui、iu，第一元音的音讀時間較長，且其發音部位略低；在兩個高元音之間有時帶有偏低的過渡元音，表現為[uᵊi]、[iᵊu]。從方言比較來看，這兩個韻母涉及歷史音韻分合問題。如表2-28所示，閩清、福州、永泰等地A、B類語詞同讀、C、D類語詞同讀，但閩清同讀為高部複元音，福州同讀為三合元音，永泰則是A、B類語詞同讀高部複元音、C、D類語詞同讀三合元音。而古田、福清等地A、B類語詞分讀、C、D類語詞分讀。根據方言比較，A、B類語詞的歷史來源應相異，C、D類語詞的歷史來源亦相異，閩清、福州、永泰等地將之混同應屬後起音韻變化；詩巫閩東話與閩清方言表現一致，乃混同兩類讀為高部複元音。

表2-28　閩東方言秋燒輝杯字類的韻讀分合比較

類別	例詞	詩巫	閩清	古田	福州		福清		永泰
					陰陽平上聲	陰陽去	陰陽平上聲	陰陽去	
A	秋酒樹	iu	iu	iu	ieu	iɛu	iu	iɛu	iu
B	燒少笑	iu	iu	iɐu	ieu	iɛu	ieu	iɐu	iu
C	輝肥鬼	ui	ui	ui	uoi	uɔi	ui	uoi	uoi
D	杯賠粿	ui	ui	uoi	uoi	uɔi	uoi	uɐi	uoi

　　3.詩巫閩東話老輩發音人保有兩套入聲韻尾：一為舌根塞尾（-k），一為喉塞尾（-ʔ），具有最小對比差異，例如「雪suok4≠削suoʔ4」、「月ŋuok8≠玉ŋuoʔ8」，兩者為不同的音位。但中年發音人已無法清楚區分兩套入聲韻尾。

　　4.詩巫閩東話有iaʔ韻母卻無ieʔ韻母，例如「壁piaʔ4」、「隻tsiaʔ4」、「食siaʔ8」、「拆tʰiaʔ4」。相應於此，一般閩東方言具有參差對應（或讀為-ia或讀為-ie）的陰聲韻語詞，詩巫閩東話多讀為-ia，例如「蛇sia5」、「徛kʰia7」。

表2-29　詩巫閩東話介音-u-、-y-分合關係表

	uo：yø		uoŋ：yoŋ		uoʔ：yøʔ		uok：yok	
雙脣	布 puo3	─	分 puoŋ1	─	縛 puoʔ8	─	發 puok4	─
舌齒	墿 tuo7	貯 tyø2	轉 tuoŋ2	張 tyoŋ1	綠 luoʔ8	箬 nyøʔ8	劣 luok4	略 lyok8
	珠 tsuo1	[乳] tsyø2	磚 tsuoŋ1（磚 tsyoŋ1）	獎 tsyoŋ2	燭 tsuoʔ4	借 tsyøʔ4	雪 suok4	雀 tsʰyok4
舌根	過 kuo3	橋 kyø5	光 kuoŋ1	捐 kyoŋ1	曲 kʰuoʔ4	腳 kyøʔ4	國 kuok4	決 kyok4

5. 詩巫閩東話的uo、uoŋ、uoʔ、uok韻母，可以出現在所有聲母條件下，如表2-29所示：除了雙脣聲母不與撮口韻母搭配，其他聲母條件下大致均有-uo-、-yo-（開尾韻及喉塞尾條件下主要元音前化為[yø]）韻腹的最小對比差異；但舌尖塞擦音聲母（ts-、tsʰ-）條件下原來讀為uoŋ韻母的語詞，78歲發音人仍讀為uoŋ，而另兩位中老輩發音人則往往改讀為yoŋ，例如「磚tsyoŋ1」、「全tsyoŋ5」。以此相較於福建閩清方言：閩清城關梅城音系的uo、uoŋ、uoʔ韻母，在聲母條件分布上無法與舌尖塞擦音或擦音聲母（ts-、tsʰ-、s-）搭配，其他閩東方言舌齒音聲母條件下讀為uo、uoŋ、uoʔ者，梅城音多讀為yo、yoŋ、yoʔ，例如「珠tsyo1」、「磚tsyoŋ1」、「燭tsyoʔ4」。至於uok韻母，雖有少數舌齒音聲母例詞（如「拙tsuok4」、「啜tsʰuok4」），但多非口語用詞，其他閩東方言舌齒音聲母條件下讀為uok的口語詞，梅城音多讀為yok，例如「說syok4」、「雪syok4」、「絕tsyok8」。坂東音的uo、uoŋ、uoʔ、uok韻母則無此聲母條件的音韻限制。詩巫閩東話此類音韻表現顯然與坂東口音較為接近。

（三）聲調系統

綜合詩巫閩東話的單字聲調表現，共有七種調類，分別舉例如表2-30：

表2-30　詩巫閩東話的聲調簡讀表現

傳統調名	調值	調型	例字
陰平調	44	高平調	分 puoŋ44
陽平調	353	高升降調	盆 puoŋ353 姑＝糊 ku35(3)
陰上調	31	低降調	苦 kʰu31
陰去調	424	中降調	褲 kʰu424
陽去調	131	低升降調	舊 ku131
陰入調	<u>323</u>	低促調	谷 kuk<u>323</u>
陽入調	<u>5</u>	高促調	掘 kuk<u>5</u>

說明如下：

　　1.詩巫閩東話的聲調表現相當特別，曲折調非常多，分別有兩個升降調、兩個降升調；值得注意的是，以往認為曲折長調乃影響韻母系統發生共時變異的主要語音條件，但詩巫閩東話的高元音韻腹卻完全沒有共時變異表現。

　　2.老輩發音人的陰去、陰入調值相當接近，均為降升調形，但入聲較為急促略低；且視發音狀況，有時只讀前半的下降調（42、<u>32</u>），有時只讀後半的上升調（24、<u>23</u>）。然而，中年發音人的陰去、陰入調則趨向簡化，絕大多數穩固讀為下降調（42、<u>32</u>）。部分喉塞尾陰入語詞會讀同陰去調，例如「粟＝厝＝tsʰuo24」、「百＝霸＝paʔ<u>32</u>」，由此可見陰去、陰入調（喉塞尾者）部分發生混同。

　　3.詩巫閩東話沒有韻尾的韻母（如a、ɔ、i、u、y、ia、uo……），聲調為平聲調者，也不分陰陽兩調，來自古清母平聲語詞讀同陽平調（353），但下降部分不明顯而調值近似35（中年發音人表現為穩定的35），例如「姑＝糊ku35」、「機＝其ki35」、「雞kie35」、「詩＝時

si35」。此與坂東口音相近。

4. 除了箇讀調，彙整兩字組的連讀變調表現，舉例如表2-31。詩巫閩東話兩字組的連讀變調，主要是前字因所接後字的聲調徵性而有不同的變調讀法；極少數後字變調：（1）陰平後字在前接陰上、陰去調條件下，有時變調為高升調（35），有時不變調；（2）陰平後字在前接陽去、陽入調條件下，有時變調為高降調（531），有時不變調，[531]調值乃由最高調降至中調再降至最低調，兩階變化明顯，音讀時間也隨之拉長，與直接下降的[51]不太一樣。

表2-31　詩巫閩東話兩字組的連讀變調舉例

	陰平 44	陽平 353	陰上 31	陰去 424	陽去 131	陰入 323	陽入 5
陰平 44	青瓜 21+44	粗鹽 21+353	雙手 35+42/53	方向 35+42/53	新婦 53+131	筋骨 35+32/23	豬肉 21+5
陽平 353	魚鰓 33+44	行棋 33+353	牛尾 33+31	長褲 21+24	黃豆 21+131	牆壁 33+32/23	牛肉 33+5
陰上 31	養豬 21+44/35	水牛 21+353	米酒 21+42/53	酒店 21+42/53	煮飯 53+131	寶惜 21+32	主席 21+5
陰去 424	飼豬 21+44/35	褲頭 21+353	中獎 35+42/53	種樹 35+42/24	清汗 53+131	過節 35+32/23	四十 21+5
陽去 131	順風 33+44	大門 55+531	邊雨 53+42	運氣 53+42/24	伏卵 53+131	建築 21+32	事業 55+5
陰入 323	菊花 21+44	出名 21+353	竹团 35+42/53	八卦 35+42/24	節儉 5+131	歇息 35+32/23	乞食 21+5
陽入 5	肉絲 5+44	石頭 5+531	族譜 5+42	十四 5+42/24	食飯 5+131	十七 5+32/23	特別 5+5

前字變調部分相當複雜，可以分成五組（如表2-32）：

A. 陰平、陰去、陰入為一組：後字若為高調值，則連讀變調為低降調（21）；後字若為中降調值，則連讀變調為高升調（35）；惟後字為低升降調，則連讀變調為高降調（53）。

B. 陽平自成一組：後字若為去聲調，則連讀變調為低降調（21）；後字若為非去聲調，則連讀變調均為中平調（33）。

C. 陰上自成一組：後字若為低升降調，則連讀變調為高降調（53）；其餘連讀變調均為低降調（21）。

D. 陽去自成一組，變調最為複雜：後字若為陰平調，則連讀變調為中平調（33）；後字若為最高調值，則連讀變調為高平調（55）；後字若為非促中調值，則連讀變調為高降調（53）；後字若為急促中調值，則連讀變調為低降調（21）。

E. 陽入自成一組：無論後字聲調如何，陽入前字均維持高調值（5）。

表2-32　詩巫閩東話兩字組的連讀變調規則

		陰平 44	陽平 353	陰上 31	陰去 424	陽去 131	陰入 323	陽入 5
A	陰平 44	21+44	21+353	35+42/53	35+42/53	53+131	35+32/23	21+5
	陰去 424	21+44/[35]	21+353	35+42/53	35+42/24	53+131	35+32/23	21+5
	陰入 323	21+44	21+353	35+42/53	35+42/24	5+131	35+32/23	21+5
B	陽平 353	33+44	33+353	33+31	21+24	21+131	33+32/23	33+5
C	陰上 31	21+44/[35]	21+353	21+42/53	21+42/53	53+131	21+32	21+5

		陰平 44	陽平 353	陰上 31	陰去 424	陽去 131	陰入 323	陽入 5
D	陽去 131	33+44	55+531	53+42	53+42/24	53+131	21+32	55+5
E	陽入 5	5+44	5+531	5+42	5+42/24	5+131	5+32/23	5+5

二 愛大華閩東話（古田腔）基本音系

（一）聲母系統

綜合歸納愛大華閩東話的聲母表現，包括零聲母（∅）在內共有15個聲母，與前述詩巫閩東話聲母系統（表2-2）大致相同，語音特點說明如下：

1. 舌尖塞擦音聲母ts-、tsʰ-、s-後接i、y元音時，會產生「顎化」現象，在音值上接近[tɕ-、tɕʰ-、ɕ-]；但在其他環境時仍讀為[ts-、tsʰ-、s-]。從音位系統的觀點來看，由於出現的環境互補分布，兩類音值應屬同一音位的語音變體，合併為單一套聲母，以ts-、tsʰ-、s-為音位符號。一般閩東方言的聲母s-，老輩實際音值多為齒間摩擦音[θ]，與細音韻母搭配時並不明顯發生顎化；但愛大華閩東話的聲母s-極少具有此類徵性，與細音韻母搭配時多發生顎化，實際音值為[ɕ]。

2. 愛大華閩東話的n-、l-具有最小對比差異，例如「難naŋ5≠蘭laŋ5」、「嫩nouŋ7≠卵louŋ7」，兩者為不同的音位。

3. 愛大華閩東話也具有「聲母同化」的共時變異，後字聲母受到前字韻尾的影響，變異趨向大致如下：

表2-33　愛大華閩東話聲母同化共時變異規則表

	前字韻尾		
	（開尾韻） 元音韻尾、喉塞尾	鼻音尾	舌根塞音尾
p-、pʰ-	β/v	m-	不變
t-、tʰ-、l-	l [l~ɾ]	n-	不變
s-	l [l~ɾ]	n-	不變
ts-、tsʰ-	ʐ~∅	ʐ^N~ŋ	不變
k-、kʰ-、h-、∅	∅	ŋ-	不變

（1）開尾韻、元音韻尾、喉塞音尾後的清聲母，多數發生濁弱化音變。有三點值得注意：（a）舌尖塞音及擦音（t-、tʰ-、s-）濁弱化實際音值介於[l]~[ɾ]之間。（b）雙唇塞音聲母（p-、pʰ-）濁弱化讀為近似[β]，但摩擦徵性並不強烈；相異於此，中青年發音人經常有進一步讀為唇齒濁擦音[v]的表現，例如「禮餅lɛ2　viaŋ2（v-<β-<p-）」。（c）舌尖塞擦音聲母（ts-、tsʰ-）濁弱化讀為近似[ʐ]，摩擦徵性也不強烈；相對於此，我們觀察中青年發音人經常有近似讀為零聲母的表現，例如「紫菜[茄子]tsiɛ2 ai3（∅<ʐ-<tsʰ-）」。

（2）鼻音韻尾後的清聲母發生鼻化音變，變讀為同部位鼻音。舌尖塞擦音聲母（ts-、tsʰ-）也變讀帶有鼻音徵性，音值近似兼具摩擦及鼻音徵性的[ʐ^N]；相異於此，我們觀察另一位中年發音人有時近似讀同舌根鼻音，例如「蜀點鐘[一小時]syøʔ8　lɛiŋ2　ŋyŋ1（ŋ<∅<n̥<tsʰ-）」。這樣看來，若干聲母的連讀同化音變應有世代之間的差異表現，值得擴大調查與分析。

（3）前字原來是舌根塞音尾條件下，後字聲母一律不發生連讀音變。

　　4.愛大華閩東話的「聲母同化」共時變異相當普遍發達,「不V」語法結構受到「聲母同化」影響而發生很有趣的變音表現,如表2-34所示:愛大華閩東話表示否定式「不V」時採取動詞聲母鼻化為同部位鼻音的變音形式,例如表打義的動詞為「pʰaʔ4（拍）」,否定式「不打」則為「maʔ4（不拍)」。一般閩東方言的否定詞為獨立音節iŋ1,根據方言比較來看,可以推論愛大華閩東話否定式「不V」的底層形式應該也是「iŋ1+V」,受到上述「聲母同化」共時變異規律影響,第一音節鼻音韻尾後的動詞聲母發生鼻化音變,遂變讀為同部位鼻音,然後第一音節iŋ1失落;聲調上則有相當一致的表現,初步來看,多數均讀為高降調（53）,若動詞（V）為陰平語詞則讀為高平調（55）。福建古田方言也具有此種特殊變音現象。

表2-34　愛大華閩東話否定式「不V」特殊變音現象

語詞	表層變音	底層形式
[不]分	muoŋ(55)	＜iŋ1　puoŋ1
[不]背	muəi(53)	＜iŋ1　puəi7
[不]拍（不打）	maʔ(53)	＜iŋ1　pʰaʔ4
[不]縛（不綁）	muoʔ(5)	＜iŋ1　puoʔ8
[不]治（不殺）	nai(53)	＜iŋ1　tʰai5
[不]洗	nɛ(53)	＜iŋ1　sɛ2
[不]坐	nɔi(53)	＜iŋ1　sɔi7
[不][穿]	nyŋ(53)	＜iŋ1　syŋ7
[不]削	nuoʔ(53)	＜iŋ1　suoʔ4
[不]食（不吃）	niaʔ(53)	＜iŋ1　siaʔ8
[不]走（不跑）	ȵau(53)	＜iŋ1　tsau2
[不]炒	ȵa(53)	＜iŋ1　tsʰa2

語詞	表層變音	底層形式
[不] [沖]	nøyŋ(53)	＜iŋ1　tsøyŋ5
[不]教	ŋa(53)	＜iŋ1　ka3
[不]去	ŋyø(53)	＜iŋ1　kʰyø3
[不]睏（不睡）	ŋɔuŋ(53)	＜iŋ1　kʰɔuŋ3
[不][埋]	ŋuəi (55)	＜iŋ1　uəi1

（二）韻母系統

　　綜合愛大華閩東話的韻母表現，歸納其元音系統共有七個獨立的
元音，如下所示；但中低元音處於高部介音與高部舌根韻尾之間時，
實際音值也隨之高化，例如ieŋ、uoŋ、yøŋ。此外，央元音[ə]只出現
在三合元音韻母結構中，例如uəi、iəu，可視為中低元音介於兩高部
元音之間的語音變體（uɔi[uəi]、iɛu[iəu]），據此央元音[ə]並非獨立的
元音音位。

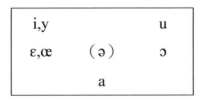

愛大華閩東話韻母系統如表2-35，其韻母結構共有46個，[5]依其韻尾性
質，分陰聲韻（韻尾為零或-i、-u、-y）、陽聲韻（韻尾為鼻輔音-ŋ）
與入聲韻（韻尾為喉塞音-ʔ）三類列表。就其韻母結構來看，有三個
介音（-i-、-u-、-y-）、三個元音性韻尾（-i、-u、-y）、兩個輔音性韻
尾（-ŋ、-ʔ）。

5　愛大華閩東話的初步調查中缺少œʔ，這可能是我們調查語料中偶然空缺，需要再詳
　　細詢問確定。

表2-35 愛大華閩東話韻母系統表

	韻1	例字	韻2	例字	韻3	例字	韻4	例字
陰聲韻 21	i	絲棋米四地	y	豬魚雨鋸箸	u	粗牛苦種婦		
	ε	街題買細賣	œ	初驢架芋	ɔ	刀婆保糙道		
	a	家茶飽孝下	ia	車斜寫蔗謝	iε	雞蛇寫祭綺		
	uai	歪磨我破大	ua	花華募瓜話	uɔ	輸主戈課芋	yœ	橋貯去乳
	ai	獅臍海菜害	au	溝頭九晝厚	εu	哮條鳥扣鬮	ɔi	袁嘍艱退坐
	uei	飛皮火歲會	ui	追肥鬼貴櫃	iu	周球久救樹	ieu	腰朝少笑尿
陽聲韻 12	iŋ	新陳燈面賢	yŋ	中斤種銃近	uŋ	公裙筍末順		
	εiŋ	牽鹹減店硬	œyŋ	蔥蟲桶巷共	ɔuŋ	孫糖講园卵		
	aŋ	山晴井柄汗	iaŋ	驚行餅線定	ieŋ	天黏典鹽現	yɒŋ	香言獎唱健
			uaŋ	官礬喘判亂	uoŋ	磚門轉勸遠		
入聲韻 13	iʔ	筆七席翼	yʔ	竹乞肉熱	uʔ	出卒木族	ɔʔ	桌柔簿學
	εiʔ	德節十特	œyʔ	北殼六讀	ɔuʔ	骨刷學滑	[œʔ]	
	aʔ	割鴨粒傑 拍客白宅	iaʔ	獺嚇揭屐 壁食隻食	ieʔ	鑷接舌熱	yɒʔ	筆約歇絕 借尺石箬
			uaʔ	撃發剝機	uoʔ	國雪月儺 沃曲縛玉		

說明如下：

1. 愛大華閩東話完全沒有共時韻變現象，各聲調條件下均讀為穩定一致的韻母，此與福建古田方言表現相同。

2. 愛大華閩東話除了有高部複元音ui、iu；另有三合元音uəi、iəu，在兩個高元音之間帶有明顯偏低的央元音，同第二節表2-5所述，此乃反映愛大華閩東話維持秋燒分韻、輝杯分韻的歷史音韻關係，此與福建古田方言表現相同。

3. 愛大華閩東話老輩發音人僅有一套入聲韻尾，音值接近喉塞尾（-ʔ），例如「雪suoʔ4＝削suoʔ4」、「月ŋuoʔ8＝玉ŋuoʔ8」。但從聲母同化變異規律來看，原來應分有兩套入聲韻尾：一為喉塞尾（-ʔ），一為舌根塞尾（-k）。在前字為原喉塞尾的條件下，後字聲母往往發生濁弱化，例如：蜀百（一百）讀為「syøʔ8 βaʔ4（＜p-）」；在前字為原舌根塞尾的條件下，後字聲母往往不發生變異，例如：六百讀為「lœyʔ8 paʔ4」。

4. 福建古田方言-ia、-ie分明，若干讀為-ia的陰聲韻語詞在愛大華卻讀為-iɛ，例如「蛇siɛ5」、「徛kʰiɛ7」。而相應的入聲韻語詞，愛大華閩東話多數讀為iaʔ，例如「壁piaʔ4」、「隻tsiaʔ4」、「食siaʔ8」，但也有參差讀為-ieʔ者，例如「食」有時也讀為sieʔ8，「拆」則有tʰiaʔ4（拆開）/tʰieʔ4（拆屋）兩種讀法。

5. 愛大華閩東話的uo、uoŋ、uoʔ韻母，可以出現在所有聲母條件下，如表2-36所示：除了雙脣聲母不與撮口韻母搭配，其他聲母條件下大致均有-uo-、-yø-韻腹（開尾韻條件下主要元音音值較低）的最小對比差異。

表2-36　愛大華閩東話介音-u-、-y-分合關係表

	uɔ：yœ		uoŋ：yøŋ		uoʔ：yøʔ	
雙脣	晡 puo3	—	分 puoŋ1	—	縛 puoʔ8	—
舌齒	墿 tuo7	貯 tyø2	轉 tuoŋ2	張 tyoŋ1	綠 luoʔ8	箬 nyøʔ8
	輸 tsuo1	[乳] yø2	磚 tsuoŋ1	獎 tsyoŋ2	燭 tsuoʔ4	借 tsyøʔ4
舌根	課 kʰuo3	橋 kyø5	光 kuoŋ1	捐 kyoŋ1	局 kuoʔ8	決 kyøʔ4

6. 福建古田方言的ui韻母，在舌尖塞擦音聲母條件下，有參差讀為y的表現，如表2-37所示，另有表胎盤義的零聲母語詞「衣」也讀為y1。愛大華閩東話也有同類表現，例如「水tsy2=煮tsy2」、「喙tsʰy3=處tsʰy3」。

表2-37　福建古田方言ui、y分合關係表

	ui：y	
雙脣	肥 pui5	—
舌齒	追 tui1	豬 ty1
	水 tsui2/tsy2 喙 tsʰui3/tsʰy3 醉 tsui3/tsy3 穗 sui3/sy3	煮 tsy2 處 tsʰy3 [藷]sy5
舌根	鬼 kui2	舉 ky2
零聲母	衣胎盤 y1	

（三）聲調系統

綜合愛大華閩東話的單字聲調表現，共有七種調類，分別舉例如表2-38，說明如下：

1.愛大華閩東話聲調系統不像其他閩東方言有複雜曲折的調形表現，因此當地發音人自稱「腔調比較平」。

表2-38　愛大華閩東話的聲調箇讀表現

傳統調名	調值	調型	例字
陰平調	55	高平調	溝 kau55
陽平調	33	中平調	猴 kau33
陰上調	42	中降調	九 kau42
陰去調	21	低降調	[到] kau21
陽去調	13	低升調	厚 kau13
陰入調	3	低促調	骨 kɔuʔ3
陽入調	5	高促調	滑 kɔuʔ5

2.除了箇讀調，彙整兩字組的連讀變調表現，舉例如表2-39。[6]愛大華閩東話兩字組的連讀變調情形相當複雜，不僅前字變調會因所接後字的聲調徵性而有不同的變調讀法，且部分後字也會變調。

---

6 我們初步調查詢問的詞表中恰好缺少四組雙音節詞組（以「—」標示），需要再補充詢問。

表2-39　愛大華閩東話兩字組的連讀變調舉例

	陰平 55	陽平 33	陰上 42	陰去 21	陽去 13	陰入 3	陽入 5
陰平 55	心肝 21+55	粗鹽 21+55	雞囝 33+53	書店 35+21	新婦 35+33	雞角 35+3	豬肉 21+5
陽平 33	暝哺 33+55	行棋 33+33	猴囝 21+53	長褲 21+21	黃豆 21+13	紅色 33+3	牛肉 33+5
陰上 42	寫批／ 水溝 21+35	水牛 21+35	米酒 21+53	鬼怪 35+21	煮飯 35+33	水獺 35+3	[瘦]肉 21+5
陰去 21	飼豬 33+55	褲頭 33+55	鋸囝 33+53	拜祭 35+21	清汗 35+33	四角 35+3	四十 33+5
陽去 13	豆精 33+55	芋卵 55+33	地主 55+53	大鋸 53+211	伏卵 55+33	—	老實 33+5
陰入 3	菊花 3+55	腹臍 3+55	八兩 3+53	八卦 35+21	—	—	乞食 3+5
陽入 5	肉絲 3+55	蜀條 3+33	白紙 21+53	十四 21+21	食飯 21+13	六百 3+3	—

前字變調部分，可以分成四組，如表2-40：

A. 陰平、陰上為一組：後字若為高調值，則連讀變調為低降調
（21）；後字若為低調值，則連讀變調為高升調（35）；惟後字為
陰上調時，陰平前字連讀變調為中平調（33）。

B. 陽去自成一組：後字若為高平調值，則連讀變調為中平調
（33）；後字若為中調值，則連讀變調為高平調（55）；後字若為
低調值，則連讀變調為高降調（53）。

C. 陰去、陰入為一組：後字若為高調值，則連讀變調為中平調

（33）；後字若為低調值，則連讀變調為高升調（35）。

D.陽平、陽入為一組：後字若為平調值，則連讀變調為中平調

（33）；後字若為升值或降調，則連讀變調為低降調（21）。

表2-40　愛大華閩東話兩字組的連讀變調規則

		陰平 55	陽平 33	陰上 42	陰去 21	陽去 13	陰入 3	陽入 5
A	陰平 55	21+55	21+55	33+53	35+21	35+33	35+3	21+5
	陰上 42	21+35	21+35	21+53	35+21	35+33	35+3	21+5
B	陽去 13	33+55	55+33	55+53	53+211	55+33	—	33+5
C	陰去 21	33+55	33+55	33+53	35+21	35+33	35+3	33+5
	陰入 3	3+55	3+55	3+53	35+21	—	—	3+5
D	陽平 33	33+55	33+33	21+53	21+21	21+13	33+3	33+5
	陽入 5	3+55	3+33	21+53	21+21	21+13	3+3	—

至於後字變調部分：（1）陰、陽平後字，在前接陰上調條件下，後字
變調為高升調（35）；（2）陽去後字，在前接陰平、陰上、陽去、陰
去、陰入等聲調條件下，後字變調為中平調（33）。

第四節　小結：閩東方言的音韻特點

表2-41　閩東方言南片、北片音韻特點比較表

	南片	北片
聲母系統	15聲母	15聲母為主【福安、周寧具半輔音聲母】
	聲母同化現象【在A條件下多變讀濁弱音】	聲母同化現象【在A條件下除濁弱音也常脫落為零聲母】
韻母系統	七元音系統	1.七元音系統 2.十元音系統 3.九元音系統（福安）
	合併單一舌根鼻韻尾 多數兩套塞尾韻分立	1.周寧、寧德保留雙唇、舌尖韻尾； 2.其他多合併單一塞尾
	多共時交替韻變【上升複元音不變】	多隨調分化歷時韻變【上升複元音高化演變】
	多介音-y-、-u-混同音變	多主要元音-y-、-u-混同音變
	1.秋燒、輝杯分合不一 2.車、蛇分立【福清例外】 3.麻怪同讀，與瓜分立【福清例外】 4.思類讀為-y 5.蓮燈同讀，與蟲分立	1.秋燒、輝杯多有別 2.車、蛇同讀 3.麻瓜同讀，與怪分立 4.思類讀為-u 5.燈蟲同讀，與蓮分立 【寧德、九都、咸村、壽寧例外】
聲調系統	七個獨立的箇讀調	七個獨立的箇讀調【寧德、九都上聲與陽去逐漸混同】
	1.陽平調為中高調值 2.陰去調為偏低降調 3.陽入調值高於陰入	1.陽平調為偏低調值； 2.陰去調為偏高且上升調值； 3.陰入調值高於陽入【寧德例外】

A 條件為前字為開尾韻、元音韻尾、喉塞尾。

歸納第一節所說明閩東南片、北片方言的音韻特點如表2-41，閩東方言具有以下幾項共同的音韻表現：

1. 聲母系統主要都是15個聲母，都具有明顯的聲母同化現象；
2. 韻母系統以七元音為最常見，多數方言點具有複雜的韻變現象；
3. 聲調系統都有七個獨立的箇讀調。

而南片與北片的音韻表現差異如下：

（1）**聲母同化方面**：南片方言在開尾韻、元音韻尾、喉塞音尾的A條件下，清音聲母多變讀為同部位濁弱音；北片方言則多有脫落為零聲母，進而受前字韻尾影響衍增音素的複雜表現。

（2）**韻變現象方面**：南片方言多具鮮明的共時交替韻變，但上升複元音韻腹不發生韻變；北片方言也有零星的共時交替韻變，但更多是隨調分化的歷時韻變，其上升複元音韻腹也發生高化音變。正因為北片方言發生複雜的隨調分化韻變，導致若干方言點形成十元音系統。

（3）**韻尾系統**：南片方言均合併為單一套舌根鼻韻尾，多數方言點維持兩套塞尾韻之分立；而北片若干方言點保留雙唇、舌尖韻尾，韻尾發生合併者通常也合為單一套塞尾。

（4）**-y-、-u-混同方面**：南片若干方言點發生介音-y-、-u-混同；北片方言則普遍發生主要元音-y-、-u-混同。

（5）**歷史韻類分合方面**：南片方言主要是「車蛇分立」、「麻怪同讀三合元音」、「思類讀為-y」、「蓮燈同讀」；北片方言主要則是「車蛇同讀」、「麻瓜同讀上升複元音」、「思類讀為-u」。

（6）**聲調音值方面**：南片方言「陽平調為中高調值」、「陰去調為偏低降調」、「陽入調值高於陰入」；北片方言則相反為「陽平調為

偏低調值」、「陰去調為偏高且上升調值」、「陰入調值高於陽入」。

　　總和來看，會發現「福清」的音韻表現與其他南片方言略有不同，而「寧德」的音韻表現與其他北片方言稍有差異。

　　進而彙整第二節、第三節所描述實地調查臺灣馬祖、東馬詩巫、西馬愛大華的閩東方言音韻特點如表2-42，這三處閩東移民均來自南片區域，其音韻特點確實也相應於上述南片方言的語言特色，值得注意的是：1. 三處均有聲母同化現象，但不同世代似乎變異趨向相異，中青年傾向脫落或不變，第五章將進行詳細的比較分析與討論。2. 三處韻變表現非常不同：馬祖各類韻腹結構都有豐富鮮明的韻變；詩巫高元音韻腹不發生低化韻變，但下降複元音、三合元音有高化韻變；愛大華則是完全沒有韻變現象。第四章將進行詳細的比較分析與討論。3. 馬祖話在舌齒聲母條件下發生介音-y->-u-混同音變，但部分老年發音人有反向變異；詩巫閩東話在舌齒聲母條件下具有介音-u->-y-混同音變；愛大華則是完全沒有介音混同表現。第六章將進行詳細的比較分析與討論。整體看來，這三處海外閩東方言既承繼了原來閩東南片的音韻特點，也有其獨特的發展演變，尤其是處於多腔調聚居的語言環境中，影響音變的因素更為複雜多元。本書希望透過結構分析、世代差異以及方言比較等各方面的研究方法，完成更深刻詳實的閩東音韻研究。

表2-42　馬祖、詩巫、愛大華音韻特點比較表

馬祖（長樂腔）	詩巫（閩清腔）	愛大華（古田腔）
15聲母	15聲母	15聲母
聲母同化現象 【多變讀濁弱音，中青年略有脫落】	聲母同化現象 【多變讀濁弱音，中青年略有脫落】	聲母同化現象 【有部分脫落為零聲母表現】
七元音系統	七元音系統	七元音系統
合併單一舌根鼻韻尾 多數兩套塞尾韻分立	合併單一舌根鼻韻尾 多數兩套塞尾韻分立	合併單一舌根鼻韻尾 **合併單一喉塞尾**
多共時交替韻變 【下降複元音、三合元音有高化韻變】	高元音無韻變現象 【下降複元音、三合元音有高化韻變】	無韻變現象
介音混同音變-y->-u- 【老年少數反向-u->-y-】	介音混同音變-u->-y-	無介音混同音變
1.秋燒、輝杯合流 2.車、蛇分立 3.麻怪同讀，與瓜分立 4.思類讀為-y 5.蓮燈同讀，與蟲分立	1.秋燒、輝杯合流 2.車、**蛇趨向同讀** 3.麻怪同讀，與瓜分立 4.思類讀為-y 5.蓮燈同讀，與蟲分立	1.**秋燒、輝杯分立** 2.車、蛇分立 3.麻怪同讀，與瓜分立 4.思類讀為-y 5.蓮燈同讀，與蟲分立
七個獨立的箇讀調	七個獨立的箇讀調	七個獨立的箇讀調
1.陽平調為中高調值（51） 2.陰去調為偏低降調（312） 3.陽入調值高於陰入	1.陽平調為中高調值（353） 2.陰去調為偏低降調（424） 3.陽入調值高於陰入	1.陽平調為中高調值（33） 2.陰去調為偏低降調（21） 3.陽入調值高於陰入

第三章
從方言比較析論韻變現象

　　本章運用歷史比較方法，分別析論閩東北片、南片韻變現象的歷史演變趨向，並深入探究韻變的時間層次、結構擴散與歷史動因。[1]

第一節　閩東方言的韻變現象

　　閩東方言的韻變現象有以下兩種表現：一是特定聲調單字於「單字讀」與「連讀」環境下的鬆緊韻母差異，以往稱為「變韻」；二是緊鬆韻母在聲調條件上的互補分布。本書將這兩種共時性及歷時性的韻母變異及變化情形統稱為「韻變現象」。

　　對於閩東方言的韻變現象，大多數研究著重於單一方言的共時變異分析，或直接與古音進行比較，缺乏運用方言比較方法來進行歷時性的分析，唯陳澤平（1998：79-84）比較閩東南片各地方言的本韻幾乎相同而變韻較有差異，進而推論韻變乃韻母逐步鬆化（低化）的過程，此種方言比較方法深具啟發，可惜該書只注意到南片語料，因而忽略另一種高化韻變的變化趨向。杜佳倫（2010）運用方言比較的方法，從歷時的角度重新分析閩東韻變現象，突破共時平面單一變異規律的侷限性，提出閩東方言的韻變實際上具有「低化」與「高化」兩種變化趨向，而韻變規律的性質可以分別從共時性語音變異及歷時性音韻變化兩種層面，進行更為全面的分析與討論；然而該文在南北

1　本章乃根據杜佳倫（2010）一文的分析討論架構，補充方言語料，增修而成。

兩片僅各取三個方言點進行比較，也缺乏入聲韻的比較分析。陳澤平
（2012）討論韻母的共時結構與歷史演變，進一步比較福州方言與福
安方言，論證福州方言的韻變現象既是歷史音變結果，也是共時變異
規則，而福安方言則由於語音系統的內部協調機制而未形成共時變異
規則，此與杜佳倫（2010）的分析結論一致，然而該書限於篇章討
論，未擴展比較其他方言點的韻變表現。秋谷裕幸（2018）詳細比較
三個現代寧德方言（虎浿話、九都話和咸村話）的同源語詞而構擬原
始寧德方言音系，並辨析自原始寧德方言至現代寧德方言之間的語音
演變過程，提供閩東北片方言重要的歷史音韻演變參考。

　　本章在上述學者的研究基礎之上，擴大採取方言比較方法來重新
析論閩東方言的韻變現象，希望藉由更全面的方言比較與結構分析，
詳細探討閩東韻變現象的共時變異、歷史演變趨向、規律性質變化及
結構擴散情形，進而討論啟動韻變的深層動因。本章分別從不同的韻
腹結構，包括高元音、下降複元音、三合元音、上升複元音，比較北
片、南片的韻變異同。本章所用語料來源如下：古田方言志（1997）、
福州研究（陳澤平1998）、福清研究（馮愛珍1993）、閩清方言志
（1993）、永泰方言志（1992）、壽寧方言志（1992）、壽寧斜灘（秋
谷裕幸2010）、柘榮方言志（1995）、柘榮富溪（秋谷裕幸2010）、福
安方言志（1999）（田調補充）、寧德方言志（1995）、寧德九都（秋
谷裕幸2018）、周寧方言志（1993）、周寧咸村（秋谷裕幸2018）。

第二節　閩東北片方言的韻變比較

　　根據《中國語言地圖集》（1988、2012），閩東方言北片與南片在
語音特點上最大不同處即「韻變現象」的有無，南片方言普遍具有韻
變現象，北片方言則無。此乃因為北片方言沒有明顯的「箇讀」與

「連讀」的鬆緊韻母變異。Norman（1977-8）的初步調查報告已提出寧德、福安等地有韻變表現，並且表示該地的韻變只能透過跨方言的歷史比較來探究。戴黎剛（2007，2008，2011）則有專文詳細探討周寧、福安、寧德等地的韻母演變現象，運用歷史層次分析的辦法，重新擬定福安等地也具有緊鬆韻母相配的音韻系統；但該文乃以單一方言點共時音系的內部分析為主，並將閩東各地的韻變規則均視為一致的低化音變。[2]在學者的研究基礎上，本節擴大採取歷史比較的方法，推論北片方言點具有多重的韻變規律，並且多半穩固為歷時性音變，而帶動整個音韻系統的結構演變，與南片福州等地的共時韻變性質不盡相同。本節比較寧德城關（1995《寧德市志》）、九都（秋谷裕幸2018）、周寧獅城（1993《周寧縣志》）、咸村（秋谷裕幸2018）與福安（1999《福安市志》並以實地調查加以補充），這些方言點都有部分韻母「缺調」的現象，進一步與其他北片方言點壽寧、柘榮的韻母系統相互比較，推論寧德、九都、周寧獅城、咸村與福安等地發生了韻讀隨調分化的音韻演變，壽寧斜灘、柘榮富溪也有若干同類的韻讀表現。在歷時演變的角度上，此乃反映了閩東方言特殊的韻變現象。

　　寧德、周寧與福安三地的韻母系統呈現複雜的缺調現象，部分韻母的所有例字只出現於特定聲調下，以陰聲韻與陽聲韻為例如下表：

表3-1　寧德（1995）缺調的韻母

	陰平	陽平	上聲	陰去	陽去
e	—	—	紫啟椅	—	—
o	—	—	斧主火	—	—

2　戴黎剛2007年曾提出周寧話內部有3種不同的變韻層次，其中一種乃以上聲為條件的高化韻變（例如au＞ɔu）；但是其2008年討論福安韻變時，又表示必須將au視為變韻，以符應一致的低化規則。本文則認為不同韻母結構的韻變趨向可以不同。

	陰平	陽平	上聲	陰去	陽去
ia	—	—	惹野也	—	—
ua	—	—	寡我	—	—
ie	車奇	斜蛇鵝	—	舍寄祭	謝徛
uo	瓜沙	華磨	—	掛化破	話瓦大
ei	—	迷眉奇	—	鼻四志	是技
ou	—	爐糊慈	—	兔醋次	杜舅自
ɔi	—	雷螺	—	退對	袋坐
oi	—	肥槌	—	喙貴	隊跪
ɛu	—	條樓愁	—	吊扣鬥	廖厚陋
eu	—	橱球	—	樹救	柱柚
uoi	—	懷	—	快	壞
em	—	沉琴	—	禁浸	甚任
eŋ	—	平秦形	—	敬鎮信	命定認
iɛŋ	—	名行	—	併正	命定
øŋ	—	重松銀	—	眾種孿	共用近
oŋ	—	房群同	—	放糞貢	順動奉
uoŋ	—	團還	—	半慣	伴換
uai	乖	—	拐	—	—
iɐu	標嬌	—	秒少曉	—	—
	雕歐	—	鳥口	—	—
iaŋ	驚兄	—	餅鼎	—	—
yøŋ	姜香捐	—	養響	—	—
uaŋ	端官	—	短管	—	—

表3-2　周寧（1993）缺調的韻母

	陰平	陽平	上聲	陰去	陽去
yi	—	—	蕊鬼水	—	—
ɛŋ	（蟶）[3]	—	餅冷桶	—	（鄧）
un	敦分	門倫	—	勸糞	飯順
ɔn	村酸拴	屯存	—	算遜鑽	段論卵
iɛŋ	聲兄	城行	—	正鏡	命定
yəŋ	香漿	娘強	—	醬唱	上樣
œŋ	崩東	曾蟲	—	更凍	幸巷
an	班擔	南蘭	—	暗散	汗站
aŋ	青坑	盲彭	—	柄姓	病鄭
e	—	奇遲	—	四氣	是地
o	—	塗慈	—	褲次	杜自
oi	—	肥槌	—	醉貴	跪隊
eu	—	櫥球	—	蛀救	柱舊
øu	—	除魚	—	注鋸	箸具
en	—	貧林	—	面浸	恨妗
on	—	輪裙	—	俊噴	潤順
øn	—	勤芹銀	—	?[4]	近
eŋ	—	情乘	—	敬政	命靜
oŋ	—	房同	—	貢銃	動弄
øŋ	—	松窮雄	—	?	共
iŋ	冰清	—	請景	—	—
yŋ	宮胸	—	等恐	—	—

3　以括號標示該聲調下僅有一例字。

4　以問號標示因方言志中收字不全，該聲調下缺少例字。

表3-3　福安（1999）缺調的韻母

	陰平	陽平	上聲	陰去	陽去
ei	詩知	遲奇	—	四氣	是地
ɔi	堆推	螺雷	—	退晬	袋坐
ɛu	雕搜	條姣	—	吊扣	廖後
au	包交	頭樓	（吵）	掃臭	效厚
ɛiŋ	牽針	開蓮鹹	—	店莧	坫縣
ɔuŋ	幫村	堂屯	—	算园	段丈
œøŋ	崩東	曾蟲	—	更凍	幸巷

　　依據分布的聲調條件，寧德、周寧與福安韻母的缺調類型大致可分為四組：A.只分布於上聲調；B.獨缺上聲調；C分布於陽平及陰陽去聲調；D分布於陰平及上聲調。初步看來，A與B、C與D似乎具有互補分布關係；然而，各組韻母數及語音形式參差，我們無法輕易地將A與B、C與D歸納為同一韻母的不同變體。因此，單從內部音韻系統的結構分布，無法完全釐清其音韻變化的詳細情形；必須同時透過方言比較，從其音韻對應關係進行歷時性音變探討。本節選擇同是北片方言的壽寧、柘榮作為比較的參照，這兩個方言點的音韻系統沒有發生劇烈的韻讀隨調分化音變，大致上可以作為反映閩東北片方言早期韻讀格局的參照點；但是不能排除個別方言點音值上發生變化的可能性，因此推論歷時音變規律的原始音值時，以最能完滿解釋各地音韻變化者為擇取標準。下面分從高元音韻腹、下降複元音及三合元音、上升複元音等三類韻母結構進行比較析論，三類韻腹結構又依其韻尾條件，分為陰聲韻、陽聲韻、入聲韻三小類，細究在不同韻尾條件下同類韻腹變化情形的異同。

一 高元音韻腹

　　表3-4、3-5、3-6是壽寧、柘榮兩地韻腹為高元音（i、u、y）之同源語詞在斜灘、寧德、周寧、福安[5]等方言點的韻讀對應表。表3-4為韻尾條件非輔音的陰聲韻類、表3-5為鼻韻尾條件的陽聲韻類、表3-6為塞音尾條件的入聲韻類。在分析各地高元音韻腹的韻變規則之前，有三件事需要先說明：

　　1.閩東方言除了複雜的韻變現象外，部分方言點還發生撮口高元音（y）與合口高元音（u）的混讀現象，各地音變情形不盡相同，詳細比較請參見本書第六章的討論。壽寧、周寧一帶發生由後而前的高元音混同音變（u＞y），說明如下（參見各地A5、A9、A16韻讀對應關係）。

　　（a）壽寧由後而前的高元音混同規律如下：

　　　　陰聲韻：ui＞y / {T,TS} ＿＿
　　　　陽、入聲韻：-u-＞-y- / {T,TS} ＿＿ {-n,-t}

陰聲韻部分，在聲母為舌齒音的條件下，高複元音ui變讀為y，例如「追槌水喙」等詞韻讀-y；陽、入聲韻部分，同類舌齒聲母條件下，

5　相較於福安方言志（1999），我們依據實際調查音值，修改如下：1.福安方言志記錄為ø、œ的兩個元音，無論做為單元音或後接鼻韻尾，實際音值均偏央且圓唇徵性不明顯，顯然不同於一般閩東方言圓唇偏前的發音徵性，本書將之修改為ɵ、ə的兩個央元音；2.福安方言志記錄為uoi、ieu的兩個韻母，實際音值乃由兩個高元音組成，並不帶有略低的中元音，本書將之修改為ui、iu；3.福安方言志記錄為eiŋ、εiŋ、ouŋ、ɔuŋ的四個陽聲韻，韻腹實際音值只有單一中部元音，並不帶有明顯的高元音成分，本文將之修改為eŋ、ɛŋ、oŋ、ɔŋ，其所相應的入聲韻母亦然；4.福安方言志將入聲韻母的韻尾一律記錄為舌根塞音尾（-k），實際音值並沒有明顯的舌根徵性，本書將之修改為喉塞尾（-ʔ）。

且古韻尾為舌尖音者，主要元音-u-混同-y-。此乃主要元音-u-受到前後發音部位影響的同化音變。這項音變應發生在鼻韻尾歸併為舌根音、塞音尾歸併為喉塞音之前，因此表3-5的A9對應關係中，壽寧非舌齒音聲母的「君裙糞困問」等詞今讀為-uŋ，舌齒音聲母的「春筍俊順」等詞今讀則為-yŋ，但是來自古韻尾為舌根音的A10例詞卻沒有這類的條件分化現象；表3-6的A16對應關係中，壽寧非舌齒音聲母的「屈掘」等詞今讀為-u?，舌齒音聲母的「出術」等詞今讀則為-y?，但是來自古韻尾為舌根音的A17例詞也沒有這類分化現象。

（b）壽寧一帶的斜灘方言只有陰聲韻部分，在聲母為舌齒音的條件下，發生同樣由後而前的高元音混同音變，並且又發生韻母低化韻變，例如上聲語詞「水」讀為tsy2，非上聲語詞「槌喙」韻讀則為低化的-ø；而陽、入聲韻部分，表3-5、3-6的A9、A16例詞則完全沒有此類分化音變。寧德則只有「水」一詞穩定讀為tsy2；九都另有「喙齒」一詞前字「喙」在連讀位置上韻讀也為-y，還有陽聲韻部分的陰平、上聲語詞「春準筍」今讀為yn，寧德一帶高元音混同音變較不明顯，聲母條件也限於舌尖塞擦音及擦音（ts-、tsh-、s-），舌尖塞音聲母者無此類表現。

（c）周寧獅城由後而前的高元音混同規律如下：

　　陰、陽聲韻：u＞y/＿〔-i,-n〕+上聲調

在韻尾為前高元音-i或舌尖鼻音的條件下，且聲調為上聲調者，主要元音-u-混同-y-，例如「鬼水」等詞韻讀-yi、「筍滾」等詞韻讀-yn。陰聲韻-ui也只有「賄偉」兩個零聲母上聲字未參與該項變化，反映語音的漸變性。與壽寧不同的是，周寧獅城此類音變較不受聲母條件限制，且其入聲韻無明顯混同現象。周寧咸村也有同類高元音混同音

表3-4　北片方言韻變比較：高元音韻腹（陰聲韻）

		壽寧	斜灘	柘榮	富溪	寧德市志	寧德九都	周寧獅城	周寧咸村	福安市志（含田調）
A1	絲棋米四鼻	i	i (2) e (非上)	i	i	i (1,2) ei (5,3,7)	i (1,2) ei (5,3,7)	i (1,2) e (5,3,7)	i (1,3) ei (2) Ei (5,7)	i (2) ei (非上)
A2	粗牛虎褲舊 思詞此賜自	u	u (2) o (非上)	u	u	u (1,2) ou (5,3,7)	u (1,2) ou (5,3,7)	u (1,2) o (5,3,7)	u (1,3) ou (2) o (5,7)	u (2) ou (非上)
A3	豬魚鼠鼠箸	y	y (2) ø (非上)	y	y	y (1,2) øy (5,3,7)	y (1,2) øy (5,3,7)	y (1,2) øu (5,3,7)	y (1,2,3) ø (5,7)	i (2) øi (非上)
A4	周球酒救壽	iu	iu (2) eu (非上)	iu	iu	iu (1,2) eu (5,3,7)	iu (1,2) eu (5,3,7)	iu (1,2) eu (5,3,7)	iu (1,3) ou (2) eu (5,7)	iu (2) eu (非上)
A5	追肥鬼貴櫃	ui/ y (T-TS 非上)	ui (零聲母) øi (P-K) y (T-TS-2) ø (TTS 非上)	ui	ui	ui/y (1,2) oi (5,3,7)	ui/y (1,2) oi (5,3,7)	ui (1) yi (2) oi (5,3,7)	ui (1,3) øy (2) oi (5,7)	ui/i (2) øi (非上)

表3-5　北片方言韻變比較：高元音韻腹（陽聲韻）

	壽寧	斜灘	柘榮	富溪	寧德市志	寧德九都	周寧獅城	周寧咸村	福安市志（含田調）
A6 零侵任壬心媂錦	iŋ/ yŋ(T-TS)	iŋ(2)/ eiŋ(非上)	iŋ	iŋ	im(1.2)/ em(5.3.7)	im(1.2)/ em(5.3.7)	in(1.2)/ en(5.3.7)	im(1.3)/ em(5.2.7)	iŋ(2)/ eŋ(非上)
A7 陳面真緊敏					iŋ(1.2)/ eŋ(5.3.7)	in(1.2)/ en(5.3.7)	in(1.2)/ en(5.3.7)	in(1.3)/ en(5.2.7)	in(2)/ en(非上)
A8 情敏釘景頂						iŋ(1.2)/ eŋ(5.3.7)	iŋ(1.2)/ eŋ(5.3.7)	iŋ(1.3)/ eŋ(5.2.7)	iŋ(2)/ eŋ(非上)
A9 裙俊春筍滾	uŋ	uŋ(2)/ ouŋ(非上)	uŋ	uŋ	uŋ(1.2)/ oŋ(5.3.7)	un/yn(1.2)/ oŋ(5.3.7)	un(1)yn(2)/ on(5.3.7)	un(1.3)/ on(5.2.7)	uŋ(2)/ oŋ(非上)
A10 房末助ₓ公文繼統						uŋ(1.2)	un(1.2)/ on(5.3.7)	un(2)/ on(5.7) / uŋ(1)/ oŋ(非陰平)	
A11 芹銀近筋斤隱	yŋ	yŋ?(2)	yŋ	yŋ	yŋ(1.2)/ øŋ(5.3.7)	yn(1.2)/ øn(5.3.7)	yn(1.2)/ øn(5.3.7)	yn(1.3)/ øn(5.2.7)	iŋ(2)/ eŋ(非上)
A12 雄銃弓腫	yŋ/ uŋ(T-TS)	øuŋ/uŋ(2)	yŋ/ uŋ	yŋ/ uŋ		yuŋ(1.2)/ øŋ(5.3.7)	yŋ/uŋ(1.2)/ øŋ/oŋ(5.3.7)	[T-K-0] yuŋ(1.3)/ øŋ(5.2.7)	uŋ(2)/ øŋ/oŋ(非上)
用容勇（零聲母）	yuŋ[6]	yŋ(2)/ iouŋ[7](非上)					joŋ[8]	[TS] uŋ(1)/ oŋ(3.2)/ øŋ(5.7)	juŋ(2)/ joŋ(非上)[9]

6　零聲母的「勇用永容」等字在壽寧方言志中韻母記為-yuŋ，此應為-yŋ的條件變體。

7　零聲母非上聲調的「用容」等字在壽寧斜灘調查報告中韻母記為-iouŋ，此亦為條件變體。

8　零聲母的「勇用永容」等字在周寧方言志中韻母記為-joŋ，此亦為條件變體。

9　零聲母的「勇用永容」等字，上聲字讀為-juŋ，非上聲調讀為-joŋ，此亦為條件變體。

表3-6　北片方言韻變比較：高元音韻腹（入聲韻）

		壽寧	斜灘	柘榮	富溪	寧德市志	寧德九都	周寧獅城	周寧咸村	福安市志（含田調）
A13	念濕 習立					ip~ik (8) ep~ek (4)	ep~ek		ip (4) ip~ep (8)	
A14	七筆 實日	i?	ei? (少 i?)	ik	i?	ik (8)	et	et~ek	it (4) et (8)	e?
A15	積激 席ᵡ敵					ek (4)	ek	ek	ik (4) ek (8)	
A16	出屈 秫掘	u?/ y? (T-TS)	o?	uk	u?	uk (8) ok (4)	øt (8) ot (4)	ut/k~ot/k	ut (4) ot (8)	o?
A17	腹督 族獨	u?	(少 u?) (TS)		u? (南)		ok	ok	uk (4) ok (8)	
A18	乞竹菊 熱肉浴	y?/ u? (T-TS)	ø? (少 y?) /o? (TS)	yk/ uk (TS)	iu?/ u? (南)	yk (8) øk (4)	øk （少 yt）	øk/ok (TS) jok (零聲母)	yuk (4) øk (8)	e?/o? (TS) jo? (零聲母)

變，並且上聲調者又發生韻母低化韻變，例如「鬼水」等詞讀為低化的-øy、「筍滾」等詞讀為低化的-øn。

2. 除了由後而前的高元音混同規律（u＞y），壽寧、柘榮、周寧、福安一帶的陽入、聲韻也發生反向由前而後的高元音混同規律（y＞u），說明如下（參見各地A12、A18韻讀對應關係）。

（a）壽寧由前而後的高元音混同規律如下：

陽、入聲韻：-y-＞-u- /｛T,TS｝＿＿｛-ŋ,*-k｝

在聲母為舌齒音的條件下，且古韻尾為舌根音者，主要元音-y-混同-u-。此乃主要元音-y-受到前後發音部位拉扯影響的趨後同化音變。斜灘也具同樣音變，且又發生韻母低化韻變，例如上聲語詞「腫」讀為tsuŋ2，非上聲語詞「銃槍」則讀為低化的tsʰouŋ3；

（b）柘榮由前而後的高元音混同規律如下：

陽聲韻：-y-＞-u- /｛T,TS｝＿＿｛-ŋ｝
入聲韻：-y-＞-u- /｛TS｝＿＿｛-k｝

柘榮陽聲韻也發生跟壽寧一致的由前而後高元音混同音變，但入聲韻部分的聲母條件只限於舌尖塞擦音及擦音，例如舌尖塞音聲母的「竹」、鼻音聲母的「肉」韻讀仍為-yk。富溪的陽聲韻變化也一致，但入聲韻的聲母條件更縮限於古精系，例如「足俗」變讀為-uʔ，但非精系語詞「叔熟肉」則讀為相應韻讀-iuk。

（c）周寧咸村由前而後的高元音混同規律如下，只有陽聲韻發生變化：

陽聲韻：-y->-u- / {TS} ＿ {-ŋ}（陰平、陰去、上聲調）

其與壽寧、柘榮不同在於聲母條件只限於舌尖塞擦音及擦音，且僅發生在陰平、陰去、上聲調條件下，[10]例如陰平語詞「鐘」讀為tsuŋ，而上聲、陰去語詞「腫銃槍」則讀為相應的低化韻母-oŋ。至於周寧獅城由前而後的高元音混同規律則與前述柘榮相同，但又發生韻母低化韻變，例如陰平、上聲調語詞「鐘腫」韻讀為-uŋ，而陽平、陰去、陽去語詞「龍銃槍中去聲」則讀為低化韻母-oŋ，入聲語詞「祝足俗」亦讀為低化韻母-ok。

（d）福安的音變情形與壽寧、柘榮、周寧不完全相同。從A3及A11-12的對應關係看來，福安應在低化韻變發生後，其音韻系統內部又發生了撮口高元音的音變規律：

y＞i /＿[非舌根音]、y＞u /＿[舌根音]

即撮口高元音-y-多數歸併於-i-，但作為主要元音時，若後接舌根韻尾，則歸併於-u-，這項音變造成福安今日元音系統中完全沒有撮口高元音y。

3. 閩東方言的鼻音韻尾多半已經歸併為單一套的舌根鼻音，塞音韻尾則多歸併為單一套舌根塞音或喉塞音，或是存有舌根塞音、喉塞音兩套塞音尾，如壽寧、斜灘、富溪乃歸併為單一套喉塞音，柘榮則有舌根塞音、喉塞音兩套塞音尾（參見表3-12、3-16）。寧德、周寧、福安等地的輔音韻尾歸併情形有所差異，如表3-7：（1）鼻音韻

---

10 此乃因音變順序上先在陽平調、陽去調條件下發生低化韻變（*y->ø-），因此高元音混同（-y->-u-）只發生在陰平、陰去、上聲調條件（詳細分析請參見第六章第二節第一小節、表6-19的說明）。

尾部分（參見表3-5、3-11、3-15），寧德城關有舌根與雙唇兩套鼻韻尾，古舌尖韻尾併入舌根韻尾；周寧獅城有舌根與舌尖兩套鼻韻尾，古雙唇韻尾併入舌尖韻尾；寧德九都、周寧咸村皆保有雙唇、舌尖、舌根等三套韻尾；至於福安則已全面歸併為單一套舌根韻尾。（2）塞音韻尾部分（參見表3-6、3-12、3-16），寧德城關有舌根、雙唇、喉塞等三套塞韻尾，古舌尖塞尾併入舌根塞尾；周寧獅城有舌根、舌尖、喉塞等三套塞韻尾，古雙唇塞尾併入舌尖塞尾，但三套塞韻尾乃處於混併為一套的過程中，經常有自由變體的表現；寧德九都、周寧咸村皆保有雙唇、舌尖、舌根、喉塞等四套塞音尾；至於福安則已全面歸併為單一套喉塞尾。這些方言點的韻讀隨調分化情形，大多不受到韻尾發音部位的影響，因此本文在描述韻變規律時，僅以韻腹的變化作為描述對象；少數受韻尾影響者會再特別說明。

　　釐清上述的其他音變後，本文根據表3-4、3-5、3-6的方言韻讀對應關係，歸納各地的高元音韻腹為分別發生如表3-8的歷時性低化韻變規律：斜灘、寧德、周寧、福安等地，無論陰、陽、入聲韻，在特定聲調條件下，高元音韻腹發生低化、甚而複化的歷時音變；該低化音變於寧德、九都、周寧獅城發生於「陽平、陰去、陽去、入聲（寧德城關僅陰入調）」；斜灘、福安則擴展為「陰平、陽平、陰去、陽去、入聲」；周寧咸村較為特殊，低化音變發生於「上聲、陽平、陽去、陽入」，陰去調不發生低化韻變，上聲調下卻讀做低化韻，而且陰聲韻的上聲調低化韻讀往往相異於陽平、陽去調的低化韻讀。需要特別說明的是，這些高元音韻腹及其低化韻讀在共時平面上往往具有韻讀交替表現，例如表3-9福安方言非上聲調語詞在單讀或連讀後字乃讀為低化韻讀，但處於連讀前字時往往讀為高元音韻讀，不過年輕一輩也有若干穩固於低化韻讀的參差表現，反映低化韻變由共時音變逐漸穩固為歷時性音變。

表3-7 北片方言韻尾比較

	壽寧	斜灘	柘榮	富溪	寧德市志	寧德九都	周寧獅城	周寧咸村	福安
鼻韻尾	-ŋ	-ŋ	-ŋ	-ŋ	-m	-m	-n	-m	-ŋ
					-ŋ	-n		-n	
						-ŋ	-ŋ	-ŋ	
塞韻尾	-ʔ	-ʔ	-k	-ʔ	-p	-p	-t	-p	-ʔ
					-k	-t		-t	
						-k	-k	-k	
			-ʔ		-ʔ	-ʔ	-ʔ	-ʔ	

表3-8　北片方言韻變比較：高元音韻腹的低化韻變

	壽寧斜灘	寧德城關	寧德九都	周寧獅城	周寧咸村		福　安
陰聲韻 聲調條件	**1.5.3.7**	**5.3.7**	**5.3.7**	**5.3.7**	**2**	**5.7**	**1.5.3.7**
R1.1.1	*i＞e	*i＞ei	*i＞ei	*i＞e	*i＞ei	*i＞ɛi	*i＞ei
R1.1.2	*u＞o	*u＞ou	*u＞ou	*u＞o	*u＞ou	*u＞o	*u＞ou
R1.1.3	*y＞ø	*y＞øy	*y＞øy	*y＞øu	—	*y＞ø	*y＞θi
R1.1.4	*iu＞eu	*iu＞eu	*iu＞eu	*iu＞eu	*iu＞ou	*iu＞eu	*iu＞eu
R1.1.5	*ui＞øi (P-K-全) *ui＞ui (0-全) 【*ui＞yi (T-TS) ＞ø(非上)】	*ui＞oi	*ui＞oi 【*ui＞yi (TS)】	*ui＞oi 【*ui＞yi (2)】	*ui＞øy	*ui＞oi	*ui＞oi＞θi 【*y＞i/_[非舌根]】
陽聲韻 聲調條件	**1.5.3.7**	**5.3.7**	**5.3.7**	**5.3.7**	**2**	**5.7**	**1.5.3.7**
R1.2.1	*i-＞ei-	*i-＞e-	*i-＞e-	*i-＞e-	*i-＞e-		*i-＞e-
R1.2.2	*u-＞ou-	*u-＞o-	*u-＞o- 【*un＞yn (TS-1.2)】	*u-＞o- 【*un＞yn (2)】	【*un＞yn ＞øn】 （5.2.3.7） *uŋ＞oŋ	*un＞on	*u-＞o-
R1.2.3	*y-＞øu- 【*yŋ＞uŋ (T-TS) ＞ouŋ】	*y-＞ø-	*y-＞ø-	*y-＞ø- 【*yŋ＞uŋ (T-TS) ＞ouŋ】	*y-＞ø- 【*yŋ＞uŋ (TS+1.3.2) ＞oŋ (3.2)】		*y-＞θ- 【y＞i/_[非舌根]】 【*y＞u/_[舌根音]】
入聲韻 聲調條件	**4.8**	**4**	**4.8**	**4.8**	**8**		**4.8**
R1.3.1	*i-＞ei-	*i-＞e-	*i-＞e-	*i-＞e-	*i-＞e-		*i-＞e-
R1.3.2	*u-＞o-	*u-＞o-	*u-＞o- 【*ut＞yt(8)＞øt】	*u-＞o-	*u-＞o-		*u-＞o-
R1.3.3	*y-＞ø- 【*yk＞u？(TS)＞o？】	*y-＞ø-	*y-＞ø-	*y-＞ø- 【*yk＞uk (TS) ＞ok】	*y-＞ø-		*y-＞θ- 【*yk＞u？(TS)＞o？】

表3-9　福安方言高元音韻腹的共時韻變表現（陰聲韻為例）

	箇讀或連讀後字	連讀前字
*i＞ei (1.5.3.7)	行棋 kiaŋ5 |kei5| 土地 tʰu2 |lei7|（＜t-）	棋盤 |ki5| paŋ5 地主 |ti7| tsi2
*u＞ou (1.5.3.7)	褲 |kʰou3| 牛 |ŋou5|	褲頭 |kʰu3| lau5（＜tʰ-） 牛肉 |ŋu5| nəʔ8
*y＞θi (1.5.3.7)	豬 |tθi1| 魚 |ŋθi5|	豬肉 |ti1| nəʔ8 魚皮 |ŋi5| pʰui5
*iu＞eu (1.5.3.7)	樹 |tsʰeu3| 救 |keu3|	樹皮 |tsʰiu3| pʰθi5 救儂 |kiu3| nəŋ5
*ui＞oi＞θi (1.5.3.7)	肥 |pθi5| 喙 |tsʰθi3|	肥肉 |pui5| nəʔ8 喙舌 |tsʰi3| liʔ8（＜θ-）

二　下降複元音及三合元音

表3-10　北片方言韻變比較：下降複元音及三合元音（陰聲韻）

		壽寧	斜灘	柘榮	富溪	寧德市志	寧德九都	周寧獅城	周寧咸村	福安市志（含田調）
B1	包頭走掃厚	au	au	au	au	au	au	ou (2) / au (非上)	au	ou (2) / au (非上)
B2	獅臺海菜耳	ai	ai	ai	ai	ai	ai	ɛi (2) / ai (非上)	ai	ai
B3	甌條狗扫料	eu	eu	eu	ɛu	iau (1.2) / ɛu (5.3.7)	iau (1.2) / ɛu (5.3.7)	ɛu	eu (1) iau (2) / ɛu (5.3.7)	eu (2) / ɛu (非上)
B4	堆螺腿退坐	oi	øi (2) / ɔi (非上)	oi	ɔi	øy (1.2) / ɔi (5.3.7)	øy (1.2) / ɔi (5.3.7)	ai/uai (2) / ɔi (非上)	oi (1) øy (2) / ɔi (5.3.7)	øi (2) / ɔi (非上)
B5	椒漿少笑轎	ieu	iu	iau	iau	ieu (1.2) / iu (5.3.7)	iau (1.2) / iu (5.3.7)	ɛu (2) / iu (非上)	iau (2) / ieu~iu (非上)	iu
B6	飛皮粿歲被	uoi	ui	uɛ	ɔi	øy (1.2) / ui (5.3.7)	øy (1.2) / ui (5.3.7)	uai (2) / ui (非上)	øy (2) / ui (非上)	ui
B7	乖壞拐怪壞	uai	uai	uai	uai	uai (1.2) / uoi (5.3.7)	uai (1.2) / uoi (5.3.7)	uai	uai (2) / uoi (非上)	uai

表3-11　北片方言韻變比較：下降複元音及中元音（陽聲韻）

	壽寧	斜灘	柘榮	富溪	寧德市志	寧德九都	周寧獅城	周寧咸村	福安市志（含田調）
B8 針鹹點店念	eŋ	eiŋ (2)　ɛiŋ (非上)	ɛŋ	eiŋ	ɛm	em (1.2)　ɛm (5.3.7)	ɛn	em (1.2)　ɛm (5.3.7)	eŋ (2)　ɛŋ (非上)
B9 牽朥揀莧[硬]			ɛŋ	eiŋ		en (1.2)　ɛn (5.3.7)	ɛn(少 ɛn)	en (1.2)　ɛn (5.3.7)	ɛŋ (非上)
B10 生滕 等文更硬					ɛŋ	eŋ (1.2)　ɛŋ (5.3.7)	ɛŋ (2)	eŋ (1.2)　ɛŋ (5.3.7)	eŋ (2)
B11 蔥蟲桶粽重	oŋ	œuŋ	œŋ	œuŋ	œŋ	øŋ (1.2)　œuŋ (5.3.7)	œŋ (非上)	øŋ (1.2)　œŋ (5.3.7)	œŋ (非上)
B12 酸存選睏卵		ouŋ (2)　ouŋ (非上)	uŋ	uŋ		øn (1.2)　ɔn (5.3.7)	ɛn (2)　ɔn (非上)	on (1) øn (2)　ɔn (5.3.7)	ɔn (2)　ɔn (非上)
B13 箱長黨园丈					ɔŋ	oŋ (1.2)　ɔŋ (5.3.7)	ɔŋ	oŋ (1)　ɔŋ (非陰平)	oŋ (1.2)　ɔŋ (非上)

表3-12　北片方言韻變比較：下降複元音及中元音（入聲韻）

		壽寧	斜灘	柘榮	富溪	寧德市志	寧德九都	周寧獅城	周寧咸村	福安市志（含田調）
B14	貼澀狹十	ε?	ε?	εk	ei?	εp	ep (8) εp (4)	εk	Ep	ε?
B15	八節拔賊					εk	et (8) εt (4)		Et	
B16	得策特白文		œ?	œk	œu?		ek (8) εk (4)	œk	Ek	ə?
B17	北角讀六					œk	øk (8) œk (4)		œk	
B18	脫骨奪滑	ɔ?	ɔ?	ok	ɔu?	ɔk	øt (8) ɔt (4)	ɔk~ɔ?	ɔt	ɔu?
B19	博學文					ɔk	ɔk		ɔk	
B20	桌粕薄學白			ɔ?	ɔ?	ɔ?	ɔ?	ɔ?	ɔ?	ɔ?

表3-10、3-11、3-12是壽寧、柘榮兩地韻腹為下降複元音、三合元音（陰聲韻）及中元音（陽、入聲韻）之同源語詞在斜灘、寧德、周寧、福安等方言點的韻讀對應表。表3-10為韻尾條件非輔音的陰聲韻類、表3-11為鼻韻尾條件的陽聲韻類、表3-12為塞音尾條件的入聲韻類。本文據以歸納斜灘、寧德、周寧、福安等地分別發生如表3-13的歷時性高化韻變規律：

（1）**陰聲韻部分**：斜灘、寧德、周寧、福安等地的下降複元音（*au、*ai、*ɛu、*ɔi）有若干高化韻變表現，但發生的韻讀類別及聲調條件不太一致，斜灘只有ɔi一類在「上聲」條件發生高化；寧德城關、九都、周寧咸村則為ɛu、ɔi兩類在「陰平、上聲」條件發生高

化，其中咸村陰平與上聲的高化韻讀具有差異；福安有au、ue、ɔi三類在「上聲」條件發生高化；周寧獅城則是au、ai、ɔi三類在「上聲」條件發生韻變，其中ɔi類在上聲條件下讀為ai（腿tʰai2、短tai2）或uai（髓tsʰuai2），「*ɔi＞uai」乃由下降複元音演變為三合元音，增加高部介音還算是高化趨向，但「*ɔi＞ai」則明顯為低化趨向，此與其他方言點表現相當不同。至於三合元音部分（*iɐu、*uɐi、*uai），各地高化趨向較為一致，但聲調條件也有不同：斜灘、福安無論聲調條件*iɐu、*uɐi一律讀為高化的iu、ui；寧德、九都在「陽平、陰去、陽去」條件下發生高化，且*uai也發生高化韻變，其中*iɐu類另外在陰平、上聲條件下變讀為下降複元音（øy）；周寧獅城、咸村則在非上聲調條件下發生高化，且咸村*uai也發生高化韻變，其中*iɐu、*uɐi兩類另外在上聲條件下也有變讀為下降複元音（ɛu、øy）的趨向。

　　（2）**陽、入聲韻部分**：儘管表3-11、3-12中，多數方言點陽、入聲韻的韻腹為中元音，但考量斜灘、富溪等地韻腹乃為下降複元音，且南片有較多方言點顯示此類韻讀之韻腹亦為下降複元音，因此我們選擇以中低元音為主要元音的下降複元音（*ɛi-、*œy-、*ɔu-）做為此類陽、入聲韻的韻腹演變起點。陽聲韻部分，除了斜灘方言韻腹仍為下降複元音，寧德、周寧、福安等地均演變為單一中低元音韻腹；又除了寧德城關以外，其他方言點均在特定聲調條件下高化為中高元音（e、ø/ɵ、o）；該高化韻變於斜灘、周寧獅城、福安發生於「上聲」條件，九都、周寧咸村則發生在「陰平、上聲」條件。其中仍保有舌尖韻尾的九都、周寧獅城、周寧咸村等地，呈現舌尖韻尾條件下的*ɔu-類韻腹之高化韻讀趨向前中元音（ɛ、ø），相異於舌根韻尾者的高化韻讀趨向後中元音（o）。入聲韻部分，大多數方言點乃一律演變為單一中低元音（ɛ-、œ-/ə-、ɔ-），僅有九都在陽入調條件下繼續高化為中高元音。

　　據此來看，北片方言有相當普遍的歷時性高化韻變，且不具共時變異規律，例如福安無論齊讀、連讀，「猴」、「九」穩固讀為kau5、kou2。需要特別注意的是，各地下降複元音發生高化韻變的聲調條件，幾乎與前述高元音韻腹低化韻變的聲調條件形成互補；但三合元音發生高化韻變的聲調條件，卻與低化韻變的聲調條件幾乎相同，造成複雜的韻讀分合變化。

表3-13　北片方言韻變比較：下降複元音及三合元音的高化韻變

	斜灘	寧德城關	寧德九都	周寧獅城	周寧咸村		福安
陰聲韻 聲調條件	2	1.2	1.2	2	1	2	2
R2.1.1	—	—	—	*au＞ɔu			*au＞ou
R2.1.2	—	—	—	*ai＞ɛi			
R2.1.3	—	*ɐu＞iɐi	*ɐu＞iɐi	—	*ɛu＞eu	*ɛu＞iau	*ɛu＞eu
R2.1.4	*ɔi＞øi	*ɔi＞øy	*ɔi＞øy	*ɔi＞ai/uai	*ɔi＞oi	*ɔi＞øy	*ɔi＞øi
聲調條件	全	5.3.7	5.3.7	1.5.3.7	1.5.3.7		全
R2.1.5	*iɐi＞iu	*iɐi＞iu	*iɐi＞iu	*uɐi＞iu *iɐi＞iɐu(2)	*uɐi＞iə~iu *iɐi＞iau(2)		*iɐi＞iu
R2.1.6	*uɐi＞ui	*iɐi＞ui *uɐi＞øy(1.2)	*uɐi＞ui *uɐi＞øy(1.2)	*uɐi＞ui *uɐi＞uai(2)	*uɐi＞ui *uɐi＞øy(2)		*uɐi＞ui
R2.1.7	—	*uai＞uoi	*uai＞uoi	—	*uai＞iəu		—
陽聲韻 聲調條件	2	（全）	1.2	2	1.2		2
R2.2.1	*ɛi-＞ɐi-	(*ɛi-＞ɐ-)	*ɛi-＞ɛ-＞e-	(*ɛi-＞ɐ-)	*ɛi-＞ɐ-＞e-		*ɛi-＞ɐ-＞e-
R2.2.2	(*œy-＞*uɐ-)	(*œy-＞œ-)	*œy-＞œu-＞ø-	(*œy-＞œ-＞ɐ-)	*œy-＞œ-＞ø-		*œy-＞ɔ-＞ɵ-
R2.2.3	*ɔu-＞ou-	(*ɔu-＞ɔ-)	*ɔu-＞ɔ-＞ø(-n) *ɔu-＞ɔ-＞o(-ŋ)	(*ɔu-＞ɔ-)	*ɔu-＞ɔ-＞ø(-n)(2) (*ɔu-＞ɔ-(-ŋ)(1))		*ɔu-＞ɔ-＞o-
入聲韻 聲調條件	（全）	（全）	8	（全）	（全）		（全）
R2.3.1	(*ɛi-＞ɐ-)	(*ɛi-＞ɐ-)	*ɛi-＞ɛ-＞e-	(*ɛi-＞ɐ-)	(*ɛi-＞ɐ-)		(*ɛi-＞ɛ-)
R2.3.2	(*œy-＞œ-)	(*œy-＞œ-)	*œy-＞œ-＞ø-	(*œy-＞œ-)	(*œy-＞œ-)		(*œy-＞ɔ-)
R2.3.3	(*ɔu-＞ɔ-)	(*ɔu-＞ɔ-)	*ɔu-＞ɔ-＞ø(-t) (*ɔu-＞ɔ-)	(*ɔu-＞ɔ-)	(*ɔu-＞ɔ-)		(*ɔu-＞ɔ-(-ʔ))

三　上升複元音

表3-14　北片方言韻變比較：上升複元音（陰聲韻）

		壽寧	斜灘	柘榮	富溪	寧德市志	寧德九都	周寧獅城	周寧咸村	福安市志（含田調）
C1	雞池紫祭弟	ie	i	ie	e	e (2) i (非上)	i	i	i	i
C2	茄貯去白	yø	y	yø	ø	ø (2) y (非上)	y (去 io)¹¹	y	y (去 yə)	i
C3	輸廚主布[路]	uo/ yø (T-TS)	u	uo	o	o (2) u (非上)	u	u	u	u
C4	車斜文寫蔗謝	ia	ie	ia	ia	a (2) ie (非上)	a (2) ie (非上)	a (2) iɛ (非上)	iE	e
C5	蛇鵝紙艾荷									
C6	瓜華寡卦畫話	ua	uʌ	ua	ua	ua (2) uo (非上)	ua (2) uo (非上)	uɔ	ɔ (我 ua)¹²	o
C7	拖麻我破大									

---

11 「去」一詞在閩東各地有文白兩讀，以柘榮為例，文讀為高元音韻腹的kʰy3（寧德城關讀為低化的kʰøy3），白讀為上升複元音韻腹的kʰyø3（寧德城關讀為高化的kʰy3）。C2韻讀對應關係乃取白讀為比較。不過，九都與咸村兩地，依其C1、C3韻讀表現來看應也發生上升複元音韻腹的高化韻變，但特別的是「去」的白讀並未發生高化韻變，九都讀為kʰio3，咸村讀為kʰyə3，且其音系中io、yə韻讀也僅有「去白」一個例詞，本文認為此乃上升複元音*yo的滯留韻讀，可能與該語詞經常使用而韻讀固著有關。

12 周寧咸村C6-7的語詞幾乎都發生高化韻變，僅有「我」一詞仍讀為滯留的ua2，此與上注所述「去白」相同，可能也是因為該語詞經常使用而韻讀固著。

　　表3-14、3-15、3-16是壽寧、柘榮兩地韻腹為上升複元音之同源
語詞在斜灘、寧德、周寧、福安等方言點的韻讀對應表。表3-14為韻
尾條件非輔音的陰聲韻類、表3-15為鼻韻尾條件的陽聲韻類、表3-16
為塞音尾條件的入聲韻類。在分析各地上升複元音韻腹的韻變規則之
前，需要先說明若干方言點發生撮口介音（-y-）與合口介音（-u-）
的混讀現象（參見各地C3、C11-12、C21-22韻讀對應關係）：

　　（a）壽寧的-y-、-u-介音混同規律如下：

　　　-u->-y-／｛T,TS｝＿o

無論陰、陽、入聲韻，在聲母為舌齒音、主要元音為-o-的雙重條件
下，合口介音-u-變讀為撮口介音-y-，例如「輸廚主／磚轉串／雪絕燭
粟」等詞韻讀之介音今讀均為-y-；其中入聲韻部分，古舌尖塞尾者
（C22類）的聲母條件略擴展至舌根鼻音，「月」一詞也讀為ŋyøʔ8，
古舌根塞尾者（C23類）則以舌尖塞擦音及擦音為主要聲母條件。

　　（b）寧德城關的-y-、-u-介音混同規律如下，其只發生在陽聲韻
部分：

　　　-uo->-yø->-ø-／｛T,TS｝＿n＋上聲調
　　　-yo->-uo->-ɔ-／｛T,TS｝＿ŋ＋陰平、上聲調

在聲母為舌齒音、主要元音為-o-、古韻尾為舌尖鼻音等三重條件
下，又受到聲調條件限制：只有上聲調語詞（例如：轉軟）的合口介
音-u-變讀為撮口介音-y-，連帶主要元音也趨前為-yø-，韻腹再進一步
低化讀為單一中元音-ø-。與此相對，在聲母為舌齒音、主要元音為
-o-、古韻尾為舌根鼻音等三重條件下，只有陰平及上聲調語詞（例

如：漿長_{上聲}獎）的撮口介音-y-變讀為合口介音-u-，韻腹再進一步低
化讀為單一中元音-ɔ-。九都也發生同類音變，但主要元音為-o-、古
韻尾為舌尖鼻音者，所有聲母條件的陰平及上聲調語詞（例如：磚分
轉本管阮）都發生上述介音混同及單元音化音變，韻讀為øn；相應於
此，九都入聲韻也是在主要元音為-o-、古韻尾為舌尖塞音者，所有
聲母條件的陽入語詞也發生同樣音變，今讀為øt。

　　（c）周寧獅城的-y-、-u-介音混同規律如下，其只發生在陽聲韻
部分：

$$-uo->-y\varepsilon->-\varepsilon-\diagup\ \{T,TS\}\ \underline{\quad}\ n+上聲調$$

$$-yo->-uo->-ɔ-\diagup\underline{\quad}\eta+上聲調$$

在聲母為舌齒音、主要元音為-o-、古韻尾為舌尖鼻音等三重條件
下，又受到聲調條件限制：只有上聲調語詞（例如：轉軟）的合口介
音-u-變讀為撮口介音-y-，連帶主要元音也趨前為-yɛ-，韻腹再進一步
低化讀為單一中元音-ɛ-。與此相對，在主要元音為-o-、古韻尾為舌
根鼻音等條件下，所有聲母條件的上聲調語詞（例如：想長_{上聲}響
仰）的撮口介音-y-變讀為合口介音-u-，韻腹再進一步低化讀為單一
中元音-ɔ-。周寧咸村也發生同類音變，但主要元音為-o-、古韻尾為
舌尖鼻音者，所有聲母條件的上聲調語詞（例如：轉本遠阮）都發生
上述介音混同及單元音化音變，韻讀為øn。

表表3-15　北片方言韻變比較：上升複元音（陽聲韻）

		壽寧	斜灘	柘榮	富溪	寧德市志	寧德九都	周寧獅城	周寧咸村	福安市志（含田調）
C8	添鹽檢欠儉	ieŋ	iŋ	ieŋ	eiŋ	ɛm (1.2) im (5.3.7)	em (1.2) im (5.3.7)	ɛm (2) in (非上)	em (2) im (非上)	iŋ
C9	天錢淺見電	ieŋ	iŋ	ieŋ	eiŋ	ɛ (1.2) iŋ (5.3.7)	en (1.2) in (5.3.7)	en (2) in (非上)	en (2) in (非上)	iŋ
C10	捐言建件	yoŋ	yŋ	yøŋ	øyŋ	yøŋ (1.2) yŋ (5.3.7)	ioŋ (1.2) yŋ (5.3.7)	yŋ (非上)	yŋ (非上)	iŋ
C11	香量獎向攘	yoŋ (T-TS)	ioŋ （ouŋ）	yøŋ	ioŋ	ɔŋ (1.2+T-TS) yŋ (5.3.7)	ɔŋ (1.2+T-TS) ioŋ (5.3.7)	ɔŋ (2) yøŋ (非上)	ɔŋ (2) yoŋ (非上)	ioŋ
C12	磚門轉勸遠	uoŋ/ yoŋ (T-TS)	uŋ	uoŋ	ouŋ	œ (1.2) øŋ (2-T-TS) uŋ (5.3.7)	øn (1.2) un (5.3.7)	uan (2) ɛn (2-T-TS) un (非上)	øn (2) un (非上)	uŋ
C13	光黃狂廣望	uoŋ	uŋ	uoŋ	ouŋ	ɔŋ (1.2) uŋ (5.3.7)	ɔŋ (1.2) uŋ (5.3.7)	ɔŋ (2) uŋ (非上)	ɔŋ (2) uŋ (非上)	uŋ
C14	驚行餅正鱔	iaŋ	iaŋ	iaŋ	iaŋ	iaŋ (1.2) ieŋ (5.3.7)	iaŋ (1.2) ieŋ (5.3.7)	ɛŋ/ŋ (2) ieŋ/ŋ (非上)	ian/ŋ (2) iɛn/ŋ (非上)	iaŋ
C15	官團碗半揀	uaŋ	uaŋ	uaŋ	uaŋ	uaŋ (1.2) uoŋ (5.3.7)	uan (1.2) uoŋ (5.3.7)	uan	uan (2) uen (非上)	uaŋ

表3-16　北片方言韻變比較：上升複元音（入聲韻）

		壽寧	斜灘	柘榮	富溪	寧德市志	寧德九都	周寧獅城	周寧咸村	福安市志（含田調）
C16	劫接業蝶	ieʔ	iʔ	iek	eiʔ	εp (8) ip (4)	ep (8) ip (4)	ik	ip	iʔ
C17	鐵結文舌傑					εk (8) ik (4)	et (8) it (4)		it	
C18	歆決悅	yøʔ	yʔ	yøʔ	øʔ	yøk (8) yk (4)	yt	yk	yt	iʔ
C19	雀約若虐		iɔʔ	yøk	iɔʔ		iɔk	yεʔ	yok	ioʔ
C20	借尺箬蓆	yøʔ ~yø (4-3)[13]	yʔ	yøʔ	øʔ	yøʔ	yʔ	yk	yʔ	iʔ
C21	雪發白絕月	uoʔ (P-) yøʔ (非 P-)	uʔ	uok	oʔ	ɔk (8) uk (4)	øt (8) ut (4)	ut	ut (少 ot)	uʔ
C22	燭曲綠曝	uoʔ~uo (4-3) ~yø (TS-4-3)		uoʔ		uoʔ (8) uk (4)	uʔ	uk	uʔ	
C23	壁隻額食	iaʔ	ieʔ	iaʔ	iaʔ	iaʔ (8) iεʔ (4)	ieʔ	iεʔ~k	iEʔ	eʔ
C24	闊潑罰活	uaʔ	uʌʔ	uak	uaʔ	uak (8) uok (4)	uat (8) uot (4)	uɔk	uət	uaʔ

　　釐清上述-y-、-u-介音混同音變後，本文根據表3-14、3-15、3-16
的方言韻讀對應關係，歸納斜灘、富溪、寧德、周寧、福安等地的上

---

13 壽寧方言的入聲塞音韻尾僅存一套喉塞尾（-ʔ），但詳細比較後，會發現在其他維持
　　喉塞尾（-ʔ）與舌根塞尾（-k）區別之方言點（例如柘榮）讀為喉塞尾的若干陰入
　　語詞（例如：客借尺燭曲粟沃），壽寧乃將之讀為不帶喉塞尾的陰聲韻讀，聲調混
　　同陰去調。陽入語詞則無此現象。

升複元音韻腹為分別發生如表3-17、3-18的歷時性高化韻變規律：

（1）陰聲韻部分：斜灘、寧德、周寧、福安等地陰聲韻的上升複元音（*ie、*yø、*uo、*ia、*ua）有相當普遍的高化韻變表現，而富溪*ia、*ua兩類不發生高化，且其*ie、*yø、*uo三類的韻變趨向也較為特殊，非趨向高化而是變讀為單一中元音。各地上升複元音發生韻變的聲調條件不一：斜灘、富溪、周寧咸村、福安均全面韻變，不隨調分化為兩類韻讀，也不具共時交替變異；周寧獅城*ie、*yø、*uo、*ua四類也是全面高化，但*ia類乃非上聲調高化為iɛ，上聲調語詞（例如：寫姐紙）變讀為單元音a；寧德九都則是*ie、*yø、*uo三類全面高化，*ia、*ua類乃非上聲調發生高化，上聲調語詞（例如：者紙／寡我）不發生高化，其中*ia類在上聲條件下也是變讀為單元音a；寧德城關則是全面隨調分化，非上聲調發生高化，上聲調語詞則變讀為單元音e、ø、o、a，相對於原來上升複元音韻腹來說，乃失落高部介音成分，可說是反向的低化韻變。

（2）陽聲韻部分：斜灘、富溪、福安僅有*ie-、*yo-、*uo-三類韻腹發生全面韻變，其中富溪的韻變趨向乃由上升複元音變為下降複元音，相應於前述陰聲韻部分，我們推論其歷時韻變過程乃由上升複元音先變讀為單一中元音，再衍生高元音韻尾；需要特別說明的是，*yo-類韻腹的韻變多只發生在古韻尾為舌尖鼻音的語詞（C10），古韻尾為舌根鼻音者（C11）今讀仍為上升複元音韻腹。[14]寧德、周寧一帶方言陽聲韻的上升複元音韻腹則是隨調分化為兩類韻讀：寧德城關與九都在「陽平、陰去、陽去」聲調條件下發生高化韻變，而*ie-、*yo-、*uo-三類韻腹另外在「陰平、上聲」聲調條件下趨向讀為單中元音韻腹；周寧獅城與咸村則是在「陰平、陽平、陰去、陽去」聲調

---

14 唯寧德城關在陽平、陰去、陽去聲調條件下，古韻尾為舌根鼻音的*yo-類韻腹也發生高化韻變。

條件下發生高化韻變，而*ie-、*yo-、*uo-三類韻腹另外在上聲調條件下趨向讀為單中元音韻腹，但獅城*uo-類在舌尖韻尾、非舌齒音聲母條件下，上聲語詞（例如：本管遠）乃讀為較為低化的上升複元音韻腹ua-，且其*ia-類在上聲調條件下也趨向讀為單中元音韻腹ε-，*ua-類則不發生韻變。

表3-17　北片方言韻變比較：上升複元音的高化韻變（陰聲韻）

	斜灘	富溪	寧德城關	寧德九都	周寧獅城	周寧咸村	福安
陰聲韻 聲調條件	（全）	（全）	1.5.3.7	（全）	（全）	（全）	（全）
R3.1.1	*ie＞i	*ie＞e	*ie＞i (*ie＞e (2))	*ie＞i	*ie＞i	*ie＞i	*ie＞i
R3.1.2	*yø＞y	*yø＞ø	*yø＞y (*yø＞ø (2))	*yø＞y	*yø＞y	*yø＞y	*yø＞y＞i
R3.1.3	*uo＞u	*uo＞o	*uo＞u (*uo＞o (2))	*uo＞u	*uo＞u	*uo＞u	*uo＞u
聲調條件	（全）		1.5.3.7	1.5.3.7	1.5.3.7	（全）	（全）
R3.1.4	*ia＞ie	—	*ia＞ie (*ia＞a (2))	*ia＞ie (*ia＞a (2))	*ia＞iε (*ia＞a (2))	*ia＞iᴇ	*ia＞e
R3.1.5	*ua＞uʌ	—	*ua＞uo	*ua＞uo	（全） *ua＞uɔ *ua＞ɔu	*ua＞ɔu	*ua＞o

表3-18　北片方言韻變比較：上升複元音的高化韻變（陽、入聲韻）

	斜灘	富溪	寧德城關	寧德九都	周寧獅城	周寧咸村	福安
陽聲韻 聲調條件	（全）	（全）	5.3.7	5.3.7	1.5.3.7	1.5.3.7	（全）
R3.2.1	*ie->i-	*ie->e->ei-	*ie->i- (*ie->ε-(1.2))	*ie->i- (*ie->e-(1.2))	*ie->i- (*ie->ε-(2))	*ie->i- (*ie->e-(2))	*ie->i-
R3.2.2	*yo->y-(-n)	*yo->ø->øy-(-n)	*yo->y- [*yo->uo-> ɔ-(-n)(T·TS+1.2)]	*yo->y-(-n) [*yo->uo-> o-(-n)(T·TS+1.2)]	*yo->y-(-n)	*yo->y-(-n) [*yo->uo->ɔ-(-ŋ)(2)]	*yo->y->i-(-n)
R3.2.3	*uo->u-	*uo->o->ou-	*uo->u- (*uo->ɔ-(1.2)) [*uo->yo-> ø-(-n)(T·TS+2)]	*uo->u- (*uo->o-(-ŋ)(1.2)) [*uo->yø-> ø-(-n)(1.2)]	*uo->u- (*uo->ɔ-(-ŋ)(2))[*uo-> ua-(-n)(P·K+2)] [*uo->yɛ->e-(-n)(T·TS+2)]	*uo->u- (*uo->ʋ-(-ŋ)(2)) [*uo->yø->ø-(-n)(2)]	*uo->u-
R3.2.4	……	……	*ia->iɛ-	*ia->ie-	*ia->iɛ- (*ia->ɛ-(2))	*ia->iɛ-	……
R3.2.5	—	—	*ua->uo-	*ua->uo-	—	*ua->uɔ-	—
入聲韻 聲調條件	（全）	（全）	4	4	（全）	（全）	（全）
R3.3.1	*ie->i-	*ie->e->ei-	*ie->i- (*ie->ε-(8))	*ie->i- (*ie->e-(8))	*ie->i-	*ie->i-	*ie->i-
R3.3.2	*yo-> y-(-t·ʔ)	*yo->ø-(-t·ʔ)	*yo->y-(-t·k)	（全） *yo->y-(-t·ʔ)	*yo->y-(-t·ʔ)	*yo->y-(-t·ʔ)	*yo->y->i-(-t·ʔ)
R3.3.3	*uo->u-	*uo->o-	*uo->u- (*uo->ɔ-(-i)(8))	*uo->u- [*uo->yø-> ø-(-n)(8)]	*uo->u-	*uo->u-	*uo->u-
R3.3.4	*ia->i-	—	*ia->iε-	*ia->ie-	*ia->iε-	*ia->iɛ-	*ia->e-
R3.3.5	*ua->uɑ-(-n)	—	*ua->uo-	4 *ua->uo-	*ua->uɑ-	*ua->uə-	—

（3）入聲韻部分：斜灘、周寧獅城、咸村、福安入聲韻的上升複元音韻腹發生全面高化韻變，其中*yo-類韻腹的韻變只發生在古韻尾為舌尖塞音及喉塞音的語詞（C18、C 20）；而富溪只有*ie-、*yo-、*uo-三類韻腹發生韻變，相應於前述陰、陽聲韻，其變化趨向乃由上升複元音變為單中元音或下降複元音；寧德城關入聲韻的上升複元音韻腹亦隨調分化為兩類韻讀：陰入調條件下發生高化韻變，*ie-、*uo-兩類韻腹另外在陽入調條件下趨向讀為單中元音韻腹；寧德九都則是*ie-、*uot、*ua-隨調分化，陰入調條件下高化，陽入調條件下或不變、或變讀為單中元音，其他上升複元音韻腹乃全面高化。

第三節　閩東南片方言的韻變比較

　　一般從共時的角度切入分析閩東南片方言的韻變現象，往往推論韻變乃受聲調條件影響而發生，在特定聲調條件下，其變化趨向僅為單一的「低化」（或者說「鬆化」）音變；相較於此，北片方言的歷時性韻變現象，啟示我們另外從歷史比較的角度重新探討南片共時韻變規律的形成。本節同樣運用方言比較與內部分析方法，重新檢視一般閩東南片方言的韻變現象，並且將之與福安等地的韻變現象相互比較。本節觀察福州（陳澤平1998，馮愛珍1998）、福清（馮愛珍1993，1994《福清市志》）、閩清（1993《閩清縣志》）與永泰（1992《永泰縣志》）等地的韻母結構分布情形，並進一步與不發生韻變的古田城關韻母系統相互比較，從歷時演變的角度，重新分析這些方言點的韻母音變規律。

一　高元音韻腹

　　表3-19、3-20是古田城關等多數方言點韻腹為高元音（i、u、y）之同源語詞在福州、福清、閩清、永泰等方言點的韻讀對應表。表3-19為韻尾條件非輔音的陰聲韻類、表3-20為鼻韻尾條件的陽聲韻類以及塞音尾條件的入聲韻類。相較於北片方言的多重複雜音變，南片方言顯得較為單純，多數方言點不具複雜的撮口高元音（y）與合口高元音（u）的混讀現象，僅有古田一帶陰聲韻在舌齒聲母條件下略有ui變讀為y的表現（例如A5類語詞：水tsy2、喙tsʰy3），但也未形成嚴格的條件分布。

表3-19　南片方言韻變比較：高元音韻腹（陰聲韻）

		古田縣志	福州研究	福清研究	閩清梅城	永泰縣志
A1	絲棋米四鼻	i	i (1.5.2) ei (3.7)	i (1.5.2) e (3.7)	i (1.5.2) ei (3.7)	i (1.5.2) ei (3.7)
A2	粗牛虎褲舊	u	u (1.5.2) ou (3.7)	u (1.5.2) o (3.7)	u (1.5.2) ou (3.7)	u (1.5.2) ou (3.7)
A3	思詞此賜自 豬魚鼠鋸箸	y	y (1.5.2) øy (3.7)	y (1.5.2) ø (3.7)	y (1.5.2) øy (3.7)	y (1.5.2) øy (3.7)
A4	周球酒救壽	iu	iu	iu	iu	iu
A5	追肥鬼貴櫃	ui~y (TS)	ui	ui	ui	uoi

表3-20　南片方言韻變比較：高元音韻腹（陽、入聲韻）

		古田縣志	福州研究	福清研究	閩清梅城	永泰縣志
A6	琴浸任心孄錦	iŋ	iŋ (1.5.2) eiŋ (3.7)	iŋ (1.5.2) eŋ (3.7)	iŋ (1.5.2) eiŋ (3.7)	iŋ (1.5.2) eiŋ (3.7)
A7	陳面認真緊敏					
A8	情敬靜釘景頂					
A9	裙俊順春筍滾	uŋ	uŋ (1.5.2) ouŋ (3.7)	uŋ (1.5.2) oŋ (3.7)	uŋ (1.5.2) ouŋ (3.7)	uŋ (1.5.2) ouŋ (3.7)
A10	房宋動文公文總統					
A11	芹銀近筋斤隱	yŋ	yŋ (1.5.2) øyŋ (3.7)	yŋ (1.5.2) øŋ (3.7)	yŋ (1.5.2) øyŋ (3.7)	yŋ (1.5.2) øyŋ (3.7)
A12	雄銃槍弓腫用勇					
A13	急濕習立	ik	iʔ (8) eiʔ (4)	iʔ (8) eʔ (4)	ik	iʔ
A14	七筆實日					
A15	積激席文敵					
A16	出屈秫掘	uk	uʔ (8) ouʔ (4)	uʔ (8) oʔ (4)	uk	uʔ
A17	腹督族獨					
A18	乞竹菊熟肉浴	yk	yʔ (8) øyʔ (4)	yʔ (8) øʔ (4)	yk	yʔ

　　南片方言的韻尾表現也歸併得非常簡單，如表3-21所示，各地鼻音韻尾均已併為單一套的舌根鼻音，塞音韻尾則有三類表現：（1）古田、閩清有對立的兩套舌根塞音尾（-k）、喉塞尾（-ʔ），相較於北片方言，其舌根塞尾乃涵括了古雙唇、舌尖、舌根三套塞音尾；（2）福州、永泰則全部歸併為單一套喉塞尾；（3）福清則在（1）的音韻基礎上又發生塞尾弱化音變，原來的喉塞尾失落而混讀陰聲韻（例如B20、C20、C22、C23等語詞的韻讀），聲調上陰入語詞讀為陰去調、陽入語詞讀為陰平調，而原來的舌根塞尾則弱化為喉塞尾，因此其韻尾系統也是單一套喉塞尾，但音韻分合關係上則仍維持原來二分格局。

表3-21　南片方言韻尾比較

	古田縣志	福州研究	福清研究	閩清梅城	永泰縣志
鼻韻尾	-ŋ	-ŋ	-ŋ	-ŋ	-ŋ
塞韻尾	-k	-ʔ	*-k＞-ʔ	-k	-ʔ
	-ʔ		*-ʔ＞∅	-ʔ	

表3-22　南片方言韻變比較：高元音韻腹的低化韻變

	福　　州	福　　清	閩清梅城	永　　泰
陰聲韻 聲調條件	3.7	3.7	3.7	3.7
R1.1.1	*i＞ei	*i＞e	*i＞ei	*i＞ei
R1.1.2	*u＞ou	*u＞o	*u＞ou	*u＞ou
R1.1.3	*y＞øy	*y＞ø	*y＞øy	*y＞øy
R1.1.4	－	－	－	－
R1.1.5	－	－	－	(*ui＞uoi(全))

	福　州	福　清	閩清梅城	永　泰
陽聲韻聲調條件	3.7	3.7	3.7	3.7
R1.2.1	*i->ei-	*i->e-	*i->ei-	*i->ei-
R1.2.2	*u->ou-	*u->o-	*u->ou-	*u->ou-
R1.2.3	*y->øy-	*y->ø-	*y->øy-	*y->øy-
入聲韻聲調條件	4	4		
R1.3.1	*i->ei-	*i->e-	—	—
R1.3.2	*u->ou-	*u->o-	—	—
R1.3.3	*y->øy-	*y->ø-	—	—

閩東南片方言高元音韻腹的低化韻變規律歸納如表3-22：以不發生韻變的古田城關音為參照，其他方言點在特定調類條件下韻讀發生低化，且具有明顯的共時韻變現象，亦即特定調類讀為低化韻腹的語詞在連讀條件下讀為相應的高元音，例如「四」箇讀為sei3，而「四十」一詞則讀為si3 leik8。福州、福清、閩清、永泰等地發生低化韻變的聲調條件，陰、陽聲韻皆為陰去、陽去兩調；入聲韻部分，只有福州、福清在陰入調條件下發生低化韻變。從韻母結構來看，多數方言點的雙高元音不發生低化韻變；而閩清、永泰入聲韻尾結構的高元音韻腹並不發生低化韻變。

二 下降複元音及三合元音

表3-23 南片方言韻變比較：下降複元音及三合元音（陰聲韻）

		古田縣志	福州研究	福清研究	閩清梅城	永泰縣志
B1	包頭走掃厚	au	au	au	au	au
B2	獅臺海菜害	ai	ai	ai	ai	ai
B3	甌條狗扣料	εu	eu (1.5.2) au (3.7)	eu ~au (3.7)	eu (1.5.2) iau (3.7)	iu (1.2) iau (5.3.7)
B4	堆螺腿退坐	oi	øy (1.5.2) oy (3.7)	oi	oy (1.5.2) œy (3.7)	uoi (1.2) ɔi (5.3.7)
B5	椒藻少笑轎	iau	iu	ieu	iu	iu
B6	飛皮粿歲被	uoi	ui	uoi	ui	uoi
B7	乖懷拐怪壞	uai	uai	uoi	uai	uoi (1.2) uai (5.3.7)

　　表3-23、3-24是古田城關等多數方言點韻腹為下降複元音、三合元音（陰聲韻）之同源語詞在福州、福清、閩清、永泰等方言點的韻讀對應表。表3-23為韻尾條件非輔音的陰聲韻類、表3-24為鼻韻尾條件的陽聲韻類以及塞音尾條件的入聲韻類。福清B3類語詞普遍讀為eu，其中有少數陰去、陽去調語詞另有au的異讀，例如「吊料候」兼有eu、au兩讀，但未如福州形成嚴格的隨調分化表現。此外。需要特別說明的是，福州、閩清、永泰的B5、B6類語詞發生高化韻變而與雙高元音A4、A5類語詞混同，福清、永泰B7類語詞發生高化韻變而與B6類語詞混同。

表3-24　南片方言韻變比較：下降複元音及三合元音（陽、入聲韻）

		古田縣志	福州研究	福清研究	閩清梅城	永泰縣志
B8	針鹹點店念	eiŋ	eiŋ (1.5.2) aiŋ (3.7)	eŋ	eiŋ (1.5.2) εiŋ (3.7)	eiŋ (1.2) aiŋ (5.3.7)
B9	牽脎揀莧[硬]					
B10	生文騰等文更硬					
B11	蔥蟲桶粽重	øyŋ	øyŋ (1.5.2) oyŋ (3.7)	øŋ	øyŋ (1.5.2) œyŋ (3.7)	øyŋ (1.2) ɔyŋ (5.3.7)
B12	酸存選睏卵	ouŋ	ouŋ (1.5.2) auŋ (3.7)	oŋ	ouŋ (1.5.2) ɔuŋ (3.7)	ouŋ (1.2) ɔuŋ (5.3.7)
B13	霜長黨园丈					
B14	貼澀狹十	eik	eiʔ (8) aiʔ (4)	eʔ	eik	eiʔ
B15	八節拔賊					
B16	得策特白文					
B17	北角讀六	øyk	øyʔ (8) oyʔ (4)	øʔ	øyk	øyʔ
B18	脫骨奪滑	ouk	ouʔ (8) auʔ (4)	oʔ	ouk	ouʔ
B19	博學文					
B20	桌粕薄學白	oʔ	oʔ (8) ɔʔ (4)	o	ɔʔ	oʔ

　　閩東南片方言下降複元音及三合元音韻腹的高化韻變規律歸納如表3-25：，相異於高元音韻腹發生低化韻變，此類韻讀乃發生歷時性的高化韻變，在共時平面上仍然符應「特定聲調鬆韻母在連讀條件下讀為緊韻母」的變異規律，例如福州「店」單讀為taiŋ3，而「店面」一詞則讀為teiŋ3 meiŋ3。表3-25顯示多數方言點發生隨調高化的聲調條件，恰與低化韻變的聲調條件互補：（1）下降複元音部分，陰、陽聲韻結構中發生高化韻變的聲調條件，福州、閩清皆為陰平、陽平、

上聲，永泰則為陰平、上聲兩調，[15]而其他未發生高化的箇讀語詞在連讀條件下往往也讀為高化韻讀（如上述「店」）；其中福州、閩清、永泰*ɛu類在互補聲調條件下也發生韻讀變化，福州讀為更低化的au，閩清、永泰則讀為三合元音iau。入聲韻結構中多數方言點都是一律高化而未隨調分化，只有福州乃陽入調條件下發生高化韻變。此外，需要特別說明的是，從歷時比較的角度來看，福清的下降複元音及三合元音雖也發生高化演變，但一律未隨調分化為兩類韻讀。（2）三合元音表現與下降複元音有所差異，多數方言點一律發生高化演變，而未隨調分化為兩類韻讀，唯永泰*uai 類在陰平、上聲聲調下高化。

---

15 永泰高化韻變的聲調條件未與低化韻變的聲調條件形成互補，其陽平調下的高元音韻腹未低化、下降複元音韻腹也未高化。

表3-25　南片方言韻變比較：下降複元音及三合元音的高化韻變

	福　州	福　清	閩清梅城	永　泰
陰聲韻聲調條件	**1.5.2**	（全）	**1.5.2**	**1.2**
R2.1.1	—	—	—	—
R2.1.2	—	—	—	—
R2.1.3	*ɛu＞eu (*ɛu＞au(3.7))	*ɛu＞eu	*ɛu＞eu (*ɛu＞iau(3.7))	*ɛu＞iu (*ɛu＞iau(5.3.7))
R2.1.4	*ɔi＞oy (全)＞øy	*ɔi＞oi	*ɔi＞œy(全)＞oy	*ɔi＞uoi
R2.1.5	（全）	（全）	（全）	（全）
	*iau＞iu	*iau＞ieu	*iau＞iu	*iau＞iu
R2.1.6	*uɐi＞ui	*uɐi＞uoi	*uɐi＞ui	*uɐi＞uoi
R2.1.7	—	*uai＞uoi	—	**1.2**
				*uai＞uoi
陽聲韻聲調條件	**1.5.2**	（全）	**1.5.2**	**1.2**
R2.2.1	*ai-＞ei-	*ai-＞e-	*ai-＞ɛi-(全)＞ei-	*ai-＞ei-
R2.2.2	*ɔi-＞øy-	*ɔi-＞ø-	*ɔi-＞œy-(全)＞øy-	*ɔi-＞ɔy-(全)＞øy-
R2.2.3	*au-＞ou-	*au-＞o-	*au-＞ɔu-(全)＞ou-	*au-＞ɔu-(全)＞ou-
入聲韻聲調條件	**8**	（全）	（全）	（全）
R2.3.1	*ai-＞ei-	*ai-＞e-	*ai-＞ei-	*ai-＞ei-
R2.3.2	*ɔi-＞øy-	*ɔi-＞ø-	*ɔi-＞øy-	*ɔi-＞øy-
R2.3.3	*au-＞ou-	*au-＞o-	*au-＞ou-	*au-＞ou-

三　上升複元音

表3-26　南片方言韻變比較：上升複元音（陰聲韻）

		古田縣志	福州研究	福清研究	閩清梅城	永泰縣志
C1	雞池紫祭弟	ie	ie	ie	ie	ie
C2	茄貯去白	yø	yø/ uo (T-TS)	yo	yo (去 uo)[16]	yo/ uo (T-TS) (去 o)
C3	輸廚主布[路]	uo	uo	uo	uo/ yo(T-TS)	uo
C4	車斜文寫蔗謝	ia	ia	ia	ia	ia
C5	蛇鵝紙艾荷	ie	ie	ia(少 ie)	ie(少 ia)	ie
C6	瓜華寡卦畫話	ua	ua	ua	ua	ua
C7	拖麻我破大	uai	uai	ua	uai	uai (我 uoi)[17]

　　表3-26、3-27是古田城關等多數方言點韻腹為上升複元音之同源語詞的韻讀對應表。表3-26為韻尾條件非輔音的陰聲韻類、表3-27為鼻韻尾條件的陽聲韻類以及塞音尾條件的入聲韻類。北片方言的C4、C5類語詞乃混同為*ia類，南片方言則多兩類分讀，古田城關、福

---

16 「去」在閩東南片也有文白兩讀，以福清為例，文讀為高元音的低化韻腹kʰø3，白讀為上升複元音韻腹的kʰyo3，另有做為語氣助詞的弱化音讀kʰo0。C2韻讀對應關係乃取白讀為比較。不過，閩清與永泰兩地的「去」分別讀為kʰuo3、kʰo3，本文認為此乃該語詞經常使用而韻讀弱化之故。

17 永泰C7的語詞幾乎都不發生高化韻變，僅有「我」一詞仍讀為高化的ŋuoi2，此與上注所述「去白」相同，可能也是因為該語詞經常使用而韻讀弱化之故。據此來看，「去、我」兩詞因經常使用，北片若干方言乃採取不參與普遍韻變的滯留音讀，南片若干方言則採取略有變異的音讀，語音手段不盡相同。

州、閩清、永泰C4類讀為ia，C5類讀為ie而與C1類混同；唯福清亦C4、C5類混同；依據方言比較結果，本文將南片方言C4類的共同韻讀擬為*ia，C5類的共同韻讀擬為略高的*ie，此二類在北片則混讀為*ia。又北片方言C6、C7類語詞乃混同為*ua類，南片方言則多是C6類讀為上升複元音ua，C7類讀為三合元音uai而轉與B7類混同；唯福清亦C6、C7類混同；本文將南片方言C6類的共同韻讀擬為*ua，C7類的共同韻讀擬為主要元音偏後低的三合元音*uɑi，此二類在北片則混讀為*ua。

此外，若干方言點發生撮口介音（-y-）與合口介音（-u-）的混讀現象（參見各地C3、C11-12、C19-22韻讀對應關係）：

（a）閩清的-y-、-u-介音混同規律如下：

$$-u-> -y- / \{T,TS\} \underline{\quad} o$$

無論陰、陽、入聲韻，在聲母為舌齒音、主要元音為-o-的雙重條件下，合口介音-u-變讀為撮口介音-y-，例如「輸廚主／磚轉串／雪絕燭粟」等詞韻讀之介音今讀均為-y-。

（b）福州、永泰的-y-、-u-介音混同規律如下，與閩清反向變化：

$$-y-> -u- / \{T,TS\} \underline{\quad} o$$

無論陰、陽、入聲韻，在聲母為舌齒音、主要元音為-o-的雙重條件下，撮口介音-y-變讀為合口介音-u-，例如「貯／漿長ᴸ唱／雀借石」等詞韻讀之介音今讀均為-u-。

表3-27　南片方言韻變比較：上升複元音（陽、入聲韻）

		古田縣志	福州研究	福清研究	閩清梅城	永泰縣志
C8	添鹽檢欠儉	ieŋ	ieŋ	ieŋ	ieŋ	ieŋ
C9	天錢淺見電					
C10	捐言建件	yøŋ	yoŋ	yoŋ	yoŋ	yoŋ
C11	香量獎向癢		yoŋ/ uoŋ (T-TS)			yoŋ/ uoŋ (T-TS)
C12	磚門轉勸遠	uoŋ	uoŋ	uoŋ	uoŋ/ yoŋ (T-TS)	uoŋ
C13	光黃狂廣望				uoŋ	
C14	驚行餅正鱔	iaŋ	iaŋ	iaŋ	iaŋ	iaŋ
C15	官團碗半換	uaŋ	uaŋ	uaŋ	uaŋ	uaŋ
C16	劫接業蝶	iek	ieʔ	ieʔ	iek	ieʔ
C17	鐵結文舌傑					
C18	歇決悅	yøk	yoʔ	yoʔ	yok	yoʔ
C19	雀約若虐		yoʔ/ uoʔ (T-TS)			yoʔ/ uoʔ (T-TS)
C20	借尺箬蓆	yøʔ		yo	yoʔ	
C21	雪發白絕月	uok	uoʔ	uoʔ	uok/ yok (T-TS)	uoʔ
C22	燭曲綠曝	uoʔ		uo	uoʔ/ yoʔ (T-TS)	
C23	壁隻額食	iaʔ	ieʔ (少iaʔ)	ia	ieʔ	ieʔ (少iaʔ)
C24	闊潑罰活	uak	uaʔ	uaʔ	uak	uaʔ

表3-28　南片方言韻變比較：上升複元音韻腹的高化韻變

	福　州	福　清	閩清梅城	永　泰
陰聲韻 聲調條件	（全）	（全）	（全）	（全）
R3.1.1	―	―	―	―
R3.1.2	―	―	―	―
R3.1.3	―	―	―	―
R3.1.4-1				
R3.1.4-2	*iɐ＞ie	(*iɐ＞ia)	*iɐ＞ie	*iɐ＞ie
R3.1.5				
陽聲韻 聲調條件				
R3.2.1	―	―	―	―
R3.2.2	―	―	―	―
R3.2.3	―	―	―	―
R3.2.4	―	―	―	―
R3.2.5	―	―	―	―
入聲韻 聲調條件	（全）	（全）	（全）	（全）
R3.3.1	―	―	―	―
R3.3.2	―	―	―	―
R3.3.3	―	―	―	―
R3.3.4	*iɐ-＞ie-	(*iɐ＞ia)	*iɐ-＞ie-	*iɐ-＞ie-
R3.3.5				

　　閩東南片方言上升複元音韻腹極少發生高化韻變，歸納如表3-28：
福州、閩清、永泰等地只有*ie類發生高化韻變，與*ie類混同，且一律
高化而未隨調分化為兩類韻讀；福清乃*ie類與*ia類混讀為ia。

第四節　韻變的時間層次與結構擴散

一　北片方言的韻母結構與韻變趨向

　　總結本章第二節分析歸納的北片方言韻變規律，可以發現不同的
韻母結構所發生的韻母變化趨向不同，而且各地發生韻變的聲調環境
也相當參差。依其韻母結構、韻變趨向與聲調條件等多重差異，整理
北片方言韻變規律，以寧德、周寧獅城、周寧咸村、福安四地為例如
表3-29：

表3-29　北片方言韻變規律總表

韻腹		寧德		周寧獅城		周寧咸村		福安	
					R1				
高元音	低化	*i＞ei	陽平陰陽去＋陰入	*i＞e	陽平陰陽去＋入聲	*i＞ei(2)＞Ei(5.7)	陽平上陽去＋陽入	*i＞ei	非上＋入聲
		*u＞ou		*u＞o		*u＞ou(2)＞o(5.7)		*u＞ou	
		*y＞øy		*y＞øu		*y＞ø		*y＞øi	
		*iu＞eu		*iu＞eu		*iu＞eu(5.7)＞ou(2)		*iu＞eu	
		*ui＞oi		*ui＞oi		*ui＞oi(5.7)＞øy(2)		*ui＞oi＞øi	
		*i-＞e-		*i-＞e-		*i-＞e-		*i-＞e-	
		*u-＞o-		*u-＞o-		*u-＞o-		*u-＞o-	
		*y-＞ø-		*y-＞ø-		*y-＞ø-		*y-＞ø-	

韻腹	寧德			周寧獅城		周寧咸村		福安	
R2-1									
三合元音	高化	*iɐu＞iu *uɐi＞ui (*iɐi＞øy(1.2)) *uai＞uoi	陽平陰陽去	*uɐi＞iu (*iɐu＞ɛu (2)) *uɐi＞ui (*uɐi＞uai(2)) —	非上	*iɐi＞iəu~iu (*iɐu＞iau(2)) *uɐi＞ui (*uɐi＞øy(2)) *uai＞uɐi	非上	*iɐu＞iu *uɐi＞ui —	全調類
下降複元音（陰聲韻）	高化	*ɛu＞iɐu uɐi *ɔi＞øy — —	陰平上	— *ɔi＞ai/uai *au＞ɔu *ai＞ɛi	上	*ɛu＞eu(1)＞iau(2) *ɔi＞oi(1)＞øy(2) — —	陰平上	*ɛu＞eu *ɔi＞θi *au＞ou	上
R2-2									
下降複元音（輔音尾）	單元音化＋高化	(*ɛi-＞ɛ-) (*œy-＞œ-) (*ɔu-＞ɔ-)	全調類	(*ɛi-＞ɛ-) *œy-＞œ-＞ɛ- *ɔu-＞ɔ-＞ɛ- (-n) (*ɔu-＞ɔ-(-ŋ))	上	*ɛi-＞E-＞e- *œy-＞œ-＞ø- *ɔu-＞ɔ-＞ø (-n)(2) *ɔu-＞ɔ-＞o (-n/ŋ)(1)	陰平上	*ɛi-＞ɛ-＞e- *œy-＞ə-＞θ- *ɔu-＞ɔ-＞o	上
	高化	(*ɛi-＞ɛ-) (*œy-＞œ-) (*ɔu-＞ɔ-)	入聲	(*ɛi-＞ɛ-) (*œy-＞œ-) (*ɔu-＞ɔ-)	入聲	(*ɛi-＞E-) (*œy-＞œ-) (*ɔu-＞ɔ-)	入聲	(*ɛi-＞ɛ-) (*œy-＞ə-) (*ɔu＞ɔ-(-ʔ))	入聲
R3.1-1									
上升複元音	高化	*ie＞i *uo＞u *yø＞y *ia＞ie *ua＞uo	非上	*ie＞i *uo＞u *yø＞y *ia＞iɛ(非上) *ua＞ɔu	全調類	*ie＞i *uo＞u *yø＞y *ia＞iɐ *ua＞ɔu	全調類	*ie＞i *uo＞u *yø＞y＞i *ia＞e *ua＞o	全調類

韻腹		寧德		周寧獅城		周寧咸村		福安	
		R3.1-2							
（陰聲韻）	低化	*ie＞e	上	—		—		—	
		*uo＞o		—		—		—	
		*yø＞ø		—		—		—	
		*ia＞a		*ia＞a	上	—		—	
		R3.2-1、R3.3-1							
上升複元音（輔音尾）	高化	*ie->i-	陽平陰陽去＋陰入	*ie->i-	非上＋入聲	*ie->i-	非上＋入聲	*ie->i-	全調類
		*uo->u-		*uo->u-		*uo->u-		*uo->u-	
		*yo->y-		*yo->y-(-n/-t/-ʔ)		*yo->y-(-n/-t/-ʔ)		*yo->y->i-(-n/-t/-ʔ)	
		*ia->iε-		*ia->iε-		*ia->iE-		—	
		*ua->uo-		*ua->uɔ-(入)		*ua->uə-		*ua->o-	
		R3.2-2、R3.3-2							
	低化	*ie->ε-	陰平上＋陽入	*ie->ε-	上	*ie->e-	上	—	入聲
		*uo->ɔ-		*uo->ɔ-(-ŋ)		*uo->o-(-ŋ)		—	
				*uo->ua-(-n)		*uo->yø->ø-(-n)		—	
		—		*-ia->-ε-		—		*ia->e-	

根據韻腹結構與變化趨向可以歸納為五種規律類型：

1. 韻腹為高元音的低化音變（R1類）。
2. 三合元音及下降複元音無輔音尾者的高化音變（R2-1類）。

3. 下降複元音有輔音尾者的單元音化與高化音變（R2-2類），其中帶塞音尾之入聲韻的韻腹只發生單元音化。

4. 韻腹為上升複元音的高化音變（包括R3.1-1、R3.2-1、R3.3-1類）及低化音變（包括R3.1-2、R3.2-2、R3.3-2類），其中高化音變可再分為兩個次類：一是韻腹為*-ie-、*-uo-、*-yo-的高化音變，本文稱之為R3-1-1類，二是韻腹為*-ia-、*-ua-的高化音變，本文稱之為R3-1-2類。

在音韻變化的邏輯順序上，R1類必須先於R2-1類、R3-1類；而R3-1-1類又必須先於R3-1-2類。此外，R1類的演變結果可能也帶動R2-1類與R2-2類的運作（參見本節第（三）小節討論）。

二　南片方言的韻母結構與韻變趨向

總結本章第三節分析歸納的南片方言韻變規律，依其韻母結構、韻變趨向與聲調條件等多重差異，以福州、福清、閩清、永泰四地為例如表3-30。

根據韻母結構與變化趨向可以歸納為四種規律類型：

1. 韻腹為高元音的低化音變（R1類）。
2. 三合元音及下降複元音無輔音尾者的高化音變（R2-1類）。
3. 下降複元音有輔音尾者的高化音變（R2-2類）。
4. 韻腹為上升複元音的高化音變（R3類）。

其中三合元音及上升複元音的高化音變未呈現條件分化，所有調類都發生高化音變，因而未在共時平面形成緊鬆韻母交替變換的共時

規律；福清的下降複元音亦然。相對於此，福州、閩清、永泰下降複元音的高化音變多發生於非特定聲調下，同樣形成特定聲調讀為鬆韻母、一般聲調讀為緊韻母的共時交替規律。

表3-30　南片方言韻變規律總表

韻腹		福州		福清		閩清梅城		永泰	
R1									
高元音	低化	*i＞ei *u＞ou *y＞øy *i-＞ei- *u-＞ou- *y-＞øy-	陰陽去＋陰入	*i＞e *u＞o *y＞ø *i-＞e- *u-＞o- *y-＞ø-	陰陽去＋陰入	*i＞ei *u＞ou *y＞øy *i-＞ei- *u-＞ou- *y-＞øy-	陰陽去	*i＞ei *u＞ou *y＞øy *i-＞ei- *u-＞ou- *y-＞øy-	陰陽去
R2-1									
三合元音	高化	*iau＞iu *uɐi＞ui ×	全調類	*iau＞ieu *uɐi＞uoi *uai＞uoi	全調類	*iau＞iu *uɐi＞ui ×	全調類	*iau＞iu *uɐi＞uoi *uai＞uoi(1.2)	全調類
下降複元音（陰聲韻）	高化	*ɛu＞eu (*ɛu＞au(3.7)) *ɔi＞oy (全)＞øy	陰陽平上	*ɛu＞eu *ɔi＞oi	全調類	*ɛu＞eu (*ɛu＞iau(3.7)) *ɔi＞œy(全)＞oy	陰陽平上	*ɛu＞iu (*ɛu＞iau(5.3.7)) *ɔi＞uoi	陰平上

韻腹		福州		福清		閩清梅城		永泰	
R2-2									
下降複元音（輔音尾）	高化	*ai->ei-	陰陽平上陽入	*ai->e-	全調類	*ai->ɛi-(全)>ei-	陰陽平上入聲	*-ai->-ei-	陰平上入聲
		*ɔi->øy-		*ɔi->ø-		*ɔi->œy-(全)>øy-		*ɔi->ɔy-(全)>øy-	
		*au->ou-		*au->o-		*au->ɔu-(全)>ou-		*au->ɔu-(全)>ou-	
R3									
上升複元音	高化	*iɐ>ie	全調類	(*iɐ>ia)	全調類	*iɐ>ie	全調類	*iɐ>ie	全調類

然而，從歷時層面來看，並非在陰陽去聲調等特殊調類下韻母發生低化，三合元音及上升複元音這類韻母結構發生變化的其實是非特定聲調條件，而且韻母變化趨向是高化（也可說是緊化）。此外，無輔音尾的下降複元音韻變規律於各地也略顯參差：*ɛu除了在一般聲調條件下發生高化音變，福州、閩清、永泰同時也在特定聲調條件下發生主要元音低化音變（讀為au/iau）；*ɔi也在一般聲調條件下發生高前化音變，唯永泰的*ɔi發生在陰平、上聲條件下變讀為三合元音uoi，較為特殊。而主要元音為低元音的*au、*ai在南片各地尚未有明顯的音變現象發生，但是本書第四章所討論的馬祖、詩巫發生「au＞ou」、「ai＞ei」等高化音變，也可窺見南片方言下降複元音的高化趨勢。

三　北片方言韻變規律的時間層次

　　北片方言寧德、周寧、福安等地韻母的變化趨向有二：低化與高化，由於兩種韻讀變化趨向相反，因而形成不同歷史來源的字群合流；

其變化趨向的差異不僅與韻腹結構相關，應該也分屬不同的時間層次，類似一種填補空缺的拉力鏈移變化，以寧德城關為例說明如下：

表3-31　寧德城關韻變時間層次（A-C）

A	規律類別	聲調	韻變規律（陰聲韻）		
T1	R1	537	*i＞ei	*u＞ou	*y＞øy
T2	R3-1-1	1537	*ie＞i	*uo＞u	*yø＞y
T3	R3-1-2	1537	*ia＞ie	*ua＞uo	

B	規律類別	聲調	韻變規律（陽＋入聲韻）		
T1	R1	5374	*i-＞e-	*u-＞o-	*y-＞ø-
T2	R3-1-1	5374	*ie-＞i-	*uo-＞u-	*yo-＞y-
T3	R3-1-2	5374	*ia-＞iɛ-	*ua-＞uo-	

C	規律類別	聲調	韻變規律（陰聲韻）		
T1	R1	537	*iu＞eu	*ui＞oi	
T2	R2-1	537	*iɐu＞iu	*uɐi＞ui	*uai＞uoi

T1為最早的時間層次，T2其次，T3為最晚的時間層次。R1類低化韻變造成高元音韻腹在陽平與陰陽去聲調的空缺，引發R3-1-1類與R2-1類的高化韻變填補空缺；R3-1-1類的高化韻變又造成上升複元音韻腹 *-ie-、*-uo-的空缺，繼續引發R3-1-2類的高化韻變填補空缺。T2、T3的高化韻變乃因音韻系統內部的整合力量所牽動，促使上升複元音韻腹與三合元音的韻母結構中，主要元音受高部位介音與韻尾的同化影響而高化。由於這類高化音變的動力並非受到聲調條件的限制，而是整個音韻系統的演變趨向，因此逐步擴散到其他調類，陽聲韻與三合

元音的高化韻變仍僅發生在「陽平、陰去、陽去、陰入」，陰聲韻的高化韻變則擴展至「陰平」。

此外，R1類低化韻變也同時形成新韻母在部分聲調下的空缺，因而帶動R2-1類與R2-2類的高化韻變填補空缺；以福安為例說明如下：

表3-32　福安韻變時間層次

	規律類別	聲調	韻變規律		
T1	**R1**	1537	*i＞ei	*u＞ou	*y＞θi
		1537	*iu＞eu		*ui＞oi＞θi
		1537	*i-＞e-	*u-＞o-	*y-＞θ-
T2	**R2-1**	2	*ɛu＞eu	*au＞ou	*ɔi＞θi
	R2-2	2	*ɛi-＞ɛ-＞e-	*ɔu-＞ɔ-＞o-	*œy-＞ə-＞θ-

福安R1類低化韻變皆發生在「非上聲」，其演變結果造成新陰聲韻母ou、θi、eu以及新陽聲韻腹e-、o-、θ-在上聲調下的空缺，因而帶動R2-1類、R2-2類下降複元音韻腹的高化韻變。目前福安語料中雖無「*ai＞ei（上聲）」的變化跡象，但R1類低化韻變也同時形成ei在上聲調下的空缺；據此來看，類似馬祖與周寧 ai＞ei的分化演變很可能將來也會在福安發生。

除了上述T1的低化韻變與T2、T3的高化韻變，寧德與周寧還有另一類上升複元音（R3-2類）及三合元音（R2-1-2類）的低化音變，如下表：

表3-33　寧德與周寧上升複元音的低化韻變

	規律類別	聲調	韻變規律		
寧德	R3-2	2	*ie＞e	*uo＞o	*yø＞ø
		2(1.8)	*ie-＞ɛ-	*uo-＞ɔ-	*ia＞a
周寧	R3-2	2	*ie-＞ɛ-	*uo-＞ɔ-(-ŋ) *uo-＞ua-(-n)	
		2	*ia-＞ɛ-		*ia＞a
	R2-1-2	2	*iɐu＞u₃	*iɐi＞uai	

　　這類韻變應該發生在與R3-1-1類同時或之後，亦即未進行高化韻變的上升複元音韻腹，反而進行相反的低化韻變，丟失介音或元音低化，周寧還擴展到未進行高化韻變的三合元音（R2-1-2類）。除了寧德陰聲韻e、o、ø獨立一類，其他低化韻變都使未進行高化韻變的上升複元音韻腹併入另一聲調俱全的韻母，其音變動因大概也是為了維持音韻系統的結構平衡。

　　寧德、周寧、福安等地R1類高元音韻腹的低化韻變，陰聲韻及陽聲韻所發生的聲調條件相當穩定，寧德城關、周寧獅城皆為「陽平、陰去、陽去」，周寧咸村為「陽平、上聲、陽去」，福安皆為「非上聲」；入聲韻部分，寧德城關為「陰入」，周寧咸村為「陽入」，周寧獅城、福安則為所有入聲調。因此我們認為該類低化韻變乃受到聲調條件的影響而發生，但各地條件不一，最初應與南片方言一樣表現為共時韻變，逐漸穩固為特定調類的歷時音變，然後連鎖引發音韻系統內部的結構調整。然而，北片方言影響R1類低化韻變的聲調特質，已無法從今日的聲調表現看出；我們只能藉由對南片方言的觀察，推論可能是在曲折調值影響下引發高元音韻腹的低化韻變（參見第四節討論）。

　　相較於R1類低化韻變的穩定聲調條件，R2類、R3類的高化韻變，其所發生的聲調環境就相當參差：

表3-34　北片方言R2類、R3類高化韻變的聲調條件

韻腹	寧德城關	周寧獅城	周寧咸村	福安
三合元音	陽平、陰陽去	非上聲	非上聲	全調類
上升複元音（陽）	陽平、陰陽去	非上聲	非上聲	全調類
上升複元音（陰）	非上聲	全調類	全調類	全調類
上升複元音（入）	陰入	陰入、陽入	陰入、陽入	陰入、陽入
下降複元音	陰平、上聲	上聲	陰平、上聲	上聲

由此可見各地高化音變應是採取逐步擴散的音變方式，寧德三合元音與陽聲韻仍只發生在「陽平、陰陽去」，陰聲韻已經擴散至「非上聲」；周寧三合元音與陽聲韻則較寧德擴散至「非上聲」，陰聲韻更擴散至「全調類」；福安無論陰陽聲韻都已經擴散至「全調類」；入聲韻部分，寧德只發生在「陰入」，其他三地則較寧德擴散至「所有入聲」。這也表示各地R2類、R3類的高化音變，應與聲調條件的影響無關，較可能是受到高元音韻腹低化音變的帶動，而引發韻母結構重新整合。也就是說，由於低化音變只發生在特定的聲調條件下，於是在這些特定聲調環境下形成空缺，為填補空缺便引發上升複元音韻腹與三合元音進行高化音變，一開始只發生在具有空缺的聲調環境下，然後逐步擴散到其他調類，顯然陰聲韻的擴散速度較陽聲韻為快。

四　南片與北片的韻變比較

　　一般從共時的角度切入分析閩東南片方言的韻變現象，往往推論韻變現象乃受聲調條件影響而發生，其聲調條件或為「曲折調形」，

或為「低調值」，在調類上多為「陰去、陽去、陰入」，少數亦為「陽平」；在這些特定的聲調條件下，韻母往往「鬆化」，表現為主要元音的「低化、後化或複化」。當鬆韻母單字處於連讀前字時，韻母又讀為底層的緊韻母讀法（Duanmu, S.1990：36-40；陳澤平1998：77-79；杜佳倫2006：81-93）。

　　然而，本章第三節我們重新觀察分析福州、福清、閩清、永泰等南片方言的韻變規律，卻發現從歷時的角度切入，南片方言的韻變現象其實也具有「低化與高化」兩種韻母變化趨向，運作於不同的韻腹結構。進一步比較南片與北片的韻變現象如表3-35，南片以福州為例，北片以福安為例。

　　上一小節我們推論北片方言的R1類低化韻變引發R3-1-1類、R3-1-2類的連鎖高化韻變，也帶動R2-1類與R2-2類的高化音變。相較於此，南片方言則未引發不同時間層次的複雜韻變規律。以下逐一比較南片與北片的韻變現象：

　　1. 南片R1類低化音變尚未完全穩固，仍然深受聲調特質影響，一旦連讀環境中失去該聲調條件便讀為高元音，因此，沒有引發內部上升複元音的連續高化音變。而北片寧德等地的R1類高元音低化音變已經逐漸穩固為歷時性音韻分化，意即其條件性音變漸不受箇讀或連讀環境影響，不過仍有少數連讀語詞中還殘存緊韻母形式，例如：

遲到 ti5 lɔ3（＜tei5＋tɔ3）
塗沙（泥沙）tʰu5 θua1（＜tʰou5＋θua1）
鋸粉 ky3 xoŋ2（＜køy3＋xoŋ2）（林寒生2002：19）

根據這些語詞遺跡，我們推論寧德等地的韻變規律早期也像南片一樣，然後逐漸穩固造成音韻分化，因而引發更多韻母結構的連鎖音變。

表3-35　南片與北片的韻變規律比較表

韻腹		南片（福州）		北片（福安）	
高元音	低化 R1	*i＞ei	陰陽去	*i＞ei	非上
		*u＞ou		*u＞ou	
		*y＞øy		*y＞θi	
		*i-＞ei-		*i-＞e-	
		*u-＞ou-		*u-＞o-	
		*y-＞øy-		*y-＞θ-	
		×		*iu＞eu	
		×		*ui＞oi＞θi	
上升複元音	高化 R3	×		*ie＞i	全
		×		*uo＞u	
		×		*yø＞y＞i	
		*iɐ＞ie		*ia＞e	
		×		*ua＞o	
		×		*ie-＞i-	
		×		*uo-＞u-	
		×		*yo-＞y-＞i-(-n/-t/-ʔ)	
三合元音	高化 R2-1	*iau＞iu	陰陽平上	*iɐu＞iu	全
		*uɐi＞ui		*uɐi＞ui	
下降複元音（陰聲韻）		×		×	
		*ɔi＞oy (全)＞øy		*ɔi＞θi	上
		*ɛu＞eu(*ɛu＞au₃(3.7))		*ɛu＞eu	
		×		*au＞ou	
下降複元音（輔音尾）	高化 R2-2	*ai-＞ei-		*ɛi-＞ɛ-＞e-	上
		*ɔi-＞øy-		*œy-＞ə-＞θ-	
		*au-＞ou-		*ɔu-＞ɔ-＞o	

2.承上，我們認為北片寧德等地R1類高元音韻腹的低化韻變，最初與南片方言一樣，都是受到聲調條件的影響而發生，那麼該項聲調條件為何呢？以下表3-36列出各地的聲調表現，發生R1類低化韻變的聲調條件以＋號標示：

表3-36　南片與北片高元音低化韻變的聲調條件比較

		陰平	陽平	上聲	陰去	陽去	陰入	陽入
南片	古田	（55）－	（33）－	（42）－	（21）－	（24）－	（2）－	（5）－
	福州	（55）－	（53）－	（33）－	**（212）** ＋	**（242）** ＋	**（24）** ＋	（5）－
	福清	（53）－	（44）－	（32）－	**（21）** ＋	**（42）** ＋	**（12）** ＋	（5）－
	閩清	（44）－	（42）－	（31）－	**（211）** ＋	**（242）** ＋	**（3）** ＋	（5）－
	永泰	（44）－	（453）－	（31）－	**（212）** ＋	**（242）** ＋	**（3）** ＋	（5）－
北片	柘榮	（42）－	（21）－	（51）－	（35）－	（213）－	（5）－	（2）－
	福安	**（443）** ＋	**（211）** ＋	（42）－	**（35）** ＋	**（223）** ＋	**（54）** ＋	**（2）** ＋
	寧德	（44）－	**（221）** ＋	（42）－	**（35）** ＋	**（332）** ＋	（2）－	（5）－
	九都	（44）－	**（22）** ＋	**（41）** －	**（35）** ＋	**（41）** ＋	（4）－	**（2）** －
	周寧	（43）－	**（21）** ＋	（42）－	**（24）** ＋	**（213）** ＋	（5）－	**（2）** ＋
	咸村	（44）－	**（322）** ＋	**（11）** ＋	（55）－	**（11）** ＋	（5）－	**（3）** ＋

北片方言的聲調表現可能在低化韻變穩固後，又發生過變化，較難看出造成影響的調值條件，例如柘榮與周寧的聲調表現極為相似，但是柘榮不發生任何韻母變化，周寧卻發生相當複雜的韻變。不過，南片方言的低化韻變仍然深受聲調特質影響，觀察福州、福清、閩清與永泰的調值表現，我們推論影響低化韻變調值條件在舒聲調中為「曲折調」，在入聲調中則為「上升促調」；這些調值將音讀時間拉長，故韻腹往往同時低化或複化，以配合較長的音讀時間。相對於此，南片方

言其他的高化韻變則發生在非曲折調的條件之下。此外，值得注意的是，北片咸村發生韻變的調類條件未有陰去、陰入，卻有上聲，此與其他北片方言相當不同；觀察咸村上聲具「偏低調值」特性，而其陰去、陰入均為「偏高調值」，這樣看來調值高低似乎也是若干方言的影響韻變條件。

3. 高元音韻腹R1類低化音變運作的結果（ *y＞øy、*i-＞ei-、*u-＞ou、*y-＞øy-），已經與來自下降複元音R2類高化音變（ *ɔi＞øy、*ai-＞ei-、*au-＞ou-、*ɔi-＞øy-）所產生的音讀完全合流，此為不同韻母結構發生相反趨向的演變，進而形成合流，不需要有時間層次上的先後之別。需要特別說明的是，這兩類音變規律發生的聲調條件形成互補，在共時分析上可以一致地將鬆韻母視為表層的語音變化；但是若從歷時分析來看，R2類的鬆韻母反而是未發生音變的原始音讀。由此可見，共時平面上分析的單一變化規律可能實際上來自多重音變的壓縮。

4. 除了*ɛu、*ɔi的變化情形各地較為參差，R2-1類無輔音尾的下降複元音高化音變在南片方言並不普遍，但根據馬祖、詩巫的實際調查（參見第四章），「ai＞ei」、「au＞ou」確實有發展的趨勢，非常可能是受到R1類低化音變（ *i＞ei、*u＞ou）影響而重新整合音韻結構。

第五節　小結

本章同時運用方言比較與結構分析的方法，推論北片方言發生韻母音讀隨調分化的音韻演變，反映歷時性韻變的跡象，且其韻變現象具有「低化」與「高化」兩種變化趨向：前者發生於「高元音」韻腹；後者發生於「三合元音」、「下降複元音」、「上升複元音」等韻腹結構；這些複雜多重的音變規律，乃受到音韻系統內部結構調整的動力，連鎖發生於不同的時間層次，而聲調分化條件也因逐步擴散而不

盡相同。最後，運用同樣的方法重新探討一般南片方言的韻變現象，發現其韻變現象也是同樣具有「低化」與「高化」兩種變化趨向；但是南片方言未引發複雜的連鎖音變，而是在相反的演變趨向以及互補的聲調條件下，形成具有互補分布的緊鬆韻母系統。

　　閩東方言的韻變現象相當複雜，早期僅從共時平面研究侯官片方言的緊鬆韻母系統，卻往往忽略了北片方言等地更顯曲折的韻母分合演變；本章透過歷時層面的探討，認為多重的音韻變化可能在共時平面上壓縮為單一規律；而反思歷時性的音韻演變，其實也是來自共時語音變化的推動與擴展；因此，共時與歷時的雙向考察可以幫助我們更深入完備地了解語言現象的系統脈動與個別差異。此外，從歷時的角度進行分析，可以推溯較為早期的音韻形式，在此基礎上，也有助於探討歷史層次韻讀受到當地內源性語音變化的影響，讓歷史比較研究更為確實地運作。

第四章
從世代差異析論韻變現象

　　本章在前面歷史比較分析的基礎之上，改從世代差異的角度分別切入分析三處閩東方言：南片馬祖話、北片福安話以及詩巫閩東話韻變現象的世代差異表現，進而討論導致世代差異的語言性及社會性因素，並據以重新思索韻變現象的動因與運作過程。

第一節　閩東南片馬祖話韻變現象的世代差異分析[1]

一　研究說明

　　臺灣馬祖地區通行閩東方言，其居民祖籍多來自福建長樂或連江，但因移民歷史已久，自然發展出個別的語言特點，不等同於長樂話或連江話；而且由於處於臺灣地區以華語、閩南語為優勢語言、傳播用語的環境下，馬祖話的語言流失情形相當嚴重，大約40歲以下的馬祖居民已經說不太清楚馬祖話，年輕新生代更是只會聽、不會說，即使是還能流利使用馬祖話做為日常生活溝通語言的青壯或中年一輩，相較於老年層，也往往發生明顯的語音變異或變化。以往對於閩東韻變現象的研究，多採用傳統以少數年長發音人為依據的調查研究方法，或進行單一音韻系統的共時變異規律分析，或進行跨方言點比較的歷史變化規律分析，較少注意到不同年齡層的差異表現；根據我

1　本節的分析討論乃根據杜佳倫（2017）一文修改而成。

們近幾年的實際調查發現，不同年齡層的韻變表現不盡相同，而藉由世代差異的對比分析，更能具體探索韻母變異與變化在歷時層面的實行過程（implementation）。

　　我們於2013年10月至2015年3月多次前往馬祖北竿、南竿進行調查訪談，也前往中壢、中和等馬祖移民群聚的社區訪談幾位中老輩的發音人，經初步審核刪去少數不完整的調查記錄後，一共獲得43份有效的個別語料，其基本資料如表4-1。

表4-1　馬祖發音人基本資料表

出生成長地區				性別		年齡		
北竿	南竿其他	南竿津沙	莒光東引	女	男	老（65以上）	中（50-64）	青壯（49以下）
15	17	4	7	22	21	14	15	14

這43位發音人的出生成長地有15位來自北竿，21位來自南竿（其中4位為津沙村民），7位來自莒光或東引等小離島；需要特別說明的是，以往提到北竿與南竿的語言相異處，或是津沙村的獨特性，多半集中在語詞使用的不同，例如：指稱「石頭」的語詞，各地有suo?33 lau51、suo?53 mo33、suo?53 lo33 mo33、laŋ21 tʰaŋ51、pu33 luo?5……等不同說法，其中津沙村特別使用「pu33 luo?5」一詞（張屏生2002）；津沙居民的祖先來自連江地區，而馬祖絕大多數居民的祖先則來自長樂地區，因此津沙的獨特性即反映連江腔不同於長樂腔的語音表現或詞彙使用，例如：連讀變調規則方面，後接陰去、陽去、陰入等單字調時，長樂腔的陰去調前字（312）會變讀為高降調53，而連江腔則變讀為低降調21；又如馬祖流傳「連江奴（lu51），長樂我（ŋuai33/ŋui33）」一語，此指連江腔多以「奴（lu51）」做為自己的謙稱，而長樂腔則自稱「我（ŋuai33/ŋui33）」；實際上這些連江腔的獨特性並不限

於津沙一村，也有許多非津沙的居民祖先同樣來自連江，亦零星顯現該語音或詞彙特點，且多保留在老輩發音人口中，中年發音人以下已經愈益不見此種地區性差異。根據我們的初步觀察，在不同的小離島或村落之間並無存在明顯的次方言差異，因此我們僅就不同世代分群進行辨析與討論。我們將馬祖發音人的年齡層分為三群：65歲以上屬老年層，50至64歲屬中年層，49歲以下屬青壯層。需要特別說明的是，馬祖地區語言流失情形相當嚴重，大約40歲以下的馬祖居民已經說不太清楚馬祖話，年輕新生代更是只會聽、不會說，要尋得年輕一輩的合適發音人十分困難，因此本節將青壯層的年齡上限提高至49歲，以使青壯層能蒐集到足以進行分析的語料數量。

　　我們將觀察韻變的韻母結構分為四小類：1. 韻腹為高元音者、2. 三合元音、3. 韻腹為下降複元音之陰聲韻、4. 韻腹為下降複元音之陽、入聲韻。其中韻腹為高元音者在馬祖話表現相當穩定，調查結果顯示老、中、青壯三代均維持高元音韻腹-i-、-u-、-y-只出現在一般調類（陰平、陽平、上聲、陽入）及連讀條件下，而在特定調類條件下（陰去、陽去、陰入）則讀為較低的複元音韻腹-ei-、-ou-、-øy-；至於高部複元音iu、ui則三代均無低化的韻變現象。最值得注意的是，韻腹為下降複元音的韻母以及部分三合元音，老、中、青壯三代具有顯著的世代差異表現，反映馬祖地區正在逐步進行高化韻變。下面乃就韻腹為下降複元音的韻母以及三合元音，列出其世代差異的調查結果，據以說明其所反映的語音變異或變化。

二　韻腹為下降複元音的陰聲韻

　　本節將韻腹為下降複元音的韻母分為兩部分進行觀察：第一部分是不帶輔音韻尾的陰聲韻（C1-C4），這四類的緊鬆韻母搭配情形及其

例詞如表4-2，每類韻母各分兩小類進行觀察，一是一般調類及連讀條件下，二是特定調類條件下。

表4-2　緊鬆韻母搭配及其例詞I：陰聲韻

	C1		C2		C3		C4	
緊韻母	ou		ei		øy		εu/iau	
鬆韻母	au		ai		ɔy			
	C1-1	C1-2	C2-1	C2-2	C3-1	C3-2	C4-1	C4-2
調類	1.2.連	5.3.7	1.2.連	5.3.7	1.2.5.連	3.7	1.2.3.7	5
例詞	糟草	猴掃老	篩海	臍菜害	堆腿螺	退袋	枵扣料	條周_{經常}

（一）C1 類的調查結果

　　如表4-3所示，C1-1類在一般調類及連讀條件下，讀為au的百分比平均數隨年齡層逐步下降，三代之間具有顯著差異（F＝18.14，p＜.001），檢定結果為老年層高於中、青年層。相對於此，該類例詞讀為ou的百分比平均數則隨年齡層逐步上升，三代之間亦具有顯著差異（F＝24.66，p＜.001），中、青年層明顯高於老年層。

　　而C1-2類在特定調類條件下，老、中、青三代均絕大多數讀為au，變異數分析顯示三代之間具有顯著差異（F＝4.76，p＜.05），檢定結果為老、中年層高於青年層。相應於此，老、中年層完全沒有ou變體出現，青年層則稍有7.14%，變異數分析亦顯示三代之間具有顯著差異（F＝4.67，p＜.05），檢定結果為青年層高於老、中年層。據此，馬祖C1類例詞在陰平、上聲調類及連讀條件下，au變體逐漸衰微而ou變體相應成長，而在陽平、陰去、陽去調類條件下，au變體大致維持穩定，唯青年層略有ou變體出現。此乃顯示馬祖正在進行au＞ou的韻母高化音變，該音變主要發生在陰平、上聲調類及連讀條件下。

表4-3 韻變現象世代差異表：韻腹為下降複元音的陰聲韻——C1類

	老年層		中年層		青壯層		全　部		F	Sheffe-test
C1-1	平均數[2]	標準差	平均數	標準差	平均數	標準差	平均數	標準差		
au	72.32	29.90	27.50	35.42	7.14	20.04	35.47	39.52	18.14***	老＞中＝青
ou	13.39	19.89	62.50	38.96	87.50	21.37	54.65	41.46	24.66***	老＜中＝青
ɐu	13.39	20.49	10.00	21.23	0.00	0.00	7.85	17.68	2.32	—
C1-2	平均數	標準差	平均數	標準差	平均數	標準差	平均數	標準差		
au	100.00	0.00	98.89	4.30	84.52	25.71	94.57	16.15	4.76*	老＝中＞青
ou	0.00	0.00	0.00	0.00	7.14	12.60	2.33	7.78	4.67*	老＝中＜青
ɐu	0.00	0.00	0.00	0.00	0.00	0.00	0.00	0.00	0.00	

（二）C2 類的調查結果

　　如表4-4所示，C2-1類在一般調類及連讀條件下，讀為ai的百分比平均數隨年齡層逐步下降，三代之間具有顯著差異（F＝14.86，p＜.001），檢定結果為老年層高於中、青年層，中年層又高於青年層。相對於此，該類例詞讀為ei的百分比平均數，老年層僅有1.95%，中青年層大幅上升，三代之間亦具有顯著差異（F＝18.15，p＜.001），檢定結果為老年層低於中、青年層，中年層又低於青年層。而C2-2類在特定調類條件下，老、中、青三代均絕大多數讀為ai，沒有世代差異表現。

2　部分表格各變體平均數加總不到100%，主要原因有二：一是詢問某語詞時，發音人回答另一同義語詞，例如詢問「駛車」，發音人回答「開車」；二是部分發音人無法回答某些語詞，例如有些年輕發音人不會說「度晬（小孩滿周歲）」一詞。這類情況暫時不列在統計表格中。

表4-4　韻變現象世代差異表：韻腹為下降複元音的陰聲韻——C2類

	老年層		中年層		青壯層		全　部		F	Sheffe-test
C2-1	平均數	標準差	平均數	標準差	平均數	標準差	平均數	標準差		
ai	77.27	23.85	47.88	32.14	22.08	23.03	49.05	34.54	14.86***	老＞中＞青
ei	1.95	5.26	32.12	27.89	54.55	28.08	29.60	31.25	18.15***	老＜中＜青
ɐi	11.69	19.67	12.12	19.34	7.14	11.92	10.36	17.13	0.36	—
C2-2	平均數	標準差	平均數	標準差	平均數	標準差	平均數	標準差		
ai	100.00	0.00	88.89	20.57	85.72	17.12	91.47	16.41	3.25	—
ei	0.00	0.00	2.22	8.61	0.00	0.00	0.78	5.08	0.93	—
ɐi	0.00	0.00	2.22	8.61	0.00	0.00	0.78	5.08	0.93	—

　　據此，馬祖C2類例詞在陰平、上聲調類及連讀條件下，ai變體也逐漸衰微，而相應成長的是高化的ei變體，但在陽平、陰去、陽去調類條件下，ai變體仍維持相當穩定的優勢。相應於上述au＞ou的韻母高化音變，馬祖同樣在陰平、上聲調類及連讀條件下，平行進行ai＞ei的韻母高化音變。

（三）C3 類的調查結果

　　如表4-5所示，整體而言，C3-1類在一般調類及連讀條件下，多數讀為øy、少數讀為ɔy，但分老、中、青三代來看，隨年齡層逐步下降，三代之間具有顯著差異（F＝8.27，p＜.001），檢定結果為老年層高於中、青年層。相對於此，該類例詞讀為øy的百分比平均數雖然變異數分析結果不具世代差異，但青年層高達71.43%，略高於中、老年層的百分比平均數。而C3-2類在特定調類條件下，則是多數讀為ɔy，但分老、中、青三代來看，老年層讀ɔy的百分比平均數高達100%，中青年層逐步下降，三代之間具有顯著差異（F＝9.22，p＜.001），檢

定結果為老年層高於青年層；相對於此，該類例詞有一新興變體uai，在老、中年層幾乎不出現，青年層讀uai的百分比平均數卻有28.57%，三代之間具有顯著差異（F＝5.23，p＜.01），檢定結果為青年層高於老年層。據此，馬祖C3類例詞的ɔy變體正逐漸衰微，在特定調類條件下有改讀uai的變異趨向。

表4-5　韻變現象世代差異表：韻腹為下降複元音的陰聲韻──C3類

	老年層		中年層		青壯層		全　部		F	Sheffe-test
C3-1	平均數	標準差	平均數	標準差	平均數	標準差	平均數	標準差		
ɔy	39.29	21.29	16.67	24.40	7.14	18.16	20.93	24.96	8.27***	老＞中＝青
øy	50.00	27.74	66.67	36.19	71.43	42.58	62.79	36.34	1.37	─
uai	0.00	0.00	0.00	0.00	10.71	28.95	3.49	16.89	1.99	─
uei	0.00	0.00	16.67	24.40	10.71	21.29	9.30	19.69	2.89	─
C3-2	平均數	標準差	平均數	標準差	平均數	標準差	平均數	標準差		
ɔy	100.00	0.00	78.33	35.19	51.79	37.29	76.74	35.10	9.22***	老＞青
øy	0.00	0.00	1.67	6.46	1.79	6.68	1.16	5.33	0.48	─
uai	0.00	0.00	5.00	14.02	28.57	41.44	11.05	27.44	5.23**	老＜青
uei	0.00	0.00	0.00	0.00	0.00	0.00	0.00	0.00	─	

　　若詳細就每項例詞各變體百分比平均數來看，如下表4-6，上聲例詞「腿」在各年齡層大致穩定讀為øy；陰去、陽去例詞「退袋坐」雖在各年齡層多數仍讀為ɔy，但青年層有三成左右改讀為uai；而陽平例詞「螺」在老年層讀為ɔy的百分比平均數高於讀為øy者，但中年層卻是讀為øy的百分比平均數高於讀為ɔy者，青年層更是半數以上讀為øy，此乃反映老年層多數將陽平例詞「螺」與陰去、陽去例詞同讀為鬆韻母，而中、青年層則傾向將陽平例詞「螺」與上聲例詞「腿」同讀為緊韻母。據此可見下降複元音ɔy高化為øy的調類擴散跡象。

表4-6　C3類例詞各變體百分比平均數

C3		螺	腿	退	袋	坐
ɔy	老	**64.29**	0.00	**100.00**	**100.00**	**100.00**
	中	26.67	6.67	**73.33**	**86.67**	**86.67**
	青	0.00	14.29	**71.43**	**64.29**	**64.29**
øy	老	14.29	**85.71**	0.00	0.00	0.00
	中	**46.67**	**86.67**	0.00	0.00	0.00
	青	**64.29**	**78.57**	0.00	0.00	0.00
uai	老	0.00	0.00	0.00	0.00	0.00
	中	0.00	0.00	0.00	6.67	13.33
	青	14.29	7.14	28.57	35.71	35.71
uei	老	0.00	0.00	0.00	0.00	0.00
	中	26.67	6.67	0.00	0.00	0.00
	青	21.43	0.00	0.00	0.00	0.00

（四）C4 類的調查結果

　　如表4-7所示，整體而言，C4-1類在一般調類及連讀條件下，較多數仍讀為iau；但分老、中、青三代來看，青年層的百分比平均數只有25.89%，顯然低於老、中年層的百分比平均數，不同世代具有顯著差異（F＝15.98，p＜.001）。此乃一方面由於該類例詞青年層發音人無法回答的百分比平均數高達29.46%，明顯高於老、中年層（F＝7.56，p＜.01），因而影響到其讀為iau的百分比平均數偏低；另一方面值得注意的是，青年層將韻母改讀為iu的百分比平均數明顯高於老年層（F＝4.27，p＜.05），例如「吊」讀為tiu3、「桸ⁱ」讀為iu1，「吊料桸ⁱ」等例詞來自中古效攝，該韻攝3、4等字今多數讀為iu，例如

「腰少笑尿」等，此為另一歷史層次韻讀，中、青年層傾向將這類例
詞改讀此一較為優勢的層次韻讀。

表4-7　韻變現象世代差異表：韻腹為下降複元音的陰聲韻——C4類

	老年層		中年層		青壯層		全　部		F	Sheffe-test
C4-1	平均數	標準差	平均數	標準差	平均數	標準差	平均數	標準差		
εu	6.25	23.39	0.83	3.23	0.00	0.00	2.33	13.43	0.90	－
iau	66.07	24.23	53.33	19.60	25.89	11.72	48.55	25.18	15.98***	老＝中＞青
iəu	7.14	16.05	9.17	17.34	2.68	7.24	6.40	14.27	0.77	－
iou	0.00	0.00	0.00	0.00	8.93	14.23	2.91	8.98	5.72**	老＝中＜青
iu	3.57	5.86	12.50	12.27	16.96	16.52	11.05	13.28	4.27*	老＜青
未回答	7.14	10.65	12.50	15.67	29.46	19.98	16.28	18.20	7.56**	老＝中＜青
C4-2	平均數	標準差	平均數	標準差	平均數	標準差	平均數	標準差		
εu	67.86	37.25	43.33	41.69	10.71	21.29	40.70	41.20	9.54***	老＞青
iau	10.71	28.95	16.67	30.86	7.14	26.73	11.63	28.53	0.40	－
iəu	21.43	32.31	33.33	44.99	21.43	32.31	25.58	36.79	0.50	－
iou	0.00	0.00	3.33	12.90	50.00	48.04	17.44	36.00	13.66***	老＝中＜青
iu	0.00	0.00	0.00	0.00	10.71	21.29	3.49	12.89	3.68	－

　　而C4-2類在陽平調條件下，老、中年層較多數讀為εu，青年層讀
為εu的百分比平均數只有10.71%，三代具有顯著差異（F＝9.54，p
＜.001），檢定結果為青年層低於老年層；相對於此，青年層讀為iou的
百分比平均數有50%，中年層僅僅3.33%，老年層完全沒有該變體出
現，三代具有顯著差異（F＝13.66，p＜.001），檢定結果為青年層高
於老、中年層。據此，C4類在陽平調條件下，青年層有改讀為iou的
變異趨向。

（五）世代差異所反映的語音變異與變化

　　總合以上調查結果：1. 在陰平、上聲調類及連讀條件下，馬祖話正在發生au＞ou及ai＞ei的韻母高化音變。2. 以往分析C3類例詞的共時韻變表現為鬆韻母讀ɔy、緊韻母讀øy，而本文調查世代差異情形顯示老年層的øy變體主要出現在上聲調類條件，中青年層則擴展到陽平調類條件；另外青年層有由ɔy改讀uai的變異趨向。3. 以往分析C4類例詞具隨調分化現象：陽平調條件下讀ɛu，其他調類條件下讀iau，而本文調查世代差異情形顯示陽平調條件下青年層已由ɛu多數改讀為iou，其他調類條件下的iau則有改讀iou、iu的變異趨向。

三　韻腹為下降複元音的陽、入聲韻

　　第二部分是帶有輔音韻尾的陽聲韻與入聲韻（D1-D3），這三類的緊鬆韻母搭配情形及其例詞如表4-8，這三類也是各自分成兩小類進行觀察，一是一般調類及連讀條件下，二是特定調類條件下。

表4-8　緊鬆韻母搭配及其例詞II：陽聲韻與入聲韻

	D1		**D2**		**D3**	
緊韻母	eiŋ/eik		ouŋ/ouk		øyŋ/øyk	
鬆韻母	aiŋ/aik		ɔuŋ/ɔuk		ɔyŋ/ɔyk	
	D1-1	D1-2	D2-1	D2-2	D3-1	D3-2
調　類	1.5.2.8.連	3.7.4	1.5.2.8.連	3.7.4	1.5.2.8.連	3.7.4
例　詞	針塍眼特	店[硬]德	酸糖講滑	园卵骨	東蟲桶六	巷重北

（一）D1 類的調查結果

如表4-9所示，整體而言，D1-1類在一般調類及連讀條件下，絕大多數讀為eiŋ/eik，但老、中、青三代之間具有顯著差異（F＝12.73，p＜.001），檢定結果為老、中年層高於青年層；此乃由於該類例詞青年層發音人無法回答的百分比平均數為11.31%，明顯高於老、中年層（F＝6.79，p＜.01），因而影響到其讀為eiŋ/eik的百分比平均數稍微下降。

表4-9　韻變現象世代差異表：
韻腹為下降複元音的陽、入聲韻──D1類

D1-1	老年層		中年層		青壯層		全　部		F	Sheffe-test
	平均數	標準差	平均數	標準差	平均數	標準差	平均數	標準差		
eiŋ/eik	95.24	6.30	90.00	11.00	73.21	16.72	86.24	15.09	12.73***	老＝中＞青
aiŋ/aik	0.60	2.63	0.00	0.00	0.00	0.00	0.19	1.27	1.04	
未回答	0.60	2.23	3.89	6.19	11.31	12.06	5.23	8.91	6.79**	老＜青
D1-2	平均數	標準差	平均數	標準差	平均數	標準差	平均數	標準差		
eiŋ/eik	8.16	23.58	43.81	48.74	27.55	40.20	26.91	41.03	3.00	─
aiŋ/aik	89.80	24.05	52.38	50.84	60.20	38.49	67.11	42.00	3.53*	─

而D1-2類在特定調類條件下，則是較多數讀為aiŋ/aik，分老、中、青三代來看，老年層讀aiŋ/aik的百分比平均數高達89.8%，三代之間略具有顯著差異（F＝3.53，p＜.05）；相對於此，該類例詞讀eiŋ/eik的百分比平均數，老年層僅有8.16%，中、青年層則分別上升為43.81%、27.55%，儘管這項變體分老、中、青三群的變異數分析結果為三代之間沒有顯著差異，但由百分比平均數的大幅上升，仍可窺見世代之間的差異傾向。據此，D1類在特定調類（陰去、陽去、陰

入）條件下，鬆韻母變體aiŋ/aik略顯衰退，而緊韻母eiŋ/eik變體則相應成長。

（二）D2 類的調查結果

如表4-10所示，D2-1類在一般調類及連讀條件下，絕大多數讀為緊韻母ouŋ／ouk，且老、中、青三代韻母表現均相當穩固，沒有世代差異情形。而D2-2類在特定調類條件下，分老、中、青三代來看，讀為ɔuŋ/ɔuk的百分比平均數具有顯著差異（F＝18.31，p＜.001），老年層明顯高於中、青年層；相應於此，該類例詞讀ouŋ/ouk的百分比平均數也具有顯著差異（F＝10.63，p＜.001），檢定結果為老年層明顯低於中、青年層。據此，D2類在特定調類條件下的鬆韻母變體ɔuŋ/ɔuk逐漸衰微，而緊韻母ouŋ／ouk則成為優勢變體。

表4-10　韻變現象世代差異表：
韻腹為下降複元音的陽、入聲韻──D2類

	老年層		中年層		青壯層		全　部		F	Sheffe-test
D2-1	平均數	標準差	平均數	標準差	平均數	標準差	平均數	標準差		
ouŋ/ouk	73.81	41.94	62.96	35.30	83.33	26.78	73.13	35.41	1.22	─
ɔuŋ/ɔuk	24.60	42.52	20.74	28.13	6.35	23.76	17.31	32.56	1.24	─
D2-2	平均數	標準差	平均數	標準差	平均數	標準差	平均數	標準差		
ouŋ/ouk	13.10	16.25	45.56	37.52	60.71	24.99	39.92	33.76	10.63***	老＜中＝青
ɔuŋ/ɔuk	82.14	17.86	41.11	40.76	16.67	21.68	46.51	39.10	18.31***	老＞中＝青

（三）D3 類的調查結果

如表4-11所示，D3-1類在一般調類及連讀條件下，絕大多數讀為

緊韻母øyŋ／øyk，且老、中、青三代韻母表現均相當穩固，沒有世
代差異的情形。而D3-2類在特定調類條件下，整體看來雖較多數讀
為鬆韻母ɔyŋ／ɔyk，但老、中、青三代之間具有顯著差異（F＝8.19，
p＜.001），檢定結果為老年層高於中、青年層；相對於此，該類例詞
讀øyŋ／øyk的百分比平均數，老年層僅有5.36%，三代之間亦具有顯
著差異（F＝3.56，p＜.05），檢定結果為老年層低於中年層。據此，
D3類也是在特定調類（陰去、陽去、陰入）的條件下，鬆韻母變體
ɔyŋ／ɔyk略顯衰退，而緊韻母øyŋ／øyk變體則相應成長。

表4-11　韻變現象世代差異表：
韻腹為下降複元音的陽、入聲韻──D3類

	老年層		中年層		青壯層		全　部		F	Sheffe-test
D3-1	平均數	標準差	平均數	標準差	平均數	標準差	平均數	標準差		
øyŋ/øyk	96.43	13.36	93.33	14.84	94.64	10.65	94.77	12.86	0.20	─
ɔyŋ/ɔyk	3.57	13.36	0.00	0.00	1.79	6.68	1.74	8.44	0.64	─
D3-2	平均數	標準差	平均數	標準差	平均數	標準差	平均數	標準差		
øyŋ/øyk	5.36	14.47	40.00	48.00	30.36	35.60	25.58	37.99	3.56*	老＜中
ɔyŋ/ɔyk	94.64	14.47	56.67	48.61	41.96	33.83	64.24	41.24	8.19***	老＞中＝青

（四）代差異所反映的語音變異與變化

　　總合以上調查結果：D1-D3三類均在特定調類（陰去、陽去、陰
入）條件下發生韻腹的高化音變，隨著年齡層下降，韻腹由主要元音
偏低偏後（-ai-、-ɔu-、-ɔy-）趨向讀為偏高偏前（-ei-、-ou-、-øy-），
此緊密相應於陰聲韻的韻母高化音變（au＞ou、ai＞ei、ɔy＞øy），但
陰聲韻乃發生於一般調類及連讀條件下，而陽聲韻則是發生於特定調

類（陰去、陽去、陰入）條件下，其一般調類及連讀條件下本已穩定
讀為緊韻母，由此可見高化韻變的調類擴散現象。

四　三合元音

表4-12　韻變現象世代差異表：三合元音

	老年層		中年層		青壯層		全　部		F	Sheffe-test
B1	平均數	標準差	平均數	標準差	平均數	標準差	平均數	標準差		
ieu	0.00	0.00	0.00	0.00	5.10	15.45	1.66	8.93	1.58	－
iu	100	0.00	94.29	11.83	93.88	16.54	96.01	11.80	1.20	－
B2	平均數	標準差	平均數	標準差	平均數	標準差	平均數	標準差		
uoi	0.00	0.00	0.00	0.00	6.12	22.91	1.99	13.07	1.04	－
ui	100	0.00	95.24	10.34	87.76	26.79	94.35	16.83	1.97	－
B3	平均數	標準差	平均數	標準差	平均數	標準差	平均數	標準差		
uai	85.71	14.53	72.00	18.21	62.86	24.63	73.49	21.26	4.86*	老＞青
uei	0.00	0.00	9.33	12.80	1.43	5.35	3.72	9.00	5.55**	中＞老＝青
ui	7.14	9.95	8.00	10.14	14.29	9.38	9.77	10.12	2.22	－

三合元音的調查結果如表4-12，說明如下：

　　1. B1、B2類乃根據閩東的方言比較而分立出來，如表4-13所
示，柘榮、古田、福清都維持B1、B2類與A4、A5類的韻讀差異，而
福州、永泰則是混同不分。馬祖的表現亦是與A4、A5類混同不分，
老、中、青三代絕大多數都讀為高元音iu、ui，此兩類韻母表現相當
穩固，沒有世代差異情形。

表4-13　B1、B2類與A4、A5類的韻讀比較

類別	例詞	柘榮	古田	福州		福清		永泰
				陰陽平上聲	陰陽去	陰陽平上聲	陰陽去	
A4	秋救柱	iu	iu	ieu	iɛu	iu	iɛu	iu
A5	輝醉跪	ui	ui	uoi	uɔi	ui	uoi	uoi
B1	小笑轎	iau	iɐu	ieu	iɛu	ieu	iɐu	iu
B2	飛火會	ɜu	uoi	uoi	uɔi	uoi	uɐi	uoi

2.B3類老、中、青三代多數讀為uai，但三代具有顯著差異（F＝4.86，p＜.05），檢定結果為老年層明顯高於青年層。另外值得注意的是，該類例詞讀為uei的百分比平均數，老、中、青壯三代具有顯著差異（F＝5.55，p＜.01），中年層明顯高於老、青年層。下面表4-14詳細就每項例詞各變體百分比平均數來看：

表4-14　B2類例詞各變體百分比平均數

B3		磨~刀	麻~油	我	破碗~	大
uai	老	85.71	78.57	64.29	100.00	100.00
	中	80.00	60.00	20.00	100.00	100.00
	青	42.86	50.00	28.57	92.86	100.00
uei	老	0.00	0.00	0.00	0.00	0.00
	中	13.33	0.00	33.33	0.00	0.00
	青	7.14	0.00	0.00	0.00	0.00
ui	老	0.00	0.00	35.71	0.00	0.00
	中	0.00	0.00	40.00	0.00	0.00
	青	0.00	0.00	71.43	0.00	0.00

B3		磨~刀	麻~油	我	破碗~	大
其他	老	14.29	7.14	0.00	0.00	0.00
	中	0.00	**33.33**	0.00	0.00	0.00
	青	**28.57**	**42.86**	0.00	7.14	0.00

陰去、陽去調例詞「破碗~」、「大」，老、中、青三代絕大多數都穩定讀為uai。陽平、上聲調例詞「磨~刀」、「麻~油」、「我」，讀為uai的百分比平均數則有隨年齡層逐步下降的趨勢，「磨~刀」一詞在青年層有將近三成左右改讀為mua或muo；「麻~油」一詞在中、青年層有三至四成左右改讀為ma或mua；「我」一詞的韻讀變異較為特殊，在老、中年層已有三至四成左右讀為ui變體，青年層讀為ui變體的百分比平均數更是激增為71.43%，而中年層另有三成左右讀為uei變體，由此可見「我」一詞uai＞uei＞ui的韻母逐步高化過程。

　　3.總合以上調查結果：（1）馬祖的B1、B2類韻讀與A4、A5類高部複元音iu、ui混同，沒有世代差異表現。（2）B3類三合元音uai的韻母變化情形有二：一是部分例詞改讀為其他變體，此與華語音讀或閩南語音讀的接觸影響有關（參見第五節討論）；而在一般調類及連讀條件下略有uai＞uei的韻母高化趨向，尤以中年層較為明顯，此乃相應於前述ai＞ei的韻母高化音變，其中第一人稱「我」更進而高化為ui，此應是第一人稱常用語詞的音讀弱化表現。

五　小結：馬祖話的高化韻變與結構擴散

表4-15　馬祖韻腹為下降複元音者之韻變表現

	陽入	連讀	陰平	上聲	陽平	陰去	陽去	陰入
無輔音尾	－		ai＞ei			ai		－
	－		au＞ou			au		－
	－		ɔy＞øy			ɔy		－
有輔音尾			-ei-			-ai-＞-ei-		
			-ou-			-ɔu-＞-ou-		
			-øy-			-ɔy-＞-øy-		

總和以上分析，馬祖話韻腹為下降複元音者之韻變現象的調查結果如表4-15：

（1）馬祖話的韻變現象應分成兩類來看，一是高元音韻腹的共時韻母變異，此類韻變表現相當穩定；二是下降複元音韻腹及三合元音的韻母變異，此類韻母具有顯著的世代差異表現，反映馬祖正在進行系統性的高化韻變。

（2）馬祖下降複元音韻腹正在進行高化音變，世代差異的觀察與分析顯示該高化韻變不僅在調類上逐步擴散，也在韻尾結構上逐步擴散，其中帶有輔音韻尾者已由語音條件上的共時性變異逐漸穩固為歷時性的音韻變化。

第二節　閩東北片福安話韻變現象的世代差異分析

一　研究說明

　　閩東北片方言雖然多半沒有明顯而規律的鬆緊韻母共時變異，但透過跨方言點的歷史比較，卻可發現其中福安、周寧與寧德等地，具有韻讀隨調分化的音韻演變，反映韻變現象由共時性語音變異進而穩固為歷時性音韻演變。

　　Norman（1977-8）的初步調查報告已提出寧德、福安等地有韻變表現，並且表示該地的韻變只能透過跨方言的歷史比較來探究。戴黎剛（2007，2008，2011）有專文詳細探討周寧、福安、寧德等地的韻母演變現象，運用歷史層次分析的辦法，重新擬定福安等地也具有緊鬆韻母相配的音韻系統；但該文仍以單一方言點共時音系的內部分析為主，而且為了建立一致的韻變模式，往往刻意忽略不盡相同的韻變趨向及聲調條件，例如：戴黎剛（2007）曾提出周寧話內部有三種不同的變韻層次，其中一種乃以上聲為條件的高化韻變（au＞ɔu），但是其後來（2008）討論福安韻變時，又表示必須將au視為變韻，以符應一致的低化規則；又如（2011）討論寧德韻變時，為了歸納一致的韻變調類條件為陽平、陰去、陽去，刻意將若干韻母在陰平調類下的變異，視為例外的「提前變韻」。

表4-16　福安方言的歷時性韻變規律（陰聲韻）

高元音	上升複元音	下降複元音及三合元音
*i＞ei (1.5.3.7)	*ie＞i（全）	*iɐu＞iu（全）
*u＞ou (1.5.3.7)	*uo＞u（全）	*uɐi＞ui（全）
*y＞θi (1.5.3.7)	*yo＞y＞i（全）	*ɔi＞θi（2）
*iu＞eu (1.5.3.7)	*ia＞ie＞e（全）	*ɛu＞eu（2）
*ui＞oi＞θi (1.5.3.7)	*ua＞uo＞o（全）	*au＞ou（2）

　　本書第三章運用方言比較方法分析福安方言韻母的歷時變化規律，如表4-16以陰聲韻母的歷時韻變為例：福安方言的韻母演變同時具有「低化」與「高化」兩種變化趨向：前者主要發生於「高元音」韻腹；後者主要發生於「上升複元音」、「下降複元音」、「三合元音」等韻腹結構。陳澤平（2012）分析福安韻母的歷史音變，著力於區辨福安方言兩種性質截然不同的韻母音變：一是以特殊調值推動的、以調類為條件的「變韻」，二是韻母系統自我調整的自然音變。此相應於杜佳倫（2010：213-215）提出福安等地連鎖發生於三個不同時間層的韻母變化（如下表4-17舉例）：T1為最早的時間層，T2其次，T3為最晚的時間層，T1首先發生低化韻變（*u＞ou），造成高元音韻腹在特定調類下的空缺，引發T2高化韻變（*uo＞u）填補空缺；而此高化韻變又造成上升複元音韻腹的空缺，繼續引發T3高化韻變（*ua＞uo）填補空缺。T2、T3的高化韻變乃因音韻系統內部的整合力量所牽動，並非受到聲調條件的限制，而是整個音韻系統的演變趨向，因此逐步擴散到其他調類。

表4-17　閩東北片方言韻變時間層

時間層	韻變規律		
	福安	寧德	周寧
T1	*u＞ou (1.5.3.7)	*u＞ou (5.3.7)	*u＞o (5.3.7)
T2	*uo＞u (1.5.2.3.7)	*uo＞u (1.5.3.7)	*uo＞u (1.5.2.3.7)
T3	*ua＞uo＞o (1.5.2.3.7)	*ua＞uo(1.5.3.7)	*ua＞uɔ(1.5.2.3.7)

　　陳文所謂「變韻」大致相應於杜文T1時間層的低化韻變,「系統調整的自然音變」則相應於杜文T2、T3時間層的高化韻變;然而,兩者論點有以下重要的差異處:

　　1.陳文區分「變韻」與「系統調整的自然音變」乃著眼於是否受到特殊調值推動並以調類為條件,「與調類無關,即全調性的、一般性的韻母音變」便不能稱為變韻。[3]然而,此種區別辦法會產生幾項分類的困難:

　　（1）陳文將福安「變韻」分成兩級,第一級變韻是高元音韻腹的鬆化（如iŋ＞eiŋ）,受此推動而引發第二級變韻（如eiŋ＞ɛiŋ）,兩者均發生在非上聲調條件下;這樣說來,所謂第二級變韻既是以調類為條件的變韻,實際上同時也是一種韻母系統自我調整的音變。

　　（2）陳文所謂福安方言「與調類無關,即全調性的、一般性的韻母音變」,在寧德方言卻是以調類為條件（如表4-17所示,發生在非上聲調條件下）,這時是否應歸入第二級變韻?

　　（3）陳文沒有具體討論到一般閩東方言白讀均為-au的「糟偷頭猴草九掃鬥老」等語詞,在福安方言有因調類而分讀的表現:上聲語

3　以往將「變韻」嚴格限定為「在共時平面上具有轉換關係的兩套韻母」,此乃著眼於緊鬆韻母的共時轉換規律;陳澤平（1998,2014）提出「韻變過程」,已揭示共時性的變韻在歷時層面上同樣具有重要的演變意義。

詞「草九」在福安韻讀為-ou，其他非上聲語詞仍讀為-au；根據陳文的分類辦法，此項韻母變異同樣既是以調類為條件的變韻，也是韻母系統自我調整的音變，應歸入第二級變韻嗎？若然，其韻母變化方向是受到第一級變韻（u＞ou）所推動的低化音變（ou＞au）？還是歷史比較所推論的高化音變-（au＞-ou）？

2. 杜文則不強調區分兩類韻變，而著重從歷時層面探討多重韻母變異的鏈動關係：閩東方言的韻母演變實際上兼具「低化」與「高化」兩種變化趨向，從歷時層面來看乃由低化韻變牽動高化韻變，但兩者都可能形成共時平面上的變異規律。也就是說，陳文所謂的「變韻」與「系統調整的自然音變」，並非絕對對立的兩類韻母演變方式，高元音韻腹的共時變異確實引發韻母系統一連串的結構調整音變，而這類結構調整音變有一部分也符應共時變異規律，另一部分則穩固為歷時性演變。這在閩東南片、北片各有不同的韻變體現：南片因相反的韻母變化趨向以及互補的聲調條件，形成具有互補分布的緊鬆韻母系統，共時平面上可分析為單一韻母變化規律；而北片則受到音韻系統內部結構調整的動力，造成多項韻讀的分合演變，並由共時變異逐漸穩固為歷時性音變。

本書同意上述杜佳倫（2010）的看法，下面以福安、馬祖為例進行說明（如表4-18）。福安、馬祖兩地在T1、T2兩個時間層發生相應的韻母音變：T1為高元音韻腹的共時變異，在特定調類條件下讀為低化韻腹，但連讀時又讀為高元音韻腹；這種共時變異造成ou、ouŋ、eiŋ等韻母在部分調類下的空缺，引發T2下降複元音韻腹發生高化韻變以填補空缺，但南片馬祖方言的高化韻變也發生在連讀條件下，[4]在共

4　馬祖au＞ou並不發生在陽平調條件下，觀察馬祖陽平調值為高降調51，與陰去、陽去具有同樣音讀時間偏長的特質，而下降複元音的發音過程乃由低元音a上升至高元音u，需要較長的音讀時間，陽平調值偏長的徵性可能因此成為限制其高化的滯留條件。

時平面上呼應T1的變異規律，因此往往被分析為鬆韻母（au、ɔuŋ、aiŋ）為表層形式、緊韻母（ou、ouŋ、eiŋ）為底層形式，實際上運用歷史比較方法可以確論鬆韻母（au、ɔuŋ、aiŋ）應為早期韻讀，緊韻母（ou、ouŋ、eiŋ）則為高化的晚期韻讀；[5] 而北片福安方言的高化韻變則不發生在連讀條件下，鬆緊韻母不具共時變異關係，且高元音韻腹的共時變異同時引發表4-17的T2、T3其他結構調整韻變，也沒有形成共時變異規律，值得注意的是，T1的共時變異似乎隨之逐漸穩固為歷時性音變，本節將從世代差異表現提出具體的分析與討論。

表4-18　閩東福安、馬祖方言的韻變差異

時間層	福安韻變規律		
T1	*u＞ou (1.5.3.7)	*uŋ＞ouŋ (1.5.3.7)	*iŋ＞eiŋ (1.5.3.7)
T2	*au＞ou(2)	*ɔuŋ＞ouŋ(2)	*aiŋ＞ɛiŋ＞eiŋ (2)
時間層	馬祖韻變規律		
T1	*u＞ou (3.7)	*uŋ＞ouŋ (3.7)	*iŋ＞eiŋ (3.7)
T2	*au＞ou(1.2.連)	*ɔuŋ＞ouŋ(1.5.2.連)	*aiŋ＞eiŋ(1.5.2.連)

　　我們的研究方法主要分為兩類：一是針對所關注的韻變現象，設計詞彙調查表訪問福安地區發音人，以蒐集能適切反映韻母變異現象的重點語料，觀察的韻母細分為三類，包括：（一）韻腹為高元音者、（二）韻腹為上升複元音者、（三）下降複元音及三合元音，各類盡量顧及每種聲調條件下均有代表字詞，例如：韻腹為高元音-i的陰聲

5　如前文所述，根據「糟偷頭猴草九掃門老」等語詞在一般閩東方言及其他閩語的白讀多為-au，運用歷史比較法可推論這類語詞在部分閩東方言點發生*au＞ou的歷時性音變；又根據「減鹹店念揀開莧蓮千前」（2、4等同讀）及「酸卵鑽損裋糖園長丈秧」（1、3等同讀）等語詞在一般閩東方言及其他閩語的音讀對應關係，運用歷史比較法可推論這類語詞在閩東方言發生*aiŋ＞ɛiŋ＞eiŋ、*ɔuŋ＞ouŋ的歷時性音變。

韻，詢問「知、棋、米、四、地」等字，每種調類至少均詢問一字詞；此外，各代表字詞盡量分別設計處於前字與後字的兩種詞彙，以觀察是否呈現共時變異的情形，例如「棋」字詢問「下棋」與「棋盤」兩個詞彙、「四」字詢問「十四」與「四十」兩個詞彙。我們於2015年9月至2016年4月多次前往福安市進行調查訪談，經初步審核刪去少數不完整的調查記錄後，一共獲得27份有效的個別語料，其基本資料如下表。

表4-19　福安發音人基本資料表

性別		年齡		
女	男	老（60以上）	中（40-59）	青壯（39以下）
10	17	8	10	9

　　二是蒐集足夠的語料之後，進行跨世代的量化比較。本文將發音人的年齡層分為三群：60歲以上屬老年層，40至59歲屬中年層，39歲以下屬青年層；量化比較方面，我們運用百分比平均數計算各音韻變異現象於不同世代的表現異同；再進一步使用變異數分析（Analysis of Variance, ANOVA）檢定不同年齡層的百分比平均數是否具顯著差異。老、中、青三代之間若不具顯著差異，表示韻母變異情形維持穩定；而三代之間若具顯著差異，則表示韻母變異情形發生變動，值得進一步分析與討論。

二　韻腹為高元音之韻母的調查結果

　　我們將福安發生韻變的韻母，依據方言比較法所推溯的原來韻母結構（如表4-16所示），分為三類進行調查分析：（一）韻腹為高元音

者、（二）韻腹為上升複元音者、（三）下降複元音及三合元音。調查結果顯示第（二）、（三）兩類在老、中、青三代均維持已經高化的韻腹音讀，表現相當穩定；其中下降複元音，三代均維持只有上聲調類讀為高化的緊韻母（ɵi、eu、ou），其他調類則讀為略低的鬆韻母（ɔi、ɛu、au），此一高化韻變也沒有調類擴散的跡象。最值得注意的是第（一）類韻腹為高元音的陰聲韻，根據實際調查呈現參差的共時韻母變異情形，且老、中、青三代部分韻類具有顯著的世代差異表現，反映福安方言高元音韻腹的共時變異正逐漸穩固為歷時性音變。

　　本節乃就韻腹為高元音的韻母，分陰、陽、入聲韻三部分列出世代差異的調查結果，據以說明其所反映的語音變異或變化。每類韻母各分三小類進行觀察（如表4-20）：一是上聲調類條件，二是非上聲調類條件（陰平、陽平、陰去、陽去、陰入、陽入）處於箇讀或連讀末字環境，三同樣是非上聲調類條件下但處於連讀前字環境。以往比較研究顯示：上聲調類條件下一律讀為緊韻母；其他調類條件下往往讀為鬆韻母。然而，本文調查發現非上聲調類語詞依其處於箇讀或連讀前字環境，會有鬆、緊韻母的共時變異表現，且不同年齡層此類變異略有參差，下文將根據調查結果進行說明。

表4-20　韻腹為高元音之韻母分類調查詞表

	緊韻母	鬆韻母		箇／連讀	調類	例　詞
A1	i	ei	A1-1	箇讀／連讀	2	米／米酒
			A1-2	箇讀或連讀末	1.5.3.7	通知、下棋、十四、土地
			A1-3	連讀前		棋盤、四十、地主
A2	u	ou	A2-1	箇讀／連讀	2	虎／古早
			A2-2	箇讀或連讀末	1.5.3.7	很粗、水牛、長褲、新婦
			A2-3	連讀前		粗鹽、牛肉、褲頭、伏卵
A3	i	θi	A3-1	箇讀／連讀	2	老鼠／煮飯
			A3-2	箇讀或連讀末	1.5.3.7	飼豬、釣魚、鋸、拿箸
			A3-3	連讀前		豬肉、魚皮、鋸柴、箸籠
A4	iu	eu	A4-1	箇讀／連讀	2	手／酒店
			A4-2	箇讀或連讀末	1.5.3.7	姓周、球、急救、樹
			A4-3	連讀前		周寧、求儂、救命、樹皮
A5	ui	θi	A5-1	箇讀／連讀	2	有鬼／幾個
			A5-2	箇讀或連讀末	1.5.3.7	很肥、喙、櫃
			A5-3	連讀前		肥肉、喙皮、櫃臺
A6	iŋ	eŋ	A6-1	箇讀／連讀	2	叔嬷／嬷婆
			A6-2	箇讀或連讀末	1.5.3.7	黃金、清、舅妗、面
			A6-3	連讀前		金色、清飯、妗婆、面盆
A7	uŋ	oŋ	A7-1	箇讀／連讀	2	竹筍／筍乾
			A7-2	箇讀或連讀末	1.5.3.7	交通、短裙、不順、行動
			A7-3	連讀前		通知、順風、動物
A8	iŋ/uŋ	θŋ	A8-1	箇讀／連讀	2	菜種／忍耐
			A8-2	箇讀或連讀末	1.5.3.7	半斤、金銀、遠近
			A8-3	連讀前		斤兩、銀行、近視

	緊韻母	鬆韻母		箇／連讀	調類	例　詞
A9	iʔ	eʔ	A9-1	箇讀／連讀	8	老實／敵人
			A9-2	箇讀或連讀末	4	十七、很急
			A9-3	連讀前		七十、急救
A10	uʔ	oʔ	A10-1	箇讀／連讀	8	家族／族譜
			A10-2	箇讀或連讀末	4	行出、剖腹
			A10-3	連讀前		出口、腹肚
A11	iʔ	θʔ	A11-1	箇讀／連讀	8	生熟／熟肉
			A11-2	箇讀或連讀末	4	秋菊、乞（給予）
			A11-3	連讀前		菊花、乞食

（一）韻腹為高元音的陰聲韻（A1-A5 類）

　　A1-A5類在上聲調類條件讀為緊韻母（i、u、ɿ、iu、ui），在非上聲調類條件且處於箇讀或連讀末字讀為相應的鬆韻母（ei、ou、θi、eu、θi），三代表現一致，不具世代差異性。然而，如表4-21所示，非上聲調類一旦處於連讀前字環境，會有讀為緊、鬆韻母的參差表現，大致而言讀為緊韻母的百分比平均數有隨年齡層逐步下降的趨勢；相對於此，讀為鬆韻母的百分比平均數則有隨年齡層逐步上升的趨勢。A2-A5類的檢定結果均具有顯著的世代差異性；A1類的檢定結果雖不具顯著差異，但青年層讀為鬆韻母ei的百分比平均數已經大於讀為緊韻母i者，變異趨勢相應於A2-A5類。據此，福安原來韻腹為高元音的陰聲韻類，在非上聲調類條件下的低化韻變，逐漸由箇讀擴展至連讀環境，亦即由共時變異逐漸穩固為歷時性變化。

表4-21　韻腹為高元音之陰聲韻非上聲調類在連讀條件下的韻讀表現

		老年層		中年層		青年層		全　部		F	Sheffe-test
		平均數	標準差	平均數	標準差	平均數	標準差	平均數	標準差		
A1-3	i	66.67	17.82	56.67	27.44	40.74	14.70	54.32	22.92	3.28	
	ei	33.33	17.82	43.33	27.44	55.56	16.67	44.44	22.65	2.26	
A2-3	u	79.69	16.28	58.75	11.86	52.78	8.33	62.96	16.44	10.93***	老＞中＝青
	ou	17.19	17.60	41.25	11.86	38.89	18.16	33.33	18.67	5.91**	老＜中＝青
A3-3	i	68.75	29.12	65.00	28.75	25.00	17.68	52.78	31.84	7.92**	老＝中＞青
	ɵi	31.25	29.12	35.00	28.75	66.67	21.65	44.44	30.29	4.72*	老＜青
A4-3	iu	46.88	38.82	37.50	39.53	13.89	18.16	32.41	35.23	2.21*	
	eu	53.13	38.82	62.50	39.53	75.00	17.68	63.89	33.49	0.91*	
A5-3	ui	75.00	26.73	45.00	43.78	11.11	22.05	42.59	40.91	7.98**	老＞青
	ɵi	25.00	26.73	50.00	40.83	77.78	26.35	51.85	37.93	5.57**	老＜青

（二）韻腹為高元音的陽聲韻（A6-A8 類）

　　A6-A8類在上聲調類條件讀為緊韻母（iŋ、uŋ、iŋ／uŋ），在非上聲調類條件且處於箇讀或連讀末字讀為相應的鬆韻母（eŋ、oŋ、ɵŋ），三代表現一致，不具世代差異性。然而，如表4-22所示，非上聲調類一旦處於連讀前字環境，會有讀為緊、鬆韻母的參差表現，統計檢定結果大多不具顯著的世代差異性；但值得注意的是，上述陰聲韻A1-A3類非上聲調者處於連讀前字環境多數讀為緊韻母，相對於此，陽聲韻A7-A8兩類非上聲調者處於連讀前字環境多數已經穩固讀為鬆韻母，而A6-3類雖多數讀為緊韻母，但讀為鬆韻母的百分比平均數有隨年齡層逐步上升的趨勢，檢定結果三代間具有顯著差異性。據此，福

安原來韻腹為高元音的陽聲韻類，在非上聲調類條件下的低化韻變，A6類逐漸由筍讀擴展至連讀環境，A7-A8兩類已經穩固為歷時性變化。

表4-22　韻腹為高元音之陽聲韻非上聲調類在連讀條件下的韻讀表現

		老年層		中年層		青年層		全　部		F	Sheffe-tes
		平均數	標準差	平均數	標準差	平均數	標準差	平均數	標準差		
A6-3	iŋ	50.00	30.86	53.33	23.31	44.44	28.87	49.38	26.75	0.25	
	eŋ	25.00	15.43	36.67	18.92	40.74	32.39	34.57	23.54	1.01*	
A7-3	uŋ	12.50	17.25	13.33	17.21	18.52	17.57	14.81	16.88	0.31	
	oŋ	83.33	17.82	86.67	17.21	70.37	26.06	80.25	21.20	1.59	
A8-3	iŋ/uŋ	25.00	15.43	33.33	15.71	22.22	16.67	27.16	16.11	1.25	
	ɵŋ	58.33	15.43	53.33	23.31	33.33	23.57	48.15	23.27	3.35	

（三）韻腹為高元音的入聲韻（A9-A11 類）

A9-A11入聲韻類處於筍讀或連讀末字絕大多數讀為鬆韻母（eʔ、oʔ、ɵʔ），三代表現一致，不具世代差異性。然而，如表4-23所示，一旦處於連讀前字環境會有讀為緊、鬆韻母的參差表現，統計檢定結果大多不具顯著的世代差異性；但值得注意的是，A10-A11兩類處於連讀前字環境多數變讀為緊韻母，而A9類卻是多數讀為鬆韻母，且讀為緊韻母的百分比平均數有隨年齡層逐步下降的趨勢，檢定結果三代間具有顯著差異性。據此，福安原來韻腹為高元音之入聲韻類的低化韻變，A9類已經由筍讀擴展至連讀環境，A10-A11兩類則呈現穩定的共時變異規律。

表4-23　韻腹為高元音之入聲韻非上聲調類在連讀條件下的韻讀表現

		老年層		中年層		青年層		全　部		F	Sheffe-test
		平均數	標準差	平均數	標準差	平均數	標準差	平均數	標準差		
A9-3	iʔ	37.50	35.36	35.00	41.16	16.67	25.00	29.63	34.69	0.95*	
	eʔ	62.50	35.36	65.00	41.16	77.78	26.35	68.52	34.39	0.48	
A10-3	uʔ	70.83	27.82	86.67	17.21	81.48	17.57	80.25	21.20	1.29	
	oʔ	25.00	29.55	13.33	17.21	11.11	16.67	16.05	21.42	1.02	
A11-3	iʔ	100.00	0.00	100.00	0.00	88.89	22.05	96.30	13.34	2.29	
	ɵʔ	0.00	0.00	0.00	0.00	5.56	16.67	1.85	9.62	1.00	

三　小結：福安話由箇讀擴展至連讀的低化韻變

　　根據世代差異分析結果，福安方言高元音低化韻變的性質乃由共時性變異逐漸穩固為歷時性音變，其結構擴散情形如表4-24：（一）由箇讀擴展至連讀；（二）韻尾結構擴散速度：鼻音尾＞無輔音尾＞塞音尾。如表4-25所示：本文認為福安方言高元音的共時變異，引動音韻系統內部產生一連串的高化韻變，重新形成平衡的韻母系統；音韻系統的均衡力量進而促使高元音低化韻變穩固為歷時音變。

表4-24 福安話低化韻變之結構擴散

	上聲	非上聲連讀	非上聲箇讀
無輔音尾	i, u, ɨ	**i, u, ɨ>ei, ou, ɵi**	ei, ou, ɵi
鼻音尾	iŋ	**iŋ> eŋ**	eŋ
	uŋ、iŋ/uŋ	oŋ、ɵŋ	
塞音尾		**iʔ> eʔ**	eʔ
		uʔ、iʔ	oʔ、ɵʔ

表4-25 福安話韻變之時間層次

	福安韻變規律		
T1	*u＞ou (1.5.3.7)（連讀不變）		共時變異
T2	*uo＞u (1.5.2.3.7)	*au＞ou (2)	系統調整
T3	*ua＞uo＞o (1.5.2.3.7)		
T4	*u＞ou（連讀）		歷時音變

第三節　東馬詩巫閩東話韻變現象的世代差異分析

一　研究說明

　　東馬詩巫地區通行閩東方言，其居民祖籍多來自閩清、古田一帶，移民歷史約一百多年，也發展出個別的語言特點，不等同於閩清話或古田話。詩巫閩東話的韻變現象相當獨特，該地不具一般閩東方言常見的高元音低化韻變，但在下降複元音及三合元音卻出現高化音變，並形成共時平面鬆緊韻母交替的表現。高化韻變部分與馬祖話表

現相同，反映共時分析與歷時演變極可能呈現完全相反的規律方向；
而詩巫閩東話在不具低化韻變的情形下也發生了高化韻變，對於以往
結構分析所推論的韻變時間層次問題起了相當關鍵的反思作用。此
外，詩巫內部閩清腔與古田腔之間的接觸互動關係，也是本節希望進
一步釐清的問題。

　　這一節主要討論東馬詩巫閩東話「韻變現象」的世代差異變動。
詩巫乃以閩清口音為主要通行腔調，其次為古田口音，因此我們依據
發音人的祖籍以及父母雙親使用腔調，分別討論閩清腔、古田腔兩大
口音的世代變動趨向，以清楚呈現詩巫閩東話在不同腔調接觸下逐漸
混融發展的變動方向。我們於2017年2月至2018年2月間三次前往東馬
詩巫進行閩東話的調查訪談，經初步審核，刪去少數不完整的調查記
錄後，一共獲得31份有效的個別語料。其中閩清腔有19人，古田腔有
12人，各分老、中、青三個世代進行比較分析，各世代的人數分布如
表4-26。我們將發音人的年齡層分為三群：65歲以上屬老年層，45至
64歲屬中年層，44歲以下屬青壯層；量化比較方面，我們運用百分比
平均數計算各音韻變異現象於不同世代的表現異同；再進一步使用變
異數分析（Analysis of Variance, ANOVA）檢定不同年齡層的百分比
平均數是否具顯著差異。老、中、青三代之間若不具顯著差異，表示
韻母變異情形維持穩定；而三代之間若具顯著差異，則表示韻母變異
情形發生變動，值得進一步分析與討論。

表4-26　詩巫發音人各世代人數表

祖籍／父母腔調	年齡		
	老 （65以上）	中 （45-64）	青壯 （44以下）
閩清腔	7	5	7
古田腔	4	4	4

　　本節將具有世代差異表現的韻母分為兩部分：第一部分觀察不帶輔音韻尾的下降複元音及三合元音韻母（C1-C4+B2），這五類的緊鬆韻母搭配情形及其例詞如表4-27；第二部分觀察雙高元音韻母（A4-A5、C4-A5），這四類的緊鬆韻母搭配情形及其例詞如表4-28。每類韻母都各分兩小類進行觀察，一是陰平、上聲及連讀條件下，二是特定的陽平、陰去、陽去調類條件下。下面分別討論閩清腔、古田腔兩大口音在韻變現象上的世代變動趨向，最後進行兩種腔調的比與討論。

表4-27　緊鬆韻母搭配及其例詞I：下降複元音及三合元音

	C1		C2		C3		C4		B2	
緊韻	ɔu		ɛi		œy		iəu		ui (uəi)	
鬆韻	au		ai		ɔy		ɛu		uai	
	C1-1	C1-2	C2-1	C2-2	C3-1	C3-2	C4-1	C4-2	B2-1	B2-2
調類	1.2.連	5.3.7	1.2.連	5.3.7	1.2.連	5.3.7	1.2.連	5.3.7	1.2.連	5.3.7
例詞	糟草	猴掃老	篩海	臺菜害	[瘦]腿蜾	蜾退袋	餿鳥	條吊扣	歪我	麻破大

表4-28　緊鬆韻母搭配及其例詞II：雙高元音（秋／輝／燒／杯類）

	A4		A5		C5		C6	
緊韻	iu		ui		（iu）		（ui）	
鬆韻	（iəu）		（uəi）		iəu		uəi	
	A4-1	A4-2	A5-1	A5-2	C5-1	C5-2	C6-1	C6-2
調類	1.2.連	5.3.7	1.2.連	5.3.7	1.2.連	5.3.7	1.2.連	5.3.7
例詞	周酒	球救樹	饑鬼	肥喙櫃	腰少	瓢笑廟	飛火	皮歲被

二　詩巫閩清腔世代差異表現

（一）C1類的調查結果

表4-29　詩巫閩清腔下降複元音韻母的世代差異表──C1類

	老年層		中年層		青壯層		全　部		F	Sheffe-test
C1-1	平均數	標準差	平均數	標準差	平均數	標準差	平均數	標準差		
au	24.49	36.62	38.10	43.02	21.43	22.91	27.21	33.17	0.442	
ɐu	32.65	31.64	14.29	23.90	3.57	6.61	16.33	24.86	3.134	
ɔu	42.86	35.95	47.62	37.76	71.43	27.53	55.10	33.89	1.627	
C1-2	平均數	標準差	平均數	標準差	平均數	標準差	平均數	標準差		
au	100.00	0.00	97.22	6.80	97.92	5.89	98.41	5.01	0.533	
ɔu/ɐu	0.00	0.00	0.00	0.00	0.00	0.00	0.00	0.00		

　　如表4-29所示，詩巫閩清腔C1-1類在一般調類及連讀條件下，老中青三代合計讀為ɐu、ɔu的百分比平均數都高於讀為au者；而C1-2類在特定聲調條件下，老中青三代幾乎都讀為au。此乃反映詩巫閩清腔

C1類語詞具有鬆緊韻母交替的共時韻變：陽平、陰去、陽去調類條件下讀為鬆韻母au，一旦處於連讀條件下便讀為緊韻母uɐ或uɔ，例如「老」單讀為lau7，而「老儂」一詞讀為luɐ7 nœyŋ5；而陰平、上聲調類條件下也讀為緊韻母uɐ或uɔ。儘管統計結果老中青三代不具顯著差異，然而仔細來看，在陰平、上聲調類及連讀條件下，青壯層讀為ɔu的百分比平均數遠高於老中年層，此乃反映青壯層緊韻母的語音音值更趨高化。

（二）C2類的調查結果

表4-30　詩巫閩清腔下降複元音韻母的世代差異表——C2類

	老年層		中年層		青壯層		全　部		F	Sheffe-test
C2-1	平均數	標準差	平均數	標準差	平均數	標準差	平均數	標準差		
ai	42.86	27.36	57.14	38.33	39.29	21.26	45.58	28.44	0.703	
ɐi	34.69	23.12	16.67	22.89	0.00	0.00	16.33	22.72	6.943**	老>青
ɛi	14.29	20.20	21.43	29.62	57.14	24.15	32.65	30.69	6.525**	老=中<青
C2-2	平均數	標準差	平均數	標準差	平均數	標準差	平均數	標準差		
ai	95.24	12.60	100.00	0.00	95.83	11.79	96.83	10.03	0.402	
ɛi/ɐi	0.00	0.00	0.00	0.00	0.00	0.00	0.00	0.00		

如表4-30所示，詩巫閩清腔C2-1類在一般調類及連讀條件下，讀為鬆韻母ai者與讀為緊韻母ɐi或ɛi者相差不大；但其中讀為ɐi者隨著年齡層而下降，讀為ɛi者隨著年齡層而上升，統計檢定三代之間具顯著差異，此乃反映詩巫閩清腔C2類緊韻母由ɐi逐漸高前化為ɛi。而C2-2類在特定聲調條件下，老中青三代幾乎都讀為ai。據此，詩巫閩清腔C2類語詞亦具有鬆緊韻母交替的共時韻變：陽平、陰去、陽去調類條

件下穩定讀為鬆韻母ai，一旦處於連讀條件下經常讀為緊韻母ɐi或
ɛi，例如「臺」箇讀為tai5，而「臺灣」一詞讀為tɛi5 uaŋ5；而陰平、
上聲調類條件下也讀為緊韻母ɐi或ɛi。

（三）C3 類的調查結果

表4-31　詩巫閩清腔下降複元音韻母的世代差異表──C3類

	老年層		中年層		青壯層		全　部		F	Sheffe-test
C3-1	平均數	標準差	平均數	標準差	平均數	標準差	平均數	標準差		
ɔy	14.29	37.80	19.44	40.02	6.25	8.63	12.70	29.77	0.328	
œy	66.67	41.94	80.56	40.02	68.75	31.42	71.43	36.19	0.253	
uəi(uei/ɛi)	9.52	25.20	0.00	0.00	22.92	34.43	11.90	26.43	1.383	
C3-2	平均數	標準差	平均數	標準差	平均數	標準差	平均數	標準差		
ɔy	97.62	6.30	91.67	20.41	45.83	33.03	76.19	33.15	10.865***	老＝中＞青
œy(uəi)	2.38	6.30	2.78	6.80	37.50	21.36	15.87	22.03	14.848***	老＝中＜青

　　如表4-31所示，詩巫閩清腔C3-1類在一般調類及連讀條件下，老
中青三代多數都讀為緊韻母œy或uəi，其中uəi類變體多數出現在青壯
層，此屬新興變體；而C3-2類在特定聲調條件下，老中年層幾乎都讀
為鬆韻母ɔy；青壯層讀為ɔy者大幅下降，相對於此，讀為緊韻母œy或
uəi者上升，統計結果世代之間具顯著差異，其中青壯層讀為œy、uəi
者分別為20.83%、16.67%，可見青壯層新興的uəi類變體已經由一般
調類擴展至陽平、陰去、陽去調類。據此，老中年層C3類語詞也具有
鬆緊韻母交替的共時韻變：陽平、陰去、陽去調類條件下讀為鬆韻
母ɔy，一旦處於連讀條件下便讀為緊韻母œy，例如「坐」箇讀為sɔy7，
而「坐車」一詞讀為sœy7 tsʰia1；而陰平、上聲調類條件下也讀為緊

韻母œy。相對於此，青壯層無論聲調條件都逐漸趨向讀為緊韻母，且明顯出現新興變體uəi。

（四）C4 類的調查結果

表4-32　詩巫閩清腔下降複元音韻母的世代差異表——C4類

	老年層		中年層		青壯層		全　部		F	Sheffe-test
C4-1	平均數	標準差	平均數	標準差	平均數	標準差	平均數	標準差		
εu	28.57	39.33	50.00	31.62	0.00	0.00	23.81	33.98	5.550*	中＞青
iəu	7.14	18.90	25.00	41.83	25.00	46.29	19.05	37.00	0.517	
iau	14.29	24.40	0.00	0.00	0.00	0.00	4.76	15.04	2.400	
其他	35.71	37.80	25.00	27.39	56.25	41.73	40.48	37.48	1.317	
C4-2	平均數	標準差	平均數	標準差	平均數	標準差	平均數	標準差		
εu	80.00	28.28	43.33	48.03	5.00	9.26	40.95	43.58	11.187***	老＞青
iəu	8.57	15.74	53.33	51,64	90.00	10.69	52.38	44.93	14.268***	老＜中＝青
iau	11.43	22.68	0.00	0.00	0.00	0.00	3.81	13.59	1.778	

如表4-32所示，詩巫閩清腔C4-1類的韻讀變體相當參差，其中詢問的「餿、鳥」兩語詞，「餿」有另讀為tʰiu1、「鳥」有另讀為tsau2的情形，因此其他韻讀的百分比平均數偏高；值得注意的是，C4-1類在一般調類及連讀條件下，老中兩代仍有讀為εu者，但青壯層則沒有此類表現，統計結果世代之間具顯著差異；此外中青年層出現新興變體iəu。而C4-2類在特定聲調條件下，老年層多數都讀為鬆韻母εu，中年層除了讀為εu者、另有半數以上讀為iəu，青壯層則是絕大多數讀為iəu；統計結果讀為εu者隨著年齡層而下降，讀為iəu者隨著年齡層而上升，三代之間具顯著差異。由此可見詩巫閩清腔C4類無論聲調條件都在進行εu＞iəu的高化韻變。

（五）B2類的調查結果

表4-33　詩巫閩清腔下降複元音韻母的世代差異表─B2類

	老年層		中年層		青壯層		全　部		F	Sheffe-test
B2-1	平均數	標準差	平均數	標準差	平均數	標準差	平均數	標準差		
uai	37.50	29.76	47.92	16.61	46.88	8.84	44.05	19.61	0.564	
ui (uəi)	57.14	23.78	41.67	21.89	37.50	6.68	45.24	19.56	2.283	
B2-2	平均數	標準差	平均數	標準差	平均數	標準差	平均數	標準差		
uai	92.86	13.11	97.22	6.80	81.25	13.91	89.68	13.41	3.371	
ui (uəi)	2.38	6.30	0.00	0.00	6.25	8.63	3.17	6.71	1.667	

　　如表4-33所示，詩巫閩清腔B2類在特定聲調條件下，老中青三代絕大多數都讀為鬆韻母uai；而在一般調類及連讀條件下，老年層讀為緊韻母ui者較高，中青年層讀為uai者、讀為ui者則相差不大。此乃反映詩巫閩清腔B2類語詞略具有鬆緊韻母交替的共時韻變：陽平、陰去、陽去調類條件下讀為鬆韻母uai，處於連讀條件下經常會變讀為緊韻母ui，例如「大」箇讀為tuai7，而「大門」一詞讀為tui7 muoŋ5。此類韻變在三代之間不具有顯著差異。

（六）A4、C5 類的調查結果（秋燒類）

表4-34　詩巫閩清腔雙高元音韻母的世代差異表——A4、C5類

	老年層		中年層		青壯層		全　部		F	Sheffe-test
A4-1	平均數	標準差	平均數	標準差	平均數	標準差	平均數	標準差		
iəu	26.53	33.43	2.38	5.83	17.86	18.31	16.33	23.60	1.868	
iu	67.35	42.63	92.86	7.82	76.79	20.11	78.23	28.44	1.365	
A4-2	平均數	標準差	平均數	標準差	平均數	標準差	平均數	標準差		
iəu	52.38	32.53	55.56	27.22	91.67	15.43	68.25	30.69	5.465*	青＞老
iu	42.86	37.09	38.8	32.77	8.33	15.43	28.57	32.12	3.145	
C5-1	平均數	標準差	平均數	標準差	平均數	標準差	平均數	標準差		
iəu	78.57	39.34	16.67	40.82	62.50	35.36	54.76	44.45	4.490*	老＞中
iu	21.43	39.34	83.33	40.82	37.50	35.36	45.24	44.45	4.490*	老＜中
C5-2	平均數	標準差	平均數	標準差	平均數	標準差	平均數	標準差		
iəu	80.00	36.51	83.33	15.06	85.00	14.14	82.86	23.05	0.081	
iu	20.00	36.51	16.67	15.06	12.50	10.35	16.19	22.47	0.193	

　　如表4-34所示，詩巫閩清腔A4類在一般調類及連讀條件下，大多數都讀為緊韻母iu；而在特定聲調條件下，多數則讀為鬆韻母iəu。此乃反映詩巫閩清腔A4類語詞略具有鬆緊韻母交替的共時韻變：陽平、陰去、陽去調類條件下讀為鬆韻母iəu，處於連讀條件下經常會變讀為緊韻母iu，例如「樹」單讀為tsʰiəu7，而「樹皮」一詞讀為tsʰiu7 pʰuəi5。其中A4-2類在特定聲調條件下讀為鬆韻母iəu者，統計檢定世代之間具顯著差異，青年層明顯高於老年層。而C5類在特定聲調條件下多數也讀為鬆韻母iəu，但在一般調類及連讀條件下，老、青年層多數讀為鬆韻母iəu，中年層卻是多數讀為緊韻母iu，統計檢定

世代之間具顯著差異，中年層的表現較為特殊，需要深究。整合來看，詩巫閩清腔A4類略有共時韻變，且青壯層在特定聲調條件下更趨向低化為iəu；而C5類在老、青年層較不具共時韻變，多數都讀為iəu，但中年層則具有明顯的共時韻變，一般調類及連讀條件下傾向讀為iu。據此，傳統韻類的秋、燒兩韻，詩巫閩清腔老、青年層秋燒仍保持有別，尤其是一般調類及連讀條件下清楚分讀iu、iəu；而中年層傾向秋燒合流，皆為特定聲調條件下讀iəu，一般調類及連讀條件下讀iu。

（七）A5、C6 類的調查結果（輝杯類）

表4-35　詩巫閩清腔雙高元音韻母的世代差異表——A5、C6類

	老年層		中年層		青壯層		全　部		F	Sheffe-test
A5-1	平均數	標準差	平均數	標準差	平均數	標準差	平均數	標準差		
uəi	17.14	24.30	3.33	8.16	12.50	18.32	11.43	18.52	0.912	
ui	80.00	23.09	96.67	8.16	77.50	31.05	83.81	24.18	1.236	
A5-2	平均數	標準差	平均數	標準差	平均數	標準差	平均數	標準差		
uəi	76.19	37.09	83.33	27.89	79.17	30.54	79.37	30.69	0.080	
ui	19.05	37.80	11.11	27.22	12.50	24.80	14.29	29.00	0.133	
C6-1	平均數	標準差	平均數	標準差	平均數	標準差	平均數	標準差		
uəi	42.86	44.99	25.00	27.39	68.75	37.20	47.62	40.24	2.393	
ui	57.14	44.99	75.00	27.39	31.25	37.20	52.38	40.24	2.393	
C6-2	平均數	標準差	平均數	標準差	平均數	標準差	平均數	標準差		
uəi	82.86	37.29	93.33	16.33	95.00	9.26	90.48	23.34	0.542	
ui	11.43	30.24	3.33	8.16	0.00	0.00	4.76	17.78	0.781	

如表4-35所示，詩巫閩清腔A5類在一般調類及連讀條件下，大多數都讀為緊韻母ui；而在特定聲調條件下，多數則讀為鬆韻母uəi。此乃反映詩巫閩清腔A5類語詞具有鬆緊韻母交替的共時韻變：陽平、陰去、陽去調類條件下讀為鬆韻母uəi，處於連讀條件下經常會變讀為緊韻母ui，例如「肥」箇讀為puəi5，而「肥肉」一詞讀為pui5 nyk8。而C6類在特定聲調條件下多數也讀為鬆韻母uəi，但在一般調類及連讀條件下，青年層多數讀為鬆韻母uəi，老年層緊鬆韻母相差不大，中年層卻是多數讀為緊韻母ui。整合來看，詩巫閩清腔A5類具有明顯的共時韻變；而C6類在青年層較不具共時韻變，多數都讀為uəi，但老中年層則具有明顯的共時韻變，一般調類及連讀條件下傾向讀為ui。據此，傳統韻類的輝、杯兩韻，詩巫閩清腔青年層輝杯略有差別，尤其是一般調類及連讀條件下清楚分讀ui、uəi；而老中年層傾向輝杯合流，皆為特定聲調條件下讀uəi，一般調類及連讀條件下讀ui。

（八）小結

總和以上分析，詩巫閩清腔具有世代差異的韻變表現如下：
1. C1、C2類語詞具有鬆緊韻母交替的共時韻變：陽平、陰去、陽去調類條件下讀為鬆韻母au、ai，陰平、上聲及連讀條件下讀為高化緊韻母ɐu/ɔu、ɐi/ɛi；而青壯層緊韻母的語音音值更趨向高化的iɜ、ᴜc/uɐ、ɛi。
2. C3類語詞在老中年層也具有鬆緊韻母交替的共時韻變：陽平、陰去、陽去調類條件下讀為鬆韻母ɔy，陰平、上聲及連讀條件下讀為緊韻母œy；而青壯層無論聲調條件都逐漸趨向讀為緊韻母，且明顯出現新興變體uəi。3. C4類語詞沒有明顯的共時韻變，但有多種韻讀表現，無論聲調條件都正進行ɛu＞iəu的高化歷時韻變。4. B2類語詞略具有鬆緊韻母交替的共時韻變：陽平、陰去、陽去調類條件下讀為鬆

韻母uai，陰平、上聲及連讀條件下經常會變讀為緊韻母ui，此類沒有明顯的世代差異。5. 老、青年層秋燒仍保持有別，尤其是一般調類及連讀條件下，A4、C5類語詞清楚分讀iu、iəu；而中年層傾向秋燒合流，A4、C5類語詞皆為特定聲調條件下讀iəu，一般調類及連讀條件下讀iu。6. 青年層輝杯略有差別，尤其是一般調類及連讀條件下，A5、C6類語詞清楚分讀ui、uəi；而老中年層傾向輝杯合流，A5、C6類語詞皆為特定聲調條件下讀uəi，一般調類及連讀條件下讀ui。

三　詩巫古田腔世代差異表現

（一）C1類的調查結果

表4-36　詩巫古田腔下降複元音韻母的世代差異表──C1類

	老年層		中年層		青壯層		全　部		F	Sheffe-test
C1-1	平均數	標準差	平均數	標準差	平均數	標準差	平均數	標準差		
au	100.00	0.00	92.86	8.25	46.43	37.57	79.76	31.92	6.862*	老＝中＞青
ɐu	0.00	0.00	3.57	7.14	7.14	14.29	3.57	8.88	0.600	
ɔu	0.00	0.00	3.57	7.14	42.86	36.89	15.48	28.22	4.807*	
C1-2	平均數	標準差	平均數	標準差	平均數	標準差	平均數	標準差		
au	100.00	0.00	95.83	8.33	100.00	0.00	98.61	4.81	1.000	
ɐu/ɔu	0.00	0.00	4.17	8.33	0.00	0.00	1.39	4.81	1.000	

如表4-36所示，詩巫古田腔C1-1類在一般調類及連讀條件下，老中年層幾乎都讀為鬆韻母au，但青壯層讀為au者大幅下降，相應於此讀為緊韻母ɔu者大幅上升，統計檢定世代之間具有顯著差異；而C1-2類在特定聲調條件下，老中青三代幾乎都讀為au。此乃反映詩巫古田

腔C1類語詞在老中年層不具有共時變異，無論聲調條件都讀為au；但青壯層逐漸形成鬆緊韻母交替的共時韻變：陽平、陰去、陽去調類條件下讀為au，一旦處於連讀條件下經常變讀為ɔu，而陰平、上聲調類條件下也經常讀為ɔu。

（二）C2 類的調查結果

表4-37　詩巫古田腔下降複元音韻母的世代差異表──C2類

	老年層		中年層		青壯層		全　部		F	Sheffe-test
C2-1	平均數	標準差	平均數	標準差	平均數	標準差	平均數	標準差		
ai	96.43	7.14	100.00	0.00	75.00	29.45	90.48	19.58	2.389	
ɐi	0.00	0.00	0.00	0.00	3.57	7.14	1.19	4.12	1.000	
ɛi	0.00	0.00	0.00	0.00	21.43	27.36	7.14	17.76	2.455	
C2-2	平均數	標準差	平均數	標準差	平均數	標準差	平均數	標準差		
ai	100.00	0.00	100.00	0.00	100.00	0.00	100.00	0.00		
ɛi/ɐi	0.00	0.00	0.00	0.00	0.00	0.00	0.00	0.00		

如表4-37所示，詩巫古田腔C2-1類在一般調類及連讀條件下，老中年層幾乎都讀為鬆韻母ai，但青壯層讀為ai者明顯下降，相應於此讀為緊韻母ɛi者明顯上升，儘管統計檢定世代之間不具顯著差異，但青壯層百分比平均數的明顯變異值得注意；而C2-2類在特定聲調條件下，老中青三代一律都讀為ai。此同樣反映詩巫古田腔C2類語詞在老中年層不具有共時變異，無論聲調條件都讀為ai；但青壯層逐漸形成鬆緊韻母交替的共時韻變：陽平、陰去、陽去調類條件下讀為ai，陰平、上聲及連讀條件下有讀為ɛi的趨向。

（三）C3 類的調查結果

表4-38　詩巫古田腔下降複元音韻母的世代差異表──C3類

C3-1	老年層		中年層		青壯層		全　部		F	Sheffe-test
	平均數	標準差	平均數	標準差	平均數	標準差	平均數	標準差		
ɔy	50.00	40.82	56.25	41.60	50.00	36.00	52.08	35.91	0.033	
œy	50.00	40.82	45.83	43.83	33.33	47.14	43.06	40.49	0.155	
uəi	0.00	0.00	0.00	0.00	4.17	8.33	1.39	4.81	1.000	
C3-2	平均數	標準差	平均數	標準差	平均數	標準差	平均數	標準差		
ɔy	83.33	19.25	75.00	21.52	83.33	13.61	80.56	17.16	0.273	
œy	8.33	16.67	20.83	15.96	4.17	8.33	11.11	14.79	1.500	
uəi	0.00	0.00	0.00	0.00	4.17	8.33	1.39	4.81	1.000	

　　如表4-38所示，詩巫古田腔C3-1類在一般調類及連讀條件下，老中青三代讀為œy者、讀為ɔy者相差不大，且不同於閩清腔，較少出現uəi類變體；而C3-2類在特定聲調條件下，老中青三代多數都讀為鬆韻母ɔy。據此，詩巫古田腔C3類語詞稍微具有共時韻變：陽平、陰去、陽去調類條件下讀為鬆韻母ɔy，陰平、上聲及連讀條件下有時讀為緊韻母œy。此類韻變在三代之間不具有顯著差異。

（四）C4 類的調查結果

表4-39　詩巫古田腔下降複元音韻母的世代差異表──C4類

	老年層		中年層		青壯層		全　部		F	Sheffe-test
C4-1	平均數	標準差	平均數	標準差	平均數	標準差	平均數	標準差		
εu	62.50	25.00	87.50	25.00	0.00	0.00	50.00	42.64	19.500***	老＝中＞青
iəu	0.00	0.00	0.00	0.00	62.50	47.87	20.83	39.65	6.818*	老＝中＜青
iau	0.00	0.00	0.00	0.00	12.50	25.00	4.17	14.43	1.000	
其他	12.50	25.00	12.50	25.00	0.00	0.00	8.33	19.46	0.500	
C4-2	平均數	標準差	平均數	標準差	平均數	標準差	平均數	標準差		
εu	95.00	10.00	100.00	0.00	30.00	47.61	75.00	41.89	7.732*	老＝中＞青
uəu	0.00	0.00	0.00	0.00	60.00	48.99	20.00	39.08	6.000*	老＝中＜青
iau	0.00	0.00	0.00	0.00	5.00	10.00	1.67	5.77	1.000	

　　如表4-39所示，同前所述C4-1類所詢問的「餿、鳥」兩語詞有較為參差的韻讀表現，因此其他韻讀或是回答其他語詞的百分比平均數也稍高。詩巫古田腔C4-1類在一般調類及連讀條件下，老中兩代多數讀為εu，但青壯層則多數讀為iəu，統計檢定世代之間具顯著差異。而C4-2類在特定聲調條件下，老中年層幾乎也都讀為εu，青壯層也是多數讀為iəu，統計檢定世代之間具顯著差異。由此可見詩巫古田腔C4類語詞無論聲調條件都在進行εu＞iəu的高化韻變，青壯層大幅趨向新興變體iəu。

（五）B2 類的調查結果

表4-40　詩巫古田腔下降複元音韻母的世代差異表——B2類

	老年層		中年層		青壯層		全　部		F	Sheffe-test
B2-1	平均數	標準差	平均數	標準差	平均數	標準差	平均數	標準差		
uai	87.50	10.21	90.63	6.25	59.38	15.73	79.17	17.94	9.100**	老＝中＞青
ui (uəi)	3.13	6.25	3.13	6.25	25.00	14.43	10.42	13.93	6.682*	老＝中＜青
B2-2	平均數	標準差	平均數	標準差	平均數	標準差	平均數	標準差		
uai	91.67	9.62	87.50	8.33	79.17	15.96	86.11	11.96	1.167	
ui (uəi)	0.00	0.00	4.17	8.33	0.00	0.00	1.39	4.81	1.000	

　　如表4-40所示，詩巫古田腔B2類在特定聲調條件下，老中青三代絕大多數都讀為鬆韻母uai；而在一般調類及連讀條件下，老中兩代多數仍讀為uai，但青壯層則是讀為uai者明顯下降、讀為ui/uəi者明顯上升，統計檢定世代之間具顯著差異。此乃反映詩巫古田腔B2類語詞在老中年層不具有共時變異，無論聲調條件都讀為uai；但青壯層逐漸形成鬆緊韻母交替的共時韻變：陽平、陰去、陽去調類條件下讀為uai，陰平、上聲及連讀條件下有讀為ui/uəi的趨向。

（六）A4、C5類的調查結果（秋燒類）

表4-41　詩巫古田腔雙高元音韻母的世代差異表──A4、C5類

	老年層		中年層		青壯層		全　部		F	Sheffe-test
A4-1	平均數	標準差	平均數	標準差	平均數	標準差	平均數	標準差		
iəu	39.29	44.22	7.14	14.29	17.86	27.04	21.43	31.36	1.112	
iu	60.71	44.22	92.86	14.29	71.43	30.86	75.00	32.30	1.033	
A4-2	平均數	標準差	平均數	標準差	平均數	標準差	平均數	標準差		
iəu	41.67	50.00	8.33	16.67	41.67	50.00	30.56	41.34	0.842	
iu	58.33	50.00	91.67	16.67	58.33	50.00	69.44	41.34	0.842	
C5-1	平均數	標準差	平均數	標準差	平均數	標準差	平均數	標準差		
iəu	100.00	0.00	25.00	28.87	68.75	37.50	64.58	40.53	7.605*	老＞中
iu	0.00	0.00	75.00	28.87	31.25	37.50	35.42	40.53	7.605*	老＜中
C5-2	平均數	標準差	平均數	標準差	平均數	標準差	平均數	標準差		
iəu	95.00	10.00	60.00	48.99	75.00	25.17	76.67	32.84	1.181	
iu	5.00	10.00	40.00	48.99	25.00	25.17	23.33	32.84	1.181	

如表4-41所示，詩巫古田腔A4類在一般調類及連讀條件下，大多數都讀為緊韻母iu；而在特定聲調條件下，多數也都讀為iu，由此可見詩巫古田腔此類語詞不具有明顯的共時韻變，尤其中年層無論聲調條件絕大多數都讀為iu，較為突出。而C5類在特定聲調條件下多數讀為鬆韻母iəu，但在一般調類及連讀條件下，老、青年層多數讀為鬆韻母iəu，中年層卻是多數讀為緊韻母iu，統計檢定世代之間具顯著差異，中年層的表現相當特殊。整合來看，詩巫古田腔A4類不具有明顯的共時韻變；而C5類在老、青年層較不具共時韻變，多數都讀為iəu，但中年層則具有明顯的共時韻變，一般調類及連讀條件下傾向

讀為iu。據此，傳統韻類的秋、燒兩韻，詩巫古田腔老、青年層秋燒仍有區別；而中年層在一般調類及連讀條件下傾向秋燒合流讀為iu，在特定聲調條件下秋燒仍有區別，分讀為iu、iəu。

（七）A5、C6 類的調查結果（輝杯類）

表4-42　詩巫古田腔雙高元音韻母的世代差異表──A5、C6類

	老年層		中年層		青壯層		全　部		F	Sheffe-test
A5-1	平均數	標準差	平均數	標準差	平均數	標準差	平均數	標準差		
uəi	35.00	41.23	0.00	0.00	15.00	19.15	16.67	28.07	1.790	
ui	65.00	41.23	95.00	10.00	80.00	23.09	80.00	28.28	1.157	
A5-2	平均數	標準差	平均數	標準差	平均數	標準差	平均數	標準差		
uəi	41.67	50.00	16.67	19.25	83.33	33.33	47.22	43.71	3.419	
ui	33.33	38.49	50.00	19.25	8.33	16.67	30.56	30.01	2.478	
C6-1	平均數	標準差	平均數	標準差	平均數	標準差	平均數	標準差		
uəi	100.00	0.00	50.00	40.82	75.00	28.87	75.00	33.71	3.000	
ui	0.00	0.00	50.00	40.82	25.00	28.87	25.00	33.71	3.000	
C6-2	平均數	標準差	平均數	標準差	平均數	標準差	平均數	標準差		
uəi	95.00	10.00	75.00	37.86	75.00	50.00	81.67	34.60	0.397	
ui	0.00	0.00	25.00	37.86	20.00	40.00	15.00	30.90	0.692	

　　如表4-42所示，詩巫古田腔A5類在一般調類及連讀條件下，大多數都讀為緊韻母ui；而在特定聲調條件下，讀為uəi者、讀為ui者相差不大；其青壯層有較為明顯的共時韻變：特定聲調條件下讀為uəi，在一般調類及連讀條件下讀為ui。而C6類在特定聲調條件下多數也讀為鬆韻母uəi，但在一般調類及連讀條件下，老青年層多數讀為鬆韻母uəi，中年層則是緊鬆韻母相差不大。整合來看，詩巫古田腔A5類

在青壯層具有明顯的共時韻變；而C6類較不具共時韻變，多數都讀為uəi。據此，傳統韻類的輝、杯兩韻，詩巫古田腔老中年層傾向輝杯分讀為ui、uəi，青壯層則是一般調類及連讀條件下清楚分讀，但在特定聲調條件下傾向合流讀為uəi。

（八）小結

總和以上分析，詩巫古田腔具有世代差異的韻變表現如下：1. C1、C2、B2類語詞在老中年層不具有共時變異，無論聲調條件都讀為au、ai、uai；但青壯層逐漸形成鬆緊韻母交替的共時韻變，在陰平、上聲及連讀條件下趨向讀為高化韻母ɔu、ɛi、ui/uəi。2. C3類語詞稍微具有共時韻變：陽平、陰去、陽去調類條件下讀為鬆韻母ɔy，陰平、上聲及連讀條件下有時讀為緊韻母œy，此類沒有明顯的世代差異。3. C4類語詞無論聲調條件都在進行ɛu＞iəu的高化韻變，青壯層大幅趨向新興變體iəu。4. 老、青年層秋燒仍有區別；而中年層在一般調類及連讀條件下傾向秋燒合流讀為iu，在特定聲調條件下秋燒仍有區別，分讀為iu、iəu。5. 老中年層傾向輝杯分讀為ui、uəi，青壯層則是一般調類及連讀條件下清楚分讀，但在特定聲調條件下傾向合流讀為uəi。

四　閩清腔與古田腔的比較

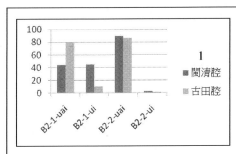

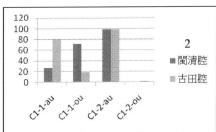

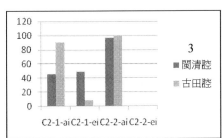

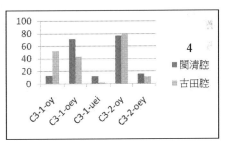

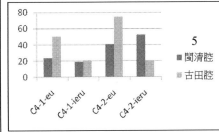

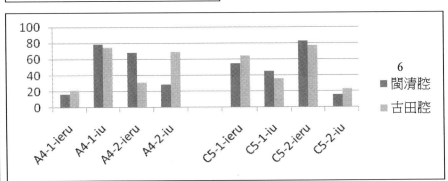

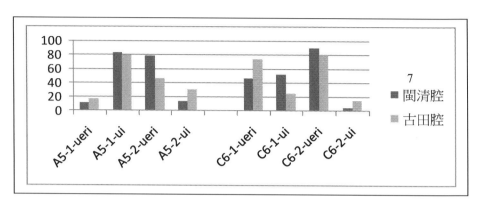

圖1　詩巫閩清腔與古田腔韻變現象整體比較（組圖1-7）

（類別名稱為「語詞類別─聲調條件─變體類別」，例如「C1-1-au」意指「C1語詞
類別──一般聲調條件─讀為 au」）

（因字碼顯示限制，oey 即代表œy，ieru 即代表 iəu，ueri 即代表 uəi）

　　先從整體表現來看，相較詩巫閩清腔與古田腔的韻變現象如圖
1，可以清楚看見詩巫兩種口音在「韻變現象」方面具有以下幾點差
異表現，說明如下：

　　（1）詩巫古田腔B2、C1、C2、C3、C4五類語詞無論聲調條件
多數讀為鬆韻母，尤其是B2、C1、C2三類較無明顯的韻變表現。相
對於此，閩清腔B2、C1、C2、C3四類語詞在陽平、陰去、陽去等特
定聲調條件下多數讀為鬆韻母，而在陰平、上聲及連讀條件下有較多
讀為緊韻母者，可見閩清腔有較為明顯的高化韻變表現。古田腔、閩
清腔C4類語詞都出現新興變體iəu。

　　（2）詩巫古田腔無論聲調條件A4類語詞多數讀為iu，C5類語詞
多數讀為iəu，兩者保有秋、燒兩韻的區別。閩清腔A4類語詞一般聲
調條件下多數讀為iu，特定聲調條件下多數讀為iəu，具有較為明顯的
韻變表現；但C5類語詞則與古田腔表現相差不多。閩清腔秋、燒兩韻
區別不很清楚。

（3）詩巫閩清腔A5、C6類語詞，一般聲調條件下多數讀為ui，
特定聲調條件下多數讀為uəi，具有較為明顯的韻變表現。古田腔C6
類語詞無論聲調條件多數讀為uəi，保有輝字韻的韻讀表現；而A5類
語詞在一般聲調條件下多數讀為ui，特定聲調條件下讀為uəi者高於讀
為ui者，韻變表現趨同於閩清腔。

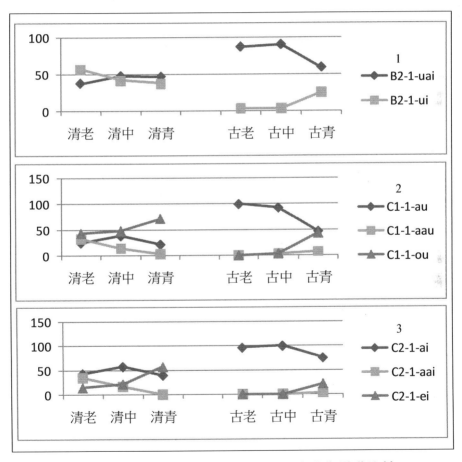

圖2　詩巫閩清腔與古田腔韻變現象的世代變動比較I

（B2、C1、C2）（組圖1-3）

（因字碼顯示限制，aau 即代表 uɐu，aai 即代表 ɐi）

　　進一步相較詩巫閩清腔與古田腔各類韻母音讀變異的世代變動如圖2至圖4，說明如下：

　　1. 如圖2所示，詩巫閩清腔與古田腔B2、C1、C2三類語詞，在陽平、陰去、陽去等聲調條件下都穩定維持鬆韻母讀法（uai、au、ai），不具世代差異性；因此圖2只比較陰平、上聲及連讀條件下的韻讀表現。古田腔這三類語詞在陰平、上聲及連讀條件下，青壯層讀為鬆韻母者（uai、au、ai）下降，讀為緊韻母者（ui、ɔu、ɛi）上升，明顯可見青壯世代正在發生韻母高化變異，且在共時平面上形成鬆緊韻母交替的韻變特點。閩清腔這三類語詞，在陰平、上聲及連讀條件下讀為鬆韻母者，三代維持穩定，但中年層稍高；而老年層即有讀為緊韻母者，且青年層緊韻母的語音音值較老中年層更趨高化。據此，詩巫閩東話的高化韻變應是來自閩清腔發動。從世代差異表現來看，古田腔原來不具韻變表現，閩清腔則是老中年層本即具有此類高化韻變，在陰平、上聲及連讀條件下主要元音音值略高或偏向中元音，古田腔受到接觸影響而其青壯一代亦逐漸形成高化韻變特點，且與閩清腔青壯一代共同在陰平、上聲及連讀條件下將原來低元音趨向高化為中元音。另外，值得注意的是，閩清腔中年層讀為鬆韻母者都略高於老青年層，由此可見中年層刻意「趨近標準音」的社會語言壓力，因此往往較多人在陰平、上聲及連讀條件下仍保持原來低元音韻讀。

　　2. 如圖3所示，詩巫閩清腔C3類語詞具有明顯的韻變表現：老中年層在陽平、陰去、陽去等特定聲調條件下讀為鬆韻母（ɔy），而在陰平、上聲及連讀條件下讀為緊韻母（œy）；其青壯層則發生改變：在特定聲調條件下，讀為鬆韻母者（ɔy）大幅下降、讀為緊韻母者（œy）大幅上升，而在陰平、上聲及連讀條件下則是新興變體（uəi）明顯上升。而古田腔則略具鬆緊交替韻變，且三代維持穩定表現。據此，閩清腔C3類語詞的高化韻變乃由陰平、上聲及連讀條件

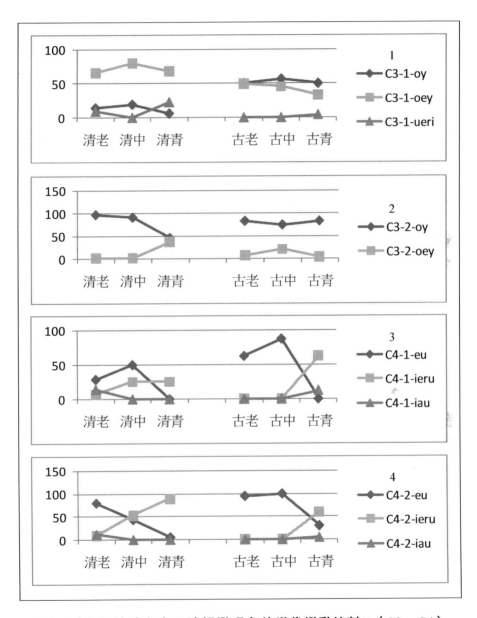

圖3　詩巫閩清腔與古田腔韻變現象的世代變動比較II（C3、C4）

（組圖1-4）

擴展至陽平、陰去、陽去等特定聲調條件，已由共時韻變進一步發展為歷時性韻變。

3. 此外，詩巫閩清腔C4類語詞在特定聲調條件下，非常明顯隨著年齡層下降而發生εu逐步下降、iəu逐步上升的歷時性變化，而在陰平、上聲及連讀條件下也是大致呈現εu下降、iəu上升的變動趨勢，但是中年層讀為εu者稍高。古田腔C4類語詞在老中年層則是一律維持穩定讀為εu，但在青壯層無論聲調條件則是明顯發生εu下降、iəu上升的歷時性變動。據此，詩巫閩東話C4類語詞發生εu＞iəu的韻母演變，應是來自閩清腔中年層啟動，古田腔受到接觸影響而其青壯一代明顯改讀為iəu，與閩清腔青壯層表現一致。

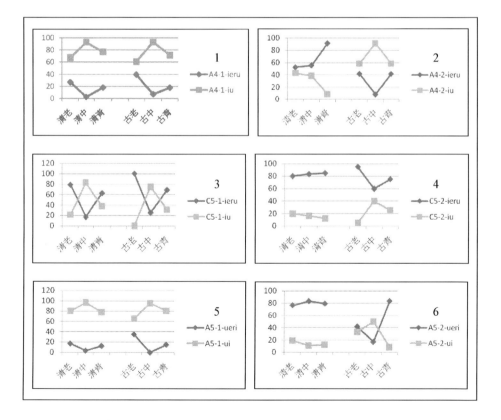

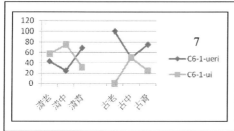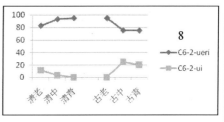

圖4　詩巫閩清腔VS古田腔韻變現象的世代變動比較III

（A4-C5、A5-C6）（組圖1-8）

4. 如圖4所示，詩巫閩清腔A4類語詞（秋字韻）在特定聲調條件下，非常明顯青壯層發生iu驟降、iəu驟升的世代變動，在共時平面上形成鬆緊韻母交替的韻變表現。古田腔則是無論聲調條件多數都讀為iu，尤其中年層讀為iu者都明顯高於老青年層。相對於此，閩清腔、古田腔C5類語詞（燒字韻）在老青年層都是多數讀為iəu，惟中年層表現相當突出，在一般聲調及連讀條件下多數讀為iu，與A4類合流；但在特定聲調條件下，閩清腔中年層與老青年層相同，維持多數讀為iəu。

5. 如圖4所示，詩巫閩清腔A5類語詞（輝字韻）也具有鬆緊韻母交替的共時韻變表現。一般聲調及連讀條件下讀為ui，特定聲調條件下則絕大多數讀為uəi，三代之間不具差異。古田腔則是青壯層在特定聲調條件下發生ui驟降、uəi驟升的世代變動，共時平面上形成鬆緊韻母交替的韻變表現。詩巫閩清腔C6類語詞（杯字韻）在老中年層具有共時韻變，與A5類混同，但青壯層在一般聲調條件下發生ui下降、uəi上升的世代變動；古田腔則是無論聲調條件多數讀為uəi，但中年層明顯發生uəi下降、ui上升的世代變動。

表4-43　詩巫閩清腔VS古田腔秋、燒、輝、杯韻讀之世代差異表

	A4（秋）	C5（燒）	A5（輝）	C6（杯）
閩清腔（老）	iu／iəu	iəu	**ui／uəi**	
閩清腔（中）	**iu／iəu**		**ui／uəi**	
閩清腔（青）	iu／iəu	iəu	ui／uəi	uəi
古田腔（老）	iu	iəu	ui	uəi
古田腔（中）	iu	**iu／iəu**	ui	uəi
古田腔（青）	iu	iəu	**ui／uəi**	uəi

　　6.如表4-43所示，詩巫閩清腔老中年層秋燒兩韻、輝杯兩韻傾向合流不分，且一致具有鬆緊韻母交替的共時韻變表現；而青壯層則是在一般聲調及連讀條件下區分秋燒兩韻、輝杯兩韻。相對於此，詩巫古田腔老年層秋燒兩韻、輝杯兩韻傾向分立，且不具共時韻變；但中年層C5類語詞形成共時韻變，一般聲調及連讀條件下秋燒兩韻趨向不分，而青年層A5類語詞形成共時韻變，特定聲調條件下輝杯兩韻趨向不分。據此可見，詩巫閩清腔與古田腔交互接觸影響下發生相當複雜的韻母變異。

第四節　韻變現象世代變動的思考與討論

　　總和以上三節對於臺灣馬祖、中國福安、馬來西亞詩巫三處閩東話韻變現象世代差異的調查分析結果：一、馬祖話的韻變現象應分成兩類來看，一是高元音韻腹的共時韻母變異，此類韻變表現相當穩定；二是下降複元音韻腹及三合元音的韻母變異，此類韻母具有顯著的世代差異表現，反映馬祖正在進行系統性的高化韻變，且該高化韻變不僅在調類上逐步擴散，也在韻尾結構上逐步擴散，其中帶有輔音

韻尾者已由語音條件上的共時性變異逐漸穩固為歷時性的音韻變化。二、福安方言高元音低化韻變的性質乃由共時性變異逐漸穩固為歷時性音變，其結構擴散情形為由簡讀擴展至連讀；其韻尾結構擴散速度則是鼻音尾快於無輔音尾，無輔音尾又快於塞音尾。我們認為福安方言高元音的共時變異，引動音韻系統內部產生一連串的高化韻變，重新形成平衡的韻母系統；而音韻系統的均衡力量進而促使高元音低化韻變穩固為歷時音變。三、詩巫閩東話不具高元音低化的共時韻變，但其下降複元音及三合元音則有明顯的高化韻變，此應來自閩清腔帶動古田腔形成高化韻變特點；閩清腔C3類語詞已由共時韻變進一步發展為歷時性韻變（ɔy＞œy）；詩巫閩東話C3、C4類語詞出現新興變體（uəi、iəu），顯示原來下降複元音音讀逐漸變讀為三合元音。

　　本書兼從共時與歷時角度切入思考閩東方言的韻母變異與變化現象，發現幾個值得進一步探究的課題：一是馬祖、詩巫歷時性的高化韻變結果，在共時平面上同樣符合鬆緊韻母變異規則（特定聲調單字讀為較低的鬆韻母，一般聲調單字及連讀條件下讀為較高的緊韻母），這凸顯了共時分析與歷時演變極可能呈現完全相反的規律方向，也就是說，被稱為「變韻」的鬆韻母實際上反映的是較早期的韻讀，而被稱為「本韻」的緊韻母反而是歷時演變後的新韻讀，本節第「一」小節將據此重新思考共時性變韻落實在歷時層面上的韻母演變過程，並進一步探討引動音變的歷史動因；二是世代差異所反映的韻母變異與變化究竟是內部音系的結構變動，還是另有語言接觸的社會性因素影響，則是本節第「二」小節希望進一步釐清的問題。

一 韻變的趨向、動因與結構擴散

（一）韻變趨向的兩種推論

　　根據跨方言點的韻變比較，尤其是閩東北片方言的韻變分析，學者已提出閩東方言具有兩類性質截然不同的韻母音變：一是由特殊調值推動的、以調類為條件的低化韻變；二是韻母系統內部結構調節的高化韻變（杜佳倫2010，陳澤平2012）。馬祖、福安的高化韻變具體反映第二類韻變方式，但詩巫的高化韻變卻引發反向思考。值得特別注意的是：高化韻變的結果同樣符合鬆緊韻母變異規則，意即特定聲調單字讀為較低的鬆韻母，一般聲調單字及連讀條件下讀為較高的緊韻母，因此韻母高化變異也可以在共時平面上被重新分析為基本韻母為ei、ou、øy，在特定的簡讀聲調條件下韻母發生「鬆化」讀為ai、au、ɔy。這引發我們重新思考，以往學者所共同認定的第一種低化韻變在歷時層面上是否也有反向變化的可能性。下文將比較兩種不同方向的韻變推論。

1.低化、高化雙向音變		2.一致的高化音變	
A	B	A	B
i＞ei /3.7	ai＞ei /1.2.連	ei＞i /1.2.5.連	ai＞ei /1.2.連
u＞ou /3.7	au＞ou /1.2.連	ou＞u /1.2.5.連	au＞ou /1.2.連
y＞øy /3.7	ɔy＞øy /1.2.連	øy＞y /1.2.5.連	ɔy＞øy /1.2.連

　　以陰聲韻為例如上表所示：第一種推論認為閩東方言不同韻母結構發生不同趨向的變化，高元音低化、下降複元音高化，合併形成新韻母；此種推論下的A類韻變規律為陰去、陽去等特定調類條件下高元音發生低化變異，其論據主要在於這些特定調類往往表現特殊的調

值條件，一旦處於連讀環境失去特殊調值便讀為原來的高元音韻讀。
本文則提出第二種推論：閩東方言不論韻母結構為何，受到趨高的拉
力牽動韻母產生鍊移音變，形成深具系統性的高化音變現象；此與第
一種推論最大的不同點在於：將出現在陰去、陽去等特定調類條件下
的鬆韻母ei、ou、øy視為歷時層面上早期偏低的韻讀，A類韻變規律
為陰平、陽平、上聲等一般調類及連讀條件下韻母發生了高化變異；
此種推論以往甚少被提出，主要是缺乏明顯影響音變的語音條件，而
且不具韻變現象的閩東方言點多將同類語詞一致讀為高元音，因而無
論是運用內部構擬法或方言比較法，勢必都傾向支持高元音低化演變
的第一種推論。

　　高化韻變深刻反映出歷時演變與共時分析極可能呈現完全相反的
演變方向，在此啟發下，下一小節將重新檢討第一種推論的疑慮、並
嘗試為第二種推論尋求語言證據。

（二）韻變趨向與動因

　　上述第一種推論探討閩東方言低化韻變的原因，多半著眼於韻變
與聲調條件之間的密切關係，提出低化韻變乃受到聲調條件影響而發
生：其聲調條件或為「曲折調形」及「上升促調」，或為「低調值」，
在調類上則多為「陰去、陽去、陰入」，少數亦為「陽平」（李如龍等
1979；Duanmu, S.1990；馮愛珍1993；陳澤平1998；杜佳倫2004，
2006）。彙整各地低化韻變的聲調條件如表4-44，杜佳倫（2010）主
要依據侯官片的表現而推論引發低化韻變的調值條件應為[+長]徵
性，這些調值將音讀時間拉長，故韻腹往往同時低化或複化，以配合
較長的音讀時間。然而此種推論主要有兩項疑慮：1.福寧片具有韻變
現象的寧德、周寧、福安等地，鬆韻母也出現在不具[+長]徵性的調
值條件下，且壽寧、柘榮各調類的調值表現其實與周寧、福安十分相

似，卻不具韻變現象；2.聲調調值為今日共時平面呈現的樣貌，其與韻變現象固然密切相關，但不必然是啟動韻變的導因，特殊調值也可能是韻變所造成的結果。由此看來，調值不一定是驅使韻母發生變異的主要動因。

表4-44　閩東各地低化韻變的聲調條件表

		陰平	陽平	上聲	陰去	陽去	陰入	陽入
南片	古田	（55）－	（33）－	（42）－	（21）－	（24）－	（2）－	（5）－
	杉洋	（433）－	**（21）**＋	（41）－	（335）－	**（112）**＋	（35）－	（5）－
	福州	（55）－	（53）－	（33）－	**（212）**＋	**（242）**＋	**（24）**＋	（5）－
	福清	（53）－	（44）－	（32）－	（21）＋	（42）＋	（12）＋	（5）－
	閩清	（44）－	（42）－	（31）－	**（211）**＋	**（242）**＋	（3）＋	（5）－
	永泰	（44）－	（453）－	（31）－	**（212）**＋	**（242）**＋	（3）－	（5）－
	詩巫	（44）－	**（353）**＋	（31）－	**（424）**＋	**（131）**＋	（424）－	（5）－
北片	柘榮	（42）－	（21）－	（51）－	（35）－	（213）－	（5）－	（2）－
	福安	**（443）**＋	**（211）**＋	（42）－	（35）＋	**（223）**＋	（54）＋	（2）＋
	寧德	（44）－	**（221）**＋	（42）－	（35）－	**（332）**＋	（2）＋	（5）－
	九都	（44）－	**（22）**＋	（41）－	（35）－	**（41）**＋	（4）＋	（2）－
	周寧	（43）－	**（21）**＋	（42）－	（24）＋	（213）－	（5）＋	（2）＋
	咸村	（44）－	**（322）**＋	（11）＋	（55）－	**（11）**＋	（5）－	（3）＋

杜佳倫（2014：446-452）討論閩北高元音複化音變時，發現該音變與閩東的高元音低化韻變緊密相應，但乃以聲類為分化條件，而與聲調條件無關，該文從層次接觸的角度提出另一種音變動因的解釋：以中古侵韻為例，如表4-45，不同層次韻讀之間雖然不具演變關係，但對比各項層次韻讀可探知閩地由早期低元音洪音韻逐漸轉為晚

期高元音細音韻的層次遞進過程；也就是說，閩語底層音韻傾向將北
方漢語的細音韻讀為洪音韻，而晚期層次雖逐漸接受細音韻讀，但受
到底層音韻的干擾，導致閩東發生低化韻變、閩北發生高元音複化音
變，且閩東、閩北乃以不同的結構擴散方式逐步進行音變，閩東以調
類為逐步擴散的結構條件，閩北則以聲類為逐步擴散的結構條件。[6]

表4-45　閩語中古侵韻的歷史層次

（侵韻）	閩南	閩東	閩北
文　讀　層	im	iŋ/eiŋ	iŋ/oiŋ
南朝江東層			
晉代北方層	iam	eiŋ/aiŋ	—
上　古　層	am	aŋ	aiŋ

　　底層音韻干擾而驅動韻變的說法深具啟發，不過，該文乃以低化
韻變立論，因而將高元音視為變化的起點；若從歷時的角度來看，韻
腹-ei-、-ou-、-øy-反而維持較早期偏低的韻讀，以中古脂、之、模、
虞、魚韻在閩東的層次韻讀為例，如表4-46，文讀韻在一般調類及連
讀條件下讀為高元音i、u、y，而特定調類條件下則讀為ei、ou、øy，
更接近早期層次「偏低」的韻讀特點。

6　也就是說，調值徵性或聲類徵性並非啟動韻母發生變異的關鍵動因，而是音變逐步
　擴散的結構性條件，某些特定調類或聲類環境下容易先發生音變，或是不發生音變
　而形成滯留性變體。

表4-46　閩東中古脂、之、模、虞、魚韻的歷史層次

（閩東）	脂之	模	虞	魚
文　讀　層	i/ei	u/ou	y/øy	
南朝江東層		uo	uo	ø/œ
晉代北方層	ie		iu/u	y/øy
上　古　層	佳脂之 ai	魚 a　　侯 au、ɛu		

　　根據陳保亞（1996）的論述，底層音韻干擾目標語言的過程分為三個階段：匹配、回歸、合併，如下表4-47所示：「匹配」指的是學習第二語言時，受限於母語底層的音韻習性而進行調整改讀；「回歸」指的是隨著接觸時間的拉長，經過調整的第二語言會逐漸向原來的目標語言靠攏，底層干擾的程度也隨之減輕；「合併」指的則是經過母語調整的第二語言對目標語言所產生的影響。

表4-47　底層音韻干擾三階段

	母語底層		第二語言		目標語言
甲民族	甲	（匹配）→	乙2	（回歸）← （併合）→	乙

　　據此，本文嘗試為第二種韻變趨向推論，其歷史動因的解釋：受到底層音韻的影響，閩語元音系統中的高元音原來音值便傾向讀得較低，此即匹配作用的音讀調整，後來在北方漢語的持續影響下發生回歸性高化音變，多數方言點回歸讀為高元音韻讀，部分方言點則採取結構擴散的方式進行音變，閩東方言即以調類為擴散的結構條件，特定調類條件下不發生高化音變，ei、ou、øy即是早期偏低韻讀的留存。

　　除了上述閩語自身韻讀的層次遞進趨高，此種推論還能獲得以下幾項其他語言證據的支持，如表4-48所示：一是閩語內部另有閩北方言具有高元音與複元音相配的韻讀現象，但以聲類為分布條件，以松溪為例（秋谷裕幸1993），高元音韻讀分布於中古章、見、影系聲母類別下（u韻讀另外也出現在唇音聲類），複元音韻讀則分布於其他古聲類條件，由此可見聲調並非啟動韻母變異的唯一關鍵；而閩南潮汕方言的模韻字則是多數讀為複元音ou，另有新文讀u，此亦可見閩語原來韻讀偏低，後來持續受到北方漢語影響而帶進高元音的新層次韻讀。二是進一步比較南方方言會發現，不只閩語，吳語、湘語、粵語都有將北方漢語的高元音讀為略低之複元音的情況，例如蘇州、雙峰、廣州（漢語方音字彙2003），尤其是廣州脂、之、模、虞、魚等韻均一致讀為複元音，正相應於閩東特定調類條件下的鬆韻母，由此可見這類韻讀變異應是南方方言的共同音韻特點。三是原始侗台語的研究成果顯示其古韻母系統具有一項重要的音韻特點：原始侗台語的高元音（*i、*u、*ɯ）不能單獨為韻母，必須帶有元音或輔音韻尾；且今日各地高元音音值一般偏短，多數出現央化趨勢，舌位趨向低降（梁敏、張均如1996：496-497）。根據歷史記載，吳、閩、粵三地原為古百越民族聚居之地，其底層語言應為古越語，而根據語言、文化各方面的比較研究，古代百越民族乃與現代侗台民族具有深厚的傳承關係（尤中1980，韋慶穩1981，黃惠焜1992，鄭張尚芳1997）；據此，我們可以設想吳、閩、粵等南方古越語底層音韻具有上述的「高元音低化」特點，因而共同傾向將北方漢語的高元音讀為略低之複元音，後來受到北方漢語的持續影響而回歸高化，但部分方言點的高化音變採取結構擴散的方式，閩北方言在某些聲類條件下維持偏低韻讀，閩東方言則是在特定調類條件下維持偏低韻讀。

表4-48　其他南方方言中古脂、之、模、虞、魚韻的音讀表

	脂之 （不計精知照）	模	魚虞 （不計知照）
	屎地里記	布兔爐苦	呂趣居羽
北京	i	u	y
蘇州	i	əu （唇音 u）	牙喉音 y （非牙喉音 i）
雙峰	i	əu （唇音 u）	y
廣州	ei	ou	øy （零聲母 y）
潮州	文 i	ou （新文 u）	文 u
福州	文 i/ei	u/ou	文 y/øy
松溪	文 ei （章見影系 i）	ɒu （幫見影系 u）	文 œy （章見影系 y）

本文嘗試為第二種高化韻變推論提出若干語言證據，並從底層音韻干擾解釋該音變的深層動因；但我們仍然無法否定第一種低化韻變推論的研究方法與成果。不過，該論述以共面平面的聲調條件做為啟動音變的唯一動因，確實應該從歷史的角度重新被檢討。

（三）韻變的結構重整與調類擴散

上述閩東方言以調類為擴散條件的高、低元音韻讀變異現象形成後，極可能導致韻母系統的分布不平衡，進而引發下降複元音韻腹同樣產生以調類為擴散條件的高化韻變。以馬祖方言的陽、入聲韻為例如表4-49，高元音韻腹-i-、-u-、-y-只出現在一般調類（陰平、陽平、

上聲、陽入）及連讀條件下，相對於此，略低的複元音韻腹-ei-、-ou-、-øy-只出現在特定調類（陰去、陽去、陰入）條件下，韻腹-ei-、-ou-、-øy-在調類分布上的空缺，首先牽動下降複元音韻腹-ai-、-ɔu-、-ɔy-在一般調類（陰平、陽平、上聲、陽入）及連讀條件下發生高化韻變，遂形成過去馬祖方言D1-D3三類韻腹以緊韻母-ei-、-ou-、-øy-與鬆韻母-ai-、-ɔu-、-ɔy-相配的情形。本文調查結果顯示馬祖老年層仍然維持這樣的韻母相配情形，但中青年層在特定調類（陰去、陽去、陰入）條件下也讀緊韻母-ei-、-ou-、-øy-的情形明顯增加，顯示下降複元音韻腹的高化韻變-ai->-ei-、-ɔu->-ou-、-ɔy->-øy已經更進一步由一般調類擴散至特定調類，這樣的調類擴散現象也反映韻變性質的逐步變動過程，由語音條件上的共時性變異漸趨穩固，歷時性的音韻變化即將完成；也就是說，原先緊韻母-ei-、-ou-、-øy-只出現在一般調類（陰平、陽平、上聲、陽入）及連讀條件下，而鬆韻母-ai-、-ɔu-、-ɔy-只出現在特定調類（陰去、陽去、陰入）條件下，兩者形成互補分布，共時平面上可以分析為同一韻母的語音條件變體，一旦中青年層在特定調類條件下也完成-ai->-ei-、-ɔu->-ou-、-ɔy->-øy的高化音變，該韻變規律即由語音變異（Sound Variation）固著為音韻變化（Sound Change）。

表4-49　馬祖韻變的結構重整與調類擴散（陽、入聲韻）

馬祖	陽入	連讀	陰平	上聲	陽平	陰去	陽去	陰入
有輔音尾		(-ei->)-i-				-ei-		
		(-ou->)-u-				-ou-		
		(-øy->)-y-				-øy-		
		(-ai->)-ei-				-ai->-ei-		
		(-ɔu->)-ou-				-ɔu->-ou-		
		(-ɔy->)-øy-				-ɔy->-øy-		

　　相應於此，馬祖方言的陰聲韻也有同樣的韻母結構重整表現，但調類分布上尚未擴散至所有調類，如表4-50所示，高元音i、u、y只出現在一般調類（陰平、陽平、上聲）及連讀條件下，相對於此，略低的複元音ei、ou、øy只出現在特定調類（陰去、陽去）條件下，ei、ou、øy在調類分布上的空缺，極可能牽動下降複元音ai、au、ɔy發生高化韻變。本文調查結果顯示馬祖中青年層在一般調類及連讀條件下讀為緊韻母ei、ou、øy的情形明顯增加，顯示下降複元音正在進行高化韻變ai>ei、au>ou、ɔy>øy；不過，其中ai>ei、au>ou目前並不發生在陽平調條件下，觀察馬祖陽平調值為高降調51，與陰去、陽去具有同樣音讀時間偏長的特質，而下降複元音ai、au的發音過程乃由低元音a上升至高元音i、u，需要較長的音讀時間，陽平調值偏長的徵性可能因此成為限制其高化的滯留條件；但另一下降複元音ɔy的世代差異分析則顯示中青年層在陽平條件下讀為緊韻母øy的情形明顯增加，顯示ɔy>øy的高化韻變已經由陰平、上聲及連讀條件進一步擴散至陽平調。

表4-50　馬祖韻變的結構重整與調類擴散（陰聲韻）

	陽入	連讀	陰平	上聲	陽平	陰去	陽去	陰入
無輔音尾	—	(ei＞) i				**ei**		—
	—	(ou＞) u				**ou**		—
	—	(øy＞) y				**øy**		—
	—							—
	—	**ai＞ei**			ai			—
	—	**au＞ou**			au			—
	—	(ɔy＞)**øy**		ɔy＞**øy**	ɔy			

　　除了調類條件的擴散，進一步比較帶輔音韻尾與不帶輔音韻尾的韻母結構，可以發現下降複元音韻腹的高化韻變，也採取韻母結構上的逐步擴散，首先發生在帶輔音韻尾的陽、入聲韻，然後擴散至不帶輔音韻尾的陰聲韻，馬祖方言下降複元音韻腹所帶輔音韻尾為舌根鼻音（-ŋ）及舌根塞音（-k），兩者均具有[+高]的發音徵性，從而影響其下降複元音韻腹較快進行高化音變，而不帶舌根韻尾者則相對較慢。

表4-51　福安話低化韻變之結構擴散

	上聲	非上聲連讀	非上聲箇讀
無輔音尾	i, u, ɨ	**i, u, ɨ＞ei, ou, ɵi**	ei, ou, ɵi
	ou, ɵi	au,ɔi	
鼻音尾	iŋ	**iŋ＞eŋ**	eŋ
塞音尾	—	**iʔ＞eʔ**	eʔ

　　福安方言乃在非上聲調條件下先發生高元音的低化韻變，而上聲調以及連讀條件下則仍讀為高元音韻腹；如表4-51所示，高元音i、u

只出現在上聲及連讀條件下，相對於此，略低的複元音ei、ou、ɵi則出現在非上聲單讀條件下。根據相同的析論脈絡，ou、ɵi在上聲調類的分布空缺，極可能牽動下降複元音au、ɔi發生高化韻變；然而，福安方言下降複元音ai則仍維持穩定的低元音讀法，沒有高化的韻變趨勢。值得注意的是，福安方言讀為低化元音的非上聲語詞，一旦處於連讀位置原來往往變讀為高元音韻腹，然而世代差異的調查結果顯示隨著年齡層下降，年輕一輩趨向在連讀位置也穩固讀為低化元音，例如「豬」單讀為tɵi1，「豬肉」一詞中老輩讀為ti1 nɵʔ8，但青年層有若干位讀為tɵi1 nɵʔ8。這可能是一種受到單讀類推的現象，然而就韻變的性質而言，也同時反映高元音低化韻變乃由受限於聲調條件或語詞結構位置（詞尾或非詞尾）的共時變異逐漸穩固為超越共時語音條件的歷時性音變。

（四）韻變結構重整的反思

前述學者分析閩東方言具有兩類性質截然不同的韻母音變：一是由特殊調值推動的、以調類為條件的低化韻變；二是韻母系統內部結構調節的高化韻變（杜佳倫2010，陳澤平2012）。如上一小節所論，馬祖方言固然可據以推論發生韻母結構重整變化；然而，詩巫閩東話在不具低化韻變的情況下，其下降複元音及三合元音卻有明顯的高化韻變，反映高化韻變不必然受到高元音韻腹的低化韻變牽動而發生。這樣看來，無論高元音之低化韻變，或下降複元音及三合元音之高化韻變，閩東方言的韻變現象都傾向將之分為兩類韻腹，兩者之間不見得具有時間層次的早晚順序，此與南方侗台語言音系中長短元音的表現極為相似。如表4-52以壯語音系為例，壯語具有成套對立的長短元音；假設閩東方言底層音系同樣具有成套的長短元音，古閩語在閩東地區受到底層音系的音韻干擾而形成「元音分讀長短兩類」的音韻習

性，從而引發若干方言點形成特殊的韻變表現，如表4-53所示：古閩語單一高元音韻腹*-i-受到[i:]/[i]長短對立的干擾而分化為緊韻母-i-、低化的鬆韻母-ei-，後者音讀時間較長；古閩語單一下降元音*ai、*au受到[a:]/[a]長短對立的干擾而分化為鬆韻母-ai/au、高化的緊韻母-ɛi/ɔu，前者音讀時間較長。值得注意的是，未明顯分化為兩套韻讀者，實際上其在不同的聲調條件下通常也有音讀時間長短之差異，例如詩巫閩清腔的高元音韻腹雖沒有發生明顯的韻變，但其在陽平、陰去、陽去等聲調條件下，高元音韻腹音讀時間也較其他條件為長。

表4-52　壯語長短元音舉例

[a:]	([a])	[i:]	([i])	[e:]	[o:]	([o])	[u:]	([u])
a:i	ai	—	—	ei	o:i	—	u:i	
a:u	au	i:u	—	e:u	—	ou	—	—
a:m	am	i:m	im	e:m	o:m	om	u:m	um
a:n	an	i:n	in	e:n	o:n	on	u:n	un
a:ŋ	aŋ	i:ŋ	iŋ	e:ŋ	o:ŋ	oŋ	u:ŋ	uŋ
a:p	ap	i:p	ip	e:p	o:p	op	u:p	up
a:t	at	i:t	it	e:t	o:t	ot	u:t	ut
a:k	ak	i:k	ik	e:k	o:k	ok	u:k	uk

表4-53　長短元音底層干擾

古　閩　語	閩越底層	底層干擾	古　閩　語	閩越底層	底層干擾
*ai	*[a:i]	ai	*au	*[a:u]	au
	*[ai]	ai＞ɛi		*[au]	au＞ɔu
*i	*[i:]	i＞ei	*iŋ	*[i:ŋ]	iŋ＞eiŋ
	(*[i])	i		*[iŋ]	iŋ

　　這裡底層音系長短元音之分轉為單複元音、高低元音之別，音讀時間較長的複化元音、低化元音，影響其聲調條件亦多為曲折調值，而在連讀條件下一律讀為音讀時間較短的緊韻母。此種底層長短元音干擾的韻變動因解釋，截然有別於先前學者所析論：高元音低化韻變並非特殊調值所推動，低元音高化韻變亦非韻母系統內部結構調節。從古漢語的角度來說，歷史音變方向為：單高元音低化、下降複元音高化；但若從底層音系的角度來說，如前所述，原始侗台語的高元音（*i、*u、*ɯ）不能單獨為韻母，必須帶有元音或輔音韻尾；且今日各地高元音音值一般偏短，多數出現央化趨勢，舌位趨向低降（梁敏、張均如1996：496-497），以壯語音系為例，其i、u的短元音舌位比長元音低，近似[ɪ]、[ʊ]；長元音後接韻尾時帶有流音[ə]，因此今讀高元音者反而是回歸漢語音系，也就是前述一致性的高化音變。然而，此種解釋方案也有兩大疑慮：一是閩東有若干方言點不具明顯的韻變表現，其是否也帶有「元音分讀長短兩類」的底層音韻習性，亦即同一韻讀在不同聲調條件下乃具音讀時間長短之差異，需要更進一步的調查與檢測；不過底層音韻干擾也未必都在每一方言點展現，例如南方方言來自底層音系的邊擦音便是一例。二是底層干擾通常發生在語言轉移的早期階段，而根據早期韻書《戚林八音》的記錄來看，閩東方言的韻變表現似乎是近四百年來才發生；我們認為受到底層音韻干擾所形成的語音變化，會成為在地語言的重要音韻習性，並且繼續對後來進入的新語言層次造成影響，例如：古漢語進入閩地受到古閩越語底層干擾而傾向發生介音脫落，影響聲母系統缺少捲舌音與齒唇音，也使得文讀層的知系聲母依然調整讀同端系，非系聲母也調整讀同曉母（杜佳倫2014）。如前所述，閩東方言受到底層音系的音韻干擾而形成「元音分讀長短兩類」的音韻習性，進而引發若干方言點

發生特殊的韻讀分化：高元音複化、低化，下降複元音及三合元音則
趨向高化。

二　優勢語言的接觸影響

　　馬祖、詩巫的韻母變異現象，除了上述的高化韻變，另有幾項值
得注意的世代差異表現，總合前述調查結果如下表4-54、4-55所示：
一是馬祖C3類韻母在陰去、陽去調類條件下，青壯層有由øy改讀uai
的變異趨向；而詩巫閩清腔C3類韻母則是無論聲調條件青壯層都出現
新興變體uəi。二是馬祖C4類韻母在陽平調類條件下，青壯層已由ɛu
多數改讀為iou；在陰平、上聲調類條件下，則有iau＞uəi＞iou的高化
韻變現象；而C4類例詞來自中古效攝者，在青壯層另有改讀文讀韻iu
的傾向。而詩巫閩清腔C4類韻母也是無論聲調條件中青年層都出現新
興變體iəu。

表4-54　馬祖C3-4韻母變異的世代差異彙整表

		連讀	陰平	上聲	陽平	陰去	陽去
C3	老	øy				ɔy	
	中	øy					ɔy
	青壯	øy				ɔy（uai）	
C4	老中	－	iau		ɛu	iau	
	青壯	－	iou（文讀iu）		iou	iau（文讀iu）	

表4-55　詩巫閩清腔C3-4韻母變異的世代差異彙整表

		連讀	陰平	上聲	陽平	陰去	陽去
C3	老中	œy			ɔy		
	青壯	œy（uəi）			ɣc（œy/uəi）		
C4	老	ɛu（文讀 iu）			ɛu		
	中	ɛu（文讀 iu/iəu）			ɛu（iəu）		
	青壯	文讀 iu/iəu			iəu		

（一）語言接觸所引發的兩種變化方式

　　導因於接觸所引發的語言變異有兩種重要的方式：一是「母語干擾」（Interference through shift），二是「移借」（Borrowing）（Thomason & Kaufman. 1988：37-45），這兩種接觸方式可以同時發生，但其影響結果並不相同。根據Thomason & Kaufman（1988）的論述，「母語干擾」涉及語言轉換（Language Shift）的過程，指的是說話者學說另一種語言時，由於「不完全學習」（Imperfect Learning）而將自身母語徵性引入所學得的語言，然後其母語徵性進一步也被該語言的原來說話者廣泛模仿，尤其是在語言轉移發生得很快速，或者發生轉移的團體人數很多時，母語干擾更為深刻；而「移借」則在語言維持（Language Maintenance）的狀態下發生，指的是說話者維持說原來母語時，增加來自另一種語言的特徵，起初是非基本詞彙的借入，經過長期而密切的接觸後，擴展至基本詞彙，甚至是音韻或句法等結構性的深度移借。

　　然而，後來在Winford（2005）的論述中，「移借」被嚴格定義為以接受語（Recipient Language）為第一流利用語的說話者，從另一語言借入語言成分；而另一種接觸性的變化方式則被修改為「主語干

擾」（Imposition），指的是以來源語（Source Language）為第一流利用
語的說話者，在使用另一語言時施加來自第一流利用語的干擾。簡而
言之，該文以語言使用者的第一流利用語為何來分別「移借」與「干
擾」：以接受語為第一流利用語者，其受到來源語影響的接觸性變化
即「移借」；而以來源語為第一流利用語者，將第一流利用語的語言
影響施加引入接受語則為「干擾」。這裡所謂「第一流利用語」
（Dominant Language）有別於基於血緣的「母語」（Native Language），
在單語環境中母語即第一流利用語，但在多語接觸的環境中，說話者
的「第一流利用語」不見得即是其習自父母的語言。若根據Winford
（2005）的概念重新思考，則Thomason & Kaufman（1988）所謂的
「結構性移借」（Structural Borrowing），實際上應是一種「反向干
擾」，當說話者的第一流利用語由母語轉換為原來學習的目標語言，
自然容易將目標語言中音韻或句法等結構性成分，轉而帶進原來的母
語而發生干擾，此與「移借」的變化方式實際上並不相同。也就是
說，「移借」是在第一語言中借入另一語言的詞彙性成分，而「干
擾」則將第一語言的結構性成分施加至另一語言，受到干擾的對象也
可能是原來的母語。

（二）華語、閩南語的韻讀移借（Borrowing）

　　根據本章調查結果，馬祖B3類例詞「磨~刀」、「麻~油」等在中、
青年層有其他韻讀的替代表現：「磨~刀」一詞在青年層有將近三成左
右改讀為muo或mua，老年層也有零星讀為muo者；「麻~油」一詞在
中、青年層有三至四成左右改讀為ma或mua，老年層也有零星讀為ma
者。馬祖韻母系統並沒有發生uai＞ua或uai＞uo或uai＞a的系統性音
變；對比臺灣地區通行的華語、閩南語如下表，即可發現「磨~刀」一
詞在華語韻讀為-uo、在閩南語韻讀為-ua，而「麻~油」一詞在華語韻

讀為-a、在閩南語韻讀為-ua，則馬祖此類韻讀變異應是來自臺灣地區
華語、閩南語的接觸影響。

	馬祖新韻讀	馬祖老輩	華　　語	閩　南　語
磨~刀	muo5/mua5	muai5	m25	bua5
麻~油	ma5/mua5	muai5	ma5	muã5

　　馬祖中、青年層的居民絕大多數都曾在臺灣工作或求學一段時
間，多數都具備流暢的華語能力，以及簡單的閩南語能力，再加上當
地傳播媒體與臺灣地區同步，臺灣華語及閩南語自然容易藉此影響馬
祖方言。馬祖中老年層多半仍以閩東話為第一流利語言，青年層雖已
幾乎以華話為第一流利語言，但此韻讀變異情形相當參差且不影響韻
母結構系統，因此我們認為這類韻讀變異應屬語言接觸所引發的移借
現象，亦即在多數說話者的第一語言（馬祖閩東話）中借入另一語言
（臺灣華語、臺灣閩南語）的詞彙性成分。

（三）華語韻母系統的主語干擾（Imposition）

　　根據本章調查結果，馬祖C3類韻母在陰去、陽去調類條件下，青
壯層有由ɔy改讀uai的變異趨向，相應於此，C4類韻母在陽平調類條
件下，青壯層已由ɛu多數改讀為iou。這兩項韻母變異十分特殊，其
與馬祖韻母系統的高化音變沒有直接關係，也無法從馬祖本身的層次
異讀提出解釋，對比臺灣地區通行的華語、閩南語如下表，相關例詞
在馬祖的新興韻讀也非直接移借自華語或臺灣閩南語。

	馬祖新變體	馬祖中老年層	華語	臺灣閩南語
退	tʰuai3	tʰɔy3	tʰuei3	tʰe3
袋	tuai7	tɔy7	tai3	te7
坐	suai7	sɔy7	tsuo3	tse7
條	tiou5	tɛu5	tʰiau5	tiau5
周經常	siou5	sɛu5	—	tsiau5

　　需要特別說明的是，陳澤平（1998：72）曾提出：福州郊區有將退袋坐一類語詞讀為-uai的異讀表現，該文將這類語詞的-uai變體視為不同區域的方言差，認為此乃城內、郊區分將同一緊韻母（øy）運行相異的共時韻變規律而產生不同的鬆韻母音讀。然而，本文認為馬祖地區青壯層出現-uai變體並非共時韻變規律的區域差異，理由如下：1.本文所訪談馬祖老年層，無論來自哪一離島村落，其退袋坐一類語詞完全沒有出現-uai變體；2.我們進一步訪問出現-uai變體之青壯層的父母長輩，發現老年層還是維持讀為-ɔy變體，同一家族具體呈現此類世代差異；3.出現-uai變體之青壯層中有少數幾位甚至將原先讀為相應之緊韻母（øy）的一般聲調例詞（螺、腿）也讀為-uai（參見表4-6），由此可見這類語詞讀為-uai的差異現象，並非共時韻變的不同結果。據此，本文認為馬祖地區退袋坐一類語詞在青壯層出現-uai變體的表現應屬世代差異，雖不能完全否定-uai變體可能源自其它閩東方言的接觸影響（例如福州市），但其在青壯層之所以能持續成長，本文認為此應與華語音韻結構限制的優勢影響密切相關。

　　由於上述兩類例詞的新興韻讀uai、iou幾乎只出現在青壯層，而馬祖青壯層發音人幾乎均以華語為第一流利語言，我們認為此類韻讀變異應屬語言接觸所引發的音韻干擾現象，亦即青壯層將華語韻母的結構性限制施加至原來的母語音韻系統中。華語韻母系統的下降複元

音只有au、ai、ou、ei四種韻母，不容許ɔy、ɛu這兩種下降複元音的韻母結構，以華語為第一流利語言的馬祖青壯層發音人，極可能在此結構性限制的優勢影響下，反向干擾馬祖方言的韻母音讀，因而將馬祖ɔy、ɛu兩類下降複元音傾向改讀為華語音系中不具結構限制的相近韻母uai、iou。[7] 然而，需要進一步說明的是，華語韻母系統也不容許øy這種下降複元音的韻母結構，但馬祖青壯層發音人卻較少將之調整改讀；[8] 本文認為此與韻母的分布及音韻限制有關，如下表所示，馬祖共時音系中，øy可以出現在所有調類條件下，可以與各種發音部位的聲母結合，其所受的音韻限制本來就不多，因而在馬祖音系中仍居優勢，不容易受到華語音韻的主語干擾；相對於此，ɔy只能出現在陰去、陽去聲調下，只與舌尖部位的聲母或零聲母搭配，而ɛu只能出現在陽平調下，只與舌尖部位的聲母或舌根清擦音x-搭配，其所受的音韻限制本來就多，在馬祖音系中本居弱勢，當年輕發音人的流利用語轉為華語，自然十分容易受到華語音韻的主語干擾而發生結構性變化。

陰平	陽平	上聲	陰去	陽去
堆 tøy1	螺 løy5	腿 tʰøy2	鋸 køy3	箸 tøy7
—	—	—	退 tʰɔy3 晬 tsɔy3	袋 tɔy7 坐 sɔy7
—	條 tɛu5 姣 xɛu5	—	—	—

---

7 此種反向干擾作用也普遍出現在以華語為第一流利語言的閩南年輕發音人身上，年輕一輩閩南語音韻中g-/ŋ-聲母的消失、-ɔ/-o元音的混同、入聲塞尾的混同與消失等語音變異與變化，均與華語音韻系統的優勢干擾密切相關。

8 參見表4-5，青壯層約有10.71%改讀為-uai變體，10.71%改讀為-uei變體，但統計檢定結果均不具顯著的世代差異表現。

　　相異於馬祖方言，詩巫閩東話C3、C4類韻母則是無論聲調條件中青年層都出現新興變體uəi、iəu。閩清腔的新興變體在中年層便明顯出現，其中年層雖然也擁有不錯的華語能力，但其第一流利語依然還是閩東話，此與馬祖青年層的主語干擾因素顯然不同。目前就初步觀察所得，馬來西亞的漢語方言似乎具有將以中元音為主要元音之下降複元音或上升複元音變讀為三合元音的共同變異跡象，例如檳城福建話將原來漳州腔讀為iõ、io者變讀為iãũ、iəu。然而，目前語言證據稍嫌薄弱，未來需要再擴大比較馬來西亞的客語、粵語，觀察其中青年層是否具有同類變異，亦即其以中元音為主要元音之下降複元音或上升複元音是否傾向變讀為三合元音，方能確實論證馬來西亞漢語方言是否形成區域性共同演變特性。

第五節　小結

　　本章在以往共時分析與跨方言比較的研究基礎之上，改採世代差異的研究方法，具體觀察臺灣馬祖、中國福安、馬來西亞詩巫等地的韻變現象在歷時層面上的實行與擴散過程，據以檢證跨方言比較所提出的幾項推論，進而探討影響韻讀產生變異的深層動因。總結本章重要的研究成果如下：

　　（1）馬祖方言的韻變現象應分成兩類來看，一是高元音韻腹的共時韻母變異，此類韻變表現相當穩定；二是下降複元音韻腹及三合元音的韻母變異，此類韻母具有顯著的世代差異表現，反映馬祖正在進行系統性的高化韻變。且該高化韻變不僅在調類上逐步擴散，也在韻尾結構上逐步擴散，其中帶有輔音韻尾者已由語音條件上的共時性變異逐漸穩固為歷時性的音韻變化。

　　（2）福安方言高元音低化韻變的性質乃由共時性變異逐漸穩固

為歷時性音變，其結構擴散情形為由簡讀擴展至連讀；其韻尾結構擴散速度則是鼻音尾快於無輔音尾，無輔音尾又快於塞音尾。福安方言高元音的共時變異，引動音韻系統內部產生一連串的高化韻變，重新形成平衡的韻母系統；而音韻系統的均衡力量進而促使高元音低化韻變穩固為歷時音變。

（3）詩巫閩東話不具高元音低化的共時韻變，但其下降複元音及三合元音則有明顯的高化韻變，此應來自閩清腔帶動古田腔形成高化韻變特點；閩清腔C3類語詞已由共時韻變進一步發展為歷時性韻變（ɔy＞œy）；詩巫閩東話C3、C4類語詞出現新興變體（uɛi、iɐu），顯示原來下降複元音音讀逐漸變讀為三合元音。

（4）馬祖、詩巫正在進行的高化韻變揭示閩東韻變現象在歷時層面上一致趨向高化的可能性，且詩巫閩東話也反映高化韻變不必然受到低化韻變牽動而發生。本章從底層干擾的角度提出兩種解釋方案：一是閩語底層音韻傾向將北方漢語的細音韻讀為洪音韻，而晚期層次逐漸接受細音韻讀，但受到底層音韻的干擾，導致閩東形成鬆緊韻母交替韻變、閩北發生高元音複化音變，且閩東、閩北乃以不同的結構擴散方式逐步進行音變，閩北以聲類為逐步擴散的結構條件，閩東方言則以調類為擴散的結構條件，特定調類條件下留存早期的偏低韻讀。二是閩東方言的韻變現象傾向將韻腹分化為兩套，此與南方侗台語言音系中具有成套對立之長短元音的表現極為相似，據此來看，韻變的深層動因或許可推溯至閩東方言底層音系同樣具有成套的長短元音，古閩語在閩東地區受到底層音系的音韻干擾而形成「元音分讀長短兩類」的音韻習性，從而引動若干方言點發生特殊的韻變表現，由單一韻腹分化為音讀時間較短的緊韻母以及音讀時間較長的鬆韻母。

（5）除了高化韻變，馬祖中、青年層部分韻母變異表現，乃與語言接觸影響密切相關，可分為兩種變化方式：一是「移借」

（Borrowing），乃指受到華語或臺灣閩南語的優勢影響而零星借入若干詞彙音讀成分；二是「主語干擾」（Imposition），乃指以華語為第一流利語言的青壯層將華語韻母的結構性限制施加至做為母語的馬祖音韻系統中，因而將馬祖的ɔy、ɛu改讀為不具結構限制的新興韻讀uai、iou。

第五章
三處海外閩東方言的聲母同化現象

　　本章首先簡要彙整閩東方言南、北片各地的聲母同化表現，以歸納聲母同化的語音變異規律；接著從世代差異的角度，分別切入分析三處海外閩東方言：馬祖、詩巫、愛大華聲母同化的歷時變動，進而討論導致世代差異的語言性及社會性因素。

第一節　閩東方言聲母同化現象的語音變異

表5-1　閩東方言聲母同化規律總表

	p/pʰ		t/tʰ/s		ts/tsʰ		k/kʰ/ h(x)		∅
	A	**B**	**A**	**B**	**A**	**B**	**A**	**B**	**B**
福州	β	m	l	n	z	nz	∅	ŋ	ŋ
福清	β	m	l｜ʒ	n	ʒ	n~ʒ	∅	ŋ	ŋ
永泰	β	m	l	n	ʒ	ʒ/ŋ	∅	ŋ	ŋ
閩清	β	m	l	n	ʒ	ʒ	∅	ŋ	ŋ
古田	β	m	l	n	ʒ	ʒ	∅	ŋ	ŋ
大橋	β/∅	m	l	n	z(ʑ)/i/∅ 多	n/ɲ(ʒ)多	∅	ŋ	ŋ
福安	p/pʰ	m	l	n	ʒ/l/∅	ʒ/n/ŋ	∅	ŋ	ŋ
寧德	β/∅	m	l	n	ʒ/∅	ʒ/m	∅	ŋ/m	ŋ

	p/pʰ		t/tʰ/s		ts/tsʰ		k/kʰ/ h(x)		∅
	A	**B**	**A**	**B**	**A**	**B**	**A**	**B**	**B**
九都	β/u/∅	m	l	n/ŋ	∅/i	m/n/nz/ŋ	∅	ŋ/m		m/n/ŋ
周寧	β	m	l	n	ʒ/l	ʒ	∅	ŋ		ŋ
咸村	β/u/∅	m/n/ŋ	l｜∅	m/n/ŋ	∅/i/l	m/n/nʑ/ŋ		m/n/ŋ	
斜灘	β~b	m	l｜z/∅	n	z/ʒ	nz/nʒ		ŋ		ŋ
柘榮	β	m	l	n	ʒ	ʒ	∅	ŋ		ŋ
富溪	b	m	l｜z	n	z/ʒ	nz/nʒ	g/∅	ŋ		ŋ

A：前字為開尾韻、元音韻尾、喉塞尾的條件下；B：前字為鼻韻尾的條件下。

　　我們將本書第二章所彙整的閩東南片、北片各方言點的聲母同化音變規律彙整如表5-1，需要特別說明的是「聲母同化」為一可用規律而非必用規律，也就是說在若干語詞中並不一定發生共時變異，此與其聲母語音特性、詞彙結構、語義焦點有關（參見本章第二節第「一」小節討論）；此乃就其發生變異者歸納音變規律，大致來說，各類清音聲母在前字為開尾韻、元音韻尾、喉塞尾的A條件下變讀為同部位濁弱音，在前字為鼻韻尾的B條件下變讀為同部位鼻音，而在前字原來為口部塞音韻尾（-p、-t、-k）的條件下則往往不發生語音變異，但北片有少數方言點聲母h-在此條件下也會脫落為零聲母，並且進一步衍增與前字塞尾同部位的清塞音聲母，例如：九都「鴨雄ap4 pøŋ5（＜h）、學校hɔk8 kau7（＜h）」。以下分各類發音部位聲母進行說明：

　　一、雙脣清塞音聲母（p/pʰ）：

　　（1）在A條件下，除了福安不發生變異，絕大多數方言點變讀

為同部位的濁擦音[β]，但摩擦徵性並不強烈；[1]北片斜灘、富溪的變異音值帶有阻塞徵性，尤其是富溪被記錄為[b]（秋谷裕幸2010）；若干方言點另有脫落為零聲母或衍增u-的表現，例如：

> 大橋：水皰 tsy2 u5（＜p-）、蘿蔔 la5 uk8（＜p-）
> 寧德：寶貝 pɔ2 ui3（＜p）
> 九都：外婆ŋie7 uɔ5（＜p）、土匪 tʰu7 i7（＜pʰ）

（2）在B條件下，所有方言點都是變讀為同樣雙唇部位的鼻音[m]；咸村則會隨前字鼻韻尾發音部位而變讀同部位鼻音（m-、n-、ŋ-）（秋谷裕幸2018）。

二、舌尖清塞音、擦音聲母（t/tʰ/s）：

（1）在A條件下，絕大多數方言點變讀為同部位的濁弱音[l]；[2]南片福清、北片咸村、斜灘、富溪的聲母s-，有時同於舌齒擦音ts-、tsʰ-變讀為[z/ʒ]，甚或脫落為零聲母，例如：

> 福清：水蛇 tsui2 ʒia5（＜s-）
> 咸村：頭前 tʰau5 ɛn5（＜s）

1　袁碧霞、王軼之（2013）運用語音實驗方法描述該語音：發音部位仍為雙唇，但不形成完全阻塞，也未在雙唇部位收緊點形成擦音應有的高壓，而是雙唇略開，近於通音。但由於國際音標未有雙唇通音的標記符號，以雙唇濁擦音[β]記音也是合理。

2　陳澤平（1998）描述：[l]也不是真正的邊音，發音時舌尖與上齒齦後部的接觸既鬆又短，輕輕順勢一彈而已，舌尖落下時帶出後面的韻母，如果把這個音記為閃音（[ɾ]）可能更準確。此外，袁碧霞、王軼之（2013）運用語音實驗方法檢驗閩東各地聲母s-[θ]的同化音值，該文認為聲母s-[θ]的同化音值實際上與聲母t-、tʰ-的同化音值並不完全相同：發音方式為邊音，但位置比較靠前，舌尖抵住齒背，而非一般常見的齒齦部位的邊音[l]，該文以[l̪]標記前字為A條件的同化音值，以[n̪l̪]標記前字為B條件的同化音值。

富溪：豬獅 ty1 zai1（＜s）

（2）在B條件下，所有方言點都是變讀為同樣舌尖部位的鼻音[n]；同上所述，咸村會隨前字鼻韻尾發音部位而變讀同部位鼻音（m-、n-、ŋ-）（秋谷裕幸2018）。

三、舌齒清塞擦音聲母（ts/ts^h）：

（1）在A條件下，大多數方言點變讀為舌齒部位的濁擦音[z]或[ʒ]或[ʐ]；[3]方言調查報告的記錄相當參差，本書認為秋谷裕幸的描述最為細緻：南片多數方言非細音韻前的[ts-、ts^h-]變讀為[z]，細音韻前的[tɕ, tɕ^h]變讀為[ʑ]（秋谷裕幸、陳澤平2012）；北片方言斜灘、富溪接偏低、偏後元音的[ts-、ts^h-]變讀為[z]，其餘韻母條件下的[tʃ, tʃ^h]變讀為[ʒ]（秋谷裕幸2010）。南片大橋以及北片福安、寧德、周寧一帶，另有變讀為l-、脫落為零聲母、脫落後又隨前字韻尾增生i-/u-或自行衍增i-的變異，非常複雜，例如：

大橋：告狀 kɔ3 iouŋ7（＜ts-）、紫菜 tsie2 iai（＜ts^h-）
　　　犬尾草 k^{h}eiŋ2 muoi2 iau2（＜ts^h-）、酒盞 tsiu2 uaŋ2（＜ts-）
福安：紙錢 tse2 lɛiŋ5（＜ts）、大水 to7 i2（＜ts）
寧德：老鼠 lɔ2 y2（＜ts^h）
周寧：灶笄 tsau3 lɛn2（＜ts^h）
九都：車站 ɕie1 iam7（＜ts）、包菜 pau1 iai3（＜ts^h）
咸村：牆座 ɕyoŋ5 io7（＜tʃ）」

3　袁碧霞、王軼之（2013）運用語音實驗方法檢驗閩東各地舌齒音聲母ts-、ts^h-的同化音值，該文認為在元音韻尾後應為舌尖元音ɿ或通音ɹ，在鼻音韻尾後則多為鼻通音n̠ɹ；但也注意到部分方言點在元音韻尾後有完全脫落的表現。

（2）在B條件下，大多數方言點變讀為舌齒部位的鼻擦音[nz]或[nʒ]或[ɲʒ]；少數方言點則會隨前字原來的鼻韻尾發音部位而變讀同部位鼻音（m-、n-、ŋ-）。例如：

　　永泰：清醒 tsʰiŋ1 ŋiaŋ2（<tsʰ-）
　　大橋：棺材 kuaŋ1 nai5（<ts-）
　　九都：甘蔗 kam1 mie3（<ts）、清水 tʃʰen3 ny2（<ts）
　　冬節 tøyŋ1 ŋɛt4（<ts）

四、舌根清塞音、牙喉擦音聲母、零聲母（k/kʰ/ h〔x〕/∅）：

（1）在A條件下，幾乎所有方言點都是脫落為零聲母；惟富溪的變異音值有時帶有同部位的阻塞徵性，被記錄為[g]（秋谷裕幸2010）。

（2）在B條件下，幾乎所有方言點都是變讀為舌根部位鼻音[ŋ]；少數方言點（寧德、九都、咸村）則會隨前字鼻韻尾發音部位而變讀同部位鼻音（m-、n-、ŋ-）。

　　閩東方言的聲母同化既有其規律性，各地方言表現也相當參差複雜；相較來看，南片方言的變異規律較為單純一致。下面將分別析論馬祖、詩巫、愛大華三處海外閩東話聲母同化的世代差異表現，這三處均由南片方言所移出，我們卻從中發現諸多脫落為零聲母的變動，還有趨向不發生聲母同化的語言接觸變動。

第二節　馬祖閩東話聲母同化的條件限制與世代差異

　　本節探討馬祖話「聲母同化現象」的變異趨向、條件限制以及世代差異變動。首先觀察發生同化的後字聲母與前字韻尾的關係，並從語音變化的現象中歸納其共同趨向；接著探析聲母同化現象的條件限制，這部分將由單純的語音表現推而論及其與語法結構的錯綜關係；最後分析世代差異所呈現的兩大變動趨向。

一　馬祖話聲母同化共時規律

表5-2　馬祖閩東話聲母同化共時變異規則表

	前字韻尾		
	A 條件	B 條件	舌根塞音尾
p-/pʰ-	β	m-	不變
t-/tʰ-/s-/l-	l-	n-	不變
ts-/tsʰ-	ʑ~∅	ʑᴺ~∅	不變
k-/kʰ-/h-/∅	∅	ŋ-	不變

　　本書第二章歸納馬祖話的「聲母同化」表現如表5-2，以下詳細舉例說明其語音變異趨向。

　　1.前字韻尾為開尾韻、元音韻尾、喉塞尾的A條件下，連讀時前字喉塞尾乃自然脫落而形成與開尾韻、元音韻尾相同的語音條件，後字聲母變化如下：

　　（1）p-/pʰ-濁化、擦音化為[β]。例如：

河邊：o5 βieŋ1（＜p）、土匪：tʰu5 βi（＜pʰ）
蜀百ㄧ百：suoʔ8 βaʔ4（＜p）、
蜀品ㄧ品：suoʔ8 βiŋ2（＜pʰ）

（2）t-/tʰ-/s-濁化且去其塞音或擦音特質，變讀為[l]。例如：

下晝下午：a7 lau3（＜t）、菜頭白蘿蔔：tsʰai3 lau5（＜tʰ）、
後生年輕：hau7 laŋ1（＜s）、拍邊丟失：pʰaʔ4 louŋ7（＜t）、
白糖：paʔ8 louŋ5（＜tʰ）、落娠流產：loʔ8 liŋ1（＜s）

（3）ts-/tsʰ-大致濁化、舌位稍後，且去其塞音特質，保留擦音似為[ʐ]，部分語詞進一步脫落為零聲母。例如：

雞種未生蛋的母雞：kie1 ʐyŋ2（＜ts）、老鼠：lo2 ʐy2（＜tsʰ）
老鼠：年輕一輩讀為 lo2 y2（＜ʐ＜tsʰ）、
對手幫忙：toy3 iu2（＜ʐ＜tsʰ）、火車：hui2 ia（＜ʐ＜tsʰ）、
掃帚：sau3 iu2（＜ʐ＜ts）、沃水澆水：uoʔ4 ʐui2（＜ts）、
白菜：paʔ8 ʐai3（＜tsʰ）、蜀千ㄧ千：suoʔ8 ieŋ1（＜ʐ＜tsʰ）

進一步會丟失濁弱聲母[ʐ]的音節大部分為細音韻母，因此我們推論在濁弱聲母[ʐ]後接前高元音[i, y]的條件下，濁弱聲母容易再弱化為半輔音[j]，[j]與[i, y]在語流中合為一音，便形成零聲母狀態。[4]

4　意指幫忙的「toy3 iu2」一詞，在《福州方言詞典》中（1998：144）寫作「對手」，但馬祖一位發音人卻告訴我們這兩字為「對有」，透過方言同源詞比較以及意義聯繫來看，我們認為本字應為「對手」。不過從發音人的說法也可以證明「手（tsʰiu2）」在「聲母同化」過程中確實已經進一步變為零聲母，才會在語流中讀同於「有（iu2）」。

（4）k-/kʰ-/h-丟失，變為零聲母。例如：

雞角公雞：kie1 ɔyk4（＜k）、牙齒：ŋa5 i2（＜kʰ）、
梅花：mui5 ua1（＜h）
澈潔乾淨：tʰaʔ4 aik4（＜k）、
白犬：paʔ8 eiŋ2（＜kʰ）、百歲：paʔ4 ui3（＜h）

從其他聲母共同的變化趨向來看，k-/kʰ-/h-的丟失，應也是經歷了
「濁化、音強弱化」，再進一步脫落為零聲母。

（5）m-/n-/ŋ-/l-等本具有濁音或鼻音成分的聲母以及零聲母大致不
變。例如：

洗面：sɛ2 miŋ3、思念：sy1 nieŋ7、許願：hy2 ŋuaŋ7、
雞卵：kie1 lɔuɔ7、石母：suoʔ8 mu2、削肉：suoʔ4 nyk8、
白蟻：paʔ8 ŋie7、霍亂：huoʔ8 luaŋ7、烏暗：u1 aŋ3、
初一：tsʰœ1 eik4、食藥：sieʔ8 yoʔ8、蜀萬：suoʔ8 uaŋ7

不過一般零聲母的單字讀在起頭時聲帶肌肉會略縮緊再放鬆，似有一
微弱的喉塞音（ʔ），但在前字為陰聲韻的連讀過程中，後字原本單字
讀起頭的喉塞音往往會消失，在少數詞彙結構中喉塞音消失與否似乎
具有「辨義功能」，[5]但多數馬祖發音人都沒有這樣的語感，我們仔細
觀察發音狀況，只蒐集到一組差異較明顯的雙音節結構：

5　李竹青、陳義祥（1996）特別提出福州方言具有這項一直被忽略的「聲母同化」情
　　形：所謂零聲母其實在單字讀時具有喉塞音聲母，在陰聲韻尾後濁化而消失；由於
　　這裡聲母同化與否具有辨義功能，因此他們主張在基本聲母系統中增加喉塞音聲母。
　　然而，馬祖話這一類的辨義詞彙極少，而且多數發音人不覺得語音有差異，而是必
　　須考慮「語境」的問題。因此我們不在馬祖話的基本聲母系統中增加喉塞音聲母。

有味：u7（＜ou）ʔei7，意指「有異味」；

u7（＜ou）ei7，意指「可口好吃」

前者為動詞組，後字不發生聲母同化；後者為形容性的複合詞，結構較緊密，後字須發生聲母同化。

　　歸納以上聲母連讀變化的情形：在一個結合緊密的詞彙中，當前字韻尾為開尾韻、元音韻尾時，後字聲母受到鄰接的前字主要元音或元音性韻尾的「順同化」影響，產生「濁化」，而且「音強弱化」，念得十分鬆軟，在唇塞音與舌尖塞擦音的部分更失去塞音性質變為濁擦音，但摩擦性不強，舌尖塞音與擦音則變為流音。而當前字韻尾為喉塞尾（ʔ）時，因為在自然連讀語流中喉塞音尾已經弱化而消失，且聲調也變為舒緩調，與陰聲韻尾的語音環境相同，因此後字聲母也直接受到鄰接的前字主要元音的「順同化」影響發生濁弱化。

　　2. 前字韻尾為鼻音韻尾（-ŋ）的B條件下，後字聲母變化為：
（1）p-/pʰ-濁化、鼻音化為m-。例如：

南邊：naŋ5 mieŋ1（＜p）、[不]拍不打：iŋ[53] maʔ4（＜pʰ）

（2）t-/tʰ-/s-/l-鼻音化為n-。例如：

懸頂上面：keiŋ5 niŋ2（＜t）、春天：tsʰuŋ1 nieŋ（＜tʰ）
喪事：souŋ1 nøy7（＜s）、新郎：siŋ1 nouŋ5（＜l）

（3）ts-/tsʰ-濁化、鼻音化為[ʐᴺ]，音值為舌齒部位濁擦音略帶有鼻音成分；少數語詞中進一步變化為零聲母。例如：

身材：siŋ1　ʑ^{N}ai5（＜ts）、芹菜：k^{h}yŋ5 ʑ^{N}ai3（＜ts^h）、
兩千：laŋ7 ieŋ1（＜ʑN＜ts^h）

相較於前述A條件下的[ʑ]，帶有鼻音成分的[ʑ^N]進一步丟失的情形較
少，可能因為鼻音成分的增加使其不易丟失。例如：

倒手左手：to3 iu2（＜ʑ＜ts^h）、
正手右手：tsiaŋ3 ʑ^N iu2（＜ts^h）

同樣的語詞結構，「倒手」一詞連讀，「手」字聲母濁化後丟失為零聲
母；「正手」一詞連讀，「手」字卻仍保有鼻化成分的聲母。

（4）k-／k^h-／h-與零聲母皆濁化、鼻音化為ŋ-。例如：

柑桔：kaŋ1 ŋeik4（＜k）、儂客客人：nøyŋ5 ŋaʔ（＜k^h）
蘭花：laŋ5 ŋua1（＜h）、生意：seiŋ1 ŋei3（＜∅）

（5）m-／n-／ŋ-等本具有鼻音成分的聲母維持不變。例如：

金門：kiŋ1 muoŋ5、同年：tuŋ5 nieŋ5、便宜：peiŋ5 ŋie5

　　歸納以上聲母連讀變化的情形：在一個結合緊密的詞彙中，當前
字韻尾為鼻音韻尾（-ŋ）時，後字聲母受到鄰接的前字鼻音韻尾的
「順同化」影響，產生「鼻音化、濁化」。相對於陰聲韻後的聲母同
化情形，鼻化後的聲母在連讀音節中音強較穩定而不易丟失，只有舌
尖塞擦音有少數丟失為零聲母的詞例。

3. 前字韻尾為入聲韻舌根塞尾（-k）時，後字聲母大致維持原來音值，不發生變化。舉例如下：

> 闊辦_{大方}：kʰuak4 paiŋ7、挾配_{挾菜}：kiek4 pʰu:i3
>
> 日晝_{中午}：nik8 tau3、日頭_{太陽}：nik8 tʰau5
>
> 乞食_{乞丐}：kʰyk4（＜øyk）sieʔ8、目淚_{眼淚}：møyk8 lu:i7
>
> 出珠_{水痘}：tsʰuk4（＜ouk）tsuo1、發清_{發冷}：huak4 tsʰeiŋ3
>
> 竹囝_{小竹子}：tyk4（＜øyk）kiaŋ2、血氣：heik4（＜aik）kʰei3
>
> 鴨雄_{公鴨}：ak4 hyŋ5、十一：seik8 eik4
>
> 秫米_{糯米}：suk8 mi2、剾肉_{剁肉}：tsiak8 nyk8、
>
> 七月：tsʰik4（＜eik）ŋuoʔ8

歸納以上聲母連讀變化的情形：在一個結構緊密的詞彙中，當前字韻尾為入聲韻舌根塞尾（-k）時，任何聲母皆不變。這是因為舌根塞尾為急促收尾的音，在連讀過程中雖多弱化為喉塞音（-ʔ），但仍維持調值上的短促停頓，使後接聲母不受到前一語音成素的影響。而單字讀喉塞尾（-ʔ）的入聲字雖也是急促收尾的音，但在連讀過程中弱化進而丟失，調值也變為舒調，不形成短促停頓，因此後字聲母便產生同化現象。

二　馬祖話聲母同化現象的條件限制

「聲母同化現象」雖為馬祖話的一大語音特點，但實地深入調查後，我們發現並非所有的語詞都必須遵守「聲母同化」的規律而進行連讀音變。大部分詞彙在自然語流中都會發生「聲母同化」的連讀音變，但同化與否並不影響意義表達與溝通，因此，「聲母同化」似乎

僅是連讀過程中表層的語音現象，僅為一可用語音規律；然而，李竹青、陳義祥（1996）與李如龍（2000）都提出少部分詞彙的聲母同化與否成為兩種不同意義的主要區別，具有重要的「別義」功能，則「聲母同化」又未必僅是一可用語音規律；又有一部分詞彙的後字聲母在自然語流中從不同化，則應有某些特定的條件限制了聲母同化的發生與否。

　　針對這些複雜的現象，本小節提出幾個希望可以進一步釐清的問題：

（一）從不發生「聲母同化」的詞彙具有哪些特別的條件？
（二）「聲母同化」是否確實具有「別義」功能？
（三）「聲母同化」為可用規律或必用規律？

　　大部分的詞彙在自然語流中都會發生「聲母同化」的連讀音變，不過有時在「我問你答」的情況下，發音人會因特別強調或放慢說話速度而不發生連讀音變，因此我們通常會間隔性重複發問同一詞彙，如果有其中一次產生連讀音變，便視為「可發生」的詞例，如果多次都穩定於不產生連讀音變，便視為「不發生」的詞例。整理「不發生」的詞例，我們歸納以下幾項「條件限制」，在這些條件下，後字聲母多不發生「聲母同化」：

　　1.前字為舌根塞尾（-k）：這項限制在前一小節已經舉例說明，這裡再提出結構相似但前字非舌根塞尾的詞例互做對照：

　　　二十：ni7（＜ei）leik8（＜s）
　　　三十：saŋ1 neik8（＜s）
　　　六十：løyk8 seik8

雨囝_{小雨}：y2 iaŋ2（＜k）

桌囝_{小桌子}：toʔ4 iaŋ2（＜k）

鼎囝_{小炒鍋}：tiaŋ2 ŋiaŋ2（＜k）

竹囝_{小竹子}：tyk4（＜øyk）kiaŋ2

2.前綴「伊」：馬祖話對親屬的稱呼前多有一詞綴，俗寫為「依」，但根據音義聯繫，本字更有可能是「伊」。一般以「伊」為開頭的親屬稱呼，後字皆不發生「聲母同化」。例如：

伊公：il kuŋ1、伊爹：il tie1、伊伯：il paʔ4、

伊□_{叔叔}：il ka1

伊舅：il ki:u7、伊妗_{舅媽}：il keiŋ7

伊哥：il ko1、伊嫂：il so2、伊弟：il tie7

對人名親暱的稱呼可附加前綴「伊」，後字也不發生「聲母同化」：

伊嬌：il kiu1、伊珠：il tsuo1、伊錦：il kiŋ2

伊木：il muk8

3.表「雄性」的末尾詞：一般構詞上的後綴都與語義重心的中心語結合緊密，有時為鑲嵌式的虛義詞，如「頭」字後綴不具實質意義；有時則表達一種語法功能，如小稱詞「囝」已從「小孩」的實義發展出「指稱事物之小者」的語法意義。這些後綴在自然語流中往往發生「聲母同化」的連讀音變，例如：

石頭：suoʔ8 lau5（＜tʰ）、枕頭：tsieŋ2 nau5（＜tʰ）

雨囝：y2 iaŋ2（＜k）、鼎囝：tiaŋ2 ŋiaŋ2（＜k）

相對於此，馬祖話對於雄性動物的稱呼多在其動物名後再加一末尾詞「公」，這時「公」表達「性別為雄性」，其實質意義尚未虛化，應仍為該詞彙的中心語成分，因而不同於上述「頭」、「囝」等詞綴的語法地位，因此在語流中往往不發生「聲母同化」，例如：

豬公：ty1 køyŋ1、牛公：ŋu5 køyŋ1

另有一末尾詞也表達「性別為雄性」，讀為「køyŋ2」，本字不明，在語流中也不發生「聲母同化」：

豬□：ty1 køyŋ2、牛□：ŋu5 køyŋ2

然而，也表達「性別為雄性」的「角」卻有時發生同化音變，有時不發生；我們認為此因「角」已由原來實質意義進一步虛化為表示「雄性特徵」的引申用法，因此在語流中有時也發生聲母同化音變，例如：

豬角：ty1 kɔyk4、雞角：kie1 ɔyk4（＜k）

據此，具有實義的「雄性」詞尾，多數仍為詞彙的中心語，不會發生聲母同化；而一般後綴已經進一步虛化其原有的實質意義，在詞彙中成為附加成分，在語流中便會發生聲母同化音變。

4. 重疊式：馬祖話有許多重疊式的詞彙，這些詞彙無論名詞、動詞或形容詞，其後字多不發生「聲母同化」。例如：

瓢瓢_{大湯杓}：pʰiu5 pʰiu5、板板_{砧板}：peiŋ2 peiŋ2、
白白_{形容白色}：paʔ8 paʔ8

　　肚肚_{動物的胃}：tu7（＜ou）tou7、弟弟：tie7 tie7、

　　澀澀：seik4（＜aik）saik4

　　鍋鍋_{湯鍋}：kuo1 kuo1、空空_{孔隙}：kʰøyŋ1 kʰøyŋ1、

　　拂拂_{雞毛撢子}：huk4（＜ouk）houk4

　　想想看：syoŋ2 syoŋ2 kʰaŋ3、包包起：pau1 pau1 kʰi2

　　懸懸下下_{高高低低}：keiŋ5 keiŋ5 kia7 kia7

不過也有少數重疊式詞彙的後字聲母發生同化音變，例如：

　　謝謝：sia7 lia7（＜s）、隻隻_{麻雀}：tsiaʔ4 ʑiaʔ4（＜ts）

　　5. 後字為送氣聲母：在不發生「聲母同化」的詞例群中，後字聲母為送氣讀法所佔的比例相當高，扣除掉「前字為舌根塞尾」、「重疊式」、「詞組結構」等可能有其他影響因素的詞例，後字為送氣聲母而不發生聲母同化者仍約佔全部「不發生」詞例群的五分之一。[6]列舉如下：

　　（1）pʰ組
　　　　棉被：mieŋ5 pʰuːi7、電鉋_{燈泡}：tieŋ7 pʰau7、
　　　　樹□_{樹叢}：tsʰiu3 pʰouŋ3
　　　　草□_{草叢}：tsʰau2 pʰouŋ3、彎骿[7]_{駝背}：uaŋ1 pʰiaŋ1、
　　　　落坡：loʔ8 pʰo1

6　我們篩出129個後字不發生「聲母同化」的詞例，排除其他影響因素後，其中後字為送氣聲母者有25個詞例。

7　「彎骿」、「排攤」兩詞從字面上看來，雖也可能前者為偏正結構的名詞組，後者為動賓結構的動詞組，但因為兩者在此所指稱的都是一個完整而獨立的特定意義，應視作「複合詞」，故仍納入後字為送氣聲母的詞例群中觀察。

共匪：kyŋ7（＜øyŋ）pʰi2

（2）tʰ組

樓梯：lau5 tʰai1、糞池：puŋ3（＜ouŋ）tʰie5、

電塗電池：tieŋ7 tʰu5

青苔：tsʰaŋ1 tʰi5、排攤攤販：pe5 tʰaŋ1、南投：naŋ5 tʰau5

拜託：puai3 tʰɔuk4、蒜頭：souŋ3（＜ɔuŋ）tʰau5、

光頭禿頭：kuoŋ1 tʰau5

（3）tsʰ組

牙齒[8]籤：ŋai2 tsʰieŋ1、海菜：hai2 tsʰai3

眠床：miŋ5 tsʰouŋ5、股穿屁股：ku2 tsʰyoŋ1

（4）kʰ組

煤氣：mui5 kʰei3、鼻空鼻孔：pʰi3（＜ei）kʰøyŋ1、

耳環：ŋi7（＜ei）kʰuaŋ5

健康：kyoŋ7 kʰouŋ1、雞骹雞爪：kie1 kʰa1

以下對舉相同結構但後字非送氣聲母而發生聲母同化者：

落坡：loʔ8 pʰo1；落山：loʔ8 laŋ1（＜s）

糞池：puŋ3（＜ouŋ）tʰie5；糞斗糞箕：puŋ3（＜ouŋ）nau2（＜t）

南投：naŋ5 tʰau5；南京：naŋ5 ŋiŋ1（＜k）

牙齒籤：ŋai2 tsʰieŋ1；牙齒刷：ŋai2 louk4（＜s）

耳環：ŋi7（＜ei）kʰuaŋ5；耳墜：ŋi7（＜ei）lu:i7（＜t）

比較這些對舉的詞例，送氣聲母確實在語流中較不易受到前一音節尾音的影響而發生同化音變，這應是因為「送氣成分」的氣流較強，較

8　「牙齒」在馬祖話一般合音為「ŋai2」。

不容易在自然語流中被元音或鼻音尾同化；不過，後字為送氣聲母卻依然發生同化音變的詞例也不少，例如：

> 土匪：tʰu2 βi2（＜pʰ），菜頭白蘿蔔：tsʰai3 lau5（＜tʰ）
> 白菜：paʔ8 ʑai3（＜tsʰ），儂客客人：nøyŋ5 ŋaʔ4（＜kʰ）

可見「後字為送氣聲母」並非絕對限制聲母同化的嚴格條件，只是在語流中較容易阻止同化音變的進行。

　　6. 詞組與複合詞：一個多音節結構若為結合不緊密的「詞組」，多半在自然語流中後字不會發生聲母同化；若為結合緊密的「複合詞」，則多半在自然語流中後字會發生聲母同化。「詞組」與「複合詞」有時不容易區別，我們參考趙元任（1968）與楊秀芳（1991）對於「詞組」與「複合詞」的看法，採取以下兩種條例來幫助判斷「詞組」與「複合詞」：

　　（甲）詞彙中能否再插入其他成分以擴展其意：若能，則為「詞
　　　　　組」；若不能，則為「複合詞」。
　　（乙）整個語彙意義是否為各成分語義之總合：若是，則為「詞
　　　　　組」；若不是，則為「複合詞」。

　　下面分五種結構方式舉例說明：

（1）偏正式

　　一般偏正結構的語彙，後字為中心語，前字往往從其原來的實質意義「引伸、擴展」成為修飾成分，因此即使符合（甲）條例，能插

入「的」，但與原來語彙的意義卻不盡相同，例如「平地」意指「平原」，不完全等同於「平坦的地面」，「飯廳、碗布、頭梳」亦然；而「紅燭」雖是「紅色的蠟燭」，但其多代表「喜慶祭神時所點燃的蠟燭」，已經染有「感情色彩」而成為特定的詞彙，不僅僅是字面上「紅色的蠟燭」而已，「白糖、溪水」亦都有特指的意味。這些語彙由（乙）條例來看多已「詞彙化」了，我們將之視為「複合詞」，後字往往在語流中發生「聲母同化」，例如：

平地：paŋ5 nei7（＜t）、飯廳：puoŋ7 niaŋ1（＜t^h）、
碗布：uaŋ2 muo3（＜p）
頭梳梳子：t^{h}au5 løl（＜s）、紅燭：øyŋ5 z^{N}uoʔ4（＜ts）
白糖：paʔ8 louŋ（＜t^h）、溪水：k^{h}ie1 ʑui2（＜ts）

至於本就結合緊密、無法再插入其他成分的「複合詞」絕大多數都發生聲母同化變異：

塗地土地：t^{h}u5 lei7（＜t）、塍地田地：ts^{h}eiŋ5 nei7（＜t）
春天：ts^{h}uŋ1 nieŋ1（＜t^h）、教堂：kau3 louŋ5（＜t）

但也有不少偏正式複合詞的後字聲母在語流中不發生同化音變；這或許是因為說話者特別強調後字作為「語義焦點」的地位，因此語流中後字仍維持其單字讀的聲母，例如：

酒櫃：tsiu2 ku:i7、樹根：ts^{h}iu3 kyŋ1、喙骹嘴唇：ts^{h}ui3 kieŋ5、
下頷下巴：a7 hai5

偏正結構的語彙中較少真正的詞組結構，往往只能在特別強調一件物品的性質狀態時，才會以「詞組結構」的方式說出一個偏正語彙，例如比較盤子大小時，特別指出這是「小盤」，那是「大盤」，兩者都可以插入其他成分，也都只是各成分語義的總合，沒有特指意義，這樣的「偏正式詞組」在語流中後字往往不發生「聲母同化」，例如：

大盤：tuai7 puaŋ5、小盤：siu2 puaŋ5、長椅：touŋ5 ie2

（2）動賓式

一般動賓結構的語彙，大多都能在其中插入數量詞或修飾成分，以擴充其意，例如「食『蜀杯』茶」（喝一杯茶）、「趁『益穧』錢」（賺很多錢）等，動詞與賓語結合十分不緊密，依據（甲）、（乙）條例來看，大多都是「詞組結構」，因此後字多半在語流中不發生「聲母同化」，例如：

食茶：sieʔ8 ta5、食飯：sieʔ8 puoŋ7、削菜：suoʔ4 tsʰai3
栽塍種田：tsai1 tsʰein5、褪褲：tʰouŋ3（＜ɔuŋ）kʰou3
趁錢賺錢：tʰiŋ3（＜eiŋ）tsieŋ5

少數結合較緊密的複合詞，後字聲母發生同化音變：

討親結婚：tʰo2 ʑiŋ1（＜tsʰ）、轉厝回家：tyoŋ2 ʐᴺuo3（＜tsʰ）
祭灶送灶神的祭拜儀式：tsie3 ʑiau3（＜ts）

但也有少數結合緊密的複合詞，後字聲母卻不發生同化音變，大概也是因為後字作為語彙中的「語義焦點」，例如：

有囝懷孕：u7（＜ou）kiaŋ2、辦酒：peiŋ7（＜aiŋ）tsiu2

（3）主謂式

一般主謂結構的語彙，主語與謂語之間可以再插入副詞成分，以擴充其義，例如「頭『益』tʰiaŋ3」（頭很痛），主語與謂語結合較不緊密，依據（甲）、（乙）條例來看，大多都是「詞組結構」，因此後字聲母多半在語流中不發生同化變異，甚至雙字也不發生連讀變調，例如：

胃□胃痛：ui7 tʰiaŋ3、頭□頭痛：tʰau5 tʰiaŋ3、
頭眩：tʰau5 hiŋ5、索斷繩子斷掉：sɔʔ4 touŋ2

即使結合較緊密成為特定意義的複合詞，後字多半在語流中也不發生聲母同化音變，例如：

氣喘哮喘：kʰi3（＜ei）tsʰuaŋ2、氣虛虛弱：kʰi3（＜ei）kʰui1

僅少數已經成為「專有名詞」的主謂複合詞，後字聲母才會發生同化音變：

冬節：tøyŋ1 zᴺaik4（＜ts）、風箎颱風：huŋ1 nai1（＜tʰ）

（4）述補式

一般述補結構的補語若為趨向性的「起、出、上」等，則整個詞彙的語義中心放在「動詞」上，補語僅說明「動作方向」，其語法功

能大於實質意義，因此即使是可再插入其他成分的述補詞組，在語流中也都發生聲母同化音變，且動詞前字因作為語義中心而多不發生連讀變調：

爬起：pa5 i2（＜kʰ）、掏起拿起：to5 i2（＜kʰ）、
腫起：tsyŋ2 ŋi2（＜kʰ）
嫁出：ka3 ʐouk4（＜tsʰ）、行出走出：kiaŋ5 ʐᴺouk4（＜tsʰ）
行上走上：kiaŋ5 nyoŋ7（＜s）、放下：pɔuŋ3 ŋia7（＜k）

補語若為說明「動作結果、情貌狀態、範圍程度」，則整個詞彙的表述重心放在「補語」上，補語具有重要的實質意義，依據（甲）、（乙）條例來看，多歸屬詞組結構，在語流中往往不發生聲母同化音變：

食飽：sieʔ8 pa2、寫誑寫錯：sia2 taŋ7、拍敗打敗：pʰaʔ4 pai7、
拍破打破：pʰaʔ4 pʰuai3

由此可見，除了語彙成分結合的緊密度會影響聲母同化音變的結果，在述補式的結構中，「補語」的性質更是限制聲母同化音變的一大因素。

（5）並列式

一般並列式的構詞中，原先兩個獨立的意義個體多半融會為一個整體的特定意義，成為結合緊密的複合詞，因此後字多半在語流中都發生聲母同化音變，例如：

歡喜_{喜歡}：huaŋ1 ŋi2（＜h）、感覺：kaŋ2 ŋɔuk4（＜k）、
澈潔：tʰaʔ4 aik（＜k）
道德：to7 laik4（＜t）、腹肚_{肚子}：puk4（＜ouk）lo2（＜t）
落瀉_{拉肚子}：loʔ8 lia3（＜s）、衣裳：i1 lyoŋ5（＜s）

僅有少數在意義上維持兩個獨立成分的詞組，在語流中不發生聲母同化音變：

針線：tseiŋ1 siaŋ3、骹手：kʰa1 tsʰiu2
懸下_{高低}：keiŋ5 kia7、橫直：huaŋ5 tik8、鹹[淡]：keiŋ5 tsiaŋ2

7.現代詞語：有部分詞彙雖為結合緊密的複合詞，但在語流中穩定不發生聲母同化音變，這些詞彙從字面上來看，似乎多從現代華語借入，而非傳統馬祖話中經常使用的詞彙，由於外借的詞彙多半都是「按字發音」，因此在語流中後字聲母往往不發生同化音變，例如：

水溝：tsui2 kau1、水災：tsui2 tsai1、烏龜：u1 kui1、
電視：tieŋ7 sei7
水果：tsui2 kuo2、時間：si5 kaŋ1、地震：ti7（＜ei）tsiŋ2
搶劫：tsʰyoŋ2 kiek4、選舉：souŋ2 ky2
中華民國：tyŋ1 hua5 miŋ5 kuok4

整合以上討論的各項限制條件，我們認為馬祖話「聲母同化」的發生與否主要取決於：

1. **語彙成分結合的緊密度**：大致而言，結構緊密的複合詞，除了部分偏正式、動賓式與主謂式，多半會發生聲母同化音變；結構較不緊密的詞組，除了趨向性述補式，其他多不發生聲母同化音變。

2. **中心語位置**：若中心語在前，後字多半發生聲母同化音變，例如附加後綴的詞彙與趨向性述補式；若中心語在後，後字多半不發生聲母同化音變，例如附加前綴「依」的親屬稱呼、動相狀態性的述補式。

3. **部分語音條件限制**：若前字為入聲舌根塞尾，則後字皆不發生聲母同化音變；若後字為送氣聲母，則有時容易阻礙同化音變的進行。

4. **特殊構詞方式**：「重疊式」中後字聲母幾乎都不發生同化音變，這或許是為了強調「單字重疊」的特殊性。若發生後字同化音變，則在語流中就難以顯示其為「單字重疊」的特殊構詞方式。

5. **對詞彙字音關係的認知**：口語用詞因為經常使用，使用者對於讀音的認知大於對於字詞的認識，因此在自然語流中往往發生後字聲母同化音變；而透過媒體或文教借入的現代詞語，使用者對於字詞的認識較先，再以自身的音韻系統轉讀，因此在語流中仍保留後字的單字讀聲母，不發生同化音變。

然而，以上這些條件限制只是較多數詞例所呈現出的面向，其中仍有不少的例外出現，實際上很難以幾個較簡單的條件限制就完全說明清楚「聲母同化」發生的環境與使用的內涵。

三　世代差異表現

如前所述，聲母同化現象乃指兩字以上的連讀環境中，因前字韻尾性質的影響，導致後字聲母的發音方式同化於前一輔音或元音的音變現象，變化趨向大致為：在開尾韻、元音韻尾、喉塞尾的A條件下濁弱化為同部位的濁擦音，而在鼻音韻尾的B條件下則同化為同部位的鼻音。本小節分別就雙唇音、舌尖音、舌齒塞擦音與舌根／喉音等幾類聲母類別，說明馬祖聲母同化現象的世代差異調查結果。

　　我們於2016年1月前往馬祖進行聲母同化音變的世代差異調查訪談，經初步審核刪去少數不完整的調查記錄後，一共獲得13份有效的個別語料，[9]分老、中、青三個世代進行比較分析，各世代的人數分布如表5-3。[10]

表5-3　馬祖發音人各世代人數表

祖籍／父母腔調	年齡		
	老 （65以上）	中 （50-64）	青壯 （49以下）
長樂／連江[11]	3	4	6

（一）雙唇塞音聲母（p-/pʰ-）

　　我們將後字聲母為雙唇塞音者分為三類進行觀察：第一類是前字為開尾韻、元音韻尾、喉塞尾的A條件下（H1-1），第二類是前字為鼻音韻尾的B條件下（H1-2），第三類是前字為舌根塞尾的C條件下（H1-3）。這三類的一般聲母變異規律及其例詞如表5-4。

9　我們於2013-2015年進行馬祖韻變現象的世代差異調查，後來2016年又針對聲母同化現象進行世代差異的補充調查，但2016年的調查時間較為短促，調查過程不太順利，最後僅獲得13份有效的個別語料，本節據以說明世代差異分析結果。

10　本書將馬祖發音人的年齡層分為三群：65歲以上屬老年層，50至64歲屬中年層，49歲以下屬青壯層。此乃馬祖地區語言流失情形相當嚴重，大約40歲以下的馬祖居民已經說不太清楚馬祖話，年輕新生代更是只會聽、不會說，要尋得年輕一輩的合適發音人十分困難，因此我們將青壯層的年齡上限提高至49歲，以使青壯層能蒐集到足以進行分析的語料數量。

11　馬祖絕大多數居民的祖先來自長樂，少數來自連江，根據我們的初步觀察，馬祖的聲母同化表現與其祖籍無關，因此本文僅就不同世代分群進行辨析與討論。

表5-4　馬祖話雙唇塞音聲母同化變異規律及調查例詞

	H1-1	**H1-2**	**H1-3**
前字韻尾條件	A 前字為開尾韻、元音韻尾、喉塞尾	B 前字為鼻韻尾	C 前字為舌根塞尾
變異音讀	β	m-	不變
例詞	四百、大餅、白布	兩百、鹹餅、碗布	六百、月餅

　　如表5-5所示，無論A、B條件，老、中、青三代都普遍發生聲母同化變異；值得注意的是，老年層在A條件下有若干合口韻語詞脫落為零聲母，例如「破布」讀為「pʰuai3 uo3（<p）」，青年層卻完全沒有這類現象，三代之間具有顯著差異（F＝4.487，p＜0.5），老年層明顯高於青年層；由此可見：馬祖話雙唇塞音聲母在A條件下，原來有一部分合口韻語詞會脫落讀為零聲母，青年層卻失去這類表現。而在B條件下各世代都傾向變讀為鼻音[m]；C條件下則是各世代幾乎不發生變異，惟青年層有一位發音人將「六百」讀為「løy(k)8 βaʔ4（＜p）」，較為特殊。

表5-5　馬祖話聲母同化世代差異表：雙唇聲母（H1）

方音	老年		中年		青年		全部		F	Sheffe-test
H1-1	平均數[12]	標準差	平均數	標準差	平均數	標準差	平均數	標準差		
p/pʰ	16.67	16.67	16.67	13.61	22.22	22.15	19.23	17.48	0.140	
[β]	66.67	33.33	79.17	14.43	72.22	26.70	73.08	23.61	0.215	
∅	16.67	16.67	4.17	4.81	0.00	0.00	5.13	9.94	4.487*	老＞青
H1-2	平均數	標準差	平均數	標準差	平均數	標準差	平均數	標準差		
p/pʰ	0.00	0.00	3.13	6.25	0.00	0.00	0.96	3.47	1.154	
[m]	100.00	0.00	96.88	6.25	95.83	10.21	97.12	7.49	0.275	
H1-3	平均數	標準差	平均數	標準差	平均數	標準差	平均數	標準差		
p/pʰ	100.00	0.00	100.00	0.00	97.22	6.80	98.72	4.62	0.538	
[β]	0.00	0.00	0.00	0.00	2.78	6.80	1.28	4.62	0.538	

（二）舌尖塞音與擦音聲母（t-/tʰ-/s-）

　　我們將後字聲母為舌尖塞音與擦音者同樣分為三類進行觀察：第一類是前字為開尾韻、元音韻尾、喉塞尾的A條件下（H2-1、H3-1），第二類是前字為鼻音韻尾的B條件下（H2-2、H3-2），第三類是前字原來為舌根塞尾的C條件下（H2-3、H3-3）。這六類的一般聲母變異規律及其例詞如表5-6。

---

12 部分表格各變體平均數加總不到100%，主要原因有二：一是詢問某語詞時，發音人
　回答另一同義語詞，例如詢問「菜頭」，發音人回答「蘿蔔」；二是部分發音人無法
　回答某些語詞，例如有些年輕發音人不會說「苦筍」一詞。這類情況暫時不列在統
　計表格中。

表5-6　馬祖話舌尖塞音與擦音聲母同化變異規律及調查例詞

	H2-1、H3-1	H2-2、H3-2	H2-3、H3-3
前字韻尾條件	A 前字為開尾韻、元音韻尾、喉塞尾	B 前字為鼻韻尾	C 前字為舌根塞尾
變異音讀	l-	n-	不變
H2例詞	烏豆、菜頭、綠豆	紅豆、蒜頭、行[路]	日頭、熱天
H3例詞	好食、白食、白色	帆船、貪食、紅色	竹筍、乞食

　　如表5-7所示，無論A、B條件下，馬祖話舌尖塞音傾向發生聲母同化變異，但B條件下發生變異的百分比平均數較A條件下略低。值得注意的是，舌尖塞音聲母在A條件下，不發生變異的百分比平均數由老年層向中青年層驟降，三代之間具有顯著差異（F＝11.923，p＜0.01），老年層明顯高於中青年層；相應於此，發生同化變異而讀為濁弱音[l]者。由老年層向中青年層驟升，三代之間亦具有顯著差異（F＝8.077，p＜0.01），老年層明顯低於中青年層。而在B條件下，不發生變異者在青年層亦降至14.58%，三代之間具有顯著差異（F＝4.480，p＜0.5）；相應於此，青年層發生同化變異而讀為濁鼻音[n]者上升至77.08%。由此可見：馬祖話舌尖塞音聲母在A條件下，中青年層更趨向普遍發生同化變異而讀為濁弱音[l]；而在B條件下，青年層亦趨向發生同化變異而讀為濁鼻音[n]。至於C條件下則是各世代一律不發生變異。

表5-7　馬祖話聲母同化世代差異表：舌尖塞音聲母（H2）

方音	老年		中年		青年		全部		F	Sheffe-test
H2-1	平均數	標準差	平均數	標準差	平均數	標準差	平均數	標準差		
t/tʰ	26.67	11.55	0.00	0.00	3.33	8.16	7.69	13.01	11.923**	老＞中＝青
[l]	73.33	11.55	100.00	0.00	93.33	10.33	90.77	13.20	8.077**	老＜中＝青
H2-2	平均數	標準差	平均數	標準差	平均數	標準差	平均數	標準差		
t/tʰ	41.67	14.43	43.75	12.50	14.58	20.03	29.81	21.37	4.480*	
[n]	58.33	14.43	56.25	12.50	77.08	22.94	66.35	20.02	1.838	
H2-3	平均數	標準差	平均數	標準差	平均數	標準差	平均數	標準差		
t/tʰ	100.00	0.00	100.00	0.00	91.67	20.41	96.15	13.87	0.538	
[l]	0.00	0.00	0.00	0.00	0.00	0.00	0.00	0.00		

　　如表5-8所示，馬祖話舌尖擦音聲母也是在A、B條件下都傾向發生同化變異，C條件下則是一律不發生變異，而且此類聲母的同化表現完全不具世代差異，惟青年層對於H3-2類語詞有較多不會讀念的情形。

表5-8　馬祖話聲母同化世代差異表：舌尖擦音聲母（H3）

方音	老年		中年		青年		全部		F	Sheffe-test
H3-1	平均數	標準差	平均數	標準差	平均數	標準差	平均數	標準差		
s	14.29	0.00	14.29	13.04	16.67	16.70	15.38	12.66	0.048	
[l]	85.71	0.00	85.71	13.04	71.43	22.13	79.12	17.37	1.114	
H3-2	平均數	標準差	平均數	標準差	平均數	標準差	平均數	標準差		
s	29.17	19.09	18.75	12.50	25.00	0.00	24.04	10.78	0.819	
[n]	70.83	19.09	81.25	12.50	45.83	33.23	62.50	28.87	2.442	
H3-3	平均數	標準差	平均數	標準差	平均數	標準差	平均數	標準差		
s	100.00	0.00	100.00	0.00	91.67	20.41	96.15	13.87	0.538	
[l]	0.00	0.00	0.00	0.00	0.00	0.00	0.00	0.00		

（三）舌齒塞擦音聲母（ts-/tsʰ-）

我們將後字聲母為舌齒塞擦音者同樣分為A、B、C三類條件進行觀察，其中A條件下的H4-1類又細分為三類：一是開口洪音韻（H4-1-1），二是合口洪音韻（H4-1-2）三是細音韻（H4-1-3），據以比較不同韻母結構是否影響聲母同化的變異趨向。這五類的一般聲母變異規律及其例詞如表5-9。

表5-9 馬祖話舌齒塞擦音聲母同化變異規律及調查例詞

	H4-1-1	H4-1-2	H4-1-3	H4-2	H4-3
前字韻尾條件	A 前字為開尾韻、元音韻尾、喉塞尾			B 前字為鼻韻尾	C 前字為舌根塞尾
搭配韻母類型	開口洪音韻	合口洪音韻	細音韻	—	—
變異音讀	z~∅			z^N~∅	不變
H4例詞	做節／白菜	荷厝／藥水	火車／老鼠	冬節／轉厝／江水	五月節／拆厝／塞車

如表5-10所示，馬祖話舌齒塞擦音聲母在A、B條件下及各類韻母結構中都以發生同化變異者居多；值得注意的是，A條件下的舌齒塞擦音聲母若發生同化音變，在洪音韻結構中（H4-1-1、H4-1-2）乃以變讀為濁弱擦音[z]為主，而在細音韻結構中（H4-1-3）則以脫落為零聲母為主，由此可見：不同韻母結構確實會影響聲母同化的變異趨向，在後接前高元音[i,y]的韻母條件下，舌齒塞擦音聲母更容易趨向脫落為零聲母。相較老、中、青三個世代來看，儘管統計檢定結果沒有呈現顯著的世代差異，但青年層在A條件下舌齒塞擦音聲母脫落為零聲母的百分比平均數卻明顯高於中老年層，由此可見：馬祖話舌齒塞擦音聲母在A條件下若發生同化音變，脫落為零聲母為逐步成長的新趨勢。相對於此，舌齒塞擦音聲母在B條件下，三代均以變讀為鼻擦音[z^N]為主，老年層尚有若干語詞脫落為零聲母，中青年層卻完全

沒有脫落為零聲母，另有少數讀為舌根鼻音[ŋ]者，例如「蜀點鐘—小時」讀為「suoʔ8 leiŋ2（＜t）ŋyŋ1（＜ts）」，但三代之間不具顯著差異性。至於C條件下也是各世代幾乎都不發生變異，惟青年層有一位發音人將「塞車」讀為「sei(k)4 ia1（＜tsʰ）」，較為特殊。

表5-10　馬祖話聲母同化世代差異表：舌齒塞擦音聲母（H4）

方音	老年		中年		青年		全部		F	Sheffe-test
H4-1-1	平均數	標準差	平均數	標準差	平均數	標準差	平均數	標準差		
ts/tsʰ	33.33	14.43	31.25	12.50	29.17	10.21	30.77	10.96	0.128	
[ʑ]	66.67	14.43	65.63	11.97	50.00	31.62	58.65	23.60	0.715	
∅/j	0.00	0.00	3.13	6.25	20.83	24.58	10.58	18.99	1.894	
H4-1-2	平均數	標準差	平均數	標準差	平均數	標準差	平均數	標準差		
ts/tsʰ	0.00	0.00	6.25	12.50	8.33	15.14	5.77	12.09	0.434	
[ʑ]	91.67	14.43	84.38	23.66	66.67	29.23	77.88	25.59	1.173	
∅/j	8.33	14.43	9.38	11.97	20.83	10.21	14.42	12.34	1.681	
H4-1-3	平均數	標準差	平均數	標準差	平均數	標準差	平均數	標準差		
ts/tsʰ	23.33	5.77	35.00	10.00	16.67	15.06	23.85	13.87	2.692	
[ʑ]	16.67	5.77	15.00	30.00	6.67	16.33	11.54	19.08	0.328	
∅/j	60.00	0.00	50.00	20.00	73.33	10.33	63.08	16.01	3.876	
H4-2	平均數	標準差	平均數	標準差	平均數	標準差	平均數	標準差		
ts/tsʰ	20.83	21.95	20.31	9.38	9.38	9.48	15.38	13.16	1.202	
[ʑ^N]	66.67	21.95	73.44	10.67	69.79	36.32	70.19	25.79	0.051	
∅/j	12.50	0.00	0.00	0.00	0.00	0.00	2.88	5.48	0.000	
[ŋ]	0.00	0.00	6.25	7.22	8.33	15.14	5.77	10.96	0.538	
H4-3	平均數	標準差	平均數	標準差	平均數	標準差	平均數	標準差		
ts/tsʰ	100.00	0.00	100.00	0.00	87.50	20.92	94.23	14.98	1.154	
[ʑ]	0.00	0.00	0.00	0.00	0.00	0.00	0.00	0.00		
∅/j	0.00	0.00	0.00	0.00	4.17	10.21	1.92	6.93	0.538	

（四）舌根與喉音聲母（k-/kʰ-/h-/∅）

我們將後字聲母為舌根與喉音者同樣分為A、B、C三類條件進行觀察，其一般聲母變異規律及其例詞如表5-11。

表5-11　馬祖話舌根與喉音聲母同化變異規律及調查例詞

	H5-1	**H5-2**	**H5-3**
前字韻尾條件	A 前字為開尾韻、元音韻尾、喉塞尾	B 前字為鼻韻尾	C 前字為舌根塞尾
變異音讀	∅	ŋ	不變
例詞	桂花／白花／桌囝	蘭花／鼎囝／生意	菊花／竹囝

如表5-12所示，馬祖話舌根與喉音聲母也是在A、B條件下都傾向發生同化變異，C條件下則是幾乎都不發生變異，惟青年層有一位發音人將「竹囝」讀為「ty(k)4 iaŋ2（＜k）」，較為特殊。此類聲母的同化表現完全不具世代差異。

表5-12　馬祖話聲母同化世代差異表：舌根與喉音聲母（H5）

方音	老年		中年		青年		全部		F	Sheffe-test
H5-1	平均數	標準差	平均數	標準差	平均數	標準差	平均數	標準差		
k/kʰ/h	0.00	0.00	9.38	11.97	12.50	20.92	8.65	15.63	0.603	
∅	100.00	0.00	90.63	11.97	75.00	22.36	85.58	18.99	2.385	
H5-2	平均數	標準差	平均數	標準差	平均數	標準差	平均數	標準差		
k/kʰ/h/∅	0.00	0.00	0.00	0.00	11.11	17.21	5.13	12.52	1.346	
[ŋ]	100.00	0.00	100.00	0.00	83.33	18.26	92.31	14.62	2.692	
H5-3	平均數	標準差	平均數	標準差	平均數	標準差	平均數	標準差		
k/kʰ/h	100.00	0.00	100.00	0.00	75.00	41.83	88.46	29.96	1.154	
∅	0.00	0.00	0.00	0.00	8.33	20.41	3.85	13.87	0.538	

（五）小結

總和以上分析，馬祖話聲母同化音變的整體表現十分穩定，各類聲母在A、B條件下都以發生同化變異居多，而C條件下則絕大多數不發生同化變異。其中具有世代差異表現者彙整如表5-13，說明如下：

表5-13　馬祖話聲母同化世代差異總表

		A 條件	B 條件	C 條件
p-/pʰ-	整體	不變＜變異	不變＜變異	不變
	世代	∅→[β]	—	【青：p/pʰ→[β]】
t-/tʰ-	整體	不變＜變異	不變＜變異	不變
	世代	t/tʰ→[l]	t/tʰ→[n]	—
s-	整體	不變＜變異	不變＜變異	不變
	世代	—	—	—
ts-/tsʰ-	整體	不變＜變異	不變＜變異	不變
	世代	[z]→∅	—	【青：ts/tsʰ→∅】
k-/kʰ-/h-/∅	整體	不變＜變異	不變＜變異	不變
	世代	—	—	【青：k→∅】

A：前字為開尾韻、元音韻尾、喉塞尾；B：前字為鼻韻尾；C：前字為舌根塞尾。

1. 雙唇塞音（p-/pʰ-）：A條件下原來有一部分合口韻語詞會脫落讀為零聲母，青年層卻失去這類表現，穩定變讀為濁弱擦音[β]。C條件下多不發生變異，單一年輕發音人的若干語詞發生聲母同化。

2. 舌尖塞音（t-/tʰ-）：在A、B條件下青年層發音聲母愈益傾向發生同化變異。

3. 舌齒塞擦音（ts-/tsʰ-）：A條件下若發生聲母同化，脫落為零聲

母者在青年層逐步成長。C條件下多不發生變異，單一年輕發音人的
若干語詞發生聲母同化。

　　4. 舌根塞音與喉音聲母（k-/kʰ-/h-）在三類前字韻尾條件下皆不
具顯著世代差異，惟C條件下有單一年輕發音人的若干語詞發生聲母
同化。

第三節　東馬詩巫閩東話聲母同化的世代差異

　　本書第二章第三節第「一」小節依據詩巫閩清腔中老輩發音人的
調查結果，彙整詩巫閩東話「聲母同化」共時變異規則如表5-14，詩
巫閩東話後字聲母受到前字韻尾的影響，變異趨向為：

表5-14　詩巫閩東話聲母同化共時變異規則表

	前字韻尾		
	A 條件	**B 條件**	**舌根塞音尾**
p-/pʰ-	不變（少數β）	m-	不變
t-/tʰ-/s-/l-	l-	n-	不變
ts-/tsʰ-	z/ʒ	ȵ	不變
k-/kʰ-/h-/∅	∅	ŋ-	不變

　　一、前字為開尾韻、元音韻尾、喉塞尾的A條件下，後字清聲母
多數發生濁弱化音變；但雙脣聲母多數不發生濁弱化，惟老輩發音人
少數語詞濁弱化為[β]。而舌尖塞擦音聲母在洪音韻母條件下濁弱化
讀為近似[z]，在細音韻母條件下濁弱化讀為近似[ʒ]，但摩擦徵性並
不強烈。

　　二、前字為鼻音韻尾的B條件下，後字清聲母發生鼻化音變，變

讀為同部位鼻音；舌尖塞擦音聲母也變讀帶有鼻音徵性，並因洪細韻母條件而音值略有差異，本文暫時記錄為[n̠]；但老輩發音人帶有些微磨擦徵性，音值接近為[n̠(ʒ)]。

三、舌根塞音尾後的聲母一律不發生連讀音變。

四、此聲母同化的共時變異非必用規律，相較一般閩東方言來看，詩巫閩東話有較多語詞不發生聲母同化。

詩巫閩東話「聲母同化」的語音共時變異趨向與前述馬祖話相差不多，主要是舌齒部位塞擦音的濁弱化表現有些微差異：在A條件下詩巫閩東話發音部位較偏前，且較少脫落為零聲母；在B條件下鼻音徵性較明顯，摩擦徵性並不強烈，老輩發音人音值接近[n̠(ʒ)]。

這一節主要討論東馬詩巫閩東話「聲母同化」的世代差異變動。詩巫乃以閩清口音為主要通行腔調，其次為古田口音，因此我們依據發音人的祖籍以及父母雙親使用腔調，分別討論閩清腔、古田腔兩大口音的世代變動趨向，以更清楚呈現詩巫閩東話在不同腔調接觸下逐漸混融發展的變動方向。

我們於2017年2月至2018年2月三次前往東馬詩巫進行閩東話的調查訪談，經初步審核刪去少數不完整的調查記錄後，一共獲得31份有效的個別語料，其中閩清腔有19人，古田腔有12人，各分老、中、青三個世代進行比較分析，各世代的人數分布如表5-15。

表5-15　詩巫發音人各世代人數表

祖籍／父母腔調	年齡		
	老 （65以上）	中 （45-64）	青壯 （44以下）
閩清腔	7	5	7
古田腔	4	4	4

一　詩巫閩清腔世代差異表現

（一）雙唇聲母（p-/pʰ-）

我們將後字聲母為雙唇音者分為三類進行觀察：第一類是前字為開尾韻、元音韻尾、喉塞尾的A條件下（H1-1），第二類是前字為鼻音韻尾的B條件下（H1-2），第三類是前字為舌根塞尾的C條件下（H1-3）。這三類的聲母變異規律及其例詞如表5-16。

表5-16　雙唇聲母同化變異規律及調查例詞

	H1-1	**H1-2**	**H1-3**
前字韻尾條件	A 前字為開尾韻、元音韻尾、喉塞尾	B 前字為鼻韻尾	C 前字為舌根塞尾
變異音讀	不變（少數β）	m-	不變
例詞	四百、大餅、白布	兩百、鹹餅、碗布	六百、月餅

如表5-17所示，在A條件下雙唇塞音聲母不發生變異的百分比平均數（74.44%），要較變異為[β]者（20.3%）高出許多，因此前述詩巫閩東話在A條件下雙唇塞音多數不發生濁弱化。而且值得注意的是，雙唇塞音聲母不發生變異的百分比平均數在青年層躍升至9成，三代之間具有顯著差異（F＝6.276，p＜0.01），檢定結果為青年層高於中老年層。相應於此，該類例詞讀為[β]的百分比平均數則在青年層降至零，三代之間亦具有顯著差異（F＝10.001，p＜0.01），青年層明顯低於中老年層；由此可見：詩巫閩清腔雙唇塞音聲母在A條件下，隨年齡層下降愈益傾向不發生同化變異。而在B條件下，雙唇塞音聲母不發生變異的百分比平均數（55.92%）略高於變異為[m]者

（38.82%），但各世代兩種表現相去不大，統計檢定結果不具世代差異。在C條件下，雙唇塞音聲母則是各世代一律不發生變異。

表5-17　詩巫閩清腔聲母同化世代差異表：雙唇聲母（H1）

方音	老年		中年		青年		全部		F	Sheffe-test
H1-1	平均數	標準差	平均數	標準差	平均數	標準差	平均數	標準差		
p/pʰ	67.35	10.80	60.00	27.48	91.84	11.24	74.44	21.07	6.276**	老＝中＜青
[β]	30.61	9.86	34.29	27.85	0.00	0.00	20.30	21.46	10.001**	老＝中＞青
H1-2	平均數	標準差	平均數	標準差	平均數	標準差	平均數	標準差		
p/pʰ	55.36	22.66	40.00	22.36	67.86	18.90	55.92	22.96	2.511	
[m]	41.07	25.73	55.00	20.92	25.00	14.43	38.82	23.16	3.076	
H1-3	平均數	標準差	平均數	標準差	平均數	標準差	平均數	標準差		
p/pʰ	95.24	12.60	100.00	0.00	95.24	12.60	96.49	10.51	0.351	
[β]	0.00	0.00	0.00	0.00	0.00	0.00	0.00	0.00		

（二）舌尖塞音與擦音聲母（t-/tʰ-/s-）

　　我們將後字聲母為舌尖塞音與擦音者也各分為三類進行觀察：第一類是前字為開尾韻、元音韻尾、喉塞尾的A條件下（H2-1、H3-1），第二類是前字為鼻音韻尾的B條件下（H2-2、H3-2），第三類是前字為舌根塞尾的C條件下（H2-3、H3-3）。這六類的聲母變異規律及其例詞如表5-18。

表5-18　舌尖塞音與擦音聲母同化變異規律及調查例詞

	H2-1、H3-1	H2-2、H3-2	H2-3、H3-3
前字韻尾條件	A 前字為開尾韻、元音韻尾、喉塞尾	B 前字為鼻韻尾	C 前字為舌根塞尾
變異音讀	l-	n-	不變
H2例詞	烏豆、菜頭、綠豆	紅豆、黃豆、行[路]	日頭、熱天
H3例詞	苦筍、白食、白色	冬筍、貪食、紅色	竹筍、乞食

　　如表5-19所示，詩巫閩清腔舌尖塞音在A條件下傾向發生聲母同化變異；而B條件下卻是不發生變異者略高於發生變異者；C條件下則是各世代一律不發生變異；舌尖塞音在三類前字韻尾條件下均不具世代差異表現。

表5-19　詩巫閩清腔聲母同化世代差異表：舌尖塞音聲母（H2）

方音	老年		中年		青年		全部		F	Sheffe-test
H2-1	平均數	標準差	平均數	標準差	平均數	標準差	平均數	標準差		
t/tʰ	19.64	22.66	15.00	22.36	25.00	25.00	20.39	22.52	0.270	
[l]	76.79	20.95	85.00	22.36	64.29	34.93	74.34	27.15	0.882	
H2-2	平均數	標準差	平均數	標準差	平均數	標準差	平均數	標準差		
t/tʰ	64.29	24.40	50.00	0.00	64.29	24.40	60.53	20.94	0.842	
[n]	35.71	24.40	50.00	0.00	35.71	24.40	39.47	20.94	0.842	
H2-3	平均數	標準差	平均數	標準差	平均數	標準差	平均數	標準差		
t/tʰ	92.86	18.90	100.00	0.00	100.00	0.00	97.37	11.47	0.842	
[l]	0.00	0.00	0.00	0.00	0.00	0.00	0.00	0.00		

　　如表5-20所示，詩巫閩清腔舌尖擦音在A條件下，發生與不發生同化變異的百分比平均數相差不大；值得注意的是，不發生同化變異

者在青年層上升至61.22%，相應於此，變異讀為[l]者在青年層降至30.61%，儘管統計檢定結果不具世代差異，但青年層百分比平均數的明顯升降，反映詩巫閩清腔舌尖擦音聲母在A條件下，青年層更傾向不發生聲母同化音變。而在B條件下，整體來說，發生同化變異而讀為[n]者略高於不發生同化變異者；值得注意的是，不發生同化變異者由中老年層兩成左右到青年層上升至42.86%，且統計檢定三代之間具有顯著差異（F＝3.691，p＜0.5）；相應於此，變異讀為[n]者由中老年層七成左右到青年層下降至25%，三代之間亦具有顯著差異（F＝17.139，p＜0.01），青年層明顯偏低，但青年層有一詞「帆船」幾乎都不太會說。據此來看：詩巫閩清腔舌尖擦音聲母在B條件下，青年層也是更傾向不發生聲母同化音變。至於C條件下則是各世代一律不發生變異。

表5-20　詩巫閩清腔聲母同化世代差異表：舌尖擦音聲母（H3）

方音	老年		中年		青年		全部		F	Sheffe-test
H3-1	平均數	平均數	平均數	平均數	平均數	平均數	平均數	平均數		
s	42.86	22.21	37.14	23.90	61.22	24.35	48.12	24.50	1.816	
[l]	53.06	18.38	57.14	26.73	30.61	19.22	45.86	23.25	2.960	
H3-2	平均數	平均數	平均數	平均數	平均數	平均數	平均數	平均數		
s	19.64	14.17	20.00	20.92	42.86	18.90	28.29	20.35	3.691*	
[n]	76.79	11.25	70.00	27.39	25.00	14.43	55.92	29.57	17.139***	老＝中＞青
未回答	3.57	9.45	10.00	13.69	32.14	18.90	15.79	19.02	7.197*	老＜青
H3-3	平均數	平均數	平均數	平均數	平均數	平均數	平均數	平均數		
s	92.86	18.90	90.00	22.36	85.71	24.40	89.47	20.94	0.187	
[l]	0.00	0.00	0.00	0.00	0.00	0.00	0.00	0.00		

（三）舌齒塞擦音聲母（ts-/tsʰ-）

我們將後字聲母為舌齒塞擦音者同樣分為A、B、C三類條件進行觀察，其中A條件下的H4-1類又細分為兩類：一是洪音韻（H4-1-1），二是細音韻（H4-1-2），據以比較洪細韻母結構是否影響聲母同化的變異趨向。這四類的一般聲母變異規律及其例詞如表5-21。

表5-21　詩巫閩清腔舌齒塞擦音聲母同化變異規律及調查例詞

	H4-1-1	H4-1-2	H4-2	H4-3
前字韻尾條件	A 前字為開尾韻、元音韻尾、喉塞尾		B 前字為鼻韻尾	C 前字為舌根塞尾
搭配韻母類型	洪音韻	細音韻	—	—
變異音讀	z/ʒ		ȵ	不變
例詞	白菜／地主	火車／老鼠	冬節／江水／點鐘	拆曆／塞車

如表5-22所示，詩巫閩清腔舌齒塞擦音聲母在A條件下，以不發生同化變異者居多，尤其是細音韻結構條件下，不發生同化變異者高達74.56%；值得注意的是，A條件下洪音韻結構中，青年層不發生同化變異的百分比平均數明顯上升至78.57%，且統計檢定三代之間具有顯著差異（F＝5.608，p＜0.5），青年層高於老年層；相應於此，同化變異讀為濁弱擦音者，由中老年層五成左右下降至青年層只剩9.52%，三代之間亦具有顯著差異（F＝9.761，p＜0.01），青年層明顯低於中老年層。而A條件下細音韻結構中，老、中、青三個世代均以不發生同化變異者居多；若發生同化變異，中老年層乃以脫落為零聲母為主，相異於洪音韻結構中若發生同化變異乃以變讀為濁弱擦音為主。據此，詩巫閩清腔舌齒塞擦音聲母在A條件下，洪音韻結構乃隨年齡層下降而更趨向不發生同化變異；細音韻結構則是三代都以不發

生同化變異為主要表現，不具世代差異；但不同韻母結構確實會影響聲母同化的變異趨向，在後接前高元音[i,y]的細音韻母條件下，舌齒塞擦音聲母更容易趨向脫落為零聲母。此外，無論洪細韻母結構都零星出現變讀為[l]者，例如「紫菜」讀為「tsie2 lai3（＜tsʰ）」、「火車」讀為「hui2 lia1（＜tsʰ）」，相當獨特。

相對於A條件下多不發生同化變異，舌齒塞擦音聲母在B條件下乃以發生同化變異者居多，但其變異趨向具有世代差異表現：中老年層主要變讀為略帶摩擦成分的鼻音[n̥(ʒ)]，而青年層讀為鼻音[n̥(ʒ)]者則驟降至3.57%，三代之間具有顯著差異（F＝10.367，p＜0.01），青年層明顯低於中老年層；相應於此，青年層主要變讀為舌尖或舌根純鼻音[n/ŋ]，例如「青菜」讀為「tsʰaŋ1 nai3（＜tsʰ）」、「點鐘小時」讀為「tien2 ŋyŋ1（＜ts）」，儘管統計檢定結果不具世代差異，但此新興變體乃隨年齡層下降而明顯逐步成長。據此：詩巫閩清腔舌齒塞擦音聲母在B條件下，三代都以發生同化變異者居多，且隨著年齡層下降，由變讀為略帶摩擦成分的鼻音[n̥(ʒ)]逐漸趨向變讀為舌尖或舌根純鼻音[n/ŋ]。至於C條件下也是各世代一律不發生變異。

表5-22　詩巫閩清腔聲母同化世代差異表：舌齒塞擦音聲母（H4）

方音	老年		中年		青年		全部		F	Sheffe-test
H4-1-1	平均數	標準差	平均數	標準差	平均數	標準差	平均數	標準差		
ts/tsʰ	39.29	17.16	46.67	36.13	78.57	15.85	55.70	28.34	5.608*	老＜青
[z/ʒ]	55.95	17.16	53.33	36.13	9.52	8.91	38.16	30.34	9.761**	老＝中＞青
Ø/j	2.38	6.30	0.00	0.00	7.14	13.11	3.51	8.92	1.026	
[l]	2.38	6.30	0.00	0.00	4.76	8.13	2.63	6.24	0.842	

方音	老年		中年		青年		全部		F	Sheffe-test
H4-1-2	平均數	平均數	平均數	平均數	平均數	平均數	平均數	平均數		
ts/ts^h	78.57	23.00	53.33	29.81	85.71	26.23	74.56	27.98	2.385	
[z/ʒ]	0.00	0.00	13.33	18.26	0.00	0.00	3.51	10.51	3.930*	
Ø/j	21.43	23.00	33.33	23.57	4.76	12.60	18.42	22.15	3.126	
[l]	0.00	0.00	0.00	0.00	4.76	12.60	1.75	7.65	0.842	
H4-2	平均數	平均數	平均數	平均數	平均數	平均數	平均數	平均數		
ts/ts^h	26.79	13.36	10.00	22.36	42.86	31.34	28.29	25.97	2.832	
[n̥(ʒ)]	62.50	25.00	45.00	37.08	3.57	9.45	36.18	35.33	10.367**	老=中＞青
Ø/j	0.00	0.00	10.00	13.69	0.00	0.00	2.63	7.88	3.930*	
[n/ŋ]	10.71	19.67	35.00	33.54	50.00	32.27	31.58	32.10	3.355	
H4-3	平均數	平均數	平均數	平均數	平均數	平均數	平均數	平均數		
ts/tsh	100.00	0.00	100.00	0.00	100.00	0.00	100.00	0.00		
[z/ʒ]/Ø	0.00	0.00	0.00	0.00	0.00	0.00	0.00	0.00		

（四）牙喉聲母實詞「花」與小稱詞「囝」比較

　　詩巫閩清腔舌根塞音與喉音聲母在A、B條件下均不具顯著世代差異，本小節分後字為實詞「花（hua1）」（H5-1）與小稱詞「囝（kiaŋ2）」（H5-2）兩類，來比較其聲母同化的變異趨向；另外也計算C條件下小稱詞「囝」（H5-3）的世代差異表現。一般來說，「花」與「囝」的聲母同化變異規律皆是在A條件下脫落為零聲母，在B條件下變讀為舌根鼻音[ŋ]，在C條件下則不發生變異。我們用來比較的例詞如表5-23：

表5-23　詩巫閩清腔牙喉聲母同化變異規律及調查例詞

	H5-1	H5-2	H5-3
前字韻尾條件	A 前字為開尾韻、元音韻尾、喉塞尾 B 前字為鼻韻尾		C 前字為舌根塞尾
變異音讀	Ø/ŋ	Ø/ŋ	不變
例詞	桂花／白花／蘭花	椅囝／桌囝／鼎囝	竹囝

表5-24　詩巫閩清腔聲母同化世代差異表：
實詞「花」與小稱詞「囝」（H5）

方音	老年		中年		青年		全部		F	Sheffe-test
H5-1	平均數	平均數	平均數	平均數	平均數	平均數	平均數	平均數		
h	71.43	39.34	80.00	44.72	85.71	24.40	78.95	34.62	.277	
Ø/[ŋ]	21.43	39.34	20.00	44.72	0.00	0.00	13.16	32.67	.891	
H5-2	平均數	平均數	平均數	平均數	平均數	平均數	平均數	平均數		
k	0.00	0.00	0.00	0.00	0.00	0.00	0.00	0.00		
Ø/[ŋ]	100.00	0.00	73.33	43.46	76.19	25.20	84.21	28.04	1.962	
H5-3	平均數	平均數	平均數	平均數	平均數	平均數	平均數	平均數		
k	100.00	0.00	90.00	22.36	75.00	25.00	88.16	21.03	3.076	
Ø	0.00	0.00	0.00	0.00	25.00	25.00	9.21	19.02	5.895*	老＝中＜青

　　如表5-24所示，實詞「花」不發生同化音變的百分比平均數（78.95%）高於發生變異者的百分比平均數（13.16%），三代之間不具有世代差異；相對於此，小稱詞「囝」在A、B條件下則是各世代一律都發生聲母同化音變，三代之間亦不具有世代差異，惟中青年層有少數小稱語詞不會讀念或發生語詞替代，例如指稱小椅子不說「椅

囝ie2 iaŋ2（＜k）」而改說「椅條ie2 liu5（＜t）」。值得注意的是，小稱詞「囝」在C條件下原來也都不發生同化變異，但青年層卻有25%發生弱化變異而脫落為零聲母，例如「竹囝」讀為「tyk4 iaŋ2（＜k）」，此應與「囝」做為小稱詞尾有關，隨著語義虛化而其音讀也容易發生弱化，因而導致原來不發生聲母同化變異的C條件下，青年層也將「囝」變讀為零聲母。

（五）小結

表5-25　詩巫閩清腔聲母同化世代差異總表

		A 條件	B 條件	C 條件
p-/pʰ-	整體	不變＞變異	不變≧變異	不變
	世代	[β]→不變	—	—
t-/tʰ-	整體	不變＜變異	不變≧變異	不變
	世代	—	—	—
s-	整體	不變＝變異	不變≦變異	不變
	世代	[l]→不變	[n]→不變	—
ts-/tsʰ-	整體	不變≧變異	不變＜變異	不變
	世代	[z/ʒ]/∅→不變	[ȵ(ʒ)]→[n/ŋ]	—
花 VS 囝	整體	實詞「花」：不變＞變異 小稱詞「囝」：不變＜變異		「囝」不變 k→∅

A：前字為開尾韻、元音韻尾、喉塞尾；B：前字為鼻韻尾；C：前字為舌根塞尾。

總和以上分析，詩巫閩清腔聲母同化共時變異的世代差異表現如表5-25：

（1）雙唇塞音（p-/pʰ-）：無論A、B條件，雙唇塞音都以不發生聲母同化為多；且在A條件下隨年齡層下降愈益傾向不發生同化變異。

（2）舌尖塞音（t-/tʰ-）：A條件下整體以發生同化變異者居多；B條件下，不發生變異者略高於發生變異者；C條件下一律不發生變異；無論A、B、C條件都不具世代差表現。

（3）舌尖擦音（s-）：無論A、B條件，青年層皆更傾向不發生聲母同化音變。

（4）舌齒塞擦音（ts-/tsʰ-）：A條件下舌齒塞擦音以不發生聲母同化者略多，洪音韻結構中乃隨年齡層下降而更趨向不發生同化變異；此外，若發生聲母同化變異，舌齒塞擦音聲母在細音韻母結構中要較洪音韻結構更容易趨向脫落為零聲母。

（5）舌根塞音與喉音聲母（k-/kʰ-/h-）在三類條件下均不具顯著世代差異；實詞「花」多不發生聲母同化，小稱詞「囝」則絕大多數都發生聲母同化，甚至在C條件下，青年層也將「囝」變讀為零聲母。

二　詩巫古田腔世代差異表現

我們使用相同的調查詞表訪談詩巫古田口音的發音人，也分老、中、青三代進行世代差異觀察，本小節先分析說明各類聲母的調查結果，下一小節再比較詩巫閩清腔與古田腔的歷時變動關係。

（一）雙唇塞音聲母（p-/pʰ-）

如表5-26所示，無論A、B條件，古田腔的雙唇塞音聲母不發生變異者都較變異為[β]者高出許多。值得注意的是，不發生同化變異的百分比平均數在中青年層躍升，尤其是中年層最高，A條件下三代之間具有顯著差異（F＝18.408，p＜0.01），檢定結果為中青年層高於老年層。相應於此，該類例詞變讀為[β]的百分比平均數則在中年層降至零，三代之間亦具有顯著差異（F＝23.122，p＜0.001），中青年

層明顯低於老年層；B條件下儘管統計檢定結果不具顯著差異性，但三代的百分比平均數也有同樣的表現。由此可見：詩巫古田腔雙唇塞音聲母在A、B條件下，中青年層愈益傾向不發生同化變異，尤其是中年層傾向最為明顯。而在C條件下，中老年層一律不發生變異，青年層則有一位發音人將「月餅」讀為「ŋuo(k)8 βiaŋ2（＜p）」，較為特殊。

表5-26　詩巫古田腔聲母同化世代差異表：雙唇聲母（H1）

方音	老年		中年		青年		全部		F	Sheffe-test
H1-1	平均數	標準差	平均數	標準差	平均數	標準差	平均數	標準差		
p/pʰ	46.43	13.68	96.43	7.14	90.48	16.50	76.62	26.55	18.408**	老＜中＝青
[β]	53.57	13.68	0.00	0.00	9.52	16.50	22.08	27.38	23.122***	老＞中＝青
H1-2	平均數	標準差	平均數	標準差	平均數	標準差	平均數	標準差		
p/pʰ	43.75	12.50	87.50	25.00	75.00	43.30	68.18	31.80	2.639	
[m]	56.25	12.50	12.50	25.00	25.00	43.30	31.82	31.80	2.639	
H1-3	平均數	標準差	平均數	標準差	平均數	標準差	平均數	標準差		
p/pʰ	100.00	0.00	100.00	0.00	88.89	19.25	96.97	10.05	1.455	
[β]	0.00	0.00	0.00	0.00	11.11	19.25	3.03	10.05	1.455	

（二）舌尖塞音與擦音聲母（t-/tʰ-/s-）

　　如表5-27所示，詩巫古田腔舌尖塞音在A條件下傾向發生聲母同化變異；而B條件下也是不發生變異者略高於發生變異者；C條件下則是各世代一律不發生變異。值得注意的是，儘管統計檢定結果不具顯著的世代差異，但舌尖塞音聲母在B條件下，不發生同化變異者由老年層25%至中青年層驟升至75%、83.33%，相應於此，變讀為鼻音[n]者由老年層75%至中青年層驟降至25%、16.7%，由此似乎反映：

詩巫古田腔的舌尖塞音聲母在B條件下，隨年齡層愈益傾向不發生同化變異。

表5-27 詩巫古田腔聲母同化世代差異表：舌尖塞音聲母（H2）

方音	老年		中年		青年		全部		F	Sheffe-test
H2-1	平均數	標準差	平均數	標準差	平均數	標準差	平均數	標準差		
t/tʰ	25.00	20.41	31.25	23.94	25.00	25.00	27.27	20.78	0.094	
[l]	75.00	20.41	68.75	23.94	75.00	25.00	72.73	20.78	0.094	
H2-2	平均數	標準差	平均數	標準差	平均數	標準差	平均數	標準差		
t/tʰ	25.00	28.87	75.00	28.87	83.33	28.87	59.09	37.54	4.455	
[n]	75.00	28.87	25.00	28.87	16.67	28.87	40.91	37.54	4.455	
H2-3	平均數	標準差	平均數	標準差	平均數	標準差	平均數	標準差		
t/tʰ	100.00	0.00	100.00	0.00	100.00	0.00	100.00	0.00		
[l]	0.00	0.00	0.00	0.00	0.00	0.00	0.00	0.00		

　　如表5-28所示，詩巫古田腔舌尖擦音在A條件下，不發生變異者略高於發生變異者；值得注意的是，不發生同化變異者由老年層35.71%至中青年層上升至75%、64.29%，且統計檢定三代之間具有顯著差異（F＝4.823，p＜0.5），中年層明顯高於老年層；相應於此，變讀為濁弱音[l]者由老年層64.29%至中青年層下降至25%、30.95%，統計檢定三代之間亦具有顯著差異（F＝5.304，p＜0.5），中年層明顯低於老年層。由此可見：詩巫閩清腔舌尖擦音聲母在A條件下，中青年層愈益傾向不發生同化變異，尤其是中年層最為明顯。而在B條件下，整體來說，發生同化變異而讀為[n]者略高於不發生同化變異者，三代之間不具顯著差異性。至於C條件下則是各世代一律不發生變異。

表5-28　詩巫古田腔聲母同化世代差異表：舌尖擦音聲母（H3）

方音	老年		中年		青年		全部		F	Sheffe-test
H3-1	平均數	標準差	平均數	標準差	平均數	標準差	平均數	標準差		
s	35.71	14.29	75.00	24.40	64.29	12.37	57.79	24.42	4.823*	老＜中
[l]	64.29	14.29	25.00	24.40	30.95	10.91	40.91	24.76	5.304*	老＞中
H3-2	平均數	標準差	平均數	標準差	平均數	標準差	平均數	標準差		
s	31.25	12.50	50.00	20.41	50.00	25.00	43.18	19.66	1.206	
[n]	68.75	12.50	50.00	20.41	41.67	28.87	54.55	21.85	1.639	
H3-3	平均數	標準差	平均數	標準差	平均數	標準差	平均數	標準差		
s	100.00	0.00	100.00	0.00	83.33	28.87	95.45	15.08	1.455	
[l]	0.00	0.00	0.00	0.00	0.00	0.00	0.00	0.00		

（三）舌齒塞擦音聲母（ts-/ts^h-）

　　如表5-29所示，詩巫古田腔舌齒塞擦音聲母在A條件下乃以不發生同化變異者居多，尤其是細音韻結構條件下，不發生同化變異者高達71.21%；值得注意的是，若發生同化變異，洪音韻結構中以變讀為濁弱擦音[z/ʒ]居多，而細音韻結構中則以脫落為零聲母居多，可見不同韻母結構確實影響聲母同化的變異趨向。此外，A條件下洪音韻結構中，不發生同化變異的百分比平均數隨年齡層下降而逐漸上升，青年層高達88.89%，統計檢定三代之間具有顯著差異（F＝5.119，p＜0.5），青年層高於老年層；相應於此，同化變異讀為濁弱擦音者，隨年齡層而逐漸降低，青年層低至5.56%。而A條件下細音韻結構中，不發生同化變異者亦由老年層37.5%驟升至中青年層91.67%、88.89%，且統計檢定三代之間具有顯著差異（F＝9.894，p＜0.01），中青年層明顯高於老年層；相應於此，因同化變異而脫落為零聲母者

由老年層54.14%驟降至中青年層8.33%、11.11%，統計檢定三代之間亦具有顯著差異（F＝8.702，p＜0.01），中青年層明顯低於老年層。據此，詩巫古田腔舌齒塞擦音聲母在A條件下，無論洪細韻母結構，都愈益趨向不發生同化變異。此外，老中青三代的洪音韻母結構都零星出現變讀為[l]者，例如「紫菜」讀為「tsie2 lai3（＜tsʰ）」。

相對於A條件下多不發生同化變異，舌齒塞擦音聲母在B條件下乃以發生同化變異者居多；但值得注意的是，中年層不發生同化變異的百分比平均數明顯偏高，此符應於前述古田腔中年層發音人傾向不發生聲母同化音變的情形，十分獨特。而舌齒塞擦音聲母在B條件下的變異趨向也具有世代差異表現：中老年層主要變讀為略帶摩擦成分的鼻音[n̆(ʒ)]，而青年層一律變讀為舌尖或舌根純鼻音[n/ŋ]，老年層也有三成變讀為[n/ŋ]，統計檢定結果[n/ŋ]變體在三代之間具有顯著差異性。據此：詩巫古田腔舌齒塞擦音聲母在B條件下以發生同化變異者居多，但中年層不發生同化變異者在三代之間明顯偏高；其中[n̆(ʒ)]變體在中老年層最為盛行，而新興變體[n/ŋ]在青年層最為盛行，老年層也略有表現。至於C條件下也是各世代一律不發生變異。

表5-29　詩巫古田腔聲母同化世代差異表：舌齒塞擦音聲母（H4）

方音	老年		中年		青年		全部		F	Sheffe-test
H4-1-1	平均數	標準差	平均數	標準差	平均數	標準差	平均數	標準差		
ts/tsʰ	25.00	16.67	62.50	36.96	88.89	19.25	56.06	35.96	5.119*	老＜青
[z/ʒ]	58.33	34.69	18.75	21.92	5.56	9.62	29.55	32.78	4.207	
Ø/j	12.50	15.96	16.67	23.57	0.00	0.00	10.61	17.12	0.821	
[l]	4.17	8.33	2.08	4.17	5.56	9.62	3.79	6.83	0.194	

方音	老年		中年		青年		全部		F	Sheffe-test
H4-1-2	平均數	標準差	平均數	標準差	平均數	標準差	平均數	標準差		
ts/tsʰ	37.50	20.97	91.67	16.67	88.89	19.25	71.21	31.70	9.894**	老＜中＝青
[z/ʒ]	8.33	16.67	0.00	0.00	0.00	0.00	3.03	10.05	0.848	
Ø/j	54.17	15.96	8.33	16.67	11.11	19.25	25.76	27.25	8.702**	老＞中＝青
H4-2	平均數	標準差	平均數	標準差	平均數	標準差	平均數	標準差		
ts/tsʰ	18.75	23.94	40.63	44.92	25.00	25.00	28.41	31.67	0.445	
[n̠(ʒ)]	37.50	43.30	40.63	34.42	0.00	0.00	28.41	35.40	1.459	
Ø/j	12.50	14.43	6.25	12.50	0.00	0.00	6.82	11.68	0.987	
[n/ŋ]	31.25	31.46	6.25	12.50	75.00	25.00	34.09	35.83	6.958*	
H4-3	平均數	標準差	平均數	標準差	平均數	標準差	平均數	標準差		
ts/tsh	91.67	16.67	100.00	0.00	100.00	0.00	96.97	10.05	0.848	
[z/ʒ]/Ø	0.00	0.00	0.00	0.00	0.00	0.00	0.00	0.00		

（四）牙喉聲母實詞「花」與小稱詞「囝」

　　如表5-30所示，實詞「花」不發生同化音變的百分比平均數（77.27%）高於發生變異者（9.09%），三代之間不具有世代差異；相對於此，小稱詞「囝」在A、B條件下則是各世代一律都發生聲母同化音變，三代之間亦不具有世代差異。而小稱詞「囝」在C條件下也都不發生同化變異。

表5-30　詩巫古田腔聲母同化世代差異表：
實詞「花」與小稱詞「囝」（H5）

方音	老年		中年		青年		全部		F	Sheffe-test
H5-1	平均數	標準差	平均數	標準差	平均數	標準差	平均數	標準差		
h	87.50	25.00	75.00	28.87	66.67	57.74	77.27	34.38	0.281	
Ø/[ŋ]	12.50	25.00	12.50	25.00	0.00	0.00	9.09	20.23	0.364	
H5-2	平均數	標準差	平均數	標準差	平均數	標準差	平均數	標準差		
k	0.00	0.00	0.00	0.00	0.00	0.00	0.00	0.00		
Ø/[ŋ]	100.00	0.00	83.33	19.25	88.89	19.25	90.91	15.57	1.236	
H5-3	平均數	標準差	平均數	標準差	平均數	標準差	平均數	標準差		
k	100.00	0.00	100.00	0.00	100.00	0.00	100.00	0.00		
Ø	0.00	0.00	0.00	0.00	0.00	0.00	0.00	0.00		

（五）小結

　　總和以上分析，詩巫古田腔聲母同化共時變異的世代差異表現如表5-31：

　　1. 雙唇塞音（p-/pʰ-）：無論A、B條件，雙唇塞音都以不發生聲母同化為多；且中青年層愈益傾向不發生同化變異，尤其是中年層傾向最為明顯。

　　2. 舌尖塞音（t-/tʰ-）：A條件下整體以發生同化變異者居多；B條件下，不發生變異者略高於發生變異者；其中B條件下，隨年齡層下降愈益傾向不發生同化變異。

　　3. 舌尖擦音（s-）：在A條件下，中青年層愈益傾向不發生同化變異，尤其是中年層最為明顯。

　　4. 舌齒塞擦音（ts-/tsʰ-）：在A條件下，無論洪細韻母結構，都愈益趨向不發生同化變異；若發生同化變異，洪音韻結構中以變讀為濁弱擦音[z/ʒ]居多，而細音韻結構中則以脫落為零聲母居多。在B條件下以發生同化變異者居多，但中年層不發生同化變異者在三代之間明顯偏高；其中[n̠(ʒ)]變體在中老年層最為盛行，而新興變體[n/ŋ]在青年層最為盛行。

　　5. 舌根塞音與喉音聲母（k-/kʰ-/h-）在三類條件下均不具顯著世代差異。實詞「花」多不發生聲母同化；小稱詞「囝」在A、B條件下絕大多數都發生聲母同化，惟C條件下不發生同化變異。

表5-31　詩巫古田腔聲母同化世代差異總表

		A 條件	B 條件	C 條件
p-/pʰ-	整體	不變＞變異	不變＞變異	不變
	世代	[β]→不變	[m]→不變	－
t-/tʰ-	整體	不變＜變異	不變≧變異	不變
	世代	－	[n]→不變	－
s-	整體	不變≧變異	不變≦變異	不變
	世代	[l]→不變	－	－
ts-/tsʰ-	整體	不變≧變異	不變＜變異	不變
	世代	[z/ʒ]/∅→不變	[n̠(ʒ)]→[n/ŋ] 【中：不變偏多】	－
花 VS 囝	整體	實詞「花」：不變＞變異 小稱詞「囝」：不變＜變異		「囝」不變

A：前字為開尾韻、元音韻尾、喉塞尾；B：前字為鼻韻尾；C：前字為舌根塞尾。

三　閩清腔與古田腔的比較

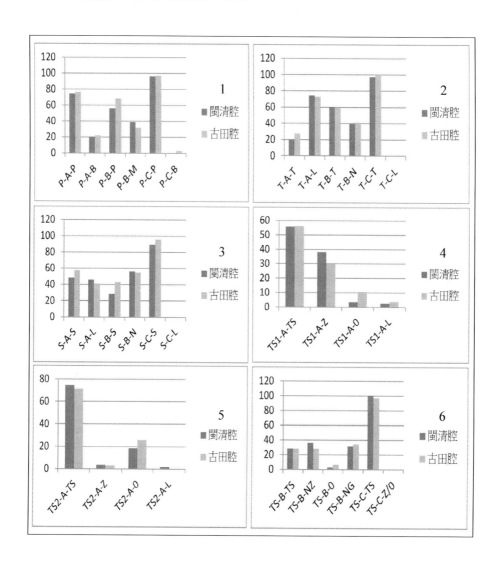

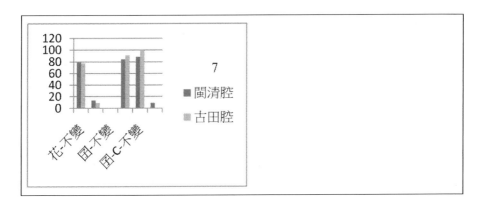

圖1　詩巫閩清腔與古田腔聲母同化音變整體比較（組圖1-7）

（類別名稱為「聲類—前字韻尾條件—變體類別」，例如「P-B-P」意指「雙唇聲類（p/pʰ）—前字為鼻韻尾的 B 條件—不發生變異仍讀為 p/pʰ」）

　　先從整體表現來看，相較詩巫閩清腔與古田腔的聲母同化音變如圖1，可以清楚看見詩巫兩種口音目前的整體表現非常一致，據此可證詩巫閩東話的兩種主要腔調在「聲母同化音變」方面已經失去區別的界線而混融為一。再從兩種腔調的世代差異表現來看，彙整前兩小節的分析結果如表5-32，說明如下：

表5-32　詩巫閩清腔VS古田腔聲母同化比較表（世代差異）

		p-/pʰ-	t-/tʰ-	s-	ts-/tsʰ-	k-/kʰ-/h-/∅
詩　巫 閩清腔	A	[β]→不變		[l]→不變	[z/ʒ]/∅→不變	
	B			[n]→不變	[n̠ʑ(ʒ)]→[n/ŋ]	
	C					「囝」k→∅
詩　巫 古田腔	A	[β]→不變 【中：不變偏多】		[l]→不變 【中：不變偏多】	[z/ʒ]/∅→不變	
	B	[m]→不變 【中：不變偏多】	[n]→不變		[n̠ʑ(ʒ)]→[n/ŋ] 【中：不變偏多】	
	C					

A：前字為開尾韻、元音韻尾、喉塞尾；B：前字為鼻韻尾；C：前字為舌根塞尾。

1.詩巫閩清腔與古田腔各類聲母多數都在朝向不發生變異發展，但舌尖塞音聲母的發展較不明顯，而舌齒塞擦音聲母則在前字為鼻韻尾的B條件下另外趨向新興變體純鼻音[n/ŋ]。

2.詩巫古田腔的中年層發音人經常呈現較青年層更傾向不發生聲母同化變異的特殊現象。為什麼會有這樣的特殊表現呢？這個問題需要更詳細地比較兩個腔調各類聲母同化音變的世代變動趨勢。

相較詩巫閩清腔與古田腔各類聲母同化表現的世代變動如圖2，說明如下：

1.除了舌尖塞音在A條件下維持穩定的同化變異情形，其他各類聲母無論A、B條件，閩清腔與古田腔的世代變動特點如下：

（1）閩清腔：不發生變異者由老年層到中年層幾乎都是稍微下降（除了A條件下洪音韻結構中的舌齒塞擦音聲母乃稍微上升），變化幅度不大，但到了青年層往往大幅上升；而發生同化變異者由老年

層到中年層多數稍微上升、少數稍微下降（S-B-N、TS-B-NZ），變化幅度也是不大，但到了青年層往往大幅下降。

（2）古田腔；不發生變異者由老年層到中年層便大幅上升，中年層到青年層則變化幅度不大，甚至稍微下降（除了A條件下洪音韻結構中的舌齒塞擦音聲母乃持續上升）；而發生同化變異者也是由老年層到中年層便大幅下降，中年層到青年層同樣變化幅度不大，甚至稍微上升，惟舌齒塞擦音聲母在B條件下變讀為鼻擦音者乃在青年層才大幅下降。

由此可見：古田腔的聲母同化變異趨向在中年層發生了較為劇烈的變動，相較於老年層，其不變異者驟升、變異者驟降；相對於此，閩清腔中年層變動較為和緩，相較於老年層，多數聲類不變異者稍減、變異者稍增；據此，閩清腔與古田腔的中年層乃進行反向發展，尤其是古田腔中年層似乎有意趨向不發生聲母同化變異，以與閩清腔形成較為明顯的區別。而閩清腔的聲母同化變異則在青年層發生較為劇烈的變動，相較於中老年層，其不變異者驟升、變異者驟降；相對於此，古田腔青年層變動較為和緩，相較於中年層，多數聲類不變異者稍減、變異者稍增；據此，我們認為：古田腔中年層的有意變動，帶動了詩巫年輕發音人共同趨向不發生聲母同化變異，導致閩清腔青年層也明顯朝向不發生變異發展，詩巫青年層遂失去兩種腔調的區別性。

2. 舌尖塞音聲母在A條件下，閩清腔、古田腔老輩皆以變讀為濁弱音為最優勢變體。儘管相較於老年層，古田腔中年層還是不變異者稍微上升、變異者稍微下降，而閩清腔中年層則是反向不變異者稍減、變異者稍增；但相對於其他聲母類別，其世代表現相當穩定，兩種腔調的世代變動都不大。

3. 舌齒塞擦音聲母在B條件下若發生聲母同化變異，有兩種變體：一是變讀為帶有摩擦性的鼻音[n(ʒ)]，二是變讀為純鼻音[n/ŋ]。

閩清腔老年層以[n̥(ʒ)]為主，古田腔老年層則兼具兩種變體；兩種腔調相互接觸影響下，閩清腔中年層變讀為[n̥(ʒ)]者下降、變讀為[n/ŋ]者上升，轉為兼具兩種變體，相對於此，古田腔中年層變讀為[n/ŋ]者卻下降、不發生變異者上升，於此古田腔中年層與閩清腔中年層也形成如上述顯著的表現差異；到了青年層則是相當一致的發展趨向，變讀為[n̥(ʒ)]者都驟降近乎為零，變讀為[n/ŋ]者則蓬勃上升。

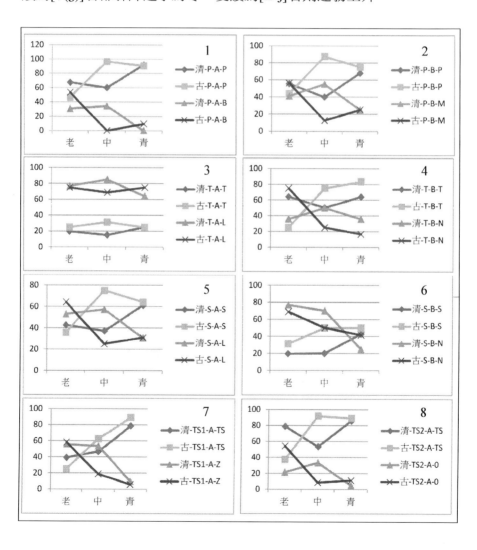

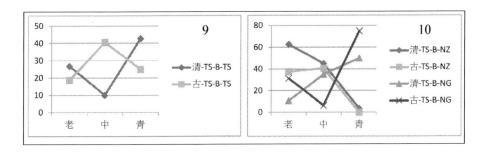

圖2　詩巫閩清腔與古田腔聲母同化音變的世代變動比較
（組圖1-10）

　　總和上述討論，詩巫閩清腔與古田腔的聲母同化音變表現，在青年層及整體表現上相當一致，而老年層的差異也不太大，但我們卻發現其中年層形成較為顯著的區別表現，尤其是古田腔的中年層各類聲母幾乎都驟然趨向不發生聲母同化變異，十分突出。我們推論古田腔的中年層應是刻意選擇不發生聲母同化變異來做為其族群的個別標記，理由如下：詩巫的閩東移民乃以閩清、古田為最大兩個群體，起初閩清籍多居住在市區、從事工商事業，掌握經濟優勢，而古田籍則多居住在鄉村、從事伐木農業；大約1970年代以後鄉村有大批古田人移居至市區工作，形成閩清族群與古田族群之間緊張的競爭關係，尤其是古田人在原為經濟弱勢的處境下興起較為強烈的族群意識，例如：他們不加入多為閩清人參與的福州公會，而是另外創立了古田公會，成為現今詩巫最重要的兩大公會團體。在這種族群意識的作用下，古田中年層極可能刻意選擇與一般閩東族群相異的語言表現，例如聲母同化音變現象是一般閩東方言普遍具有的共時變異，無論是閩清腔、古田腔都有這樣的語言現象，甚至就老輩表現來看，古田腔老年層的同化變異略甚於閩清腔老年層，而古田中年層顯然在進入都市工作後，刻意選擇不發生同化變異來標記自己的獨特性。至於為何選

擇不發生同化變異，我們目前有兩種推想：一是華人群體中所使用的
華語以及其他漢語方言都不具聲母同化音變現象，古田中年人遂以不
發生同化變異為漢語標準；二是聲母同化音變僅發生於詞彙後字，該
字處於箇讀條件時都讀為原來聲母音讀，古田中年人遂以箇讀聲母做
為音讀標準，據此來標記自己較趨同漢語標準或音讀標準的獨特表
現。至於詩巫年輕一輩已不區分閩清腔與古田腔，通通趨向不發生同
化變異，這部分的變動應是奠基於古田中年層的強力改變音讀，再加
上年輕一輩華語能力的大幅提升，讓年輕發音人更加趨向語詞後字不
須變異聲母音讀。不過需要強調的是，華語能力的提升並非主因，否
則我們應該在馬祖、愛大華的年輕一輩也看見同樣的發展趨向，但事
實上卻不然（參見第五節討論）。

第四節　西馬愛大華閩東話聲母同化的世代差異

表5-33　愛大華閩東話聲母同化共時變異規則表

	前字韻尾		
	A 條件	B 條件	原舌根塞音尾
p-/pʰ-	β/v	m-	不變
t-/tʰ-/s-/l-	l	n-	不變
ts-/tsʰ-	z~∅	zᴺ~n/ŋ	不變
k-/kʰ-/h-/∅	∅	ŋ	不變

　　本書第二章第三節之第「二」節依據愛大華古田腔的調查結果，
彙整詩巫閩東話「聲母同化」共時變異規則如表5-33，愛大華閩東話
後字聲母受到前字韻尾的影響，變異趨向為：

（1）前字為開尾韻、元音韻尾、喉塞尾的A條件下，後字清聲母多數發生濁弱化音變。有三點值得注意：（a）雙脣塞音聲母（p-、pʰ-）濁弱化讀為近似[β]，但摩擦徵性並不強烈；相異於此，中青年發音人經常有進一步讀為脣齒濁擦音[v]的表現。（b）舌尖塞音及擦音（t-、tʰ-、s-）濁弱化實際音值介於[l]~[ɾ]之間。（c）舌尖塞擦音聲母（ts-、tsʰ-）濁弱化讀為近似[z̩]，摩擦徵性也不強烈；相對於此，我們觀察中青年發音人經常有近似讀為零聲母的表現。

（2）前字為鼻音韻尾的B條件下，後字清聲母發生鼻化音變，變讀為同部位鼻音。舌尖塞擦音聲母（ts-、tsʰ-）也變讀帶有鼻音徵性，音值近似兼具摩擦及鼻音徵性的[z̩ᴺ]；相異於此，我們觀察中青年發音人有時近似讀同舌尖或舌根鼻音。這樣看來，若干聲母的連讀同化音變應有世代之間的差異表現，值得擴大調查與分析。

（3）愛大華古田腔的入聲韻母已經合併為單一套喉塞音尾（-ʔ）；然而，前字原來是舌根塞音尾者，後字聲母還是一律不發生同化音變。

愛大華閩東話「聲母同化」的語音共時變異趨向也與前述馬祖話、詩巫閩東話相差不多，而舌齒部位塞擦音的濁弱化表現則與馬祖話更為接近，多有脫落為零聲母的詞例。值得注意的是，雙脣聲母在A條件下有其獨特的變異發展。

這一節主要討論愛大華閩東話「聲母同化」的世代差異變動。愛大華乃以古田口音為主要通行腔調，鄰近的實兆遠則多福清口音，我們首先析論愛大華古田腔閩東話的世代變動趨向，然後以實兆遠福清腔閩東話與之相較，以更清楚呈現愛大華閩東話在不同腔調接觸下逐漸混融發展的變動方向。

我們於2017年8月至2018年8月兩次前往西馬愛大華、實兆遠進行

閩東話的調查訪談，一共獲得20份有效的個別語料，其中愛大華古田
腔有16人，實兆遠福清腔有4人，以愛大華古田腔為主，分老、中、
青三個世代進行比較分析，各世代的人數分布如表5-34，目前實兆遠
福清腔的發音人數不足以進行充分的世代差異分析，因此暫以其整體
表現與愛大華古田腔進行比較。

表5-34　愛大華、實兆遠發音人各世代人數表

祖籍／父母腔調	年齡		
	老 （65以上）	中 （45-64）	青壯 （44以下）
古田腔	5	6	5
福清腔	1	2	1

一　愛大華古田腔世代差異表現

（一）雙唇塞音聲母（p-/pʰ-）

　　我們同樣將後字聲母為雙唇塞音者分為三類進行觀察：第一類是
前字為開尾韻、元音韻尾、喉塞尾的A條件下（H1-1），第二類是前
字為鼻音韻尾的B條件下（H1-2），第三類是前字原來為舌根塞尾的C
條件下（H1-3）。這三類的聲母變異規律及其例詞如表5-35。

表5-35 愛大華古田腔雙唇聲母同化變異規律及調查例詞

	H1-1	**H1-2**	**H1-3**
前字韻尾條件	A 前字為開尾韻、元音韻尾、喉塞尾	B 前字為鼻韻尾	C 前字為舌根塞尾
變異音讀	β/v	m-	不變
例詞	四百、大餅、白布	兩百、鹹餅、碗布	六百、肉餅

表5-36 愛大華古田腔聲母同化世代差異表：雙唇聲母（H1）

方音	老年		中年		青年		全部		F	Sheffe-test
H1-1	平均數	標準差	平均數	標準差	平均數	標準差	平均數	標準差		
p/pʰ	55.56	26.92	58.33	22.97	56.68	30.03	56.95	24.72	0.015	
[β]	42.22	29.54	33.33	21.07	6.68	4.64	27.78	24.83	3.873*	
[v]/∅	0.00	0.00	8.33	13.03	36.64	30.82	14.58	23.63	5.216*	老＜青
H1-2	平均數	標準差	平均數	標準差	平均數	標準差	平均數	標準差		
p/pʰ	50.00	21.26	47.92	37.43	25.00	36.44	41.41	32.76	0.906	
[m]	50.00	21.26	52.08	37.43	75.00	36.44	58.59	32.76	0.906	

方音	老年		中年		青年		全部		F	Sheffe-test
H1-3	平均數	標準差	平均數	標準差	平均數	標準差	平均數	標準差		
p/pʰ	100.00	0.00	100.00	0.00	100.00	0.00	100.00	0.00		
[β]/[v]	0.00	0.00	0.00	0.00	0.00	0.00	0.00	0.00		

如表5-36所示，在A條件下雙唇塞音聲母不發生變異的百分比平均數（56.95%），與變異為[β]或[v]者（42.36%）相差不多。值得注意的是，變異為[β]者隨年齡層遞降，在青年層降到6.68%，三代之間具

有顯著差異（F＝3.873，p＜0.5）；相應於此，該類例詞變異[v]或脫落為零聲母者則隨年齡層驟升，在青年層增為36.64%，三代之間亦具有顯著差異（F＝5.216，p＜0.5），青年層明顯高於老年層；由此可見：愛大華古田腔雙唇塞音聲母在A條件下若發生聲母同化音變，中老年層主要還是變讀為[β]，青年層卻一轉為變讀為齒唇音[v]，甚而脫落為零聲母。變讀為[v]者，例如「大餅」一詞讀為「tuai7 viaŋ2（＜p）」，另有「四百、蜀百」等詞；脫落為零聲母者，例如「破布」一詞讀為「pʰuai3 uo3（＜p）」，另有「頭髮、白布」等詞；據此看來，進一步變讀為[v]者以非合口韻母為主，脫落為零聲母者以合口韻母為主，兩種變動趨向似乎與其韻母條件相關。而在B條件下，雙唇塞音聲母不發生變異的百分比平均數（41.41%）與變異為[m]者（58.59%）也是相差不多，但值得注意的是，青年層不發生變異者降至25%、變異為[m]者上升至75%，儘管統計檢定結果不具世代差異，但青年層百分比平均數的明顯升降，似乎反映：愛大華古田腔雙唇清聲母在B條件下，青年層更傾向發生聲母同化音變而變讀為鼻音[m]。至於C條件下，雙唇清聲母則是各世代一律不發生變異。

（二）舌尖塞音與擦音聲母（t-/tʰ-/s-）

我們將後字聲母為舌尖塞音與擦音者同樣分為三類進行觀察：第一類是前字為開尾韻、元音韻尾、喉塞尾的A條件下（H2-1、H3-1），第二類是前字為鼻音韻尾的B條件下（H2-2、H3-2），第三類是前字原來為舌根塞尾的C條件下（H2-3、H3-3）。這六類的聲母變異規律及其例詞如表5-37。

表5-37 愛大華古田腔舌尖塞音與擦音聲母同化變異規律及調查例詞

	H2-1、H3-1	H2-2、H3-2	H2-3、H3-3
前字韻尾條件	A 前字為開尾韻、元音韻尾、喉塞尾	B 前字為鼻韻尾	C 前字為舌根塞尾
變異音讀	l-	n-	不變
H2例詞	烏豆、菜頭、綠豆	紅豆、蒜頭、行[路]	日頭、四角豆
H3例詞	好食、白食、白色	帆船、貪食、紅色	竹筍、乞食

　　如表5-38所示，在A條件下舌尖塞音聲母不發生變異的百分比平均數（53.68%），與變異為濁弱音[l~ ɾ]者（44.54%）相差不多，三代之間不具顯著差異。相對於此，在B條件下舌尖塞音聲母不發生變異的百分比平均數（77.61%）明顯高於變異為鼻音[n]者（22.39%）；而且值得注意的是，青年層不發生變異者略低於中老年層，且變異為[n]者高於中老年層，儘管統計檢定結果不具世代差異，但青年層百分比平均數明顯降升，似乎也反映：愛大華舌尖塞音聲母在B條件下，青年層愈益傾向發生聲母同化音變而變讀為鼻音[n]，此與上述B條件下雙唇清聲母的世代變動趨向相同。至於C條件下，舌尖塞音聲母在中老年層也是一律不發生變異，但青年層有一位發音人將「日頭」讀為「ni(ʔ)8 lau5（<tʰ）」、「熱天」讀為「ie(ʔ)8 lieŋ1（<tʰ）」，這可能有兩種原因：1. 其第一音節的塞音韻尾也明顯弱化，因而連讀條件近似於A條件，後字聲母遂發生同化音變；2. 由於「頭」在諸多詞彙中做為詞尾時往往發生聲母同化音變，例如「石頭、菜頭、蒜頭」等，年輕發音人可能據以類推而將「日頭」的「頭」也讀為濁弱音。但因為該名發音人也將「熱天、竹筍」等詞彙的後字聲母變讀為濁弱音，我們認為第1種原因較能成立，不過目前未有其他年輕發音人有此現象。

表5-38　愛大華古田腔聲母同化世代差異表：舌尖塞音聲母（H2）

方音	老年		中年		青年		全部		F	Sheffe-test
H2-1	平均數	標準差	平均數	標準差	平均數	標準差	平均數	標準差		
t/tʰ	53.22	26.92	59.50	20.66	47.14	35.56	53.68	26.47	.269	
[l~ɾ]	46.78	26.92	38.12	21.15	50.00	37.10	44.54	27.16	.258	
H2-2	平均數	標準差	平均數	標準差	平均數	標準差	平均數	標準差		
t/tʰ	90.00	22.36	81.83	17.03	60.20	28.49	77.61	24.61	2.355	
[n]	10.00	22.36	18.17	17.03	39.80	28.49	22.39	24.61	2.355	
H2-3	平均數	標準差	平均數	標準差	平均數	標準差	平均數	標準差		
t/tʰ	100.00	0.00	100.00	0.00	90.00	22.36	96.88	12.50	1.117	
[l~ɾ]	0.00	0.00	0.00	0.00	10.00	22.36	3.13	12.50	1.117	

表5-39　愛大華古田腔聲母同化世代差異表：舌尖擦音聲母（H3）

方音	老年		中年		青年		全部		F	Sheffe-test
H3-1	平均數	標準差	平均數	標準差	平均數	標準差	平均數	標準差		
s	25.00	34.23	27.08	32.03	30.00	32.60	27.34	30.69	.029	
[l~ɾ]	75.00	34.23	72.92	32.03	70.00	32.60	72.66	30.69	.029	

方音	老年		中年		青年		全部		F	Sheffe-test
H3-2	平均數	標準差	平均數	標準差	平均數	標準差	平均數	標準差		
s	40.00	34.55	55.57	17.25	33.32	23.58	43.75	25.74	1.112	
[n]	60.00	34.55	44.43	17.25	53.34	18.29	52.08	23.49	.575	
H3-3	平均數	標準差	平均數	標準差	平均數	標準差	平均數	標準差		
s	100.00	0.00	100.00	0.00	80.00	27.39	93.75	17.08	2.979	
[l~ɾ]	0.00	0.00	0.00	0.00	10.00	22.36	3.13	12.50	1.117	

如表5-39所示，在A條件下舌尖擦音聲母變異為濁弱音的百分比平均數（72.66%）明顯高於不發生變異者（27.34%），三代之間不具顯著差異；此與上述舌尖塞音聲母的表現相當不同。而在B條件下也是變異為濁鼻音者（52.08%）略高於不發生變異者（43.75%），此與上述舌尖塞音聲母在B條件下傾向不發生同化音變的表現更是不同；值得注意的是，儘管統計檢定結果不具世代差異，但中年層不發生變異者略高於變異為[n]者，此與老年層、青年層的表現著實不同。至於C條件下，舌尖擦音聲母在中老年層一律不發生變異；如前所述，青年層有一位發音人將「竹筍」讀為「ty (ʔ)4 luŋ2（＜s）」，由於其第一音節的塞音韻尾也明顯衰弱，因而連讀條件近似於A條件，遂有若干舌尖部位聲母發生同化音變。

（三）舌齒塞擦音聲母（ts-/tsʰ-）

我們將後字聲母為舌齒塞擦音聲母同樣分為A、B、C三類條件進行觀察，其中A條件下的H4-1類有若干語詞在老中年層幾乎都不發生變異，例如「做節、果汁、徛厝蓋房子、火車」，我們將該類獨立為H4-1-2來比較青年層的變動。愛大華古田腔這三類的聲母變異規律及其例詞如表5-40。

表5-40　愛大華古田腔舌齒塞擦音聲母同化變異規律及調查例詞

	H4-1	H4-2	H4-3
前字韻尾條件	A 前字為開尾韻、元音韻尾、喉塞尾	B 前字為鼻韻尾	C 前字為舌根塞尾
變異音讀	z~Ø	zN~ŋ	不變
H4例詞	紫菜／藥水／骹車	冬節／青菜／風車	五月節／拆厝／軋車

　　如表5-41所示，在A條件下舌齒塞擦音聲母發生同化音變的百分比平均數（68.75%）高於不發生變異者（30.63%）。值得注意的是，變異為舌齒部位濁弱擦音[ʐ]者，由老年層向中青年層下降，三代之間具有顯著差異（F＝6.982，p＜0.01），老年層明顯高於中年層；相應於此，該類例詞脫落為零聲母或者衍增半元音j-者，例如「白菜」一詞讀為「paʔ8 ai3（＜tsʰ）」或「paʔ8 jai3（＜tsʰ）」，其百分比平均數則由老年層向中青年層上升，三代之間亦具有顯著差異（F＝5.288，p＜0.5），青年層明顯高於老年層；此外，我們將老中年層幾乎都不發生聲母同化的若干語詞獨立一類（H4-1-2）計算，發現該類在青年層有20%轉為發生變異且讀為零聲母；由此可見：愛大華古田腔舌齒塞擦音聲母在A條件下若發生聲母同化音變，老年層變讀為[ʐ]或脫落為零聲母者各半，中青年層則轉為以脫落為零聲母者居多；而若干原來不發生聲母同化音變者，青年層也有脫落為零聲母的特殊表現。在B條件下，舌齒塞擦音聲母也是發生同化音變的百分比平均數（74.11%）明顯高於不發生變異者（25.89%）；值得注意的是，變異為舌齒部位鼻擦音[ʐᴺ]者，雖然統計結果三代之間不具有顯著差異，但百分比平均數明顯隨年齡層逐步下降；相應於此，變讀為純鼻音[n/ŋ]者，其百分比平均數則隨年齡層逐步上升，三代之間具有顯著差異（F＝6.004，p＜0.5），青年層明顯高於老年層；由此可見：愛大華古田腔舌齒塞擦音聲母在B條件下若發生聲母同化音變，老年層主要變讀為鼻擦音[ʐᴺ]，青年層則以變讀為純鼻音[n/ŋ]者居多。至於C條件下，舌齒塞擦音聲母則是各世代絕大多數都不發生變異，青年層另有若干語詞不會讀念。

表5-41　愛大華古田腔聲母同化世代差異表：舌齒塞擦音聲母（H4）

方音	老年		中年		青年		全部		F	Sheffe-test
H4-1	平均數	標準差	平均數	標準差	平均數	標準差	平均數	標準差		
ts/tsʰ	32.00	19.56	35.00	14.83	24.00	20.43	30.63	17.59	0.520	
[ʑ]	31.00	7.42	8.33	11.25	14.00	11.40	17.19	13.78	6.982**	老>中
Ø/j	37.00	13.96	55.00	7.07	62.00	16.05	51.56	15.78	5.288*	老<青
H4-1-2	平均數	標準差	平均數	標準差	平均數	標準差	平均數	標準差		
ts/tsʰ	97.50	5.59	95.83	6.45	80.00	27.39	91.41	16.91	1.860	
[ʑ]	2.50	5.59	2.08	5.10	0.00	0.00	1.56	4.27	0.464	
Ø/j	0.00	0.00	2.08	5.10	20.00	27.39	7.03	17.06	2.565	
H4-2	平均數	標準差	平均數	標準差	平均數	標準差	平均數	標準差		
ts/tsʰ	34.30	21.66	28.57	14.30	14.28	13.39	25.89	17.68	1.924	
[ʑᴺ]	57.14	25.25	44.05	33.31	28.56	28.55	43.30	29.90	1.172	
[n/ŋ]	8.56	15.48	27.38	19.92	57.16	29.88	30.81	28.90	6.004*	老<青
H4-3	平均數	標準差	平均數	標準差	平均數	標準差	平均數	標準差		
ts/tsʰ	100.00	0.00	95.83	10.21	85.00	22.36	93.75	14.43	1.558	
[ʑ]/Ø/j	0.00	0.00	0.00	0.00	0.00	0.00	0.00	0.00		

（四）舌根聲母實詞「瓜」與小稱詞「囝」

　　愛大華古田腔舌根塞音與喉音在三類前字韻尾條件下均不具顯著世代差異，本小節分後字為實詞「瓜（kua1）」（H5-1）與小稱詞「囝（kiaŋ2）」（H5-2）兩類，來比較其聲母同化的變異趨向，這部分明顯可見愛大華古田腔與實兆遠福清腔的差異性（參見本節第「二」小節討論）。一般來說，「瓜」與「囝」的聲母同化變異規律皆是在A條件下脫落為零聲母，在B條件下變讀為舌根鼻音[ŋ]，我們用來比較的

例詞如表5-42：

表5-42　愛大華古田腔舌根塞音聲母同化變異規律及調查例詞

	H5-1	**H5-2**
變異音讀	∅/ŋ	∅/ŋ
H5例詞	西瓜／冬瓜／刺瓜	椅囝／桌囝／鼎囝

　　如表5-43所示，實詞「瓜」不發生同化音變的百分比平均數（59.72%）高於發生變異者（37.5%），而且發生變異者集中在「刺瓜」一詞讀為「tsʰie3 ua1（＜k）」，甚至後字脫落為零聲母後，-u-介音又逆向影響前字韻母而變讀為「tsʰiu3（＜ie）ua1（＜k）」，三代之間不具有世代差異。相對於此，小稱詞「囝」在A、B條件下則是各世代絕大多數都發生聲母同化音變，但因青年層有若干語詞不會讀念，從而造成統計結果呈現顯著差異，若不考量青年層不會讀念的問題，小稱詞「囝」的聲母同化表現應也不具世代差異。

表5-43　愛大華古田腔聲母同化世代差異表：
實詞「瓜」與小稱詞「囝」（H5）

方音	老年		中年		青年		全部		F	Sheffe-test
H5-1	平均數	標準差	平均數	標準差	平均數	標準差	平均數	標準差		
k	66.70	0.00	66.70	0.00	50.02	23.58	59.72	26.54	0.674	
∅/[ŋ]	33.30	0.00	33.30	0.00	43.32	14.94	37.50	16.62	2.834	
H5-2	平均數	標準差	平均數	標準差	平均數	標準差	平均數	標準差		
k	0.00	0.00	0.00	0.00	3.34	7.47	1.04	4.18	1.117	
∅/[ŋ]	100.00	0.00	100.00	0.00	76.68	22.35	92.71	16.06	6.080*	老＝中＞青
未回答	0.00	0.00	0.00	0.00	19.98	18.24	6.24	13.42	6.703**	老＝中＜青

（五）小結

　　總和以上分析，愛大華古田腔聲母同化共時變異的世代差異表現如表5-44：

　　1. 雙唇塞音（p-/pʰ-）：A條件下若發生聲母同化，非合口韻者由變讀為[β]轉為變讀為齒唇音[v]，合口韻者則有脫落為零聲母的趨向；B條件下，青年層更傾向發生聲母同化而變讀為鼻音[m]　；至於C條件下，各世代一律不發生變異。

　　2. 舌尖塞音（t-/tʰ-）：A條件下不具世代差異；B條件下，整體以不發生聲母同化居多，但青年層愈益傾向變讀為鼻音[n]；C條件下，多數不發生變異，單一年輕發音人的若干語詞發生聲母同化。

　　3. 舌尖擦音（s-）：整體來看，無論A、B條件，舌尖擦音都較舌尖塞音更傾向發生聲母同化，且不具顯著的世代差異，惟中年層在B條件下反向地以不發生聲母同化者較多；C條件下也是多數不發生變異，單一年輕發音人的若干語詞發生聲母同化。

　　4. 舌齒塞擦音（ts-/tsʰ-）：A條件下若發生聲母同化，由變讀為[ʑ]轉為脫落為零聲母；B條件下若發生聲母同化，由變讀為鼻擦音[ʑᴺ]轉為變讀為純鼻音[n/ŋ]；至於C條件下，各世代一律不發生變異。

　　5. 舌根塞音與喉音聲母（k-/kʰ-/h-）在三類條件下均不具顯著世代差異；實詞「瓜」多不發生聲母同化，小稱詞「囝」則絕大多數都發生聲母同化。

表5-44　愛大華古田腔聲母同化世代差異總表

		A 條件	B 條件	C 條件
p-/pʰ-	整體	不變≧變異	不變≦變異	不變
	世代	[β]→[v]/∅	p/pʰ→[m]	—
t-/tʰ-	整體	不變≦變異	不變＞變異	不變
	世代	—	t/tʰ→[n]	【青：t/tʰ→[l]】
s-	整體	不變＜變異	不變≦變異	不變
	世代	—	【中：不變≧變異】	【青：s→[l]】
ts-/tsʰ-	整體	不變＜變異	不變＜變異	不變
	世代	[z]→∅/j	[zᴺ]→[n/ŋ]	—
瓜 VS 团	整體	實詞「瓜」：不變＞變異； 小稱詞「团」：不變＜變異		不變 —

A：前字為開尾韻、元音韻尾、喉塞尾；B：前字為鼻韻尾；C：前字為舌根塞尾。

二　愛大華古田腔與實兆遠福清腔的比較

　　我們使用完全相同的調查詞表訪談實兆遠福清口音的發音人4位，以其整體表現與愛大華古田腔的整體表現相較如圖3：

　　1. **雙唇塞音（p-/pʰ-）**：無論A、B條件，福清腔發生聲母同化變異的百分比平均數都明顯高於古田腔；而且福清腔在A條件下以變讀為[β]者居多，變讀為[v]者也有27.78%，可見該變體在愛大華、實兆遠一帶應屬漸具優勢的新興變體。

　　2. **舌尖塞音與擦音（t-/tʰ-/s-）**：無論A、B條件，福清腔舌尖塞音（t-/tʰ-）發生聲母同化變異的百分比平均數都明顯高於古田腔；而兩地舌尖擦音（s-）在A條件下發生聲母同化變異的百分比平均數都偏

高，但在B條件下則又是福清腔發生聲母同化變異的百分比平均數明顯高於古田腔。

　　3. **舌齒塞擦音**（ts-/tsʰ-）：無論A、B條件，兩地發生聲母同化變異的百分比平均數都偏高；然而，A條件下古田腔以脫落為零聲母者居多，而福清腔則以變讀為濁弱擦音[z̧]者較為普遍；此外，古田腔中老輩不發生聲母同化變異的H4-1-2類語詞，在福清腔則有46.88%也變讀為濁弱音，可見福清腔的聲母同化變異現象更為發達。而B條件下古田腔除了變讀為[z̧ᴺ]，[n/ŋ]變體也逐漸成長，福清腔則仍以變讀為鼻擦音[z̧ᴺ]者較為普遍。

　　4. **實詞「瓜」與小稱詞「囝」**：福清腔的實詞「瓜」處於後字一律發生聲母弱化變異，此與古田腔多數不發生變異的情形相差甚大；而小稱詞「囝」在兩地則都普遍發生聲母弱化變異。

　　據此，整體來看，實兆遠福清腔的聲母同化變異現象較為發達，各類聲母在A、B條件下都會發生濁弱化變異；且仍以變讀為濁弱擦音[β]、[z̧]、[z̧ᴺ]者較為普遍。而愛大華古田腔的聲母同化變異未若福清腔發達，且從世代差異分析來看，發生聲母同化的雙唇塞音及舌齒塞擦音有朝向新興變體[v]、零聲母、[ŋ]發展的趨勢。

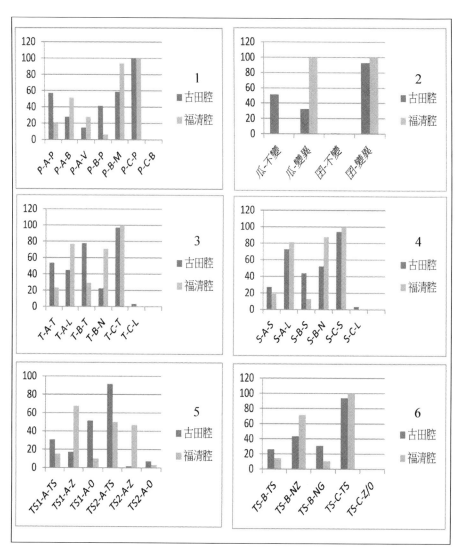

圖3　愛大華古田腔與實兆遠福清腔聲母同化音變整體比較

（組圖1-6）

（類別名稱為「聲類—前字韻尾條件—變體類別」，例如「P-B-P」意指「雙唇聲類
（p/pʰ）—前字為鼻韻尾的 B 條件—不發生變異仍讀為 p/pʰ」）

第五節　聲母同化現象的世代變動

　　本節比較分析馬祖話、詩巫閩東話、愛大華閩東話的聲母同化音變表現，詩巫以閩清腔為比較對象，愛大華以古田腔為比較對象，尤其注意這三處海外閩東方言世代變動的異同，進而討論導致世代差異的語言性及社會性因素。

一　馬祖、詩巫、愛大華整體表現的比較

　　相較馬祖話、詩巫閩清腔、愛大華古田腔聲母同化音變的整體表現如圖4，可以清楚看見三處閩東話的異同表現：

　　1.無論聲母類別，也無論處於A、B條件，馬祖話都以發生聲母同化音變為主要表現，且多變讀為同部位的濁弱擦音及濁鼻音；其中舌齒塞擦音聲母另具有脫落為零聲母的進階表現，較少變讀為純鼻音。

　　2.詩巫閩清腔、愛大華古田腔的聲母同化音變表現較為相近，多數聲母類別都傾向不發生聲母同化音變，兩處較為不同者在於：（1）愛大華古田腔的雙唇塞音聲母出現新興的唇齒擦音變體[v]；詩巫閩東話沒有這類表現。（2）舌尖塞音聲母在A條件下，詩巫閩清腔以變讀為濁弱音為主要表現，愛大華古田腔變或不變相去不大；而舌尖擦音聲母在A條件下，愛大華古田腔以變讀為濁弱音為主要表現，詩巫閩清腔變或不變相去不大。

　　3.詩巫閩清腔、愛大華古田腔的舌齒塞擦音聲母在B條件下都出現新興的純鼻音變體[n/ŋ]；馬祖話甚少這類表現。

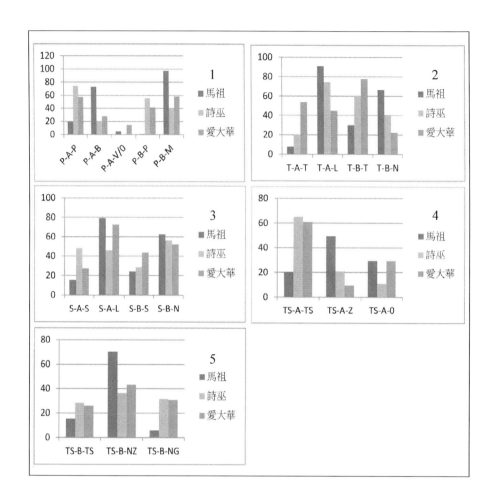

圖4　馬祖、詩巫、愛大華聲母同化音變整體比較（組圖1-5）

（類別名稱為「聲類—前字韻尾條件—變體類別」，例如「P-B-P」意指「雙唇聲類（p/pʰ）—前字為鼻韻尾的 B 條件—不發生變異仍讀為 p/pʰ」）

二　馬祖、詩巫、愛大華世代變動的比較

本小節更詳細地比較馬祖話、詩巫閩清腔、愛大華古田腔各類聲母的世代變動如圖5至圖8，分別說明如下：

1. 雙唇塞音聲母：如圖5所示，馬祖話大致維持穩定的世代表現，惟中青年層甚少在合口韻母前脫落為零聲母；詩巫閩清腔青年層則愈益傾向不發生同化變異；相對於詩巫，愛大華古田腔在A條件下青年層趨向讀為新興變體[v]，B條件下則更加傾向讀為濁鼻音[m]。

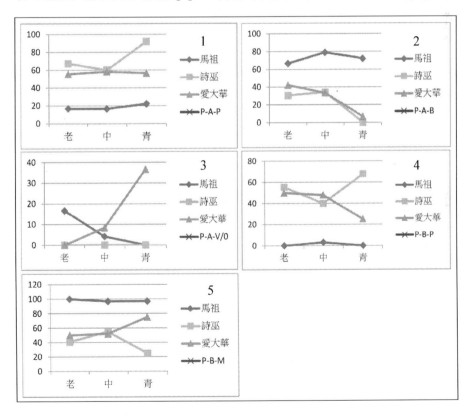

圖5　馬祖、詩巫、愛大華聲母同化音變的世代變動比較
（雙唇塞音）（組圖1-5）

2. 舌尖塞音聲母：如圖6所示，馬祖話與愛大華古田腔的世代變動趨向較為相近，不發生同化變異者略降、發生變異者略升；而詩巫閩清腔則是相反的趨勢：不發生同化變異者略升、發生變異者略降。

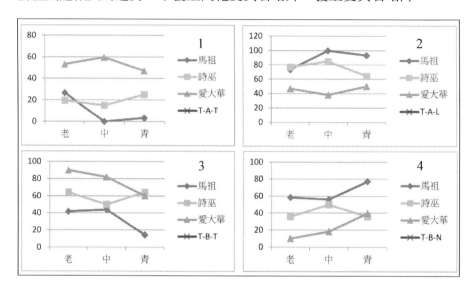

圖6　馬祖、詩巫、愛大華聲母同化音變的世代變動比較
（舌尖塞音）（組圖1-4）

3. 舌尖擦音聲母：如圖7所示，詩巫閩清腔也是隨著年齡層下降，不發生同化變異者上升、發生變異者下降；A條件下，馬祖話與愛大華古田腔維持穩定的世代表現，B條件下，馬祖話變讀為濁鼻音者明顯下降、愛大華古田腔則是不發生同化變異者下降，世代變動趨向較為參差。

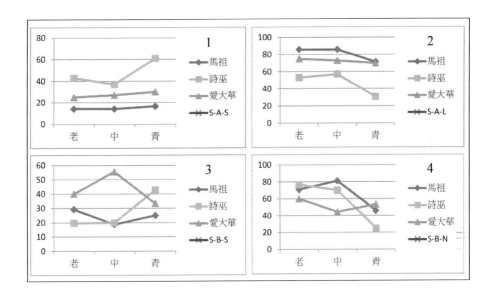

圖7　馬祖、詩巫、愛大華聲母同化音變的世代變動比較
（舌尖擦音）（組圖1-4）

　　舌齒塞擦音聲母：如圖8所示，馬祖話在A條件下不發生變異者維持穩定，若發生同化變異，變讀為濁弱擦音者下降、脫落為零聲母者上升；在B條件下變讀為濁鼻擦音者維持穩定，不發生變異者略降、變讀為純鼻音者略增。愛大華古田腔的世代變動趨向與馬祖話相近，惟B條件下變讀為濁鼻擦音者持續下降、變讀為純鼻音者持續上升，可見其舌齒塞擦音聲母在B條件下愈益趨向變讀為純鼻音。詩巫閩清腔大致仍是一貫的世代變動趨向，不發生變異者上升、發生同化變異者下降，惟B條件下變讀為純鼻音者也是持續上升，此與愛大華古田腔相同。

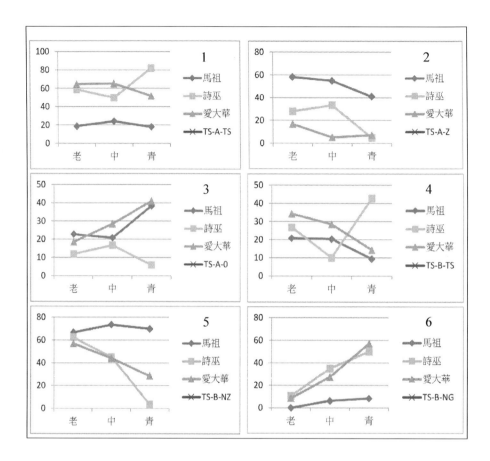

圖8　馬祖、詩巫、愛大華聲母同化音變的世代變動比較
（舌齒塞擦音）（組圖1-6）

　　總和以上所述，並且彙整前幾小節的分析結果如表5-45，說明
如下：

　　1.整體來看，馬祖話傾向發生聲母同化音變，而詩巫閩清腔、愛
大華古田腔較為相近，多數聲類傾向不發生聲母同化音變；但從世代
變動來看，隨著年齡層下降，馬祖話與愛大華古田腔都更傾向發生聲
母同化變異；詩巫閩清腔則是傾向不發生聲母同化變異。

　　2.聲母若發生同化變異，各地的變體趨向不盡相同：（1）馬祖話雙唇塞音聲母更趨向變讀為濁弱擦音[β]；愛大華古田腔則趨向變讀為新興變體[v]。（2）馬祖話與愛大華古田腔舌齒塞擦音聲母在A條件下都更趨向脫落為零聲母。（3）愛大華古田腔與詩巫閩清腔舌齒塞擦音聲母在B條件下則更趨向變讀為新興變體[n/ŋ]。

　　3.此外，三處閩東方言的年輕一輩都有零星在前字為舌根塞音尾的C條件下發生聲母同化變異的特殊表現，詩巫閩清腔為小稱詞「囝」，此或可視為隨其語義虛化而發生音讀自然弱化；但其他一般語詞可能導因於年輕發音人的前字塞音韻尾也明顯弱化，因而連讀條件近似於A條件，後字聲母遂零星發生同化音變，不過目前尚未形成普遍的世代變動，需要繼續觀察。

表5-45　馬祖、詩巫、愛大華聲母同化比較表（世代差異）

		p-/pʰ-	t-/tʰ-	s-	ts-/tsʰ-	k-/kʰ-/h-/∅
馬祖話	A	∅→[β]	t/tʰ→[l]		[z]→∅	
	B		t/tʰ→[n]			
	C	【青：p/pʰ→[β]】			【青：ts/tsʰ→∅】	【青：k→∅】
詩巫閩清腔	A	[β]→不變		[l]→不變	[z/ʒ]/∅→不變	
	B			[n]→不變	[n(ʒ)]→[n/ŋ]	
	C					「囝」k→∅
愛大華古田腔	A	[β]→[v]/∅			[z]→∅/j	
	B	p/pʰ→[m]	t/tʰ→[n]		[zᴺ]→[ŋ]	
	C		【青：t/tʰ→[l]】	【青：s→[l]】		

三　影響世代變動的原因

相較三處閩東方言的世代變動差異，有幾項重要的發現：

（一）詩巫閩清腔傾向不發生聲母同化變異。
（二）愛大華古田腔的雙唇塞音聲母，在A條件下趨向變讀為新興變體[v]。
（三）馬祖話與愛大華古田腔的舌齒塞擦音聲母，在A條件下都更趨向脫落為零聲母（尤其是細音韻母結構中）。
（四）愛大華古田腔與詩巫閩清腔的舌齒塞擦音聲母，在B條件下若發生同化變異，則更趨向變讀為新興變體[n/ŋ]。

第（一）項世代變動的原因主要是社會性因素：如第三節第「三」小節的討論，詩巫古田腔中年層為了標記自己族群語言更符合漢語標準，刻意選擇不發生聲母同化變異，此種語言意識透過群體之間相互傳播，因而帶動了詩巫年輕一輩共同趨向不發生聲母同化變異，導致閩清腔青年層也明顯朝向不發生變異發展，詩巫青年層遂混融為一，不再有古田腔與閩清腔的明顯界線。

第（二）項世代變動的原因兼具語言性與社會性因素：雙唇塞音聲母（p/pʰ）在A條件下原來變讀為同樣雙唇部位的濁弱音[β]，其實際音值並不形成完全阻塞，也未有強烈的摩擦徵性，而是雙唇略開近於通音；此一語音的模糊特性導致其相當容易發生語音變化，有時阻塞成分加強便讀為[b]（例如閩東北片的富溪話），有時在合口韻母前阻塞成分更弱而脫落讀為[∅(u)]（例如馬祖話老年層）。相應於此，愛大華古田腔青年層的雙唇塞音聲母在A條件下合口韻母結構中也有零星出現脫落讀為[∅(u)]者，例如「破布」一詞讀為「pʰuai3 uo3（＜

p）」，而在非合口韻結構中則多變讀為[v]，由此可見愛大華古田腔的濁弱音[β]音值上並不穩定，非常容易發生語音變異。而馬來西亞的華人通常都具有不錯的馬來語能力，尤其是中青年層因為文教及生活溝通所需，必須學說馬來語，因而也學會若干原來漢語中少見的濁輔音，例如唇齒濁擦音[v]、舌齒濁塞擦音[dʒ]、舌尖閃音[ɾ]，多數愛大華發音人將舌尖塞音及擦音聲母的同化變異音讀讀為[ɾ]，少數發音人有時也會將舌齒塞擦音聲母的同化變異音讀讀為較為強勁的舌齒濁塞擦音[dʒ]，並且主動告訴我們就是馬來文的「j」；平行來看，將雙唇塞音聲母的同化變異音讀讀為較為強勁的唇齒濁擦音[v]也是極有可能。也就是說，愛大華古田腔一方面由於內部音系中雙唇濁弱音的音值模糊虛弱，因而容易發生變異，另一方面受到馬來語唇齒濁擦音的音韻接觸影響，因而青年層普遍變讀為[v]。需要特別說明的是，東馬詩巫的閩東話卻沒有此類變體，主要是如前所述，詩巫閩東話的整體趨向為不發生聲母同化變異，詩巫古田腔中青年層、閩清腔青年層的雙唇塞音聲母幾乎都不發生同化變異，因此沒有變讀為[v]的基礎需求。

　　第（三）項世代變動的原因主要是語言性因素：舌齒塞擦音聲母（ts/tsʰ）在A條件下原來變讀為舌齒部位的濁弱音，實際上摩擦徵性也不強勁，其語音記錄相當參差，或記為[z]/[ʒ]/[ʐ]，甚至袁碧霞、王軼之（2013）運用語音實驗方法而認為應當是舌尖元音[ɹ̩]或通音[ɹ]。秋谷裕幸的記錄中特別說明該類聲母在不同洪細韻母結構中音值有異，大致來說洪音韻母結構中讀得較為靠前，細音韻母結構中讀得較為靠後。此類變異音讀與上述雙唇濁弱音一樣，音值非常模糊虛弱，因而也容易發生變異，尤其是細音韻母結構中前高元音[i,y]導致該舌齒濁弱音發音部位更加趨後，又其摩擦徵性並不明顯，進一步弱化便是硬顎部位的半輔音[j]，遂與前高元音[i,y]合一，音韻結構上即是變

讀為零聲母；而洪音韻母結構中的舌齒濁弱音也有弱化為半輔音[j]、甚而進一步脫落的零星表現，但整體來說發生比例不如細音韻母結構。

第（四）項世代變動的原因兼具語言性與社會性因素：舌齒塞擦音聲母（ts/tsʰ）在B條件下原來變讀為舌齒部位、帶有微弱摩擦成分的濁鼻音，但詩巫與愛大華的摩擦成分都不如馬祖話明顯。馬祖話的舌齒鼻擦音因為同時帶有明顯的鼻音成分，因此細音韻母結構中雖發音部位也趨後，但未如A條件下進一步弱化為半輔音[j]。而詩巫與愛大華的舌齒鼻擦音摩擦徵性非常微弱，相對來說鼻音徵性較為明顯，進一步弱化便完全失去摩擦徵性而變讀為純鼻音，且在洪音韻母結構中傾向變讀為舌尖鼻音[n]，例如「青菜」讀為「tsʰaŋ1 nai3（＜tsʰ）」，細音韻母結構中因發音部位趨後而傾向變讀為舌根鼻音[ŋ]，例如「點鐘小時」讀為「tieŋ2 ŋyŋ1（＜ts）」。除了語言內部的語音因素，愛大華古田腔在受到馬來語接觸影響下，一系列同化變異的聲母音讀都趨向變讀為更明確的輔音，可能因此也推動舌齒鼻擦音朝向純鼻音發展。而詩巫閩清腔原來老年層以鼻擦音[n̺(ʒ)]為主，古田腔老年層則兼具兩種變體，兩種腔調相互接觸影響下，閩清腔中年層變讀為[n̺(ʒ)]者下降、變讀為[n/ŋ]者上升，到了青年層變讀為[n/ŋ]者更是蓬勃發展，此亦為其重要的語言接觸因素。

第六章
-u-、-y-混同現象的歷時比較分析[*]

　　本章主要運用結構分析以及方言比較等歷史比較方法，分別析論介音-u-、-y-混同（南北片皆有）以及主要元音-u-、-y-混同（北片為主）的歷史音變。越多方言點的比較越能呈現詳實的語言現象，因此本章擇取十五個閩東方言點進行比較分析，包括北片九個方言點（壽寧、斜灘、柘榮、富溪、寧德、九都、周寧、咸村、福安）、南片六個方言點（古田、福州、福清、閩清、永泰、馬祖），使用語料來源如下：古田方言志（1997）、福州研究（陳澤平1998）、福清研究（馮愛珍1993）、閩清方言志（1993）、永泰方言志（1992）、壽寧方言志（1992）、壽寧斜灘（秋谷裕幸2010）、柘榮方言志（1995）、柘榮富溪（秋谷裕幸2010）、福安方言志（1999）（田調補充）、寧德方言志（1995）、寧德九都（秋谷裕幸2018）、周寧方言志（1993）、周寧咸村（秋谷裕幸2018）、馬祖（杜佳倫2006）。希望藉由閩東較多方言點的音韻比較，推溯各地相關的音變規律，從中深究閩東方言-u-、-y-混同音變的可能動因。

第一節　介音-u-、-y-混同現象的比較分析

　　本節首先從介音的層面來看-u-、-y-混同音變。需要特別說明的是，閩東方言另有介音-i-，其與介音-y-呈現互補分布的關係：介音-i-

---

[*]　本章的分析討論乃根據杜佳倫（2012）一文補充修改而成。

後接主要元音-a-、-e-，介音-y-則只接主要元音-o-。據此可以推溯閩東方言更早的時候發生介音-i-同化於主要元音-o-的合口化音變，產生撮口介音-y-，然後部分方言點的介音-y-又在特定條件下進而後化，與介音-u-混同，形成「-i->-y->-u-」的介音漸次變化歷程。本文關注的是後半階段「-y->-u-」有關介音發音部位的前後變化，部分方言點則是運作「-u->-y-」的反向音變，無論是「-y->-u-」或「-u->-y-」，均造成原來相對的兩個音位發生部分合併，例如比較古田、柘榮的「燭」與「借」兩字，前者讀為tsuoʔ4，後者讀為tsyøʔ，顯示介音-u-、-y-的截然相對立（參見表6-5、表6-6），而閩清卻將「燭借」混讀為tsyoʔ4，福州則將「燭借」混讀為tsuoʔ4，反映原來截然相對的介音-u-、-y-在某些聲母條件下發生混同，而且各方言點的變化方向並不一致，這是值得我們詳細探究的音變現象。以下分別就陰聲韻、陽聲韻與入聲韻進行比較與討論。

一　陰聲韻

表6-1　南片介音-u-、-y-混同音讀對應表I──陰聲韻

例字	聲母條件	早期形式	古田縣志	福州研究	福清研究	閩清梅城	永泰縣志	馬祖
布補誤句斧芋	P-K-∅	*uo	uo	uo	uo	uo	uo	uo
璋廚珠輸主成	T-TS-					yo		
去白	K	*yo	yø	[o]	yo	[uo]	[o]	[uo]
貯	T		yø	**uo**	yo	yo	**uo**	**uo**
茄橋	K		yø	yo	yo	yo	yo	yo

表6-2　北片介音-u-、-y-混同音讀對應表I——陰聲韻

例字	聲母條件	早期形式	壽寧	斜灘	柘榮	富溪	寧德市志	寧德九都	周寧獅城	周寧咸村	福安
布補誤句斧芋	P-K-∅	*uo	uo	u	uo	o	o (2) u (非上)	u	u	u	u
墿廚珠輸主成	T-TS-		yø								
去白	K	*yo	yø	(ø)文	yø	ø	y	[io]	(øu) 文	[yə]	[θ]
貯	T		yø	y?	yø?			y?	—	y?	
茄	K		—	—	yø	ø	y	y	y	y	i

　　表6-1、表6-2是閩東南片、北片方言與介音-u-、-y-混同現象相關的陰聲韻音讀對應表。有幾個問題需要先做說明：

　　（一）《廣韻》、《集韻》收錄有「墿」，釋義皆為「道也」，但所錄音讀不一：《廣韻》為入聲「羊益切」；《集韻》有平聲「同都切」、去聲「徒故切」及入聲「夷益切」三種音讀。閩東方言指稱道路多為tuo7（少數方言點變讀為tyo7或tyø7），該語詞的聲母與聲調表現，規則對應於《集韻》「徒故切」的去聲定母讀法，唯韻讀部分需要特別說明：根據目前蒐集的閩東語料，模韻除了有較多唇音字韻讀為-uo，例如「布補簿」；也有舌根聲母例字讀為-uo，例如「誤悟」，例字雖較少，但閩東各地有一致的表現；而舌齒音聲母例字也有讀為-uo者，例如「屠刀」的「屠」在福清、古田、柘榮均讀為tuo5，福安讀為高化韻變後的相應韻讀tu5，又福州「度時間」的「度」讀為tuo7、福清「租」有tsuo1的讀法。據此，本文認為閩東模韻應有-uo的完整韻讀層次，只是不同聲母條件下的競爭結果或強或弱；也就是說-uo

確實是模韻的規則韻讀。因此，閩東方言指稱道路的tuo7，其本字即為《集韻》「徒故切」的「壥」。

（二）閩東方言多指稱房屋為tsʰuo3，對應於閩南方言的tsʰu3，一般俗寫為「厝」，也有學者認為其本字可能為「處」或「戍」。「厝」為模韻字，「處」為魚韻字，「戍」為虞韻字；根據閩東與閩南的音讀表現，閩東魚韻字沒有-uo的韻讀層次，閩南模韻字沒有-u的韻讀層次，因此我們認為唯有虞韻的「戍」方能充分解釋閩東讀為-uo、閩南讀為-u的韻讀對應關係。

（三）《廣韻》收錄「貯」，釋義為「居也、積也」，音讀丁呂切，此為端知類隔反切，《集韻》改為展呂切（知母語韻上聲）。「貯」從積藏義發展出「盛裝某物於器皿」的動作語義，例如《南史‧劉穆之列傳》「穆之乃令廚人以金柈貯檳榔一斛以進之。」而閩南方言指稱盛裝食物於碗中的動作，泉州讀為tue2、漳州讀為te2、漳浦讀為tiei2、揭陽讀為tiu2，聲韻調均嚴整對應於知母語韻上聲在閩南各地的歷史規則讀法。相應於此，閩東方言同義語詞在南片讀為tyo2或tyø2，在北片讀為tyø2或tyøʔ4（若干方言點發生高化韻變讀為tyʔ4）；閩東方言讀為*yo的例詞雖然十分零星，但是古田、福清、壽寧、柘榮等地「去貯」都一致地反映這項韻讀的存在，我們認為這是古魚部語詞的滯留韻讀，「橋茄」亦有跡可尋。[1]閩東北片的入聲音讀大概是陰聲韻與入聲韻的音讀轉換變異。其中閩東多數方言點雖指稱「茄子」為

---

[1] 杜佳倫（2014）提出閩南方言有一項古魚部滯留韻讀-o的白讀層次，若干古魚部陰聲韻語詞讀為-o，如「作（做）錯無」等，相應於此，古魚部3等語詞應該也有韻讀-io的層次，閩東乃將介音圓唇化讀為-yo。參照陽韻字的韻讀-yoŋ來看，此乃反映古魚部3等陰聲韻在逐漸失去與陽部3等韻相應的韻讀關係時，仍有少數殘餘例詞（去貯）與陽部字進行相應的演變，遂與宵韻字（橋）同讀，成為魚韻中具有「規則性」的「例外」。至於「茄」雖非古魚部字，但在閩南、閩東及閩北各次方言，都很一致地讀為相應的韻讀（io-yo-iɔ）。

「紫菜」，但部分方言點也可以直稱為「茄」，例如馬祖、福安等地，各地該音讀均符合*yo的韻讀對應關係。

　　（四）「去」的弱化音變：閩東方言各地「去」多有文白二讀，文讀韻母為-y，部分方言點發生韻變而讀為-øy或-ø，例如斜灘讀為kʰø3、周寧讀為kʰøu3，該音讀與本文討論的介音混同音變無關；而白讀韻母各地較為參差，如表6-1、表6-2所示，吳瑞文（2009：217-218）對於此現象提出「語義弱化的同時也伴隨著語音弱化」的解釋，意即「去」白讀從做為動詞逐漸發展為一個語法功能詞，例如「睏去了（睡著了）」的「去」，其音讀有弱化的趨向。本文同意此種看法，根據古田、福清、壽寧、柘榮的韻讀對應關係，「去」白讀應為kʰyo3，而福州、閩清、永泰及馬祖「去」的白讀韻母（-o或-uo）即屬-yo的弱讀形式，並非本文關注的介音混同音變；至於福安讀為-θ則是先發生主要元音受介音影響的同化音變、又發生去撮口音變「yo＞yø＞iθ」後，-iθ再進一步弱化的結果。依據本書第三章第二節第「三」小節的分析，九都與咸村兩地發生上升複元音韻腹的高化韻變，但特別的是「去」的白讀並未發生高化韻變，九都讀為kʰio3、咸村讀為kʰyə3，且其音系中io、yə韻讀也僅有「去白」一個例詞，本文認為此乃上升複元音*yo的滯留韻讀，可能與該語詞經常使用而韻讀固著有關。這類弱化音讀與滯留音讀，表中暫時均以中括號標示。

　　（五）閩東北片的特殊韻變：依據本書第三章第二節第「三」小節的分析，閩東北片的音韻表現沒有明顯共時鬆緊韻母變異，但運用方言比較與內部構擬的方法，可以推溯閩東北片若干方言點發生了韻讀隨調分化的音韻演變，原來的上升複元音*uo、*yo歷經以下的韻變規律而改變音讀：

	斜灘	富溪	寧德城關	寧德九都	周寧獅城	周寧咸村	福安
R3.1.2	*yø＞y	*yø＞ø	*yø＞y (非上) (*yø＞ø (2))	*yø＞y	*yø＞y	*yø＞y	*yø＞y＞i
R3.1.3	*uo＞u	*uo＞o	*uo＞u(非上) (*uo＞o (2))	*uo＞u	*uo＞u	*uo＞u	*uo＞u

　　北片若干方言點原來的上升複元音*uo、*yo均發生平行的高化音變；相對於此，富溪韻變趨向較為特殊，非趨向高化而是變讀為單一中元音。而寧德較為複雜，在上聲調條件下另外分化演變，單元音化為-o、-ø；福安在高化韻變後，其音韻系統內部又發生了撮口高元音音變規律：y＞i / _ [非舌根音]、y＞u / _ [舌根音]。由於上述韻變規律的運作，使得北片若干方言點的語音對應與其他方言點大不相同。

　　明辨上述（四）、（五）的其他音變後，根據表6-1、表6-2各地的韻讀對應關係，本文推論布類字與墿類字均來自同一早期韻讀*uo；而去類字則來自另一早期韻讀*yo。據此，則有幾個方言點發生了介音的語音變異：

　　（一）福州、永泰、馬祖：這三個方言點原來的陰聲韻*yo在舌齒音條件下變讀為-uo。介音音變規律如下：

　　　　*-y-＞-u- / T__o#

不過，閩東方言陰聲韻*yo的例詞本來就不多，目前所見舌齒音條件下僅有「貯裝添」字；雖然僅依據一個例字而歸納的音變規律實在需要更多的論證，但福州、永泰陽聲韻與入聲韻的平行演變（參見下文討論），可以支持我們的推論。

　　（二）閩清、壽寧：這兩個方言點原來的陰聲韻*uo在舌齒音條

件下變讀為-yo，然後壽寧的主要元音更進一步受-y-介音影響而前化，今讀為-yø。介音音變規律如下：

$$*\text{-u-} > \text{-y-} / \begin{Bmatrix} \text{T} \\ \text{TS} \end{Bmatrix} \_\text{o} \#$$

陰聲韻的介音音變分析顯示，福州、永泰、馬祖三地與閩清、壽寧兩地運行方向相反的介音混同規律。

二　陽聲韻

表6-3　南片介音-u-、-y-混同音讀對應表II──陽聲韻

例　字	聲母條件	早期形式	古田縣志	福州研究	福清研究	閩清梅城	永泰縣志	馬　祖
光往網	P-K-∅	*uoŋ	uoŋ	uoŋ	uoŋ	uoŋ	uoŋ	uoŋ
本門昏飯勸遠	P-K-∅	*uon (併入*uoŋ)	uoŋ	uoŋ	uoŋ	uoŋ	uoŋ	uoŋ
轉全專	T-TS					yoŋ		yoŋ
健言鉛	K-∅	*yon (併入*yoŋ)	yøŋ	yoŋ	yoŋ	yoŋ	yoŋ	yoŋ
強香養	K-∅	*yoŋ	yøŋ	yoŋ	yoŋ	yoŋ	yoŋ	yoŋ
張漿傷	T-TS			uoŋ		uoŋ		

表6-4 北片介音-u-、-y-混同音讀對應表II——陽聲韻

例字	聲母條件	早期形式	壽寧	斜灘	柘榮	富溪	寧德市志	寧德九都	周寧獅城	周寧咸村	福安
光往綱	P-K-Ø	*uoŋ	uoŋ	uŋ	uoŋ	ouŋ	oŋ（1.2） uŋ（5.3.7）	oŋ（1.2） uŋ（5.3.7）	oŋ（2） uŋ（非上）	oŋ（2） uŋ（非上）	uŋ
本門昏 飯勤遜	P-K-Ø		uoŋ	uŋ （ouŋ）	uoŋ	ouŋ	oŋ（1.2） uŋ（5.3.7）	øn（1.2） un（5.3.7）	uan（2） un（非上）	øn（2） un（非上）	uŋ
輴全尊	T-TS	*uon	yoŋ	uŋ （ouŋ）	uoŋ	ouŋ	øŋ（2） oŋ（1） uŋ（5.3.7）	øn（2） un（5.3.7）	ɛn（2） un（非上）	øn（2） un（非上）	
健言鉛	K-Ø	*yon	yoŋ	yŋ	yoŋ	øyŋ	yøŋ（1.2） yŋ（5.3.7）	ioŋ（1.2） yŋ（5.3.7）	yn（非上）	yn（非上）	iŋ
強香養	K-Ø	*yoŋ	yoŋ	iɔŋ	yoŋ	iɔŋ	yøŋ（1.2） yŋ（5.3.7）	ioŋ	ioŋ（2）	iɔŋ（2）	ioŋ
張帳傷	T-TS	*ioŋ	yoŋ	iɔŋ	yoŋ	iɔŋ	oŋ（1.2） yŋ（5.3.7）	oŋ（1.2） ioŋ（5.3.7）	yɐŋ（非上）	yoŋ（上）ioŋ（非上）	

　　表6-3、表6-4是各個方言點與介音-u-、-y-混同現象相關的陽聲韻音讀對應表。有幾個問題需要先做說明：

　　（一）從語音對應關係可以明顯看出閩東方言南片與北片的韻尾表現略有不同，如表6-5所示：

表6-5　閩東方言鼻韻尾簡化音韻對應表

	早期形式	南片方言點	壽寧／斜灘柘榮／富溪／福安	寧德	周寧	九都咸村
咸深（**m）	*-m			-m		-m
山臻（**n）	*-n	-ŋ	-ŋ		-n	-n
宕江曾梗通（**ŋ）	*-ŋ			-ŋ	-ŋ	-ŋ

　　1. 南片的舌尖鼻韻尾完全併入舌根鼻韻尾，因而造成中古山臻攝語詞（*-n）與宕攝語詞（*-ŋ）的音讀合流。

　　2. 北片的鼻韻尾表現較為複雜：（1）壽寧、斜灘、柘榮、富溪、福安等地已歸併為單一套舌根鼻韻尾，但表6-4顯示福安、斜灘、富溪三地來自古舌尖鼻韻尾的健類字，與來自古舌根鼻韻尾的強類字、張類字並未合流，可見福安三地的韻變規律發生在韻尾合併之前，因而不同部位韻尾的-yo-韻腹，其韻變方向也有所不同；而壽寧與柘榮的音韻分合表現則與南片相近。（2）周寧仍保有舌尖鼻韻尾與舌根鼻韻尾的對立（原來的雙唇鼻韻尾已經併入舌尖鼻韻尾），咸村維持三套鼻韻尾的對立，周寧與咸村以-yo-為韻腹者也有與福安相同的情形；（3）寧德保有雙唇鼻韻尾與舌根鼻韻尾的對立（原來的舌尖鼻韻

尾已經併入舌根鼻韻尾），九都維持三套鼻韻尾的對立，但寧德與九都的韻腹音讀皆經歷相當複雜的分化演變。

（二）依據本書第三章第二節之第「三」小節的分析，參見表3-18，閩東北片若干方言以上升複元音-uo-、-yo-為韻腹的陽聲韻，也發生了韻讀隨調分化的音韻演變，韻變規律如下：

陽聲韻 聲調條件	斜灘	富溪	寧德城關	寧德九都	周寧獅城	周寧咸村	福安
	（全）	（全）	5.3.7	5.3.7	1.5.3.7	1.5.3.7	（全）
R3.2.2	*yo->y-(-n)	*yo->ø->øy-(-n)	*yo->y-	*yo->y-(-n)	*yo->y-(-n)	*yo->y-(-n)	*yo->y-(-n)（>i-）
R3.2.3	*uo->u-	*uo->o->ou-	*uo->u-(*uo->ɔ-(1.2))	*uo->u-(*uo->o-(-ŋ))(1.2))	*uo->u-(*uo->ɔ-(-ŋ)(2))[*uo->ua-(-n)(2)]	*uo->u-(*uo->o-(-ŋ)(2))	*uo->u-

北片若干方言點原來的上升複元音韻腹-uo-、-yo-均發生平行的高化音變；相對於此，富溪的韻變趨向相當特殊，乃由上升複元音變為下降複元音。而周寧、寧德一帶的變化較為複雜：周寧與咸村以*uo-為韻腹者在上聲調條件下另外分化演變為ua-、ɔ-或-o-；寧德與九都以*uo-為韻腹者在陰平、上聲調條件下另外分化演變為ɔ-或o-；福安雖不因聲調條件分化演變，但是其韻變規律應該發生在韻尾合併之前，其舌尖韻尾的*yon先高化為-yn，然後受音韻系統內部撮口高元音音變規律影響而讀為-in，[2]舌尖韻尾再歸併入舌根韻尾；而舌根韻尾的

2　從結構分析來看，閩東方言的介音-y-與介音-i-形成互補分布，可以推論介音-y-更早是來自介音-i-的條件音變；但是本文不認為福安的-ioŋ、-iok必定是保留早期形式，原因在於其他閩東方言讀有撮口元音y的韻母結構，福安幾乎都讀為齊齒的i，包括來自緊韻母-y的韻變形式-øy，福安今讀為-ɵi，據此本文認為福安原來的元音系統也有撮口高元音y，而且是在「-y->-øy」的韻變發生後，才運作系統性的撮口高元音音變規律：y>i /＿ [非舌根音]，因此其今讀-ioŋ、-iok不必然直接來自早期音韻形式，較可能是歷經了「-io->-yo-」、「y>i」的兩次系統性演變。此外，根據筆者的調查記錄，福安-ɵi的實際音值為[ɵʏ]，而-ioŋ、-iok的實際音值為[ʏɵŋ]、[ʏɵʔ]，兩者仍稍具撮口徵性，而且呈現系統性相應的語音特質。

*yoŋ則未運行韻變規律。福安多重的音變規律運作順序如表6-6所示：

表6-6　福安多重音變規律運作表

早期韻讀形式		*uon	*uoŋ	*yon	*yoŋ
1	R3.2.2、R3.2.3	un	uŋ	yn	—
2	y＞i /_ [非舌根音]	—	—	in	ioŋ
3	-n＞-ŋ	uŋ	—	iŋ	—
今讀		uŋ	uŋ	iŋ	ioŋ

周寧與咸村也有相應的情形，其韻腹-yo-在舌尖韻尾與舌根韻尾的結構中高化程度不一，舌尖韻尾的*-yo-已經高化為-y-，例如「建」讀為kyn3、「鉛」讀為yn5，而舌根韻尾的*-yo-僅元音前化為-yə-，咸村則不變，例如「張」讀為tyəŋ1/tyoŋ1、「強」讀為kyəŋ5/kyoŋ5。

　　（三）壽寧的層次韻讀競爭：表6-4壽寧的飯類字有兩種韻讀，「飯遠」韻讀為-uoŋ、「圓權」韻讀為-yoŋ，與其他方言點的對應韻讀相較，可知-uoŋ為對當讀法，那麼-yoŋ的韻讀是反映介音混同音變嗎？由於一般方言點的介音混同音變僅發生於舌齒音聲母條件下，使我們懷疑「圓權」讀為-yoŋ並非介音混同現象，而是不同層次韻讀的競爭。飯類字與轉類字皆來自中古山攝三等合口韻，該韻字群具有-yoŋ、-uoŋ的層次異讀，但各地的例字分布不同，如表6-7所示，「捐絹鉛緣」各地均讀為相應的撮口韻讀層次，「勸園遠~近」各地均讀為相應的合口韻讀層次，但「遠永~圓權卷元」等字略有參差，馬祖「遠永~」讀為-yoŋ，壽寧則多數都讀為-yoŋ，反映層次競爭的可能性。

表6-7　壽寧中古山攝三等合口韻-yoŋ、-uoŋ的層次競爭

	馬祖	福州	柘榮	壽寧
捐	kyoŋ1	kyoŋ1	kyøŋ1	kyoŋ1
絹	kyoŋ3	—	kyøŋ3	kyoŋ3
鉛	yoŋ5	yoŋ5	yøŋ5	—
緣	yoŋ5	yoŋ5	yøŋ5	yoŋ5
遠永~	yoŋ2	uoŋ2	uoŋ2	yoŋ2
圓	uoŋ5	uoŋ5	uoŋ5	yoŋ5
權	kuoŋ5	kuoŋ5	kuoŋ5	kyoŋ5
卷	kuoŋ3	kuoŋ3	kuoŋ3	kyoŋ3
元	ŋuoŋ5	ŋuoŋ5	ŋuoŋ5	ŋyoŋ5
勸	kʰuoŋ3	kʰuoŋ3	kʰuoŋ3	kʰuoŋ3
園	xuoŋ5	xuoŋ5	xuoŋ5	—
遠~近	xuoŋ7	xuoŋ5	xuoŋ7	xuoŋ7

　　明辨上述（二）、（三）的其他音變與層次競爭後，根據各地的韻讀對應關係，我們推論表6-3、表6-4光類字的早期韻讀為*uoŋ，本類字、飯類字、轉類字的早期韻讀為*uon（南片方言併入*uoŋ）；而強類字、張類字的早期韻讀則為*yoŋ，健類字的早期韻讀為*yon（南片方言併入*yoŋ）。由於大多數方言點的舌尖、舌根鼻韻尾早已混同，不影響介音混同音變的方向，因此下面將相關的鼻音韻尾以-N表示，概分為兩類*uoN、*yoN。據此，以下幾個方言點發生了介音音變：

　　（一）福州、永泰：這兩個方言點原來的陽聲韻*yoN在舌齒音聲母條件下變讀為-uoN。介音音變規律如下：

$$*\text{-y-}>\text{-u-} / \left\{ \begin{array}{c} T \\ TS \end{array} \right\} \_\_oN$$

（二）閩清、馬祖、壽寧：這三個方言點原來的陽聲韻*uoN在舌齒音聲母條件下變讀為-yoN。介音音變規律如下：

$$*\text{-u-}>\text{-y-} / \left\{ \begin{array}{c} T \\ TS \end{array} \right\} \_\_oN$$

（三）表6-4寧德城關張類字的音韻表現與強類字、健類字不同，且轉類字也跟本類字、光類字不同，顯示其原來的陽聲韻*yoN、*uoN在舌齒音聲母條件下發生介音混同音變，但是因為同時涉及韻變規律的運作，使得音韻演變較為複雜。由於*yoN來自舌尖韻尾者沒有舌齒音聲母的例字，而*uoN來自舌根韻尾者也沒有舌齒音聲母的例字，表6-8僅以*yoŋ、*uon為例說明：音變順序上，陽聲韻的韻變規律R3.2.2、R3.2.3必須先於介音混同音變，然後*yoN的主要元音受到前高介音影響而趨前，再運行上升複元音韻腹的單元音化音變R3.2.2.2、R3.2.3.2，最後發生韻尾歸併音變。意即寧德*yoŋ、*uon先因聲調條件分化韻變，陽平與陰陽去聲調條件下高化為yŋ、un；接著陰平與上聲調條件下沒有高化的*yoŋ、*uon再發生介音混同音變，舌齒音條件下變讀為uoŋ、yon；再進行主要元音趨前（yo->yø-），韻腹-yø-、-uo-單元音化為-ø-、-ɔ-，最後舌尖韻尾再歸併入舌根韻尾。

表6-8 寧德城關多重音變規律運作表（陽聲韻）

	早期韻讀形式	*uoN			*yoŋ		
1	R3.2.2：*yo->y- (5.3.7) R3.2.3：*uo->u-(5.3.7)	5.3.7	1.2		5.3.7	1.2	
		un	—		yŋ	—	
2	介音混同		P-K-Ø	T-TS		P-K-Ø	T-TS
		—	—	① — ② yon	—	—	uoŋ
3	主要元音趨前： yo->yø-	—	—	yøn	—	yøŋ	—
4	R3.2.2.2：yø->ø-(n) (1.2) R3.2.3.2：uo->ɔ- (1.2)	—	ɔn	øn	—	—	ɔŋ
5	-n>-ŋ	uŋ	ɔŋ	øŋ	—	—	ɔŋ
今讀		uŋ	ɔŋ	øŋ	yŋ	yøŋ	ɔŋ
例詞		勸全	本磚	轉軟	強癢	香養	漿獎

若單就寧德的介音混同音變來看，其介音音變規律兼有兩類趨向：一是原來的陽聲韻*yoN在舌齒音聲母條件下變讀為-uoN，此與福州、永泰相同；二是原來的陽聲韻*uoN在舌齒音聲母條件下、且限制在上聲調條件下變讀為-yoN，此與閩清、馬祖、壽寧類似，但較為特別的是還限制為上聲調條件。

$$*\text{-y-} > \text{-u-} \bigg/ \left\{ \begin{array}{c} T \\ TS \end{array} \right\} \_\_\text{oN}$$

$$*\text{-u-} > \text{-y-} \bigg/ \left\{ \begin{array}{c} T \\ TS \end{array} \right\} \_\_\text{oN（上聲調）}$$

九都也發生同類音變，但舌尖韻尾未歸併入舌根韻尾，且*uoN乃在所

有聲母條件的陰平及上聲調語詞（例如：磚分轉本管阮）都發生上述介音混同（*-u->-y-）及單元音化音變（yo->yø->ø-），今讀為øn。

（四）表6-4周寧獅城轉類上聲字（轉軟）跟本類字、飯類字不同，且張類與強類的上聲字亦具獨特音讀，顯示其原來的陽聲韻*yoŋ、*uon在若干語音條件下也發生介音混同音變。

表6-9　周寧獅城多重音變規律運作表（陽聲韻）

	早期韻讀形式	*uon			*yoŋ		
1	R3.2.2：*yo->y-(-n)(非上)	非上	上		非上	上	
	R3.2.3：*uo->u-(非上)	un	—		—	—	
2	介音混同		P-K	T-TS		P-K	T-TS
		—	—	yon		uoŋ	
3	主要元音趨前： yo->yɛ-(-n)　　yo->yə-(-ŋ)	—	—	yɛn	yəŋ	—	
4	R3.2.2.2：yɛ->ɛ-(-n) R3.2.3.2：uo->ɔ-(-ŋ) uo->ua-(-n)	—	uan	ɛn	—	ɔŋ	
	今讀	un	uan	ɛn	yəŋ	ɔŋ	
	例詞	勸全	本管	**轉軟**	香癢	**響獎長**縣長	

如表6-9所示：音變順序上，陽聲韻的韻變規律R3.2.2、R3.2.3必須先於介音混同音變，然後*yoN的主要元音受到前高介音影響而趨前（yon>yɛn、yoŋ>yəŋ），最後運行上升複元音韻腹的單元音化音變R3.2.2.2、R3.2.3.2。意即周寧*uon先因聲調條件分化韻變，非上聲聲調條件下高化為un；接著上聲調條件下沒有高化的*uon再發生介音混同音變，舌齒音條件下變讀為yon，再進行主要元音趨前（yon>yɛn），韻腹yɛ-又單元音化為-ɛ-；而非舌齒音條件下未發生介音混同

音變的*uon則是主要元音低化今讀為uan。周寧*yoŋ未發生隨調分化的韻變，但在上聲調條件發生介音混同音變，*yoŋ變讀為uoŋ，韻腹uo-又單元音化為-ɔ-；而非上聲調條件、未發生介音混同音變的*yoŋ則是主要元音趨前（yoŋ＞yəŋ）。

若單就周寧的介音混同音變來看，其介音音變規律也是兼有兩類趨向：一是原來的陽聲韻*yoN在上聲調條件下變讀為-uoN，此與福州、永泰類似，但較為特別的是非限制舌齒音聲母，而是限制為上聲調條件；二是原來的陽聲韻*uoN在舌齒音聲母條件下變讀為-yoN，此與閩清、馬祖、壽寧相同。

$$*\text{-y-}>\text{-u-}/\underline{\quad}\text{oN （上聲調）}$$

$$*\text{-u-}>\text{-y-}/\left\{\begin{matrix} \text{T} \\ \text{TS} \end{matrix}\right\}\underline{\quad}\text{oN}$$

周寧咸村也發生同類音變，但*uon乃在所有聲母條件的上聲調語詞（例如：轉本阮）都發生上述介音混同（*-u-＞-y-）及單元音化音變（yo-＞yø-＞ø-），今讀為øn。

總和來看，陽聲韻的介音音變分析顯示福州、永泰兩地與閩清、馬祖、壽寧三地運行方向相反的介音混同規律；而寧德、九都、周寧、咸村四地則是兼有兩類相反趨向的介音混同規律，再加上內部其他多重音變的影響，導致今日韻讀相當複雜。

三 入聲韻

表6-10 南片介音-u-、-y-混同音讀對應表III──入聲韻

例 字	聲母條件	早期形式	古田縣志	福州研究	福清研究	閩清梅城	永泰縣志	馬 祖
曝玉沃	P-K-∅	*uoʔ	uoʔ	uoʔ	uo	uoʔ	uoʔ	uoʔ
燭粟綠	T-TS					yoʔ		
藥腳白	K-∅	*yoʔ	yøʔ	yoʔ	yo	yoʔ	yoʔ	yoʔ
借石箬白	T-TS			uoʔ			uoʔ	uoʔ
月勃發	P-K-∅	*uot (併入*uok)	uok	uoʔ	uoʔ	uok	uoʔ	uok
說雪絕	T-TS					yok		
歇決	K-∅	*yot (併入*yok)	yøk	yoʔ	yoʔ	yok	yoʔ	yok
若腳文弱累	K-∅	*yok	yøk	yoʔ	yoʔ	yok	yoʔ	yok
雀箬文	T-TS			uoʔ			uoʔ	

表6-11 北片介音-u-、-y-混同音讀對應表III——入聲韻

例字	聲母條件	早期形式	壽寧	斜灘	柘榮	當溪	寧德市志	寧德九都	周寧獅城	周寧咸村	福安
曝玉沃	P-K-Ø	*uoʔ	uoʔ~ uo (4-3)³	uʔ	uoʔ	oʔ	uoʔ (8)	uʔ	uk	uʔ	uʔ
燭粟緣	T-TS		yø (4-3)				uk (4)				
藥臛白	K-Ø	*yoʔ	yøʔ~yø(4-3)	yʔ	yøʔ	øʔ	yøʔ	yʔ	yk	yʔ	iʔ
借石箬白	T-TS										
月勃發	P-K-Ø	*uot	uoʔ (P-)	uʔ	uok	oʔ	øk (8)	øt (8)	ut	ut	uʔ
說雪絕	T-TS		yø (非 P-)	yʔ	yøʔ	øʔ	uk (4)	ut (4)		(少 ot)	
歇決	K-Ø	*yot	yøʔ	yʔ	yøʔ	øʔ	yøk (8) / yk (4)	yt	yk	yt	iʔ
若閙又弱黑	K-Ø	*yok	yøʔ	iɔʔ	yøk	iɔʔ	yøk (8) / yk (4)	iok	yɛʔ	yok	ioʔ
雀箬文	T-TS						少ɔk (8) (T-TS)				

---

3 壽寧方言的入聲塞音韻尾僅存一套喉塞尾（-ʔ），但詳細比較後，會發現在其他維持喉塞尾（-ʔ）與舌根塞尾（-k）區別之方言點（例如柘榮）讀為喉塞尾的若干陰入語詞（例如：客借尺燭曲粟沃），壽寧乃將之讀為不帶喉塞尾的陰聲韻讀，聲調混同陰去調。陽入語詞則無此現象。

　　表6-10、表6-11是各個方言點與介音-u-、-y-混同現象相關的入聲韻音讀對應表。有幾個問題需要先做說明：

　　（一）入聲韻尾的簡化，如表6-12所示：福州、福清、永泰、福安與壽寧等地今日共時音系僅有一套入聲韻尾，福州、福清、永泰、壽寧表現為喉塞韻尾（-ʔ），福安則表現為舌根韻尾（-k）；然而若從歷史音韻分合關係來看，福州、永泰、福安確實歸併為單一入聲韻尾，而福清與壽寧則是將原來的喉塞韻尾脫落而讀同陰聲韻，此乃相應於閩清、古田、柘榮與馬祖等地仍兼有對立的兩套入聲韻尾（-k、-ʔ），因此福清與壽寧實際上仍維持原來舌根塞尾與喉塞尾的兩套音類區別。寧德城關有舌根、雙唇、喉塞等三套塞韻尾，古舌尖塞尾併入舌根塞尾；周寧獅城有舌根、舌尖、喉塞等三套塞韻尾，古雙唇塞尾併入舌尖塞尾，但三套塞韻尾乃處於混併為一套的過程中，經常有自由變體的表現；寧德九都、周寧咸村皆保有雙唇、舌尖、舌根、喉塞等四套塞音尾。

表6-12　閩東方言入聲韻尾簡化音韻對應表

	早期形式	福州永泰	福安	福清	壽寧	閩清／古田／柘榮／馬祖	寧德	周寧	九都咸村
咸深（**p）	*-p	-ʔ	-k	-ʔ	-ʔ	-k	-p	-t	-p
山臻（**t）	*-t						-k		-t
宕江曾梗通（**k）	*-k							-k	-k
	*-ʔ			∅	-ʔ（> ∅）	-ʔ	-ʔ	-ʔ	-ʔ

整合來看，就閩東方言入聲韻尾簡化演變的音韻分合來看，大致可以分為四種類型：

1. 無論歷史音韻來源，都讀為單一套入聲韻尾，或為喉塞韻尾（-ʔ）、或為舌根韻尾（-k）。例如：福州、永泰、福安。

2. 古音來源為舌根韻尾者，具有對立的兩套塞音尾（-k、-ʔ）；但古音來源為雙唇與舌尖韻尾者，已經混為一套（-k）。例如：閩清、馬祖、古田、柘榮。福清雖然僅有一套入聲韻尾，但其實該地原來的兩套塞音尾並非歸併，而是同時弱化，原來的喉塞韻尾弱化消失而讀同陰聲韻，原來的舌根韻尾則弱化為喉塞韻尾。壽寧則介於閩清等地向福清過渡的演變階段。

3. 除了古音來源為舌根韻尾者具有對立的兩套塞音尾（-k、-ʔ）；古音來源為舌尖韻尾者保留另一套舌尖塞音尾（-t），例如：周寧；或是古音來源為雙唇韻尾者保留另一套雙唇塞音尾（-p），例如：寧德。不過，周寧的舌尖塞音尾、寧德的雙唇塞音尾，目前都有混同於舌根韻尾的傾向。

4. 古音來源為舌根韻尾者，具有對立的兩套塞音尾（-k、-ʔ）；且維持古音來源雙唇、舌尖、舌根三套入聲韻尾的對立，共有四套塞音尾。例如：九都、咸村。

　　（二）依據第三章第二節之第「三」小節的分析，參見表3-18，閩東北片若干方言以上升複元音-uo-、-yo-為韻腹的入聲韻也發生了歷時性的韻變現象，韻變規律如下：

	斜灘	富溪	寧德城關	寧德九都	周寧獅城	周寧咸村	福安
R3.3.2	*yo->y- (-t/-ʔ)	*yo->ø- (-t/-ʔ)	*yo->y- (-t/-k)（4）	*yo->y- (-t/-ʔ)	*yo->y- (-t/-ʔ)	*yo->y- (-t/-ʔ)	*yo->y->i-（-t/-ʔ）
R3.3.3	*uo->u-	*uo->o-	*uo->u-（4） (*uo->ɔ-(-t)（8）)	*uo->u-（4） [*uo->yø->ø-(-t)（8）]	*uo->u-	*uo->u-	*uo->u-

　　北片若干方言點入聲韻原來的上升複元音韻腹*uo-、*yo-均發生平行的高化韻變，與前述陽聲韻的相關韻變情形大致相同（詳細情形參見上一小節說明），唯富溪的韻變趨向乃由上升複元音變為單一中元音；其中*yo-韻腹的高化韻變絕大多數方言點僅發生在原來為舌尖塞尾與喉塞尾的條件下，原來舌根塞尾者則未發生高化；唯寧德城關發生在原來舌尖及舌根塞尾條件下，反而是喉塞尾者未發生高化。而寧德與、九都一帶的變化更為複雜，以*uo-為韻腹者在陽入調條件下另外分化演變為ɔ-或ø-。福安*yo-韻腹除了高化韻變，還受到撮口高元音音變規律影響，今讀為iʔ。

　　（三）壽寧入聲韻與前述陽聲韻一樣具有平行的層次韻讀競爭現象，不過僅有少數例字發生，例如壽寧「月」的韻母改讀為-yøʔ。

　　明辨上述（一）、（二）、（三）的其他音變與層次競爭後，根據各地的韻讀對應關係，我們推論表6-10、表6-11的曝類字與燭類字來自同一早期韻讀*uoʔ；藥類字與借類字來自另一早期韻讀*yoʔ；而月類字與說類字來自同一早期韻讀*uot（南片方言併入*uok）；歇類字來自另一早期韻讀*yot（南片方言併入*yok），若類字與雀類字則來自早期韻讀*yok。由於大多數方言點的舌尖塞尾與舌根塞尾早已混同，對於介音混同音變的影響沒有差異，因此可以將這兩種入聲韻尾以-K表示，概分為兩類*uoK、*yoK。據此，以下幾個方言點發生了介音音變：

　　（一）福州、永泰：這兩個方言點原來的入聲韻*yoʔ、*yoK在舌齒音條件下介音-y-均變讀為-u-。介音音變規律如下：

$$*\text{-y-}>\text{-u-} / \left\{ \begin{array}{c} T \\ TS \end{array} \right\} \_ o\ [-cont, -son]$$

（二）馬祖入聲韻僅有*yoʔ在舌齒音條件下介音-y-均變讀為-u-；*yoK則不變，例如「借」變讀為tsuoʔ4、「雀」仍讀為tsʰyok4。介音音變規律如下：

$$*\text{-y-}>\text{-u-} / \left\{ \begin{array}{c} T \\ TS \end{array} \right\} \_ oʔ$$

（三）閩清、壽寧：這兩個方言點原來的入聲韻*uoʔ、*uoK在舌齒音條件下介音-u-均變讀為-y-，其中壽寧受到前述層次韻讀競爭影響，若干舌根聲母例詞（如：月）也讀為-y-介音，且其主要元音更進一步受-y-介音同化影響，前化讀為-ø-。介音音變規律如下：

$$*\text{-u-}>\text{-y-} / \left\{ \begin{array}{c} T \\ TS \end{array} \right\} \_ o\ [-cont, -son]$$

（四）表6-11寧德城關少數雀類陽入語詞（如：略著）音韻表現殊異，顯示其原來的入聲韻*yok在舌齒聲母條件下發生介音混同音變，但是因為同時涉及韻變規律的運作，使得音韻演變較為曲折，如表6-13所示：音變順序上，入聲韻的韻變規律R3.3.2先於介音混同音變，然後yo-的主要元音受到前高介音影響而趨前，再運行R3.3.3.2上升複元音韻腹的單元音化音變。意即寧德*yok先因聲調條件分化韻變，陰入聲調條件下高化為yk；接著陽入聲調條件下沒有高化的*yok再發生介音混同音變，舌齒音條件下變讀為uok；再進行主要元音趨前（yo->yø-），又韻腹uo-單元音化為ɔ-。

表6-13　寧德城關多重音變規律運作表（入聲韻）

早期韻讀形式		*yok		
1	R3.3.2：*yo->y-(-t/-k)(4)	4	8	
		yk	—	
2	介音混同		P-K-∅	T-TS
		—	—	uok
3	主要元音趨前：yo->yø-	—	yøk	—
4	R3.3.3.2：uo->ɔ-	—	—	ɔk
今讀		yk	yøk	ɔk
例詞		雀約	若虐	略著

若單就寧德的介音混同音變來看，其介音音變規律歸納如下：

$$*\text{-y-} > \text{-u-} / \left\{ \begin{array}{c} T \\ TS \end{array} \right\} \_\_oK$$

入聲韻的介音音變分析顯示福州、永泰、馬祖、寧德四地與閩清、壽寧兩地進行方向相反的介音混同規律，其中馬祖只發生在入聲韻尾為喉塞尾的條件下，而寧德則只發生在入聲韻尾為非喉塞尾的條件下。

第二節　閩東北片之主要元音-u-、-y-混同現象的比較分析

除了介音-u-、-y-混同變化之外，閩東北片方言另有相平行的語音變異現象：主要元音-u-與-y-在某些韻尾條件下發生同化音變。本節繼續從主要元音的層面來看-u-、-y-混同音變，以下分別就陽聲韻、入聲韻、陰聲韻進行比較與討論。

一　陽聲韻

　　表6-14是閩東北片各個方言點與主要元音-u-、-y-混同相關的陽聲韻音讀對應表。有幾個問題需要先做說明：

　　（一）依據本書第三章第二節之「一」小節的分析，參見表3-8，閩東北片若干方言發生了韻讀隨調分化的音韻演變，以單高元音-u-、-y-為韻腹的陽聲韻韻變規律如下：

	斜灘	寧德城關	寧德九都	周寧獅城	周寧咸村		福安
聲調條件	1.5.3.7	5.3.7	5.3.7	5.3.7	2	5.7	1.5.3.7
R1.2.2	*u->ou-	*u->o-	*u->o-	*u->o-	【*un＞yn＞øn】 *uŋ＞oŋ（5.2.3.7）	*un＞on	*u->o-
R1.2.3	*y->øu-	*y->ø-	*y->ø-	*y->ø-	*y->ø-		*y->ɵ-

　　北片若干方言點以單高元音-u-、-y-為韻腹的陽聲韻均發生平行的低化韻變：斜灘、福安以非上聲調為條件；寧德城關、九都、周寧獅城以陽平、陰陽去為條件；周寧咸村則多以上聲、陽平、陽去為條件，唯*uŋ在陰去條件下也發生低化韻變，又*un在上聲調條件下另外分化演變為yn，然後主要元音再低化變為øn。

表6-14　主要元音-u-、-y-混同音讀對應表I──陽聲韻

例字	聲母條件	早期形式	壽寧	斜灘	柘榮	富溪	寧德市志	寧德九都	周寧獅城	周寧咸村	福安
群羣釁訓	P-K-∅	*un	uŋ	uŋ(2)／ouŋ(非上)	uŋ	uŋ	uŋ(1.2)／oŋ(5.3.7)	un/yn(1.2)／on(5.3.7)	un(1)／yn(2)／on(5.3.7)	un(1.3)／øn(2)／on(5.7)	uŋ(2)／oŋ(非上)
順眷筍	T-TS		yŋ								
蒙貢奉	P-K-∅	*uŋ	uŋ	uŋ(2)／(非上)	uŋ	uŋ	uŋ(1.2)／oŋ(5.3.7)	uŋ(1.2)／oŋ(5.3.7)	uŋ(1.2)／oŋ(5.3.7)	uŋ(1)／oŋ(非陰平)	uŋ(2)／oŋ(非上)
東統總	T-TS		yŋ								
銀近引	K-∅	*yn	yŋ	yŋʔ(2)／øuŋ(非上)	yŋ	yŋ	yŋ(1.2)／øŋ(5.3.7)	yn(1.2)／øn(5.3.7)	yn(1.2)／øn(5.3.7)	yn(1.3)／øn(5.2.7)	iŋ(2)／əŋ(非上)
宮共勇	K-∅	*yŋ	yŋ	yŋ(2)／øuŋ(非上)	yŋ	yŋ	yŋ(1.2)／øŋ(5.3.7)	yuŋ(1.2)／øŋ(5.3.7)	yŋ(1.2)／øŋ(5.3.7)	yuŋ(1.3)／øŋ(5.2.7)	uŋ(2)／əŋ/oŋ(非上)
中種銃	T-TS		uŋ	uŋ(2)／ouŋ(非上)	uŋ	uŋ			**uŋ(1.2)**／**oŋ(5.3.7)**	[TS]　**uŋ(1)**／oŋ(3.2)／øŋ(5.7)	

（二）福安的撮口高元音音變：相較於其他閩東方言點，福安的元音系統獨獨缺少撮口高元音y，透過方言比較，可以推溯福安撮口高元音y的音變情形；由於閩東方言許多地方在舌齒音聲母條件下又發生介音混同音變，因此這裡我們只比較非舌齒音聲母的例詞：

表6-15　福安撮口高元音y的音變比較（非舌齒音聲母例詞）

非舌齒音聲母例字	福安	柘榮	寧德	古田	福清
魚鋸許	i/θi	y	y/θy	y	y/θ
茄　橋	i	yθ	y/θ	yθ	yo
銀芹近	iŋ/θŋ	yŋ	yŋ/θŋ	yŋ	yŋ/θŋ
宮胸勇	uŋ/θŋ				
言健件	iŋ	yθŋ	yŋ/yθŋ	yθŋ	yoŋ
香薑強	ioŋ				
菊曲玉	θk	yk	yk/θk	yk	yʔ/θʔ
卻虐約文	iok	yθk	yk/yθk	yθk	yoʔ
腳白藥	ik	yθʔ	yʔ/yθʔ	yθʔ	yo

上表顯示兩個重點：（1）福安的韻變規律早於撮口高元音音變，因此魚類字、銀類字、宮類字及菊類字在特定聲調條件下的韻讀，乃y元音的韻變音讀，而非i元音或u元音的韻變音讀。（2）其他閩東方言讀有撮口元音y的韻母結構，福安多數讀為齊齒的i，只有宮類字不發生韻變的上聲字讀為uŋ，而不讀為iŋ。由於宮類字與銀類字撮口元音y的音變結果不一致，可見撮口高元音的音變規律發生在韻尾歸併之前，對於以-y-為韻腹的韻母結構，韻尾的部位徵性會影響變化的結果，我們歸納福安撮口高元音的條件性音變規律如下：

　　　y＞i／_[非舌根音]

　　　y＞u／_[舌根音]

　　也就是說，福安的撮口高元音y幾乎完全併入i，只有後接舌根成分的條件下併入u，不過由於韻變先發生，入聲韻的*yk全面變讀為-ɵk，便不涉及撮口高元音的音變規律了。舌根成分具有[＋後]的徵性，使y元音後化為u元音相當自然；然而，以-yo-為韻腹的韻母結構，y元音後接同樣具有[＋後]徵性的-o-，卻不發生後化音變，據此，我們不以[＋後]作為音變分化的條件，而認為是舌根成分具有更大的影響力，促使y元音發生部位的同化音變。此與本節關注的主要元音-u-、-y-的混同音變極為相關。

　　（二）福安、周寧獅城、壽寧三地零聲母條件下*yŋ/yk的變體：三地宮類字的語詞音讀對應中，零聲母字往往讀為獨立的音讀，與其他聲母條件的同類字群韻讀表現不同，如下表所示，例如壽寧零聲母的容類字、育類字讀為-yuŋ、-yuʔ，而非零聲母的宮類字、菊類字讀為-yŋ、-yʔ，福安、周寧也有類似的情況。

表6-16　福安、周寧獅城、壽寧三地*yŋ/yk零聲母條件下的變體

例字	福　安	周寧獅城	壽　寧	柘榮	寧德城關	九都	咸村
容勇用	**juŋ/jouŋ**	**joŋ**	**yuŋ**	yŋ	yŋ/ɵŋ	yuŋ/ɵŋ	yuŋ/ɵŋ
育欲浴	**jouk**	**jok**	**yuʔ**	yk	yk/ɵk	ɵk	yuk/ɵk
宮胸窮	uŋ/ɵŋ	yŋ/ɵŋ	yŋ	yŋ	yŋ/ɵŋ	yuŋ/ɵŋ	yuŋ/ɵŋ
菊曲玉	ɵk	ɵk	yʔ	yk	yk/ɵk	ɵk	yuk/ɵk
引隱勻允	iŋ/ɵŋ	yŋ/ɵn	yŋ	yŋ	yŋ/ɵŋ	yn/ɵn	yn/ɵn
銀芹近							

　　此應視為零聲母條件下的語音變體，但需要注意的是：（1）此類零聲母條件變體與非零聲母者運行不一致的音變規律，例如福安宮類字發生韻變「*-yŋ＞-ɵŋ /非上」，而容類字則因音值的差異運行另一韻變規律「*-uŋ＞-ouŋ /非上」。（2）同樣以-y-為韻腹的*yn沒有類似的零聲母條件變體，例如上表各地的引類字與銀類字表現相當一致；這種差異性再次反映舌根韻尾的特殊影響力，在零聲母結構中促使韻腹-y-衍生後部元音，然後-y-逐漸轉為半元音-j-。

　　明辨上述（一）、（二）、（三）的其他音變情形後，根據各地的韻讀對應關係，我們推論表6-14的群類字與順類字來自同一早期韻讀*un，蒙類字與東類字來自另一早期韻讀*uŋ，而銀類字來自早期韻讀*yn，宮類字與中類字則來自另一早期韻讀*yŋ。據此，以下幾個方言點發生了主要元音-u-、-y-混同音變：

　　（一）柘榮、富溪、斜灘三地原來的陽聲韻*yŋ在舌齒音聲母條件下變讀為-uŋ（其中斜灘又在非上聲條件下發生低化韻變），例如「中」讀為tuŋ1、「種」讀為tsuŋ2。音變規律如下：

$$\text{*-y-} > \text{-u-} / \left\{ \begin{array}{c} \text{T} \\ \text{TS} \end{array} \right\} \_\text{ŋ}$$

　　（二）福安具有多重語音變異情形，如表6-17所示。音變順序上，首先發生舌齒音聲母條件下-yŋ＞-uŋ的混同音變，以及零聲母條件下-yŋ衍生語音變體；接著韻讀隨調分化；然後是上聲調下未發生韻變的*yn、*yŋ受到韻尾徵性的影響，分別運作不同的撮口高元音音變規律，變讀為-in、-uŋ；最後舌尖韻尾再歸併入舌根韻尾。

表6-17　福安*yn/yŋ多重音變規律運作表（陽聲韻）

早期韻讀形式	*yn		*yŋ					
聲母類別			T-TS-		K-		∅-	
聲調類別	上	非上	上	非上	上	非上	上	非上
1　舌齒音條件元音混同　零聲母條件語音變體	—	—	uŋ	uŋ	—	—	juŋ	juŋ
2　韻變 R1.2.3	—	ɵn	—	ouŋ	—	ɵŋ	—	jouŋ
3　y>i/_[非舌根音]　y>u/_[舌根音]	in				uŋ			
4　-n>-ŋ	iŋ	ɵŋ	—	—	—	—	—	—
今讀	iŋ	ɵŋ	uŋ	ouŋ	uŋ	ɵŋ	juŋ	jouŋ
例詞	隱	銀近	種腫	龍銃	恐	弓共	勇	用

實際上，-yŋ的零聲母語音變體、舌齒音聲母條件下的元音混同音變，以及撮口高元音的語音變化，三者均反映舌根韻尾對於韻腹-y-元音的同化影響，並且以結構擴散的方式漸進發生。單就福安一地而言，舌根韻尾先影響非舌根聲母的韻腹-y-，然後舌根聲母的韻腹-y-也發生變化；再就本節觀察的北片五個方言點來說，這三項語音變化的分布範圍不一致，如表6-18所示，除了寧德，其他四個方言點均發生舌齒音聲母條件下-yŋ＞-uŋ的混同音變，而零聲母條件下-yŋ衍生語音變體則僅發生於福安、周寧、壽寧三地，只有福安一地在舌根音聲母條件下也發生-yŋ＞-uŋ的混同音變，地理分布上的參差也是反映韻腹-y-在舌根韻尾影響下發生同化的逐步擴展現象。

表6-18　韻腹-y-在舌根韻尾影響下發生同化的結構擴展

聲母條件		福安	周寧	壽寧	柘榮	寧德
T-TS-	yŋ＞uŋ	＋	＋	＋	＋	－
Ø-	yŋ＞juŋ	＋	＋	（＋）	－	－
K-	yŋ＞uŋ	＋	－	－	－	－

這樣說來，實際上福安原來的陽聲韻*yŋ在所有聲母結構下均變讀為-uŋ。音變規律可以歸納如下：

$$\text{*-y-}＞\text{-u-} / \_\_\text{ŋ}$$

（三）周寧獅城在不同韻尾條件下，進行相反方向的主要元音-u-、-y-混同音變。音變規律歸納如下：

$$\text{*-y-}＞\text{-u-} / [非舌根音]\_\_\text{ŋ}$$
$$\text{*-u-}＞\text{-y-} / \_\_\text{n}（上聲）$$

舌根韻尾的陽聲韻*yŋ在非舌根聲母條件下變讀為-uŋ，其中零聲母的語音變體今讀雖為-joŋ，實為-juŋ在韻變影響下變讀的結果；而舌尖韻尾的陽聲韻*un則是逐漸變讀為-yn，根據1993年的語料記錄，這項音變採聲調逐步擴散的方式，上聲調的例字已經完成音變，例如「筍」讀為syn2、「滾」讀為kyn2。與此相應的是，九都陽聲韻*un部分的陰平、上聲語詞「春準筍」今讀也是yn，但九都該音變乃限於舌齒音聲母條件，且聲調條件擴展為陰平、上聲：

*-u- ＞ -y- /[TS]__n（陰平、上聲）

（四）周寧咸村也具有相當複雜的多重語音變異情形，如表6-19所示。音變順序上，首先是陽平調、陽去調條件下發生*yŋ的低化韻變；接著在不同韻尾條件下，進行相反方向的主要元音-u-、-y-混同音變：舌根韻尾的*yŋ在舌齒音聲母條件下混同為uŋ，舌尖韻尾的*un在上聲調條件下混同為yn；最後*yŋ的低化韻變又擴展至上聲調，*uŋ則在非平聲條件下發生低化韻變，而*yn、*un也在上聲、陽平、陽去等特定聲調條件下發生低化韻變。據此，單就主要元音-u-、-y-混同音變，咸村音變規律如下：

*-y- ＞ -u- / [TS]__ŋ
*-u- ＞ -y- / __n（上聲）

表6-19　周寧咸村*un/yŋ多重音變規律運作表（陽聲韻）

早期韻讀形式	*un			*yŋ				
聲調類別	上	非上		1.2.3				5.7
聲母類別				TS		T-K-		
聲調類別	2	1.3	5.7	1	2.3	1.3	2	
1　韻變 R1.2.3-1	—	—	—	—	—	—	—	øŋ
2　-u-、-y-元音混同　*-y-＞-u-/[TS]__ŋ　*-u-＞-y-/__n(上)	yn	—	—	uŋ	uŋ	—	—	
3　韻變 R1.2.2　韻變 R1.2.3-2	øn	—	on	—	oŋ	—	øŋ	—
今讀	**øn**	**un**	**on**	**uŋ**	**oŋ**	**yuŋ**	**øŋ**	**øŋ**
例詞	筍滾	春糞	裙順	鐘春	腫銃	弓中去	恐	窮用

（五）壽寧應在韻尾歸併之前，於不同韻尾條件下，進行相反方向的主要元音-u-、-y-混同音變。音變規律歸納如下：

$$*-y- > -u- / \left\{ \begin{matrix} T \\ TS \end{matrix} \right\} \underline{\quad} ŋ$$

$$*-u- > -y- / \left\{ \begin{matrix} T \\ TS \end{matrix} \right\} \underline{\quad} n$$

舌根韻尾的陽聲韻*yŋ在舌齒音聲母條件下變讀為-uŋ，而零聲母的語音變體為-yuŋ，與福安、周寧不同，其y元音的徵性仍相當鮮明，因此本文將之視為-yŋ的語音變體；而舌尖韻尾的陽聲韻*un則是先在舌齒音聲母條件下逐漸變讀為-yn，最後，韻尾再發生歸併（-n > -ŋ），例如「春」今讀為tsʰyŋ1、「順」今讀為syŋ7。

以上陽聲韻的主要元音-u-、-y-混同音變分析顯示：閩東北片柘榮、富溪、壽寧、斜灘、福安、周寧獅城及咸村等地均在舌根韻尾條件下發生-y- > -u-的混同音變，但各地以聲母為條件的結構擴散情形不一致；此外，周寧獅城、咸村、九都、壽寧等地還在舌尖韻尾條件下發生相反方向-u- > -y-的混同音變，周寧獅城、咸村目前僅發生在上聲調下，壽寧發生在舌齒音聲母條件下，九都則更限制發生在舌齒音聲母及陰平、上聲調條件下。

二　入聲韻

表6-20　主要元音-u-、-y-混同音讀對應表II──入聲韻

例字	聲母條件	早期形式	壽寧	斜灘	柘榮	富溪	寧德市志	寧德九都	周寧獅城	周寧咸村	福安
屈掘熨	P-K-∅	*ut	uʔ	oʔ	uk	uʔ	uk (8)	**øt (8)**	ut/k~	ut (4)	oʔ
出律秫	T-TS		yʔ	(少 uʔ)			ok(4)	ot(4)	ot/k	ot(8)	
谷腹屋	P-K-∅	*uk	uʔ	oʔ	uk	uʔ	uk (8)	ok	ok	uk(4)	oʔ
獨族速	T-TS			(少 uʔ)			ok(4)			ok (8)	
乞	K-∅	*yt	yʔ	yʔ	yk	iuʔ	øk	yt	øk	yt	θʔ
菊玉浴	T-K-∅	*yk	yʔ	øʔ		iuʔ	yk (8)	øk	øk	yuk (4)	θʔ
竹熟叔	TS		uʔ (T-TS)	oʔ	uk	uʔ（精）	øk(4)		ok	øk(8)	oʔ

　　表6-20是北片各個方言點與主要元音-u-、-y-混同相關的入聲韻音讀對應表。需要先說明：依據本書第三章第二節之「一」小節的分析，參見表3-8，閩東北片若干方言發生了韻讀隨調分化的音韻演變，以單高元音-u-、-y-為韻腹的入聲韻韻變規律如下：

	壽寧斜灘	寧德城關	寧德九都	周寧獅城	周寧咸村	福安
入聲韻聲調條件	4.8	4	4.8	4.8	8	4.8
R1.3.2	*u->o-	*u->o-	*u->o-	*u->o-	*u->o-	*u->o-
R1.3.3	*y->ø-	*y->ø-	*y->ø-	*y->ø-	*y->ø-	*y->θ-

　　北片若干方言點以單高元音-u-、-y-為韻腹的入聲韻均發生平行的低化韻變：寧德以陰入為條件分化演變，咸村以陽入為條件分化演

變，而其他方言點則都已經擴展至所有入聲調。

根據各地的韻讀對應關係，我們推論表6-20的屈類字與出類字來自同一早期韻讀*ut，谷類字與獨類字來自另一早期韻讀*uk，而乞類字來自早期韻讀*yt，菊類字與竹類字則來自同一早期韻讀*yk。據此，以下幾個方言點發生了主要元音-u-、-y-混同音變：

1.柘榮、富溪、斜灘、福安、周寧獅城等地也在舌根塞音尾條件下發生-y->-u-的混同音變，多數方言點以舌齒塞擦音聲母為條件（祝足屬俗），音變規律如下，惟富溪只發生在精系聲母條件下（足俗）。

$$*\text{-y-}>\text{-u-} / [TS]\_\_k$$

2.壽寧一地應在韻尾歸併之前，於不同韻尾條件下，進行相反方向的主要元音-u-、-y-混同音變。其音變規律歸納如下：

$$*\text{-y-}>\text{-u-} / \left\{ \begin{array}{c} T \\ TS \end{array} \right\} \_\_k$$

$$*\text{-u-}>\text{-y-} / \left\{ \begin{array}{c} T \\ TS \end{array} \right\} \_\_t$$

舌根塞尾的*yk在舌齒音聲母條件下變讀為-uk；而舌尖塞尾的*ut則在舌齒音聲母條件下逐漸變讀為-yt，然後韻尾再發生歸併並弱化為喉塞尾。例如「竹」今讀為tuʔ4、「出」今讀為tsʰyʔ4。與此相應的是，九都入聲韻*ut則不限聲母條件、乃在陽入條件下先變讀為-yt，再發生低化韻變而讀為-øt，例如「秫」今讀為søt8、「掘」今讀為køt8。

$$*\text{-u-}>\text{-y-} / \_\_t（陽入）$$

相較於陽聲韻，入聲韻的表現較為單純，此乃多數方言點的韻變規律先行運作，使得原來以-u-、-y-為韻腹的入聲韻發生低化音變，也就不涉及主要元音-u-、-y-的混同音變了。

三　陰聲韻

表6-21　主要元音-u-、-y-混同音讀對應表III──陰聲韻

例字	聲母條件	早期形式	壽寧	斜灘	柘榮	富溪	寧德市志	寧德九都	周寧獅城	周寧咸村	福安
肥跪鬼	P-K-∅	*ui	ui	ui(零聲母) øi(P-K)	ui	ui	ui/y(1.2) oi(5.3.7)	ui/y(1.2) oi(5.3.7)	ui(1) yi(2) oi(5.3.7)	ui(1.3) øy(2) oi(5.7)	ui/i(2) θi(非上)
喙醉蕊	T-TS		y	y(2) ø(非上)							

表6-21是北片各個方言點與主要元音-u-、-y-混同相關的陰聲韻音讀對應表。依據本書第三章第二節之「一」小節的分析，參見表3-8，閩東北片若干方言發生了韻讀隨調分化的音韻演變，陰聲韻雙高元音-ui的韻變規律如下：

	壽寧斜灘	寧德城關	寧德九都	周寧獅城	周寧咸村		福安
陰聲韻	1.5.3.7	5.3.7	5.3.7	5.3.7	2	5.7	1.5.3.7
R1.1.5	*ui＞øi (P-K-全)	*ui＞oi	*ui＞oi	*ui＞oi	*ui＞øy	*ui＞oi	*ui＞oi＞θi

北片若干方言點原來的陰聲韻雙高元音-ui均發生平行的條件性低化音變：斜灘、福安以非上聲調為條件；寧德城關、九都、周寧獅城以陽平、陰陽去為條件；周寧咸村則多以上聲、陽平、陽去為條件，但上聲語詞與陽平、陽去語詞的低化音變結果不同。

　　釐清韻變規律的影響之後，根據各地的韻讀對應關係，我們推論表6-21的肥類字與喙類字來自同一早期韻讀*ui。據此，以下幾個方言點發生了主要元音-u-、-y-混同音變：

　　1. 相應於陽聲韻的變化「*-u->-y-/__n（上聲）」，周寧獅城原來的陰聲韻*ui也是逐漸變讀為-yi。音變規律如下：

　　　　*-u->-y-/__i（上聲）

根據1993年的周寧語料記錄，其韻母系統中-yi單單分布於上聲調，而-ui也只有「賄偉」兩個上聲字尚未運行該項變化，反映這項音變採聲調逐步擴散的方式，上聲調的例字已近乎完成音變。相應於此，我們便能理解周寧咸村的*ui為何在上聲調條件下有不同於陽平、陽去條件的低化音變結果，此乃先運行主要元音-u-、-y-混同音變，再發生低化音變：*ui＞y＞øy（上聲）。此外，寧德城關、九都、福安的少數上聲語詞也有同類表現，例如「水」一詞在寧德城關、九都讀為tsy2，福安則進一步去撮口化讀為tsi2。

　　2. 壽寧的陰聲韻也有類似上述周寧的變化；不過壽寧的這項音變還處於詞彙擴散的中間過程，根據1992年的壽寧語料記錄，其原來讀為-ui的許多舌齒音聲母例字變讀為-y，與柘榮比較如下：

柘榮	壽寧	P	K-Ø-	T	TS
ui	ui	肥吠痱	歸鬼櫃跪位	壘淚累	醉最催誰
	y	—	追槌墜蕊	水隨垂瑞喙
y	y	—	居舉區魚禹	豬箸鋤女	書煮絮聚

　　單從壽寧內部分析而言，-ui、-y不算是條件互補的變體；但從方言比較來看，柘榮及其他閩東方言讀為-ui的字，大部分壽寧也讀為-

ui，但有不少例字（追類字、水類字）壽寧讀為-y，而且這群字都是舌齒音聲母。這種情況下，本文不認為壽寧讀為-y的追類字、水類字是反映另一項歷史層次韻讀，理由是：（1）其他閩東方言點沒有相應的層次異讀表現；（2）壽寧讀為-y的追類字、水類字有聲母條件的限制；（3）壽寧陽聲韻有舌尖韻尾條件下-u->-y-的混同音變，相應於此，其陰聲韻在-i韻尾的影響下，極有可能也發生類似的混同音變，周寧陽聲韻與陰聲韻的相應變化就是一例。據此，本文推論壽寧的陰聲韻發生下述音變：

$$*\text{-ui}>\text{-y} / \left\{ \begin{matrix} T \\ TS \end{matrix} \right\} \underline{\quad}$$

　　-ui在舌齒音聲母條件下逐漸變讀為-y，音變擴散中還有一些字（壘類字、醉類字）尚未發生音變。與周寧不同的是，壽寧在舌齒音聲母條件下，-ui乃單元音化為-y，但仍可視同-u->-y-的混同音變。相應於壽寧，斜灘也是在舌齒音聲母條件下*ui變讀為y，但又在非上聲條件下發生低化音變而變讀為ø。

　　陰聲韻的主要元音-u-、-y-混同音變分析顯示：閩東北片周寧獅城、咸村、壽寧、斜灘等地的*ui在-i韻尾條件影響下，發生-u->-y-的混同音變，但兩區的結構擴散情形不一致：周寧獅城、咸村僅發生在上聲調下，壽寧、斜灘則發生在舌齒音聲母條件下。

第三節　音韻結構動因、演變趨向與結構擴散

一　介音-u-、-y-混同音變的結構互動

　　本章第一節分析歸納閩東各地的介音-u-、-y-混同音變，發現該

音變可以運行相反的演變方向，而且除了以往所提出的聲母與主要元音條件外，少數方言點還涉及韻尾條件的限制，彙整各地音變規律如表6-22，其音韻結構之間的交互關係如表6-23。

表6-22　介音-u-、-y-混同的音變規律彙整表

介音混同	陰聲韻	陽聲韻	入聲韻
福州、永泰	$\text{*-y->-u- / T\_\_o\#}$	$\text{*-y->-u- / }\left\{{T\atop TS}\right\}\text{\_\_oN}$	$\text{*-y->-u- / }\left\{{T\atop TS}\right\}\text{\_\_o}\left[{-cont\atop -son}\right]$
馬祖		$\text{*-u->-y- / }\left\{{T\atop TS}\right\}\text{\_\_oN}$	$\text{*-y->-u- / }\left\{{T\atop TS}\right\}\text{\_\_o?}$
閩清、壽寧	$\text{*-u->-y- / }\left\{{T\atop TS}\right\}\text{\_\_o\#}$		$\text{*-u->-y- / }\left\{{T\atop TS}\right\}\text{\_\_o}\left[{-cont\atop -son}\right]$
寧德、九都	X	$\text{*-y->-u- / }\left\{{T\atop TS}\right\}\text{\_\_oN}$ $\text{*-u->-y- / }\left\{{T\atop TS}\right\}\text{\_\_oN}$ （上聲調）	$\text{*-y->-u- / }\left\{{T\atop TS}\right\}\text{\_\_oK}$
周寧、咸村	X	*-y->-u- / __oN （上聲調） $\text{*-u->-y- / }\left\{{T\atop TS}\right\}\text{\_\_oN}$	X

我們認為介音-u-、-y-混同音變的結構動因，主要在於聲母與主要元音之間相對的發音徵性引動競爭，舌齒音聲母具有[＋前]的發音徵性，主要元音-o-則具有[＋後] 的發音徵性，該音韻結構中兩者相對的徵性形成不穩定的語音環境，引發處於其中的後部介音-u-或前部介音-y-產生發音部位上的徵性調整。

表6-23　介音-u-、-y-混同的音韻結構交互關係

		聲　母	介　音	主要元音	韻　尾
A 福州 永泰	語　音	T-TS	y＞u	o	
	前後徵性	[＋前]	[＋前]＞[＋後]	[＋後]	
	變化趨向	異化		同化	
B 閩清 壽寧	語　音	T-TS	u＞y	o	
	前後徵性	[＋前]	[＋後]＞[＋前]	[＋後]	
	變化趨向	同化		異化	
C 馬祖	語　音	T-TS	y＞u	o	#,ʔ
	前後徵性	[＋前]	[＋前]＞[＋後]	[＋後]	×
	變化趨向	異化		同化	
	語　音	T-TS	u＞y	o	N
	前後徵性	[＋前]	[＋後]＞[＋前]	[＋後]	[＋後]
	變化趨向	同化		異化	
D 寧德 九都	語　音	T-TS	y＞u	o	N, K
	前後徵性	[＋前]	[＋前]＞[＋後]	[＋後]	[＋後]
	變化趨向	異化		同化	
	語　音	T-TS	u＞y	o	N+【上聲】
	前後徵性	[＋前]	[＋後]＞[＋前]	[＋後]	[＋後]
	變化趨向	同化		異化	
E 周寧 咸村	語　音		y＞u	o	N+【上聲】
	前後徵性		[＋前]＞[＋後]	[＋後]	[＋後]
	變化趨向			同化	
	語　音	T-TS	u＞y	o	N
	前後徵性	[＋前]	[＋後]＞[＋前]	[＋後]	[＋後]
	變化趨向	同化		異化	

　　如表6-23所示，閩東各地這類徵性競爭、調整的結果不盡相同，A類型與B類型的結構徵性競爭與調整只發生在「聲母、介音、主要元音」之間，不涉及韻尾條件，但兩者介音的徵性調整方式相反；而C、D、E類型則同時又受到韻尾條件的影響，但介音的徵性調整取向亦不相同；其中D、E類型還受聲調條件的影響。以下分別說明：

　　A.福州、永泰： 處於舌齒音聲母與主要元音-o-之間的介音，發生趨同於主要元音、趨異於聲母的語音變化，介音-y-變讀為-u-，其發音部位的演變為[＋前]＞[＋後]，演變趨向乃選擇同化於主要元音-o-，韻尾不為影響條件，徵性結構以「**前＋後＋後**」為調整演變的方向。

　　B.閩清、壽寧： 處於舌齒音聲母與主要元音-o-之間的介音，發生趨同於聲母、趨異於主要元音的語音變化，介音-u-變讀為-y-，其發音部位的演變為[＋後]＞[＋前]，演變趨向乃選擇同化於舌齒音聲母，韻尾不為影響條件，徵性結構以「**前＋前＋後**」為調整演變的方向。

　　C.馬祖： 處於舌齒音聲母與主要元音-o-之間的介音，又因韻尾部位徵性的影響，而發生不同趨向的音變。（1）韻尾為零，或為不涉及發音部位徵性的喉塞尾時，介音發生趨同於主要元音、趨異於聲母的音變，介音-y-變讀為-u-，其發音部位的演變為[＋前]＞[＋後]，演變趨向乃選擇同化於主要元音-o-，徵性結構以「**前＋後＋後**」為調整演變的方向。此與A類型相同。（2）韻尾為具有[＋後]的舌根鼻韻尾時，影響原來的音韻徵性結構平衡，介音發生趨同於聲母、趨異於主要元音的相反音變，介音-u-變讀為-y-，其發音部位的演變為[＋後]＞[＋前]，演變趨向乃選擇同化於舌齒音聲母，徵性結構以「**前＋前＋後＋後**」為調整演變的方向，以維持徵性的結構平衡。

　　D.寧德、九都： 處於舌齒音聲母與主要元音-o-之間的介音-u-，在韻尾為具有[＋後]的舌根韻尾時，也發生趨同於聲母、趨異於主要元音的音變，介音-u-變讀為-y-，此與上述馬祖的音變相同，但值得

注意的是僅發生在上聲調條件下；相對於此，處於舌齒音聲母與主要元音-o-之間的介音-y-，在韻尾同為具有[＋後]的舌根韻尾時，卻反向發生趨同於主要元音、趨異於聲母的音變，介音-y-變讀為-u-，其發音部位的演變為[＋前]＞[＋後]，演變趨向乃選擇同化於主要元音-o-。由此可見，不同方言點的結構考量可能相異，甚至同一方言點在相同語音條件下卻發生介音-u-、-y-對換的特殊音變。

　　E.**周寧、咸村：**與D類型非常相似，介音-u-、-y-也發生對換的特殊音變，其中介音-u-變讀為-y-者的結構徵性變異與寧德、九都一致，但未限制於上聲調條件；但介音-y-變讀為-u-者則不受聲母條件的異化限制，且只發生在上聲調條件下。

二　主要元音-u-、-y-混同音變的結構互動

　　本章第二節探討閩東北片各地的主要元音-u-、-y-混同音變，該音變也可以運行相反的演變方向，但關鍵條件在於韻尾的發音部位，彙整各地音變規律如表6-24，其音韻結構之間的交互關係如表6-25。

表6-24　主要元音-u-、-y-混同的音變規律彙整表

主要元音 混同	陰聲韻	陽聲韻	入聲韻
柘榮、富溪		*-y->-u- / { T / TS } __ŋ	
斜　　灘	*-ui>-y / { T / TS } __		
福　　安		*-y->-u- / __ŋ	*-y->-u- / [TS]__k
周寧獅城		*-y->-u- / [非舌根音]__ŋ	
	*-u->-y- / __i（上聲）	*-u->-y- / __n（上聲）	
咸　　村		*-y->-u- / [TS]__ŋ	
		*-u->-y- / __n（上聲）	
九　　都		*-u->-y- /[TS]__n（陰平、上聲）	*-u->-y- / __t（陽入）
壽　　寧	*-ui>-y / { T / TS } __	*-y->-u- / { T / TS } __ŋ	*-y->-u- / { T / TS } __k
		*-u->-y- / { T / TS } __n	*-u->-y- / { T / TS } __t

表6-25　主要元音-u-、-y-混同的音韻結構交互關係

	主要元音	韻尾
A 柘榮、富溪、壽寧、斜灘 福安、周寧、咸村	y＞u	ŋ, k
	[＋前]＞[＋後]	[＋後]
	同化	
B 斜灘、周寧、咸村 九都、壽寧	u＞y	n, t, i
	[＋後]＞[＋前]	[＋前]
	同化	

　　主要元音-u-、-y-混同音變發生在閩東北片韻尾尚未歸併之前，其結構動因主要在於主要元音與韻尾之間相對的發音徵性，引動主要元音趨同於韻尾發音部位的同化音變；但是各地演變所採取的結構擴散方式不同：

　　A.　y＞u：韻尾為具有[＋後]徵性的舌根韻尾時，主要元音-y-變讀為-u-，其發音部位的演變為[＋前]＞[＋後]，演變趨向乃同化於舌根韻尾。該音變主要採取聲母條件的結構擴散方式，各地音變擴展的情形不同：柘榮、富溪、壽寧、斜灘、咸村的音變僅發生在聲母為舌齒音的條件下，其中咸村更限制在舌尖塞擦音聲母，周寧擴展至非舌根音聲母條件，福安則是所有聲母條件均已完成音變。

　　B.　u＞y：韻尾為具有[＋前]徵性的舌尖韻尾及元音韻尾-i時，主要元音-u-變讀為-y-，其發音部位的演變為[＋後]＞[＋前]，演變趨向乃同化於舌尖韻尾及元音韻尾-i。該音變發生在周寧、咸村、壽寧、斜灘、九都等地：周寧、咸村採取聲調條件的結構擴散方式，上聲調近乎完成音變；壽寧、斜灘則與A類音變一樣採取聲母條件的結構擴散方式，壽寧在舌齒音聲母條件下已完成音變，斜灘則只發生在陰聲韻的舌齒音聲母條件下；九都較為複雜，既採聲調條件的結構擴散方式，發生在陰平、上聲、陽入等聲調條件下，亦採聲母條件的結構擴散方式，陽聲韻發生在舌尖塞擦音聲母條件下，入聲韻則不限聲母條件。

　　單從音變結果來看，A、B兩類其實是相當自然單純的同化音變；但是從方言比較切入探索較為詳細的音變過程，會發現音變的漸次擴展還與所處的音韻結構具有密切的相關性。暫時不論B類特殊的調類擴展方式，[4]我們發現聲母為舌齒音雖非主要元音混同音變的關

4　為何多數方言點以上聲調為該項音變的結構擴散起點？是否與韻變的聲調條件相關？我們目前還沒有十分適當的解釋，需要再繼續觀察。

鍵條件，但卻是該項音變最早發生的結構環境，舌齒音聲母具有
[＋前]的發音徵性，這項特徵在語流中容易影響其後接韻腹的音值表
現，例如前述閩東各地的介音混同音變，舌齒音聲母與主要元音-o-
之間引發發音部位的徵性競爭，再如福州郊區、馬祖北竿等地在舌齒
音聲母條件下，-a、-au、-aŋ、-aʔ等洪音韻母容易衍生-i-介音，-ia、
-iau、-iaŋ、-iaʔ等細音韻母則容易將細音成分重新劃歸為聲母結構，
因而丟失-i-介音，由此可見在閩東方言中，舌齒音聲母的發音徵性對
於後接韻母的特殊影響力，主要元音混同音變即以此為結構擴散的起
點，逐漸延展至其他聲母條件。

第四節　層次競爭啟動結構重整的可能性

除了從語音結構的徵性競爭互動來看閩東方言-u-、-y-混同音變
的變化趨向，本節改從層次競爭的角度，提出另一種啟動音變的可能
動因。

本文觀察比較的閩東方言點中，壽寧一地在介音與主要元音兩個
結構層面均發生-u-、-y-混同音變，最具系統性，因此本節以壽寧的
系統性音變為例，進行相關的分析與討論。總合壽寧-u-、-y-混同的
韻讀變化如表6-26。

表6-26　壽寧-u-、-y-混同的系統性變化

（壽寧）	聲母條件	陰聲韻	陽聲韻	入聲韻
介　　音	T-TS	*uo＞yø	*uon＞yon＞yoŋ	*uoʔ＞yøʔ *uot＞yot＞yøʔ
主要元音		*ui＞y	*un＞yn＞yŋ	*ut＞yt＞yʔ
		―	*yŋ＞uŋ	*yk＞uʔ

　　介音部分，處於舌齒音聲母與主要元音-o-之間的介音，無論韻尾為何，介音-u-一律變讀為-y-；主要元音部分，同樣是舌齒音聲母條件下，若韻尾為前部的舌尖韻尾及元音韻尾-i時，主要元音-u-變讀為-y-，若韻尾為後部的舌根韻尾時，主要元音-y-變讀為-u-。壽寧的韻讀變化反映兩項系統性：一、無論是介音或是主要元音的混同變化，都成系統地發生在陰聲韻、陽聲韻、入聲韻等三種相應的韻母結構；二、介音與主要元音兩種結構層面的變化取向不同，介音趨同於聲母，而主要元音則趨同於韻尾。

　　據此，壽寧的-u-、-y-混同變化，可以分析為其音韻系統內部的結構性音變；然而，本文第一節第「二」小節曾提及壽寧來自中古山攝三等合口韻的字群，具有層次異讀-uoŋ、-yoŋ的競爭現象，使得非舌齒音聲母條件下的「圓元權」等字韻讀亦為-yoŋ，那麼舌齒音聲母條件下讀為-yoŋ，恐怕並非單純的結構性音變。此外，閩東來自中古通攝三等韻的字群，層次分析結果也顯示具有-uŋ、-yŋ的異讀現象，那麼舌齒音聲母條件下讀為-uŋ，是否純粹的結構性音變，也是需要進一步思考的問題。

一　閩東山攝三等合口韻*uon、*yon的層次競爭

表6-27　閩東中古山攝三等合口韻字群的*uon、*yon層次異讀

閩東例字	早期韻讀	福州	福清	古田	柘榮	福安	寧德	周寧
權卷員全川傳泉磚 飯白勸遠文遠白園白冤	*uon	uoŋ	uoŋ	uoŋ	uoŋ	uŋ	uŋ陽平去 ɔŋ陰平上	un 非上 uan 上
緣鉛捐絹 （建健獻）	*yon	yoŋ	yoŋ	yøŋ	yøŋ	iŋ	yŋ陽平去 yøŋ陰平上	yn 非上

　　閩東方言來自中古山攝三等合口韻的字群，有*uon、*yon的層次異讀，除了周寧一地仍維持舌尖韻尾，其他方言點均已變讀為舌根韻尾，如表6-27所示。[5]*uon韻讀在閩東各地一致讀為合口韻，並且同時包含仙、元兩韻的例字，仙韻字如「權全磚員」等，元韻字如「飯勸遠冤」等；*yon韻讀在閩東各地則一致表現為撮口韻（除了福安發生去撮口音變），而且只限於仙韻的牙喉音例字，如「緣鉛捐絹」等，反映仙元有別的歷史音韻特點。這兩個韻讀層次的分析，主要是根據閩東內部各方言點的音讀對應關係，如果擴展比較莆仙方言及閩南方言，如下表納入仙遊（李如龍2001）、泉州（林連通1993）的對比，會發現閩東的*uon韻讀在歷史時間上應該還要再細分為兩個層次：一是文讀層，例如福清「遠園」的文讀音分別為uoŋ2、uoŋ5，在仙遊對應於yøŋ2、yøŋ5，在泉州對應於uan2、uan5；二是白讀層，例如福清「遠園」的白讀音分別為huoŋ7、huoŋ5，在仙遊對應於huĩ7、huĩ5，在泉州對應於hŋ6、hŋ5；至於閩東的*yon韻讀，在仙遊一致對應於-yøŋ韻讀，在泉州則多數對應於-ian韻讀。也就是說，就閩語的整體層次來看，表6-27所列出的山攝三等合口韻例字其實含括至少三項歷史時間層；但是單就閩東方言而言，文讀層與其中一項白讀層在語音形式上早已合流為*uon，因此本節只討論*uon與*yon的異讀競爭。

例字	福清	古田	柘榮	仙遊	泉州
權遠文園文傳穿卷	uoŋ	uoŋ	uoŋ	yøŋ	uan
勸遠白園白傳穿卷	uoŋ	uoŋ	uoŋ	uĩ	ŋ
緣鉛捐絹	yoŋ	yøŋ	yøŋ	yøŋ	ian

5　相應的入聲韻有*uot、*yot的層次異讀，亦具同樣的競爭關係。此僅以陽聲韻的討論含賅。

　　如第一節第「二」小節所述，壽寧的山攝三等合口韻字群發生明顯的韻讀層次競爭，-uoŋ被-yoŋ替代，非舌齒音聲母條件下的部分例字，如「圓元權」等，韻讀都改讀為-yoŋ，而舌齒音聲母條件下的例字更是全部改讀為-yoŋ，造成壽寧音韻系統出現結構限制，其-uoŋ韻讀不出現在舌齒音聲母後面。本文認為壽寧山攝三等合口韻字群的韻讀競爭，極可能是促發其音韻系統進行介音結構音變的一項重要動因，說明如後文第四節第「三」小節。

二　閩東通攝三等韻*uŋ、*yŋ的層次競爭

表6-28　閩東中古通攝三等韻字群的*uŋ、*yŋ層次異讀

閩東例字	早期韻讀	福州	福清	古田	柘榮	福安	寧德	周寧
蘿蘿菜(前字緊韻母)	*uŋ	uŋ~	uŋ~	uŋ~	uŋ~	uŋ~	uŋ~	uŋ~
寵	*uŋ~*yŋ競爭	uŋ陰陽平上	uŋ陰陽平上	yŋ	—	uŋ上	uŋ陰平上	—
從		yŋ陰陽平上	yŋ陰陽平上	/uŋ	uŋ	ouŋ其他	oŋ其他	oŋ其他
濃		uŋ/yŋ	uŋ	uŋ	uŋ	ouŋ其他	øŋ其他	oŋ其他
龍		uŋ陰陽平上	yŋ陰陽平上	yŋ	uŋ	ouŋ其他	øŋ其他	oŋ其他
終中		yŋ陰陽平上	uŋ陰陽平上	yŋ	uŋ	ouŋ其他	yŋ陰平上	uŋ陰平上
（T-TS）眾充銃松頌種舂	*yŋ	yŋ陰陽平上	yŋ陰陽平上	yŋ	uŋ	uŋ上 ouŋ其他	yŋ陰平上	uŋ陰平上 oŋ其他
（K-Ø）窮雄恭恐凶容		øyŋ陰陽去	øŋ陰陽去		yŋ	uŋ上 øŋ其他	øŋ其他	yŋ陰平上 øŋ其他

　　閩東方言來自中古通攝三等韻的字群，應有*uŋ、*yŋ的層次異讀，如表6-28所示，其中福州、福清、福安、寧德、周寧等地具韻變

現象，在特定聲調條件下讀為相應的低化或複化韻腹。[6]*uŋ韻讀與通攝一等韻同讀合口韻，例如福清的「終」與「宗」同讀tsuŋ1，「寵」與「統」同讀tʰuŋ2。*yŋ韻讀僅分布於三等韻字群，在南片的福州、福清、古田以及北片的寧德，一致讀為撮口韻，但是北片的柘榮、福安及周寧等地，舌齒音聲母條件下的眾類字均讀為合口韻，只有非舌齒音聲母的窮類字才讀為撮口韻，形成類似互補分布的情形，壽寧一地也具同樣的分布現象。如果單就柘榮、壽寧等地的韻讀表現，我們很容易將中古通攝三等韻字群的uŋ與yŋ分析為語音條件變體；但是閩東各地指稱空心菜的「蕹菜」一詞前字一致讀為uŋ（林寒生2002：50），福州、福清、古田等地又有若干語詞也參差讀為uŋ，與眾類字的韻讀形成對立，顯示通攝三等韻字群*uŋ韻讀層次的獨立存在。擴展比較莆仙方言，如下表納入仙遊的對比，閩東各地若干讀為*uŋ的通攝三等語詞，在仙遊對應於-ɒŋ，有別於撮口韻的-yøŋ，據此可以更加確定不只閩東，就閩語的整體層次來看，中古通攝三等韻字群確實具有與一等韻同讀的合口韻讀層次。[7]

例字	福清	古田	柘榮	仙遊
蕹_{蕹菜}蕹菜	uŋ	uŋ	uŋ	
從	yŋ	yŋ/uŋ	uŋ	ɒŋ
中	uŋ	yŋ	uŋ	
眾充頌種	yŋ/øyŋ	yŋ	uŋ	yøŋ
窮雄恭凶			yŋ	

6　相應的入聲韻有*uk、*yk的層次異讀，亦具同樣的競爭關係。此僅以陽聲韻的討論含賅。

7　閩南也有相同表現，例如漳州三等韻的「豐隆眾龍頌供恐」等字韻讀為-ɔŋ（馬重奇1993），相應的入聲字「縮束」韻讀為-ɔk，與一等韻同讀。由於閩南、閩東這個韻讀層次的例字不盡相同，因此本文僅納入仙遊的對比，不詳細討論閩南的對應關係。

　　本文認為閩東通攝三等韻字群發生明顯的*uŋ、*yŋ韻讀層次競爭，在福州、福清、古田、寧德等地，*yŋ較具優勢，相對地*uŋ韻讀的分布僅剩少數例字；但在柘榮、福安、周寧、壽寧等地，*uŋ、*yŋ的層次競爭引發音韻系統的結構重整，舌齒音聲母條件下的-yŋ全被-uŋ替代，福安、周寧更擴展至其他聲母條件例字，造成其音韻系統出現合口性主要元音同化於韻尾發音部位的音變力量，進而帶動成系統性的主要元音-u-、-y-混同音變，說明如第四節第「三」小節。

三　-u-、-y-混同音變的「動因」與「運作」

　　二十世紀下半，詞彙擴散理論與社會語言學變異理論傾向將音變的「啟動」（Actuation）與「運作過程」（Implementation）分開討論（Chen & Wang 1975），並且特別關注語音變異與變化的運作過程。詞彙擴散理論早期強調的是「音變在詞彙中的逐步擴散」，後來繼續提出「語音演變的雙向擴散」（Bidirectional Diffusion）（Wang & Lien 1993），進一步認為語言接觸時所引發的變體競爭也是一種擴散式音變；而變異理論則強調：語言不是一種同質的系統，而是一種有序異質的結構，語言結構乃透過將各種變異形式有序化的過程不斷演變。

　　在傳統漢語方言的歷史音韻研究中，層次與音變總是被視為壁壘分明的兩件事，而且區辨層次異讀或語音性變體是相當重要的一項工作，大致來說，能從語音條件加以解釋的變化或變異，會被分析為語音性內部音變，而無法從語音條件加以解釋的變化或變異，多半是來自外部接觸的層次疊置。然而，本文認為層次與音變不見得必定如此截然二分，相異層次的長期共處會引發競爭變異，這是語言系統將異質成分有序化的自然過程，在重新整合的過程中，層次的競爭互動有可能進一步帶動語言系統內部音變的發生。

在這樣的反思脈絡中，聯繫閩東方言-u-、-y-混同音變與上述山攝三等合口韻、通攝三等韻的層次異讀競爭，可以推論兩者之間的互動關係，以壽寧為例：

（一）壽寧的山攝三等合口韻字群發生-uoŋ、-yoŋ韻讀競爭，競爭互動的力量促使音韻系統將層次異讀重新整合為結構性變體，舌齒音聲母條件下一致變讀為-yoŋ，於是-uoŋ韻讀的分布便形成結構空缺，亦即舌齒音聲母後面不出現-uoŋ；此結構空缺繼續擴展為音韻系統的新結構限制：「舌齒音聲母後面排斥-uo-韻腹」，因此，陰聲韻、入聲韻也一同發生條件性的介音變異，遂成為系統性的介音結構音變，但uoi韻母並不發生此類音變：[8]

$$*\text{-u-} > \text{-y-} / \{T, TS\} \underline{\quad} o \{con, \#\}$$

相對於此，福州山攝三等合口韻字群的-uoŋ、-yoŋ韻讀競爭，維持原來-yoŋ只分布在舌根聲母與零聲母的有限條件下，亦即舌齒音聲母後面不出現-yoŋ；這個結構空缺也擴展為音韻系統的新結構限制：「舌齒音聲母後面排斥-yo-韻腹」，因此，福州宕攝三等開口字群以及相應的陰聲韻、入聲韻，也一同運作系統性的介音結構音變：

$$*\text{-y-} > \text{-u-} / \{T, TS\} \underline{\quad} o$$

（二）壽寧的通攝三等韻字群發生-uŋ、-yŋ韻讀競爭，異質競爭的力量啟動音韻系統將層次異讀有序化為結構性變體，舌齒音聲母條

8　馬祖的情形較為特殊，其山攝三等合口韻字群的異讀競爭雖由-yoŋ取勝，但是舌齒音聲母後面不出現-uoŋ的結構空缺卻帶動反向的介音變異，在韻尾不具前後徵性的開尾韻及喉塞尾結構中，舌齒音聲母後面的-yo-韻腹反而變讀為-uo-，以填補空缺。

件下一致變讀為-uŋ，這項結構重整也擴展為音韻系統的新結構限制：「舌齒音聲母條件下，合口性主要元音的發音部位必須與韻尾趨同」，因此，壽寧臻攝三等合口字群以及相應的陰聲韻、入聲韻，也一同運作系統性的主要元音結構音變：

$$*-u->-y-/\ \{T,TS\}\ \_\_\ \{n, t, i\}$$

不過，柘榮、福安等地只進行到將層次異讀有序化為結構性變體，尚未形成強力的結構限制，因而未引發系統性的主要元音結構音變；相對於北片方言，南片方言通攝三等韻字群的-uŋ、-yŋ層次異讀乃由-yŋ居優勢，沒有促發結構重整，舌齒音聲母條件下-uŋ、-yŋ皆可出現，也就更不可能發生系統性的主要元音結構音變。

從方言比較與結構分析來看，閩東方言的-u-、-y-混同音變極具系統性，但各地的結構條件限制卻不盡相同，如果單從音韻結構來解釋音變的動因，不容易理解為何會有完全相反的音變趨向；本節改從語言系統整合異質成分的角度切入，探討層次競爭啟動結構重整的可能性，也就是說-u-、-y-混同音變的深層動因可能來自不同層次變體長期競爭互動，語言系統逐步將之有序化的自然需求，並且促發同類語音結構逐步發生系統性變異；據此，不同方言點的異讀競爭結果既有不同，其所形成的結構限制與變化方向自然也有所差異。

第五節 小結

本章運用結構分析以及方言比較等歷史比較方法，詳細探析閩東各地-u-、-y-混同現象的音變差異情形。介音的層面上，介音-u-、-y-在聲母為舌齒音、主要元音為-o-的條件下逐漸發生混同，本文發現

該音變可以運行相反的演變方向，而且除了以往所提出的聲母與主要元音條件外，少數方言點還涉及韻尾條件甚至聲調條件的限制，可以分為五種類型，各類型的結構互動關係相異，演變趨向的選擇亦不相同；主要元音的層面上，主要元音-u-、-y-在特定韻尾條件下發生同化音變，我們發現該音變也可以運行相反的演變方向，其關鍵條件在於韻尾的發音部位，而且各地音變的結構擴散情形有所差異。

影響一個語言系統發生音變的原因往往是多重而且複雜的，本章不僅從語音結構的徵性競爭互動，討論閩東方言-u-、-y-混同音變的變化趨向，也從層次競爭的角度，提出另一種啟動音變的可能動因，藉此重新思考異源層次長期共處在一個語言系統中，從競爭關係逐漸有序化而引動系統性演變的可能性。

閩東方言具有相當複雜的多重音韻變異現象，不同的音變規律交錯發生，更複雜的是不同方言點每種音變規律的詳細內容又不盡相同；因此本文在討論-u-、-y-混同音變的同時，也必須清楚辨析「韻變現象」、「鼻韻尾歸併」、「入聲韻尾簡化」及「福安撮口高元音音變」等其他音變規律的交互運作情形，如此抽絲剝繭地進行音變研究，方能推溯更翔實的語言變化現象。

第七章

結　論

　　本章總結前文對於閩東方言音變現象之共時與歷史研究的重要成果，特別針對音變性質的問題進行重新思辨，最後在本書研究基礎之上，提出可以繼續深入探究的問題。

第一節　本書重要研究成果

一　韻變動因的多方討論

　　閩東方言的「韻變現象」極具特色，本書第三章運用方言比較與結構分析的方法，論證閩東北片與南片方言的韻變現象同樣兼具「低化」與「高化」兩種變化趨向，前者發生於「高元音」韻腹；後者發生於「三合元音」、「下降複元音」、「上升複元音」等韻腹結構。北片方言的韻變規律，乃受到音韻系統內部結構調整的動力，連鎖發生於不同的時間層次，而聲調分化條件也因逐步擴散而不盡相同；南片方言則未引發複雜的連鎖音變，而是在相反的演變趨向以及互補的聲調條件下，形成具有互補分布的緊鬆韻母系統。本書透過歷時層面的探討，認為多重的音韻變化可能在共時平面上壓縮為單一規律；而反思歷時性的音韻演變，其實也是來自共時語音變化的推動與擴展；因此，共時與歷時的雙向考察可以更完備地了解語言現象的系統脈動與個別差異。

　　以往學者認為「低化」與「高化」兩種韻變的動因不同：低化韻

變乃由特殊調值所推動，且以調類為條件；而高化韻變則是導因於韻
母系統內部的結構調節。本書第四章運用世代差異的比較方法，具體
論證閩東方言歷時性的高化韻變結果，在共時平面上也符合鬆緊韻母
變異規則（特定聲調單字讀為較低的鬆韻母，一般聲調單字及連讀條
件下讀為較高的緊韻母），這凸顯了共時分析與歷時演變確實呈現完全
相反的規律方向，也就是說，被稱為「變韻」的鬆韻母實際上反映的
是較早期的韻讀，而被稱為「本韻」的緊韻母反而是歷時演變後的新
韻讀。這引發我們重新思考，以往學者所共同認定的第一種低化韻變
在歷時層面上是否也有反向變化的可能性。我們檢討了「特殊聲調引
動低化韻變」的論證疑慮，並從底層干擾的角度提出另一種解釋方案：
閩語底層音韻傾向將北方漢語的細音韻讀為洪音韻，而晚期層次逐漸
接受細音韻讀，但受到底層音韻的干擾，導致閩東形成鬆緊韻母交替
韻變、閩北發生高元音複化音變，且閩東、閩北乃以不同的結構擴散
方式逐步進行音變，閩北以聲類為逐步擴散的結構條件，閩東方言則
以調類為擴散的結構條件，特定調類條件下留存早期的偏低韻讀。

　　此外，詩巫閩東話在不具低化韻變的情況下，其下降複元音及三
合元音卻有明顯的高化韻變，也反映高化韻變不必然受到高元音韻腹
的低化韻變牽動而發生。無論高元音之低化韻變，或下降複元音及三
合元音之高化韻變，閩東方言的韻變現象都傾向將之分為兩類韻腹，
兩者之間不見得具有時間層次的早晚順序，此與南方侗台語言音系中
具有成套對立之長短元音的表現極為相似。據此，韻變的深層動因或
許可推溯至閩東方言底層音系同樣具有成套的長短元音，古閩語進入
閩東後受到底層音系的音韻干擾，由單一韻腹分化為音讀時間較短的
緊韻母以及音讀時間較長的鬆韻母（ -i-/-i-、-ei-/-εi-/-ai、ɔu/-au）。此種底
層長短元音干擾的韻變動因解釋，截然有別於先前學者所析論：高元
音低化韻變並非特殊調值所推動，低元音高化韻變亦非韻母系統內部

結構調節。從古漢語的角度來說，歷史音變方向為：單高元音低化、下降複元音高化；但若從底層音系的角度來說，今讀高元音者反而是回歸漢語音系，形成一致性的高化音變。

二　聲母同化的世代差異與方言比較

　　閩東方言的「聲母同化」也是極富特色的語言現象，本書第五章從世代差異的角度，分別切入分析三處海外閩東方言：馬祖、詩巫、愛大華聲母同化的歷時變動，進而討論導致世代差異的語言性及社會性因素。整體來看，馬祖話傾向發生聲母同化音變，而詩巫閩清腔、愛大華古田腔較為相近，多數聲類傾向不發生聲母同化音變；但從世代變動來看，隨著年齡層下降，馬祖話與愛大華古田腔都更傾向發生聲母同化變異；詩巫閩清腔則是傾向不發生聲母同化變異。仔細相較三處閩東方言的世代變動，有幾項重要的差異，我們進一步探究其影響因素如下：

　　（1）詩巫閩清腔傾向不發生聲母同化變異。此導因於族群語言意識的傳播與同化，由古田腔中年層刻意選擇不發生聲母同化變異，以標記自己族群語言更符合漢語標準，傳播帶動了詩巫年輕一輩（無論來自古田腔或閩清腔家庭）共同趨向不發生聲母同化變異。

　　（2）愛大華古田腔的雙唇塞音聲母，在前字為開尾韻、元音韻尾、喉塞尾的條件下趨向變讀為新興變體[v]。此導因於語音音值模糊易變以及語言接觸的影響。愛大華古田腔一方面由於內部音系中雙唇濁弱音的音值模糊虛弱，因而容易發生變異，另一方面受到馬來語唇齒濁擦音的音韻接觸影響，因而青年層普遍變讀為[v]。需要特別說明的是，由於東馬詩巫的閩東話整體趨向不發生聲母同化變異，因此沒有出現新興變體[v]。

（3）馬祖話與愛大華古田腔的舌齒塞擦音聲母，在前字為開尾韻、元音韻尾、喉塞尾的條件下更趨向脫落為零聲母（尤其是細音韻母結構中）。此亦導因於語音音值模糊易變，舌齒部位的濁弱音發音極不穩定，各家記音結果相當參差，且在不同洪細韻母結構中音值也有差異，尤其是細音韻母結構中前高元音[i,y]導致該舌齒濁弱音發音部位更加趨向顎部，又其摩擦徵性並不明顯，進一步弱化便是硬顎部位的半輔音[j]，遂與前高元音[i,y]合一，音韻結構上遂變讀為零聲母。

（4）愛大華古田腔與詩巫閩清腔的舌齒塞擦音聲母，在前字為鼻韻尾的條件下若發生同化變異，則更趨向變讀為新興變體[n/ŋ]。此導因於語音音值特性以及語言接觸的影響。詩巫與愛大華的舌齒鼻擦音摩擦徵性非常微弱，相對來說鼻音徵性較為明顯，進一步弱化便完全失去摩擦徵性而變讀為純鼻音，且在洪音韻母結構中傾向變讀為舌尖鼻音[n]，在細音韻母結構中因發音部位趨向顎部，而傾向變讀為舌根鼻音[ŋ]。此外，愛大華古田腔有一系列同化變異的聲母音讀都受到馬來語接觸影響，趨向變讀為更明確的輔音，從而推動舌齒鼻擦音朝向純鼻音發展；而詩巫閩清腔原來老年層以鼻擦音[n̠(ʒ)]為主，古田腔老年層則兼具鼻擦音與濁鼻音，兩種腔調相互接觸影響下，閩清腔中年層變讀為[n̠(ʒ)]者下降、變讀為[n/ŋ]者上升，到了青年層變讀為[n/ŋ]者更是蓬勃發展。

三　-u-、-y-混同的歷史比較

閩東方言的「-u-、-y-混同音變」較少被仔細地分析討論，本書第六章運用結構分析以及方言比較等歷史比較方法，詳細探析閩東各地-u-、-y-混同現象的音變差異情形。

（一）介音的層面上，介音-u-、-y-在聲母為舌齒音、主要元音

為-o-的條件下逐漸發生混同，我們發現該音變可以運行相反的演變方向，而且除了以往所提出的聲母與主要元音條件外，少數方言點還涉及韻尾條件甚至聲調條件的限制，可以分為五種類型，如表7-1所示，各類型的結構互動關係相異，演變趨向的選擇亦不相同。

表7-1　介音-u-、-y-混同音變的五種類型

	聲　母	介　音	主要元音	韻　尾
A 福州、永泰	T-TS	y＞u	o	
B 閩清、壽寧	T-TS	u＞y	o	
C 馬祖	T-TS	y＞u	o	#, ʔ
	T-TS	u＞y	o	N
D 寧德、九都	T-TS	y＞u	o	N, K
	T-TS	u＞y	o	N＋【上聲】
E 周寧、咸村		y＞u	o	N＋【上聲】
	T-TS	u＞y	o	N

（二）主要元音的層面上，主要元音-u-、-y-在特定韻尾條件下發生同化音變，我們發現該音變也可以運行相反的演變方向，如表7-2所示，其關鍵條件在於韻尾的發音部位，而且各地音變的結構擴散情形有所差異。

表7-2　主要元音-u-、-y-混同音變的兩類演變方向

	主要元音	韻尾
A 柘榮、富溪、壽寧、斜灘 福安、周寧、咸村	y＞u	ŋ, k
B 斜灘、周寧、咸村 九都、壽寧	u＞y	n, t, i

　　此外，影響一個語言系統發生音變的原因往往是多重而且複雜的，我們不僅從語音結構的徵性競爭互動，討論閩東方言-u-、-y-混同音變的變化趨向，也從層次競爭的角度，提出另一種啟動音變的可能動因，藉此重新思考異源層次長期共處在一個語言系統中，從競爭關係逐漸有序化而引動系統性演變的可能性。

四　馬來西亞閩東話的調查分析

　　以往對於閩東方言語音或音韻的調查研究，均以中國福建地區或臺灣馬祖地區的閩東方言為主，本書在閩東方言音變研究的厚實基礎之上，另外進行馬來西亞閩東話的調查分析，以對閩東方言的音變現象與變動情形有更全面的了解。我們彙整近年來在馬來西亞東馬砂勞越的詩巫（Sibu）、西馬霹靂州的實兆遠（Sitiawan）、愛大華（Ayer Tawar）的調查成果，本書第二章第三節介紹馬來西亞詩巫閩清腔及愛大華古田腔閩東話的基本音系與音韻特點，並在第四節初步比較臺灣馬祖、東馬詩巫、西馬愛大華的閩東音韻特點之異同，我們發現這三處海外閩東方言既承繼了原來閩東南片的音韻特點，也有其獨特的

發展演變，尤其是處於多腔調聚居的語言環境中，影響音變的因素更為複雜多元。

第四章乃運用世代差異的比較方法析論韻變現象，其中第三節分析東馬詩巫閩東話「韻變現象」的世代差異變動。詩巫主要通行閩清腔，其次為古田腔，因此我們分析比較閩清腔、古田腔兩大口音的世代變動趨向，以更清楚呈現詩巫閩東話在不同腔調接觸下逐漸混融發展的變動方向。整體來說，詩巫閩東話不具高元音低化的共時韻變，但其下降複元音及三合元音則有明顯的高化韻變，此應來自閩清腔帶動古田腔形成高化韻變特點，相異於此，西馬愛大華古田腔則不具韻變表現。值得注意的是，詩巫閩東話在不具低化韻變的情況下仍有明顯的高化韻變，也深刻反映高化韻變不必然來自低化韻變率動所發生的音系結構調整，進而促使我們另外思考底層音韻干擾的深層動因。

第五章亦從世代差異的角度，分別切入分析三處海外閩東方言：馬祖、詩巫、愛大華聲母同化的歷時變動，其中第三節分析東馬詩巫閩清腔、古田腔「聲母同化」的世代差異表現，詩巫兩大腔調各類聲母多數都在朝向不發生變異發展，而舌齒塞擦音聲母則在前字為鼻韻尾的條件下另外趨向新興變體純鼻音[n/ŋ]。若細分世代來看，詩巫閩清腔與古田腔的聲母同化音變表現，在青年層及整體表現上相當一致，而老年層的差異也不太大，但其中年層形成較為顯著的區別表現，尤其是古田腔的中年層各類聲母均驟然趨向不發生聲母同化變異，我們推論乃古田腔中年層以之標記自己族群語言更符合漢語標準，由此可深刻發現相異族群同居一地而產生接觸競爭的社會語言現象，細微而真實。第四節分析西馬愛大華古田腔「聲母同化」的世代差異變動，並將之與少數福清腔進行對比，我們發現：福清腔的聲母同化變異現象較為發達，各類聲母都會發生濁弱化變異，且仍以變讀

為濁弱擦音者較為普遍；而愛大華古田腔的聲母同化變異未若福清腔
發達，且從世代差異分析來看，發生聲母同化的雙唇塞音及舌齒塞擦
音有朝向新興變體[v]、零聲母、純鼻音[ŋ]發展的趨勢。

第二節　音變性質的重新思辨

　　本書採用結構分析、方言比較與世代差異對比等三大研究方法，
希望兼從共時與歷時的角度，更全面地探究閩東方言複雜的音變現
象，進而重新思考音變的多重性質。

一　結構分析所反映的共時變異、結構擴散與語音條件

　　本書分析閩東方言的「韻變」、「聲母同化」及「-u-、-y-混同」
等音韻變異現象時，一律都是先從共時的語音結構平面歸納其變異條
件，例如：各地韻變的聲調條件、不同韻母結構的韻變差異；聲母同
化的前字韻尾條件、不同發音部位的濁弱化差異、語法結構的限制條
件；-u-、-y-混同的聲母條件、元音條件、不同韻尾結構的混同差
異。此為進行音變研究的基本分析方法。
　　藉由共時層面的語音結構分析，我們主要歸納共時的語音變異規
律，但透過結構條件的分布限制，也能據以論證音韻系統的歷時演變
與結構擴散過程。說明如下：
　　（一）韻變現象：第三章透過緊鬆韻母與聲調條件的搭配情形，
分析歸納閩東南片方言的韻變與聲調條件形成緊密的互動關係；又觀
察閩東北片方言多重韻讀的缺調情形，引發我們思索其韻母曾發生複
雜的分合演變，進而運用方言比較方法，從其音韻對應關係歸納歷時
性的韻變規律；此外，我們也發現不同韻母結構的韻變趨向不同：高

元音韻腹趨向低化韻變；三合元音及下降複元音韻腹趨向高化韻變，其中下降複元音帶輔音尾者也有單元音化的趨向；上升複元音韻腹在北片方言因聲調條件而分有趨向低化及高化兩類，在南片方言則僅趨向高化。最後，我們從音韻系統的結構鍊動角度，推論這些複雜多重的音變規律，乃受到系統內部結構調整的動力，連鎖發生於不同的時間層次，而聲調分化條件也因逐步擴散而不盡相同。

（二）聲母同化：第五章透過各類聲母處於連讀後字之音讀表現與前字韻尾條件的搭配情形，分析歸納馬祖、詩巫、愛大華三處海外閩東話的聲母同化共時變異規律，其變化趨向大致相同：1.當前字韻尾為元音、喉塞音時，後字聲母受到鄰接前字元音的同化影響，變讀為同部位的弱化濁音，舌根聲母甚至完全丟失；2.當前字韻尾為鼻輔音時，後字聲母受到鄰接前字鼻音尾的同化影響，變讀為同部位的濁鼻音。3.當前字韻尾為舌根塞音時，後字聲母則不發生弱讀變異。此外，第二節第二小節以馬祖話為分析對象，我們進一步細究聲母同化的結構限制條件，例如結構緊密的複合詞多半會發生聲母同化音變，而結構較不緊密的詞組，除了趨向性述補式，其他多不發生聲母同化音變；又如「重疊式」中後字聲母幾乎都不發生同化音變。

（三）-u-、-y-混同：第六章分別從介音及主要元音層面來看-u-、-y-元音在聲母及韻尾條件上的結構分布情形，分析歸納閩東各地方言-u-、-y-混同現象的音變差異情形。介音層面上，-u-、-y-在聲母為舌齒音、主要元音為-o-的條件下逐漸發生混同，並可運行相反演變方向，少數方言點還涉及韻尾條件甚至聲調條件的限制；主要元音的層面上，主要元音-u-、-y-在特定韻尾條件下發生同化音變，該音變也可運行相反演變方向，其關鍵條件在於韻尾的發音部位，且各地音變的結構擴散情形有所差異。

二 歷史比較所反映的方言差異、歷史演變與推論侷限

在結構分析基礎之上，本書更著重運用方言比較方法，可分為兩類：一是比較方言之間的音讀對應關係，從而推論歷時性的演變過程，例如分析「韻變現象」及「-u-、-y-混同」都是比較方言之間同源語詞的音讀對應規則，推溯早期的語音形式，進而探討各地方言相異的歷史演變規律；二是比較不同方言點的共時變異或是世代差異所反映的歷時性變動之異同，進而歸納不同方言區域因受各地社會背景及語言接觸之影響而導致音變情形不盡相同。本小節主要說明第一類歷史比較法的分析成果；至於第二類的方言比較方法，則較常與世代對比方法同時運作，請參見下一小節說明。

（一）韻變現象：第三章運用方言之間歷史比較的方法，從歷時的角度重新分析閩東韻變現象，突破共時平面單一變異規律的侷限性，我們比較了北片9個方言點、南片5個方言點的語言材料，首先推溯早期的共同語音形式，據以探究各地的歷時性韻變規律，提出閩東方言的韻變具有「低化」與「高化」兩種實際變化趨向；又進行北片與南片的韻變比較，發現南片低化韻變仍然與其聲調特質緊密相關，而北片低化韻變已經逐漸穩固為歷時性音韻分化，進而引發更多韻母結構的連鎖音變。透過歷時層面的探討，我們認為多重的音韻變化可能在共時平面上壓縮為單一規律；而反思歷時性的音韻演變，其實也是來自共時語音變化的推動與擴展。

（二）-u-、-y-混同：第六章也是運用方言之間歷史比較的方法，從歷時的角度析論閩東方言-u-、-y-混同音變。我們比較了北片9個方言點、南片6個方言點的語言材料，首先推溯早期的共同語音形式，據以探究閩東各地介音-u-、-y-、主要元音-u-、-y-的歷時性演變規律，提出-u-、-y-混同的雙向演變、條件限制、結構動因；此外，

也從歷史層次競爭的角度，提出另一種啟動音變的可能動因，藉此重新思考異源層次長期共處在一個語言系統中，從競爭關係逐漸有序化而引動系統性演變的可能性。

　　然而，根據方言比較所做出來的歷史推論，有時受到邏輯論述的理想化限制，或是為了完善解釋系統音變的結構平衡，不見得必然符合實際演變過程；又歷史比較所使用的方言材料多是以少數老輩發音人為代表取樣，也無法呈現單一方言點不同年齡層、不同族群的演變差異，因此需要更為細緻的調查分析提供檢證。例如本書運用歷史比較法，提出閩東方言的韻變具有「低化」與「高化」兩種變化趨向；而我們近幾年在馬祖、詩巫的世代差異調查，確實就觀察到這類高化韻變在不同年齡層、不同腔調族群的實際運作及其結構擴散過程。

三　世代對比所反映的共時差異、歷時音變與複雜因素

　　本書在結構分析、方言比較之外，進一步彙整近年來在馬祖、福安、詩巫、愛大華等地進行世代差異的調查結果，我們將同一社群的發音人依據其年齡分為老年、中年、青年三個世代層，藉由比較不同年齡層的差異性，具體觀察正在進行中的歷時性變異，並探討影響變異發生的語言性因素或社會性因素；此外，本書進一步比較不同方言點世代差異所反映的歷時性變動之異同，從而深究不同地方區域之社會背景及語言接觸情形的差異性。說明如下：

　　（一）第四章從世代差異的角度分別切入分析南片馬祖話、北片福安話、詩巫閩東話等三處韻變現象的世代變動情形，然後綜合比較三地的世代變動差異，以展現閩東韻變現象的複雜面貌，並據以深刻討論韻變的雙重趨向、深層動因與結構擴散過程。其中我們詳細比較詩巫地區兩大腔調閩清腔、古田腔的相互接觸融合過程，發現詩巫閩

東話的高化韻變應是來自閩清腔發動，古田腔受到接觸影響而其青壯一代亦逐漸形成高化韻變特點。

（二）第五章亦從世代差異的角度，分別切入分析馬祖、詩巫、愛大華聲母同化的世代變動情形，進而討論導致世代差異的語言性及社會性因素，展現各地不同的社會因素。整體來看，馬祖話傾向發生聲母同化音變，而詩巫閩清腔、愛大華古田腔較為相近，多數聲類傾向不發生聲母同化音變；但從世代變動來看，隨著年齡層下降，馬祖話與愛大華古田腔都更傾向發生聲母同化變異；詩巫閩清腔則是傾向不發生聲母同化變異，我們從中探究詩巫兩大腔調族群語言意識的傳播與同化。此外，馬來西亞受到馬來語影響，聲母同化的濁弱音讀也出現若干馬祖所無的新興變體。

四　音變的多重性質

總和上述結構分析、方言比較與世代差異對比等三類方法所得研究成果如表7-3，本書兼從共時與歷時的角度，更全面地探究閩東方言「韻變」、「聲母同化」及「-u-、-y-混同」等音變現象的多重性質：

（一）閩東方言的「韻變現象」，單從結構分析可得各地共時韻變規律，呈現韻讀與聲調條件之間的密切關係；再從歷史比較的角度可推論歷時性的韻變規律，實際上兼具低化與高化兩種韻變趨向，又從結構分析上發現不同韻母結構的韻變趨向不盡相同，且北片音韻系統有其結構層層推進的整合變動；然後兼從共時與歷時的互動關係來看，我們發現：共時變異會推動歷時演變，而多重歷時演變也可能壓縮形成單一共時規律；接著藉由世代差異對比，可以檢證高化韻變正在進行中，也可檢證共時變異逐步穩固為歷時演變的過程，並且透過比較不同區域的世代差異情形，我們能更仔細觀察各地受到語言接觸

影響的細微差異；最後兼從共時與歷時，語言、歷史與社會因素，更全面地深究韻變現象的關鍵動因。

表7-3　閩東方言三大音變現象的多重性質

	結構分析	歷史比較	世代差異對比
韻變現象	1.形成共時韻變：韻讀與聲調條件密切互動 2.韻母結構與韻變的趨向 3.音韻系統結構調整	1.推論歷時性韻變：具有低化與高化兩種趨向 2.共時變異推動歷時演變；而多重歷時演變壓縮成單一共時規律	1.檢證高化韻變正在發生 2.檢證共時變異固著為歷時演變 3.細察語言接觸融合與干擾 4.深究韻變動因
聲母同化	1.共時變異規律：聲母與前字韻尾條件密切互動 2.語法結構限制條件		1.世代歷時變動：詩巫傾向不發生聲母同化詩巫、愛大華出現新興變體 2.各地社會因素影響不同
-u-、-y-混同	1.音變規律： （1）介音層面：舌齒音聲母、主要元音為-o-少數涉及韻尾條件之限制 （2）主要元音層面：特定韻尾條件下發生同化音變結構擴散情形不盡相同	1.-u-、-y-混同具雙向演變，各地結構動因不盡相同 2.歷史層次競爭啟動系統性結構音變	

　　（二）閩東方言的「聲母同化」，單從結構分析可得各地共時變異規律，呈現聲母音讀與前字韻尾條件之間的密切關係，此外也發現語法結構對該音變具有限制條件；再從世代差異對比，可以細微觀察各地方言的歷時變動方向不同，詩巫因內部族群的語言意識影響而傾向不發生聲母同化音變，而馬來西亞閩東話因受到馬來語的接觸影響，也出現若干聲母同化的新興變體。由此可見，「聲母同化」雖屬共時性的語音變異規律，但也同時受到語言接觸、族群競爭等社會因素影響，而產生各地相異的歷時性變動。

　　（三）閩東方言的「-u-、-y-混同」，單從結構分析可得該音變在聲母、主要元音、韻尾等結構關係上的限制條件；再從歷史比較的角度可推論歷時性的-u-、-y-混同規律，實際上兼具-u->-y-與-y->-u-兩種反向變化，又從結構分析上發現各地結構徵性的取向不盡相同；最後，我們也提出歷史層次競爭啟動系統性結構音變的可能動因。由此可見，「-u-、-y-混同」雖屬歷史音韻演變規律，但其啟動音變的關鍵因素，兼具共時性的結構徵性相互影響、歷時性的層次競爭引動系統重整，音變性質同樣豐富多元。

　　據此來看，閩東方言的特殊音變現象，確實有其複雜豐富的音變特質，無法簡單將之歸為語音變異或是歷史演變；本書運用結構分析、方言比較與世代差異對比等多重方法，兼從共時與歷時的研究角度，同時注意語言、歷史與社會等多元因素，深刻地呈現更為立體的音變研究。

第三節　後續研究方向

　　本書主要分析研究閩東方言三大音變現象：「韻變」、「聲母同化」及「-u-、-y-混同」，分別從共時變異、歷時變化、結構擴散等層

面切入問題，運用結構分析、方言比較、世代差異對比等研究方法，更全面地探究閩東方言複雜的音變現象。在此研究基礎之上，有幾個應該繼續延伸的問題與探究方向：

（一）更多方言點的世代差異調查

本書運用歷史比較方法時擇取許多第二手的方言語料，而運用世代差異對比方法時才是第一手的調查資料。我們目前完成福安城關、馬祖、詩巫閩清腔與古田腔、愛大華古田腔的世代差異調查，也從中具體發現若干更為細緻的歷時性音韻變動；然而，由於一般方言調查報告往往僅以少數幾位老輩發音人為調查對象，實際上我們無法確知這些方言點的詳細音變現況。而當我們愈益了解海外閩東話的音韻特點與變異特性，必然也想提問：福建原鄉的閩東方言是否也經歷同樣的音韻變動？尤其是根據移居地與原鄉的對比分析，可以讓我們更清楚掌握閩東方言音韻的共性與創新，尤其是創新演變的部分，有助於我們判斷新興音變究竟是承自閩東音韻的共同變化趨向？或是受到各地語言接觸干擾而產生的獨特變化？因此後續研究應該落實福建地區閩東方言的世代差異調查研究。

（二）閩東音韻變異與詞彙語法的關係

本書在結構分析層面較為注意的是語音結構條件，卻忽略了詞彙的結構組織、語法功能及語用特性也可能影響音韻變異的程度與結果。在音韻變異調查的基礎之上，後續研究可以更詳細探究詞彙結構、語法屬性及語用特性對於「聲母同化」、「韻變」等語音共時變異以及世代歷時性變動的影響，尤其是跟詞彙、語法密切相繫的「聲母同化音變」，幾乎所有閩東方言都有此項語音特點，十分適合進行跨域的對照研究。

（三）馬來西亞多腔接觸的社會驗證

　　馬來西亞乃一多語聚集之地，即便是閩東方言，也包含了來自福建不同鄉邑的移民群聚一起，形成諸多腔調雜處的特殊語言環境。東馬詩巫以閩清口音為主要通行腔調，古田口音為其次，另有少數屏南、閩侯、長樂等其他口音；而西馬實兆遠、愛大華則以古田口音為主要通行腔調，另有少數福清、福州、屏南等其他口音。本書在東馬詩巫地區已進行閩清腔與古田腔之音韻變異現象的世代對比分析，從而發現兩群體語言接觸後的逐步趨同過程；後續應擴展詩巫地區的質性訪談，以做為社會性檢證。而西馬實兆遠、愛大華地區也是閩東方言多腔接觸的語言環境，但我們目前僅針對最多人使用的古田腔完成聲母同化音變的跨世代調查，後續也應再繼續蒐集該區域古田腔、福清腔、福州腔的跨世代完整語料，然後進行該區域多腔接觸的具體觀察與分析討論，據此才能與東馬詩巫閩東方言產生跨域對話，尤其是東馬、西馬兩區域的古田腔閩東話在不同的接觸環境下發生哪些相異或相同的發展演變，更是引發我們關注的比較重點。此外，馬來西亞的華人除了族群母語，往往兼備多語能力，當地處於優勢地位的馬來語、華語是否確實對閩東方言的發展演變產生深刻的影響，這也是後續可以進一步觀察探究的課題。

　　閩東方言的「韻變」、「聲母同化」及「-u-、-y-混同」無疑是豐富深刻、複雜多變的音韻現象，在本書兼從共時與歷時的分析成果之上，未來希望能繼續增加更多方言點的世代調查，並從音韻層面再推展到詞彙、語法、語用的影響與限制來探究音變的複雜面向，也更深化社會語言學的研究方法，從語言接觸觀點、社群互動關係切入探究語言變異機制，以更完整地呈現閩東方言音韻變異的真實面貌。

後記
我的學術起點，閩東方言

　　每次提到田野調查經驗時，我一定會分享碩士班修習漢語方言學課程，深深著迷於閩東方言的複雜音變，於是在2005年寒假我一個人飛到馬祖北竿島開始投入閩東方言的調查研究。當時花費約一年的時間多次前往馬祖進行田野調查，在實際的語言環境中深刻體會閩東方言多重音韻變異的複雜性，運用第一手蒐集的語言材料進行詳細的聲、韻、調分析與討論，撰寫成碩士論文《馬祖北竿方言音韻研究》，那段美好的田調經驗成為我往後熱衷方言研究的重要滋養，從此我與閩東方言牽繫深厚的緣分。

　　我的碩士論文主要針對馬祖北竿方言聲、韻、調的音變現象進行共時規律的分析，尤其是韻變現象、聲母同化現象，但也已經注意到不同方言點、不同世代之間的音變表現不盡相同，值得擴大比較研究。就讀博士班期間，我除了著手準備閩語歷史層次分析的學位論文，也持續深入探究閩東音韻變異現象，2010、2012年陸續在《漢學研究》、《台灣語文研究》等核心期刊發表從歷時角度重新分析閩東音變現象的學術論文：〈閩東方言韻變現象的歷時分析與比較研究〉、〈閩東方言-u-、-y-混同音變的比較分析〉；2013年改從世代變動的觀點，以「從世代差異來看閩東方言的音韻變異現象」專題研究計畫獲得國科會兩年期的補助，展開對馬祖話、福安話的跨世代調查比較，該計畫研究成果之一部分於2017年在《漢學研究》發表論文〈析論馬祖方言韻變現象的世代差異〉。

　　這十多年來我針對閩東諸多音變現象，投注大量心力進行田野調

查、共時分析、方言比較、世代比較，從共時與歷時各個層面深入討論閩東方言的韻變現象、-u-、-y-混同現象、聲母同化現象，累積多年的語言實察所得與研究成果，非常希望能在此厚實的基礎之上，撰成一本具系統性的學術性專書，整體且全面地探析閩東方言的語音變異與變化。因此我於2016年以「閩東方言音變現象的共時與歷時研究」為題，向國科會申請學術性專書寫作計畫補助，並且移地展開對馬來西亞詩巫、愛大華、實兆遠的閩東話調查研究，歷經四年的調查析論、彙整寫作過程，終於在2020年完成專書初稿。為了讓這本集結我多年調查研究心血的專書獲得更為嚴謹的學術出版過程，我於2021年將專書初稿申請國科會人社中心「補助期刊審查專書書稿」，交付核心期刊《漢學研究》送審，最後通過三位學界專家匿名審查，獲得推薦出版；並於2022年由萬卷樓出版社悉心協助編輯、排版、校稿等出版工作，同時也向國科會人社中心申請「補助出版人文學及社會科學專書」，希望能在健全的學術評審機制中讓這本專書的品質更臻圓滿完善。

回顧十多年來對閩東方言的調查研究過程，很幸運遇見許多重要的人，帶給我適時的幫助與溫暖。感謝楊秀芳老師在漢語方言學課程講授閩東方言複雜卻迷人的音韻變異現象，鼓勵我前往實際語言現場感受音韻系統的真實與美妙，尤其每次調查研究遇到困難時，總能從老師的理解與鼓勵中獲得克服的力量。感謝陳淑娟學姊讓我在就讀博士班期間參與她的研究計畫團隊，我從中學習到另一種社會語言學的研究角度與方法，從而開展對閩東方言更為多元的析論視野。感謝秋谷裕幸老師、吳瑞文學長、劉秀雪老師……等研究閩東相關方言的前輩，在學術交流時不吝給予諸多有益的提點與建議，讓我能在省思中獲得改進與成長，尤其是秋谷老師對閩東方言一步一腳印的基礎調查與精細分析，引領我們認識閩東話的多樣面貌，深具啟發。感謝親愛

的阿儒與定耘，陪伴我四處去田調，記錄各地閩東話、體驗各地溫暖人情。更要感謝每次田調工作遇見的閩東發音人，從馬祖到福州、福安，再到馬來西亞的詩巫、愛大華、實兆遠，每個方言點總有親切的人情，幫助我採錄有趣的語言現象。最末，謝謝國科會對專題研究計畫、學術性專書寫作計畫、補助期刊審查專書書稿的資助，讓這本書從調查研究到撰寫書稿、學術審查都獲得非常周全充足的資源，還要感謝林慶勳老師熱心引介萬卷樓出版社，讓本書的編輯出版工作獲得極為專業的協助。

　　閩東方言是我生命中重要的學術起點，儘管複雜豐富的音韻變異現象，讓我仍然無法成為流利的閩東話使用者，但藉由十多年來的語言調查研究，我逐步深入理解閩語大家族中這塊珍貴的瑰寶。語言隨著時空會不斷變動，但我真心盼望無論是福建、馬祖或馬來西亞，永遠都有年輕一輩願意使用如此珍貴的語言來訴說閩東族群的故事，讓閩東話雖有時空變動但卻永不消失，我方能在學術啟航十多年後仍需不斷探究這個語言的奧秘。

　　閩東方言，是起點而非終點，我的方言之旅仍在繼續……

參考文獻

一　方言語料

Maclay, R. S. & Baldwin, C. C. 1870. *An Alphabetic Dictionary of the Chinese Language in the Foochow Dialect*. Methodist Episcopal Mission Press.

中國社會科學院與澳大利亞人文科學院合編。1988。《中國語言地圖集》。香港：朗文出版社。

中國社會科學院語言研究所，中國社會科學院民族學與人類學研究所，香港城市大學語言資訊科學研究中心編。2012。《中國語言地圖集》（第二版）。北京：商務印書館。

古田縣地方志編纂委員會。1997。《古田縣志》（方言志部分）。北京：中華書局。

永泰縣地方志編纂委員會。1992。《永泰縣志》（方言志部分）。北京：新華出版社。

沙　平。1999。〈福建省寧德方言同音字匯〉，《方言》4：282-295。

周寧縣地方志編纂委員會。1993。《周寧縣志》（方言志部分）。北京：中國科學技術出版社。

林連通（主編）。1993。《泉州市方言志》。北京：社會科學文獻出版社。

林寒生。2002。《閩東方言詞彙語法研究》。昆明：雲南大學出版社。

柘榮縣地方志編纂委員會。1995。《柘榮縣志》（方言志部分）。北京：中華書局。

秋谷裕幸。1993。〈閩北語松溪方言同音字表〉，《中國語學研究・開篇》11：51-67。

馬重奇。1993。〈漳州方言同音字匯〉，《方言》3：199-217。

馮愛珍。1998。《福州方言詞典》。南京：江蘇教育出版社。

壽寧縣地方志編纂委員會。1992。《壽寧縣志》（方言志部分）。廈門：鷺江出版社。

寧德市地方志編纂委員會。1995。《寧德市志》（方言志部分）。福州：中華書局。

福安市地方志編纂委員會。1999。《福安市志》（方言志部分）。北京：方志出版社。

福清市地方志編纂委員會。1994。《福清市志》（方言志部分）。廈門：廈門大學出版社。

閩清縣地方志編纂委員會。1993。《閩清縣志》。北京：群眾出版社。

藍亞秀。1953。〈福州音系〉，《國立臺灣大學文史哲學報》5：241-331。

二　論文著述

Chen, Matthew & William S-Y Wang. 1975. Sound change: actuation and implementation. *Language* 51. 2: 255-281.

Duanmu, S. 1990. *A formal study of syllable, tone, stress and domain in Chinese languages*. Doctoral dissertation, MIT.

Norman, Jerry. 1977-8. "A Preliminary Report on the Dialects of Mintung." *Monumenta Serica* 33: 326-348.

Thomason, Sarah Grey & Kaufman, Terrence. 1988. *Language contact, creolization, and genetic linguistics*。Berkeley: University of California Press.

Wang, William S-Y & Chinfa Lien (連金發). 1993. Bidirectional diffusion in sound change. In Jones, Charles (ed) *Historical Linguistics: Problems and Prospectives* 345-400. London: Longman Group Ltd.

Winford, Donald. 2005. "Contact-induced changes—Classification and processes." *Diachronica* 22 2: 373-427.

尤中。1980。《中國西南的古代民族》，昆明：雲南民族出版社。

王天昌。1969。《福州語音研究》。臺北：世界書局。

北京大學中國語言文學系語言學教研室（編）。2003。《漢語方音字彙》，北京：語文出版社。

吳秀龍、張吉生。2015。〈特徵幾何視角下閩東方言聲母類化解析及其音系理據〉，《語言研究集刊》2：208-221。

吳瑞文。2009。〈共同閩語*y 韻母的構擬及相關問題〉，《語言暨語言學》10。2：205-237。

李如龍、梁玉璋、陳天泉。1979。〈福州話語音演變概說〉，《中國語文》4：287-293。

李如龍。2000。〈福州話聲母類化的制約條件〉，《廈門大學學報》1：123-130。

李如龍。2001。《福建縣市方言志 12 種》。福州：福建教育出版社。

李竹青、陳義祥。1996。〈福州方言的類化別義〉，收錄於詹伯慧等編（1996）《第四屆國閩方言研討會論文集》（汕頭：汕頭大學出版社），91-100。

杜佳倫。2004。〈閩東方言侯官片的變韻現象及聲母類化〉,《中國文學研究》19：231-267。

杜佳倫。2006。「馬祖北竿方言音韻研究」,國立臺灣大學中國文學研究所碩士論文。

杜佳倫。2010。〈閩東方言韻變現象的歷時分析與比較研究〉,《漢學研究》28。3：197-229。

杜佳倫。2012。〈閩東方言-u-、-y-混同音變的比較分析〉,《臺灣語文研究》7。1：51-85。

杜佳倫。2014。《閩語歷史層次分析與相關音變探討》,上海：中西書局。

杜佳倫。2017。〈析論馬祖方言韻變現象的世代差異〉,《漢學研究》35。2：325-358。

威廉・拉波夫（William Labov）著；石鋒,郭嘉譯。2019。《語言變化原理：內部因素》。北京：商務印書館。

施敦祥。2003。《實兆遠的福州人》。愛大華：曼絨縣古田會館。

秋谷裕幸、陳澤平。2012。《閩東區古田方言研究》。福州：福建人民出版社。

秋谷裕幸。2010。《閩東區福寧片四縣市方言音韻研究》。福建：福建人民出版社。

秋谷裕幸。2018。《閩東區寧德方言音韻史研究》。臺北：中央研究院語言學研究所。

韋慶穩。1981。〈〈越人歌〉與壯語的關係試探〉,收錄於《民族語文論集》,北京：中國社會科學出版社,頁 23-46。

袁碧霞、王軼之。2013。〈閩東方言的聲母類化〉,《方言》1：52-67。

袁碧霞。2010。《閩東方言韻母的歷史層次》。浙江大學漢語言文字學博士論文。

高名凱。1947。〈福州話之語叢聲母同化〉,《燕京學報》33:129-
　　144。

張屏生。2002。〈馬祖閩東話記略〉,《台灣語言與語文教育》4:1-
　　17。

梁玉璋。1983。〈福州方言連讀音變與語義區別〉,《方言》3:166-
　　169。

梁玉璋。1986。〈福州方言的語流音變〉,《語言研究》2:85-97。

梁　敏、張均如。1996。《侗台語族概論》。北京:中國社會科學出版
　　社。

陳天泉、李如龍、梁玉璋。1981。〈福州話聲母類化音變的再檢討——
　　兼答趙日和同志〉,《中國語文》3:231-237。

陳保亞。1996。《語言接觸與語言聯盟——漢越(侗台)語源關係的
　　解釋》。北京:語文出版社。

陳澤平。1998。《福州方言研究》。福州:福建人民出版社。

陳澤平。2012。〈福安話韻母的歷史演變及其共時分析方法〉,《中國
　　語文》1:58-67。

陳澤平。2013。〈閩東方言聲母類化的優選論分析〉,《福建師範大學
　　學報》5:108-117。

陳澤平。2014a。〈閩東福安話半元音聲母的由來〉,《中國語文》3:
　　259-266。

陳澤平。2014b。《福州方言的結構與演變》。北京:人民出版社。

陳麗冰、吳瑞文。2014。〈寧德方言的變韻及其歷史意義〉,《漢語學
　　報》4。

陶燠民。1930。《閩音研究》。北京:科學出版社。1956年影印本。

馮愛珍。1993。《福清方言研究》。北京:社會科學文獻出版社。

黃惠焜。1992。《從越人到泰人》,昆明:雲南民族出版社。

楊秀芳。1991。《臺灣閩南語語法稿》。臺北：大安出版社。

葉太青。2014。《北片閩東方言語音研究》。合肥：黃山書社。

趙元任。1968。《中國話的文法》（丁邦新譯，1984 年）。香港：中文大學。

鄭張尚芳。1997。〈越人歌解讀〉，收錄於《語言研究論叢》第七輯，北京：語文出版社，頁 57-65。

錢進逸。2010。《從山區到橡膠園：古田人移民拓土路》。愛大華：曼絨縣古田會館。

戴黎剛。2007。〈閩東周寧話的變韻及其性質〉，《中央研究院歷史語言研究所集刊》78。3：603-628。

戴黎剛。2008。〈福安話撮口呼的消變〉，《語言學論叢》第 36 輯（北京：商務印書館）：171-183。

戴黎剛。2008。〈閩東福安話的變韻〉，《中國語文》3：216-227。

戴黎剛。2011。〈閩東寧德話的變韻〉，《語言學論叢》第 43 輯（北京：商務印書館）。

語言文字叢書 1000020

閩東方言音變現象的共時與歷時研究

作　　者　杜佳倫

責任編輯　林以邠

特約校稿　宋亦勤

發 行 人　林慶彰

總 經 理　梁錦興

總 編 輯　張晏瑞

編 輯 所　萬卷樓圖書股份有限公司

　　　　　臺北市羅斯福路二段 41 號 6 樓之 3

　　　　　電話 (02)23216565

　　　　　傳真 (02)23218698

發　　行　萬卷樓圖書股份有限公司

　　　　　臺北市羅斯福路二段 41 號 6 樓之 3

　　　　　電話 (02)23216565

　　　　　傳真 (02)23218698

　　　　　電郵 SERVICE@WANJUAN.COM.TW

香港經銷　香港聯合書刊物流有限公司

　　　　　電話 (852)21502100

　　　　　傳真 (852)23560735

ISBN 978-986-478-762-3

2022 年 9 月初版一刷

定價：新臺幣 580 元

如何購買本書：

1. 劃撥購書，請透過以下郵政劃撥帳號：

　　帳號：15624015

　　戶名：萬卷樓圖書股份有限公司

2. 轉帳購書，請透過以下帳戶

　　合作金庫銀行　古亭分行

　　戶名：萬卷樓圖書股份有限公司

　　帳號：0877717092596

3. 網路購書，請透過萬卷樓網站

　　網址　WWW.WANJUAN.COM.TW

大量購書，請直接聯繫我們，將有專人為您

服務。客服：(02)23216565　分機 610

如有缺頁、破損或裝訂錯誤，請寄回更換

國家圖書館出版品預行編目資料

閩東方言音變現象的共時與歷時研究/杜佳倫

著.-- 初版.-- 臺北市 ： 萬卷樓圖書股份有限

公司, 2022.09

　　面 ；　公分.-- (語言文字叢書 ；1000020)

ISBN 978-986-478-762-3(平裝)

1.CST: 閩語　2.CST: 語音　3.CST: 比較方言學

802.5231　　　　　　　　　　　111015556